DE AMAZONE CODE

HARVEY BENNETT THRILLERS

NICK THACKER

DE WERELD IS NIET KLAAR VOOR EEN DOORBRAAK ALS DEZE. Ik ben niet klaar *voor een doorbraak als deze.*

Dr. Amanda Meron racete door de gangen van het kleine centrum, metalen karren vol testapparatuur ontwijkend, computers en beeldschermen knipperend. Ze leefde voor deze momenten, had haar leven gewijd aan deze momenten, en ze zou ze niet door haar vingers laten glippen.

Voor Amanda ging het niet eens om het onderzoek. Zeker, ze was erdoor gefascineerd, maar het was het gevoel van *leven* dat gepaard ging met de momenten van pure wetenschappelijke doorbraak.

Hoe moeten zij zich gevoeld hebben, vroeg zij zich af, *Einstein, Newton, Bohr.* Haar jeugdhelden, die ze nu als haar vriendschappelijke concurrentie beschouwde.

"Dr. Meron, hierheen. Net op tijd," hoorde ze een stem roepen uit een kamer die ze bijna voorbij rende.

Zij kende deze plek beter dan wie ook en toch raakte zij door haar opwinding even haar plaats kwijt. Ze minderde vaart, draaide zich de glazen kamer in en keek om zich heen. De gezichten van haar collega's, allemaal naar haar glimlachend, waren verzameld rond de grote computermonitor in het midden van de kamer.

"We zijn klaar als u dat bent, dr. Meron', zei de stem. Dr.

Henry Wu, de transplantatie uit Stanford, stapte lichtjes opzij om ruimte te maken voor hun baas.

Amanda kwam op adem en nam plaats naast Wu. Ze knikte. Het scherm flikkerde, en kleuren begonnen te draaien rond een centraal gebied van uitbarstend licht.

"We hebben meer dan 10.000 locaties getranscribeerd sinds onze laatste neurale brug,' legde Dr. Wu uit. "De kaart nadert nu 40% relatieve nauwkeurigheid."

40%.

Ze kon het bijna niet geloven. Bijna.

De laatste paar jaar - en niet te vergeten de jaren van scholing daarvoor - had zij naar dit moment toegewerkt. Velen in haar vakgebied dachten dat het niet mogelijk was, maar de theoretische projecties die zij in haar proefschrift als model had gebruikt, waren meer dan *een bevlieging*.

Ze wist dat het gedaan kon worden.

Ze wist dat *ze* het kon. Als iemand het kon, was *zij* het wel.

"De gegevens worden nu overgebracht." Alle ogen bleven op het scherm gericht. "Subject nadert REMS, elektrische impulsen van de stam verschijnen nu in onregelmatige snelle opeenvolging.

Amanda keek met zelfverzekerde vreugde. *Dit is het dan.* Ze zocht iets om zich aan vast te houden en vond haar hand in het koude staal van een dik bureau dat onder de computermonitor uitstak.

De proefpersoon, ene Mr. Ricardo Herrera, lag te slapen in de kamer ernaast. Hij was een 67-jarige man uit een nabijgelegen dorp en had zich vrijwillig aangemeld voor een testweek in de ultramoderne faciliteit die Amanda had gebouwd. Hij en zijn familie zouden rijkelijk betaald worden voor zijn tijd, en met geen bijwerkingen te verwachten, behalve dat hij zich heerlijk verfrist en uitgerust zou voelen, zou het waarschijnlijk het gemakkelijkste geld zijn dat hij ooit zou verdienen.

"Nemen we op?" vroeg ze.

Een jongere technicus antwoordde. "Ja, natuurlijk. Digitaal en analoog." Hij wees naar een rechthoekig kastje dat aan de zijkant van de computer zat.

EEN VIDEORECORDER.

Ze glimlachte. *Die heb ik al jaren niet meer gezien.*

Na de schrik van een computervirus een paar maanden geleden, had ze besloten "old school" te gaan, zoals de technici het noemden: analoge opnametechniek gebruiken als aanvulling op hun digitale installatie. De analoge apparaten waren trager, *veel* omvangrijker en hinderlijk in het dagelijks gebruik, maar ze waren bijna volledig hackerproof. Iemand die met hun gegevens wilde knoeien, zou fysiek aanwezig moeten zijn om dat te doen.

"Proefpersoon gaat REM-slaap in." Een dialoogvenster op een aparte, kleinere monitor flitste met een kleine boodschap: *REM-S POSITIEF.*

De grotere monitor flitste weer in het midden van het scherm, en de kleuren begonnen in de tegenovergestelde richting te draaien. Kleine lichtvonkjes, als kleine vallende sterren, dansten rond de randen van de wervelende draaikolk.

"Het lijkt op iets uit een science-fiction film," fluisterde een van de technici.

"Het *is* iets uit een sci-fi film," antwoordde een ander.

De sterren begonnen te groeien, dan te krimpen, dan weer te groeien, voordat ze uitstierven, vervangen door zwartheid, dan een uitbarsting van kleur.

"Is dit een droom?" vroeg iemand.

"Nee," antwoordde Dr. Wu, "onze proefpersoon is nog maar net in de REM slaap, maar is momenteel droomloos. Hij slaapt echter vast, en we zouden snel genoeg iets moeten zien."

"Hoe weten we dat?"

Dr. Wu lachte alleen maar.

Ze keken nog een minuut, toen verschoof de wervelende draaikolk van kleur en vervaagde. Het lege scherm staarde hen dertig seconden lang aan. Amanda greep de zijkant van het bureau vast tot haar knokkels wit waren, en liet ze toen los.

Hebben ze de verbinding verloren?

Ze dacht na over de mogelijkheden, probeerde zich hun hypothetische tijdschema's voor deze eerste tests te herinneren...

En het scherm kwam weer tot leven.

Wazige vormen schoven voor haar langs, sommige herkenbaar als mensen. Ze bewogen en werkten op elkaar in, smolten in elkaar en veranderden van vorm.

Oh mijn God.

Ze slikte, probeerde niet te knipperen. Proberend geen moment te missen.

"We zijn in een droomstaat. Subject lijkt relatief helder, probeert zich te concentreren op een van de lichamen."

Haar opwinding werd haar bijna teveel. Amanda's gedachten hoefden niet eens terug te gaan naar haar papieren en onderzoek om te weten wat dat betekende; het antwoord lag al op het puntje van haar tong. Als niet iedereen in de kamer om haar heen al door haar was getraind, was ze misschien zelfs aan een minicollege begonnen. *Droomstaat* was hun term voor de mid-REM slaap tijdens de droom van een proefpersoon, en *lichamen* verwezen naar elk "fysiek" zelfstandig naamwoord - een typische persoon, plaats of ding - opgeroepen door het onderbewustzijn van de proefpersoon tijdens een droomstaat.

Het had twee jaar geduurd om hier te komen vanaf hun eerste poging om de droom van een proefpersoon te bekijken.

En nu werkte het.

De persoon, Mr. Herrera, probeerde zich te concentreren op een van de *lichamen* in de droom. Het was kleiner dan de rest, maar scherper afgetekend tegen de achtergrond van wervelende kleuren.

Een persoon.

"Subject lijkt zich te concentreren op de herinnering aan een kinderlichaam."

De vertelling bevestigde wat Amanda op het scherm zag. Het beeld werd nog wat scherper, en ze kon nu meer zien van de "setting" van deze specifieke herinnering.

Herrera bevond zich in een "kamer"-lichaam, althans zo leek

het, aangezien lichtstralen diagonaal naar beneden gleden vanaf de rechterbovenhoek van de video. Hij bewoog zich ook, rond objecten die te wazig waren om te kunnen zien.

Amanda dwong haar ogen onscherp te zijn, in een poging de onwillekeurige paradigmafuncties te doorbreken die ze probeerden te gebruiken om het beeld te begrijpen. Door haar ogen te dwingen om wat ze zag "wazig" te maken, zou het beeld misschien meer betekenis krijgen.

En dat deed het.

Ze kon nu beter begrijpen wat Herrera zich herinnerde. Hij liep door een huis; een woonkamer, dan een eetkamer, passeerde de revue. De kleuren en schaduwen op de muren op de achtergrond gaven aan waar in het beeld zij zich bevonden, en zij kon zien dat Herrera zich snel bewoog.

Achter de kleine schaduw aan.

Herrera zat een lachend kind achterna door het huis.

Het kind stopte en draaide zich naar Herrera, en Amanda's ogen richtten zich weer op het beeld. Nu ze een visuele "basislijn" had vastgesteld, kon ze de vlekken en wazige lijnen van de beelden interpreteren, en in het beeld dat ze in haar geest opnieuw creëerde, kon ze bijna het gezicht van het kind zien.

Het was Herrera's oudste zoon, nu in de twintig, ergens tussen de drie en acht jaar oud in de video.

Ze hield een hand voor haar mond. *Het is echt aan het gebeuren.*

De onscherpte zou kunnen worden verholpen, evenals de onhandige belichting, door het gebruik van meer specifieke mapping-technieken en - uiteindelijk - veel meer elektroden op de hersenen. Daarna zouden beeldmanipulatie en het renderen van video-effecten het nog wat scherper kunnen maken. Ze dacht onmiddellijk na over de gevolgen van deze ontdekking en probeerde te voorspellen hoe lang haar team nodig zou hebben om een afgewerkt, testwaardig product af te leveren.

"Ik - ik kan dit niet geloven," zei Dr. Wu van naast haar. "Het beeld is zo... levendig. Ik had nooit gedacht..." Zijn stem viel weg toen de Herrera het kind weer een andere kamer in volgde.

"We zijn... *daar*. In zijn hoofd," zei een van de technici. "En we kunnen de beeldkwaliteit verbeteren door de output van elk van de elektroden te verhogen, evenals het verviervoudigen van het aantal -"

"Ga terug!"

Amanda keek fronsend naar Dr. Wu.

"Meneer?"

"Ga terug," herhaalde hij. "Dit wordt opgenomen, ja?"

"J - ja, maar -"

"Ik geef niet om de huidige feed. Spoel de video zo'n drie seconden terug."

"Dr. Wu," zei Amanda, "we willen niet de..."

"Ik begrijp het, Amanda, maar ik zag iets..."

Amanda knikte, en de technicus die zich het dichtst bij de monitor bevond, strekte zijn hand uit en rommelde met de knoppen op de computer eronder. Het scherm veranderde even in een computerdesktop, toen dubbelklikte hij op een map en vervolgens op een videobestand daarbinnen.

"Even overschakelen van de live feed naar de opname..." zei hij terwijl hij werkte.

De video begon opnieuw, van de wervelende draaikolk van kleuren naar het lege scherm. Hij sleepte de cursor over de scrubbing track en "spoelde" het bestand vooruit tot een paar seconden voor het einde.

"Wat heb je gezien, Henry?" Amanda's stem was kalm, maar verborg haar bezorgdheid. Dr. Wu was niet het type om te dollen of te overdrijven, zeker niet tijdens een live test periode.

"Ik - ik weet het niet. Ik weet het nog niet helemaal zeker," stamelde hij, zijn ogen strak op het beeldscherm gericht. "Daar! Stop daar, en ga een paar beelden per keer terug."

De herinnering waar ze naar keken was dezelfde als voorheen: Herrera die zijn oudste zoon door een huis achtervolgt. Maar Wu

leek niet gefixeerd op het object van Herrera's actieve herinnering
- zijn zoon - maar op de achtergrond.

Het gezichtspunt van de video draaide naar links, in een
poging het kind bij te houden, en het leek alsof Herrera langs een
raam rende. Ze keken naar het scherm tot Wu weer sprak.

"Hou het vast. Daar, aan de rechterkant, buiten het raam. Dat
is een raam, klopt dat?"

Hoofden knikten. Amanda kon niet zien wat Wu's aandacht
had.

"Buiten, net voorbij het raam.

Ze vertroebelde haar zicht weer, en liet het toen los. Het beeld
werd scherper, en ze voelde haar keel dichtknijpen.

"Wat de..."

"Is dat een persoon?"

Dat was het inderdaad. Amanda was er zeker van.

Het beeld was klein - moeilijk te zien zelfs als ze voorover
leunde op de monitor - maar het was scherp.

Angstaanjagend geconcentreerd.

Het was een man, bedekt met wat leek op gouden verf.

"Het lijkt op een standbeeld voor mij."

"Maar de details..."

Amanda schudde haar hoofd. "Dit is een grapje, toch,
Dr. Wu?"

Dr. Wu keek alleen maar fronsend naar het scherm.

"De man - of het standbeeld - is *volledig* in beeld." De met
goud bedekte man in het beeld, die buiten de vage omtrek van het
raam stond, was perfect gedefinieerd in het kader. Hij was klein en
daarom gemakkelijk te missen, maar Amanda wist zonder enige
twijfel waar ze naar keek.

Een man, perfect gefocust, staarde terug naar hen.

"Dr. Wu," begon ze weer, "heb je dit op de een of andere
manier in de feed gestopt? Misschien is er een artefact uit een
vorig -"

"Nee, Dr. Meron," antwoordde hij, zijn stem zacht. "Ik heb me niet met deze opname bemoeid. Wat we hier zien is een deel van de droomtoestand gecreëerd door meneer Herrera's onderbewustzijn. De man die we zien is, in feite, een deel van Herrera's geheugen."

"Maar hoe kan het zo *duidelijk* zijn? Zo perfect in focus?"

Wu schudde zijn hoofd. "Ik weet het nog niet. Maar laten we eens kijken wat er gebeurt als we een paar frames per keer springen, vooruit en achteruit."

De technicus die het dichtst bij de monitor en de computer was, knikte en bewoog enkele knoppen. Het frame maakte een sprongetje en sprong naar voren. Herrera's geheugen bewoog naar links en draaide zich weg van het raam terwijl hij naar het kind zocht.

Alle ogen waren gericht op de met goud bedekte man in de rechterbenedenhoek van het scherm.

De technicus duwde nog een frame vooruit, toen nog een.

"Daar!" riep iemand.

Amanda sprong op, geschrokken van het geluid van de stem van de persoon.

Of geschrokken van wat ze zag.

De man met de gouden mantel had *zich verplaatst*. Terwijl Herrera's herinnering aan de scène veranderde en verschoof, draaide de man in de hoek, die in de verte voor het raam stond, zich om en volgde Herrera.

Amanda staarde terug naar de man. Ze kon zijn ogen zien, diepzwart en verzonken in zijn hoofd, en zijn gouden gezicht, omlijnd door een glinsterend licht dat zijn lichaam omringde.

De ogen keken haar recht aan.

"MAAR HOE KAN HIJ NAAR ME *STAREN?*"

Dr. Amanda Meron volgde haar collega, Dr. Henry Wu, door de gangen van de faciliteit naar de vergaderzaal.

"Dat deed hij niet, Dr. Meron," antwoordde Wu. "Hij staarde naar de camera."

"De camera?"

"Nou, je weet wat ik bedoel. De geprojecteerde herinnering van ons subject. In dit geval, de herinnering van het achtervolgen van zijn jonge zoon door zijn huis, wordt herinnerd in de eerste persoon, net als elke droom die jij of ik hebben. "

"Dus de man keek naar Herrera? Ons subject?"

"Dat is wat we gaan uitzoeken,' zei Wu. "Maar ja, ik denk dat dat de meest logische conclusie is - de herinnering aan de gouden man zou waarschijnlijk niet zijn verschenen, tenzij het een belangrijke, maar onderdrukte, herinnering was. We moeten meneer Herrera vragen wie de man is en waarom hij over hem droomde."

"Maar waarom was hij in beeld? Toen je hem aanwees, was het net zo duidelijk als naar een foto kijken. Ik dacht..."

"Dat de projecties allemaal vervormd, wazig en onscherp zouden zijn? Ja, net als ik. Maar om een of andere reden was de herinnering aan de man zo sterk, zo *versterkt*, dat de elektroden het bijna perfect konden reproduceren in de transmissie."

"*Bijna* perfect?" vroeg een andere stem. Amanda merkte dat dezelfde jongere technicus die hen een paar minuten geleden had geholpen de computer te bedienen, zich bij hen had gevoegd. "Hij leek me vrij perfect in orde."

"Juist," zei Dr. Wu, niet vertragend zijn vrolijke clip door de gangen. "Maar hij was helemaal goud. Het geheugen was niet stevig genoeg in zijn herinnering om de juiste kledij, kleur, enzovoort van de man na te bootsen. Toch vind ik het nogal vreemd hoe onbeduidend het lijkt."

"Wat bedoel je?"

"Waarom was die man in het bijzonder, het enige wat in beeld was tijdens die herinnering? Zeker, we hebben nog niet de mogelijkheden om perfecte beelden te creëren, maar we hebben hier al eerder een hypothese over gemaakt. De sterkste herinneringen, of de sterkste *elementen* in die herinneringen, zullen de dingen zijn die het duidelijkst te zien zijn."

"Dus die man is het belangrijkste deel van die herinnering?"

"Dat is wat ons onderzoek suggereert, ja," zei Dr. Wu.

Amanda wist dat, maar het was bemoedigend - troostend, zelfs - om het te horen van een van haar beste vrienden en meest vertrouwde collega's. *Ik ben dus niet gek,* dacht ze.

"Maar waarom *die* man, en niet Herrera's zoon? Of zijn huis?" vroeg ze.

"Dat is precies de vraag die we moeten beantwoorden, Dr. Meron."

Ze draaiden zich om en gingen de vergaderzaal binnen. Amanda had vaak gedacht dat de kleine kamer beter dienst zou doen als kast, maar ze hield zich in en schoof tussen de muur en de leuningen van stoelen om bij een stoel in de hoek te komen. Dit was tenslotte haar bedrijf, en zij was de laatste onder hen die geld zou willen uitgeven aan frivole dingen als ruimte en chique vergaderzalen.

Een technicus en twee andere wetenschappers - Johnson, Guavez, en Ortega - zaten al tegenover Amanda aan tafel. Dr. Wu en Nichols, de laatste technicus, zaten naast haar.

Ze begon meteen. "Team - zoals jullie weten was ons eerste neurologische experiment met een volledig functionerend, levend menselijk brein een succes. We zullen beginnen met de evaluatie van het project en met het samenstellen van een antwoord en hypothetisch model zodra deze vergadering is verdaagd."

Ze ging door met de vereiste debriefing, niet stoppen om vragen te beantwoorden tot het einde.

Gelukkig was dat maar een paar minuten later.

"Oké," zei ze, terwijl ze de sessie afrondde. "Nog vragen?"

Handen schoten omhoog door de kamer.

Ze lachte. "Laat me raden - wie denken we dat de man met het goud is?" "Hoe was hij zo perfect in beeld?"

Hoofden knikten eenstemmig.

"Ik vraag me dat ook af." Op dat moment ging de deur open en een kleine, tengere vrouw schuifelde de paar vierkante meter die er nog was, binnen.

"Dr. Meron, de labresultaten," zei de vrouw. Ze schoof een map over de tafel naar Meron.

"Dank je, Diane." Ze wendde zich tot de technici en wetenschappers die zich bij haar rond de tafel hadden gevoegd. "Zoals jullie allemaal weten, wil ik dat dit een volledig open, eerlijk forum is. We maken hier allemaal deel van uit, dus dit is de eerste keer dat *iemand* van ons deze resultaten ziet. Amanda opende de map en begon hardop te lezen.

"Bij het ontwaken van de patiënt om 0900 uur, werden de volgende vragen gesteld. Het transcript en de antwoorden volgen nog."

Amanda sloeg een bladzijde om. "1 - Was u in staat om rustig te slapen? Antwoord: "Ja." 2 - Herinnert u zich dromen tijdens uw meest rustgevende perioden van slaap? Antwoord: 'Ja.'"

Ze stopte even en keek de kamer rond. "Ik ga een stukje overslaan."

Er waren een paar grinnikjes en zenuwachtige lachjes, maar ze ging door.

"7 - Er was een object - wat een menselijke man leek te zijn - in de droom. Deze man leek bedekt te zijn met een gouden verf. Korte pauze. Wie is de man? Antwoord: Het spijt me. Ik kan me niet herinneren een man gezien te hebben. 8 - Deze man leek zich buiten een raam in het huis te bevinden. Herinnert u zich het raam? Antwoord: Dat doe ik. Dit was mijn huis, het huis van mijn familie. Het raam, uh, moet het voorraam zijn geweest, dat uitkeek op de straat.' 9 - En toch herinnert u zich de man buiten het raam niet? Antwoord: Er was geen man voor het raam. Daar ben ik zeker van.""

Amanda slikte, en sloot toen de map. Zonder te spreken legde ze de map neer op tafel en legde haar handen erop.

Wat gebeurt er in godsnaam?

Haar eerste reactie was woede. *Mijn onderzoek - mijn hele* bedrijf *- alles wordt gesaboteerd.*

Ze hield dat gevoel voor zichzelf. Helaas stond de *tweede* emotie die ze voelde - die van complete shock, van zich afvragen wat er aan de hand was - over haar hele gezicht geplakt.

"Dr. Meron?" Dr. Wu's stem. "Gaat het?

Amanda voelde haar hoofd tollen. *Ben ik aan het trillen?* Ze probeerde zich op de tafel te stabiliseren. Ze keek naar Dr. Wu, die knikte.

"Dr. Meron, ik weet zeker dat hier een logische verklaring voor is. Misschien was meneer Herrera tijdelijk vergeten...

"Nee," zei Dr. Wu. "We moeten nog een test doen. Laat Diane de proefpersoon voorbereiden op een nieuwe ronde REMS. Hij moet zijn dagelijkse schema versnellen zodat we vanavond een test klaar kunnen hebben."

Rond de tafel knikten de hoofden. Amanda kon de stem van Dr. Wu horen, maar zijn woorden werden niet geregistreerd. *We zijn gesaboteerd,* dacht ze. *Het is een grap. Het is allemaal een grap.*

Dr. Wu vervolgde. "Is er ondertussen een ander onderwerp klaar voor een REMS analyse?"

Diane knikte. "Ja, Dr. Wu. Eigenlijk hebben we hier ook een neef van meneer Herrera. Ze hebben zich ingeschreven voor dezelfde tentamenweek."

"Dat zal perfect zijn." Hij wendde zich tot de technici die rond de tafel zaten. "Maak de computer en het fMRI-systeem nog eens klaar."

PROLOOG 3

DR. WU NAM HET AMANDA NIET KWALIJK. Jarenlang had ze aan dit project gebouwd, werkend naar het ultieme doel en droom die ze beiden deelden: het opnemen van menselijke dromen.

Het feit dat zij momenteel overweldigd werd door de realiteit van de situatie verbaasde hem niet. Hij zou de leiding nemen tot zij klaar was om terug te keren. Haar kennende, had ze gewoon wat rust nodig en tijd om haar hoofd leeg te maken.

Hij was al bij haar sinds het begin van deze laatste fase. Hun loopbanen waren vergelijkbaar, hoewel Amanda zeker de slimme en creatieve geest was die een onderzoeksproject van dit kaliber nodig had, terwijl hij de hoofdwetenschapper was die zorgde voor de logische en analytische functies om het vooruit te helpen.

Ze waren ook een perfect op elkaar ingespeeld team. Vanaf de eerste dag konden ze het goed met elkaar vinden, haar humor en charme werden geëvenaard door zijn ernst en liefde voor de wetenschap. In het grootste deel van zijn professionele loopbaan had hij alleen maar moordende types gezien die wedijverden om publicaties, universitaire posities en projecten om hun curriculum vitae op te bouwen, die alleen maar hun carrière zouden bevorderen.

Maar niet hier bij NARATech. Neurological Advanced Research Applications was een bedrijf als geen ander - uitsluitend gericht op het bereiken van de doelen die door hen allen, samen, rond de tafel in die vreselijk krappe vergaderzaal waren gesteld. Politieke en bureaucratische overwegingen werden gewoon niet in overweging genomen.

De eerste jaren dat ze hadden samengewerkt, had hij aangenomen dat zij NARATech persoonlijk had gefinancierd - hij kon zich gewoon geen andere mogelijkheid voorstellen voor een bedrijf als dit. Maar nadat hij haar had leren kennen, hoorde hij een paar verwijzingen naar 'investeerders' en 'kapitaal' en dat soort dingen, en hij begon zich af te vragen waar Amanda de investeerders had gevonden die ze had verzameld om dit bedrijf van de grond te krijgen. Hij kon zich niet voorstellen dat iemand bereid zou zijn zulke grote bedragen te investeren in een onbewezen markt, vooral zonder het enorme toezicht en de toewijzing van middelen onderweg die altijd gepaard gaan met het investeringsgeld.

Maar NARATech leek precies zo'n organisatie te zijn. NARATech, dat zijn hoofdkwartier had in Maraba in plaats van in Brasilia, het federale district van Brazilië, was een onderzoeksstation van een miljard dollar met alle voordelen van een startup in Silicon Valley, maar dan ver weg van de drukte van het stadsleven. Dr. Amanda Meron leidde het bedrijf, en Wu werkte als uitvoerend personeelslid.

Dat was het. Niet meer, niet minder. Het was een eenvoudige en elegante opzet die hen in staat stelde snel naar de onderzoeksgebieden te gaan die zij nodig hadden.

In Amanda's belang hoopte Dr. Wu dat de volgende test vlotter zou verlopen. Meer bepaald hoopte hij dat het vreemde fenomeen dat ze de eerste keer hadden meegemaakt hen deze keer niet zou plagen.

Hij gaf de technicus opdracht om te beginnen. Opnieuw stonden ze allemaal rond de computer en monitor, zonder Amanda. De technicus waarschuwde Diane in de kamer ernaast om de fMRI scanner aan te zetten die de elektroden zou activeren die in de helm zaten die hun proefpersoon droeg.

Wu keek toe hoe opnieuw de wervelende kleuren dansten en op het scherm speelden, gevolgd door de sterrebeelden en de sprenkelingen van licht. Deze keer duurde het langer voor hun patiënt in een droomtoestand kwam, maar na ongeveer tien minuten kijken werd het scherm leeg.

"Bevestig de opname," zei hij.

Een technicus bevestigde dit net toen het scherm oplichtte in stralend licht. Wu was opnieuw verbijsterd door de schoonheid ervan. Het was moeilijk te bevatten wat hij zag, maar uiteindelijk begonnen de dingen op hun plaats te vallen.

Deze droomtoestand had veel minder structuur dan die van meneer Herrera. Abstracte lijnen en vormen dansten nog steeds op de achtergrond, vage interpretaties van iets dat Herrera's neef zich herinnerde van lang geleden. Op de voorgrond, of wat Wu veronderstelde dat de voorgrond was, bewogen grotere vormen - onbekende lichamen - heen en weer op het scherm.

Het scherm zelf leek op en neer te springen terwijl de vormen naar links en rechts bewogen. *Het is maar goed dat ik geen aanvallen krijg,* dacht hij.

"Waar zijn we?" Een van de technici, Johnson, vroeg het.

Gauvez antwoordde. "Geen idee, maar het ziet er wel uit als een leuke herinnering."

"Ziet eruit als een dans. Of een feest."

Er waren een paar grinnikjes, toen stilte.

Wu begreep plots de context en setting. *Het is een dans,* besefte hij. Meneer Herrera's neef herinnerde zich ook een gelukkige tijd, een moment van vreugde.

Mensen, of op zijn minst hun vage contouren, dansten rond het scherm. Twee van de vormen - mensenlichamen, zoals ze genoemd zouden worden - omhelsden elkaar en wervelden tot een blob. De blob bewoog en draaide naar de zijkant van het scherm. Het subject bewoog zijn hoofd en volgde terwijl de blob zich verder bewoog naar een andere plaats in het geheugen.

Zij keken nog twee minuten in stilte toe, totdat de twee gedaanten weer uit één en gescheiden op het scherm verschenen.

En daar, in het midden van het scherm, precies waar de twee vormen zich splitsten, stond de met goud bedekte man.
Kijken.
Wachtend.
Ik kijk rechtstreeks naar Dr. Henry Wu.

DEEL I

"Gaily bedight
    Een dappere ridder,
    In de zon en in de schaduw,
    Had lang gereisd,
    Een liedje zingen,
    Op zoek naar Eldorado..."

EDGAR ALLEN POE

"WAT BEDOEL JE, *onovertuigend?* "vroeg Amanda. Ze wilde het niet zo beschuldigend laten klinken, maar de afgelopen week was een nachtmerrie geweest.

"Het - het spijt me, Dr. Meron," antwoordde Dr. Juan Ortega. Hij had een stapel mappen en papieren voor zich liggen, en hij leek plotseling te groot voor de kleine vergaderzaal. Dr. Wu zat naast Amanda aan de ene kant van de tafel terwijl ze vraag na vraag stelden aan hun medewerker.

"Ik bedoel alleen dat de gegevens die we hebben verzameld onvoldoende zijn om gefundeerde conclusies te trekken."

"Ik begrijp de *gegevens*, Dr. Ortega," zei Amanda. "Ik vraag om uw *professionele mening*. U bent bij elk van deze tests geweest, nietwaar?"

"Dat heb ik."

"Ik zou graag willen dat u ons uw beste gok geeft over wat er aan de hand is. Waarom duikt precies dezelfde, perfect afgetekende man, bedekt met goud, op in meer dan 6% van de herinneringen van onze proefpersonen? Waarom komt hij in *elk* van hen voor? Welk inzicht heeft u dat wij nog niet hebben overwogen?

Dr. Ortega zweeg. Amanda kende hem als een 'spreek-laatste' persoon - een persoonlijkheidsomschrijving die zij gebruikte voor de stille, gereserveerde types die vaak op het laatste moment een inzicht hadden dat het gesprek verduidelijkte, verder hielp of een andere richting gaf.

Met andere woorden, een waardevolle aanwinst voor haar en haar team.

"Ik weet het nog niet zeker, Dr. Meron. Ik heb nagedacht over dezelfde zaken die we al hebben doorgenomen. We hebben de apparatuur onderzocht op manipulatie, hacking en alles wat niet klopt...

"Heb je nog andere ideeën? Ideeën die misschien niet, uh, bijzonder *wetenschappelijk zijn?*"

Amanda zag Dr. Wu glimlachen. Ze wist dat dit de reden was waarom ze haar graag hadden, en waarom ze hier graag werkten. Ze gaf weinig om perceptie en het behouden van een imago - ze wilde echte, tastbare resultaten.

"Nou, uh, ik denk dat we een aantal van de meer granulaire gebieden van demografische gelijkenissen kunnen identificeren, zoals inkomensklasse, opleiding, levensstijl keuzes -"

"Dat hebben we allemaal al gedaan. Er was een hele reeks vragen tijdens de eerste inschrijvingsfase, en er waren geen statistische overeenkomsten tussen de proefpersonen."

"Ik weet het. Ik kan niets anders bedenken, buiten een Freudiaans 'gedeelde intelligentie' idee."

Amanda trok haar wenkbrauwen op. "Ga door."

"Gedeelde intelligentie?" vroeg Dr. Ortega. "Freud was de eerste die de term 'onbewust' muntte, zoals u weet, maar dat was omdat hij geloofde in een bepaald 'gedeeld geheugen' van soorten. Dit was zijn basis om te geloven in en ideeën te ondersteunen over genetische overeenkomsten, instinctief gedrag en andere 'natuurlijke' gedragingen."

"Denk je dat sommige van onze proefpersonen ESP hebben?" vroeg Dr. Wu.

"Dat doe ik niet. Het is biologisch onmogelijk voor mensen om te communiceren via een niet-fysieke of niet-hoorbare manier. Maar gedeelde intelligentie gaat dieper dan dat. Het is een rode draad tussen mensen en andere zoogdieren, en andere leden van het dierenrijk in het algemeen - waar komen instincten vandaan? Hoe *weet* een moeder hoe ze voor haar jongen moet zorgen? Hoe komen onwillekeurige reacties, emoties en gevoelens überhaupt tot stand?"

"Allemaal goede vragen, Dr. Ortega, maar hoe kunnen we dit testen?"

"Dat is wat ik heb geprobeerd te ontcijferen," antwoordde hij. "Er is al veel onderzoek gedaan op dit gebied, maar niets daarvan is bruikbaar voor onze situatie."

"Wat bedoel je?"

"Van de zevenenveertig mensen die we hebben getest, hebben er maar drie een geheugen waarin de man met de gouden mantel voorkomt. En van die drie, heeft niemand een herinnering aan die man. Ze lijken allemaal verward als we erover beginnen."

"En ze herkennen het niet als we ze de opnames laten zien."

"Juist," antwoordde Ortega. "Dus ik kan niet zeggen dat het een *instinct* is dat zij voelen, of ervaren, of wat dan ook, maar het is zeker mogelijk dat er een soortgelijke draad in hun afkomst zit. Eigenlijk, als je onze uitrusting uitsluit, *moet er* ergens een overeenkomst zijn, dus waarom niet daar?"

Amanda heeft dit overwogen. "Hmm. Afstamming." Ze keek Wu aan, onzeker of ze verder moest gaan of niet. Haar hypothese op dit punt was bijna absurd, zeker in het rijk van de 'kwakzalverwetenschap'.

Hij knikte, dus ging ze verder.

"Natuurlijk is er een overeenkomst: ze zijn allemaal verwant."

Ortega leek even geschokt, maar herstelde zich snel. "Juist - dat zijn ze. De neven Herrera, en de zus. Ze schreven zich allemaal in voor dezelfde testweek, en hadden allemaal verschillende herinneringen aan dezelfde man met het goud. Maar omdat het niet in hun collectieve bewustzijn *of* onderbewustzijn zit, denk ik dat we verder moeten graven om te begrijpen waar de herinnering vandaan komt."

"Wat suggereer je?"

"We moeten onze database met proefpersonen uitpluizen.

Met uw toestemming, laten we de proefpersonen tijdelijk vrij, tenzij ze dezelfde afstamming hebben als onze drie Herrera familieleden."

Dr. Wu kwam deze keer tussenbeide. "Maar hoe weten we dat? Als we geen DNA-segment hebben geïdentificeerd dat hun relatie tot elkaar bevestigt of ontkent, hebben we geen testbare hypothese. Plus, de tijd die het zou kosten om die testen uit te voeren, resultaten te krijgen..."

"Ik suggereer niet dat we DNA-tests moeten gebruiken," antwoordde Ortega.

Alle ogen waren weer op hem gericht, maar Amanda was niet verbaasd. *Dit is waarom hij hier is*, dacht ze.

Ze had de man ingehuurd vanwege zijn achtergrond in genetica en psychologie, om nog maar te zwijgen van zijn computervaardigheden. Maar het was zijn buiten-het-kader denkende persoonlijkheid die ze het meest respecteerde.

"Kijk," zei hij, "ik kom uit dit gebied, net als Guavez. Ik kan je met zekerheid zeggen dat afstamming een belangrijke familieband is hier in Brazilië. Velen van ons kunnen onze voorouders herleiden tot de Europese conquistadores en hun troepen, via de lokale en regionale stammen."

Amanda knikte. Wu leek lichtjes verward, maar hij liet Ortega verder gaan.

"Ik durf te wedden dat de Herrera's ons ook hun familiegeschiedenis kunnen vertellen, althans in algemene termen. Veel stammen in Midden- en Zuid-Amerika zijn afgesplitst van grotere, meer vooraanstaande stammen die hen voorgingen, dus veel van hun geschiedenis, hoewel genuanceerd, is verwant."

Dr. Wu sprak opnieuw, nu begrijpend. "Natuurlijk - als ze ons een beetje achtergrond kunnen geven, kunnen we misschien andere onderwerpen aanwijzen die een familieband delen. Diane..."

Diane was al van haar post als 'muurbloempje belast met het maken van notities' af. Getiteld als "kantoorassistente," was Diane's rol aanzienlijk diepgaander en crucialer voor de dagelijkse operaties dan iemand anders dan Dr. Wu en Dr. Meron konden begrijpen. Ze had een diploma in organisatie administratie, maar haar vaardigheden strekten zich uit tot zowat elk facet van de operaties van het team - human resources, financiën, en het leiden van dubbelblinde, placebo-gecontroleerde studies behoorden daartoe.

"Komt eraan, Dr. Wu," zei ze. Ze pakte haar gele schrijfblok, drie pagina's met netjes geordende aantekeningen die van boven naar beneden uitwaaierden, en verliet de kamer.

"Dr. Ortega, wilt u ons helpen de familiegeschiedenis van onze onderdanen vast te stellen?

De man knikte, en begon op te staan.

"Nog één ding," zei Amanda. Ortega's hoofd draaide zich om naar zijn baas. "Wij zijn gewoonlijk geen team dat zich zorgen maakt over discretie. Ik heb het liever zo, en ik ben er zeker van dat u dat ook doet. Maar gezien de aard van deze bevindingen zou ik graag willen dat u onze technici voorstelt om de wekelijkse datastroom voortaan niet meer te uploaden, totdat ik hier kop of munt uit kan slaan."

Dr. Wu en Dr. Ortega fronsten beiden hun wenkbrauwen, dus legde Amanda het uit.

"Ik zinspeel niet vaak op onze externe investeerders," zei ze. "Maar jullie weten allebei dat ze bestaan - iedereen hier weet dat. We zijn ze dankbaar voor hun voortdurende steun, en zeker voor hun hands-off stijl van leidinggeven in deze organisatie. Maar totdat we *precies* weten wat deze resultaten betekenen voor onze organisatie, wil ik er bij ons op aandringen om de deuren niet te wijd open te zetten."

Ze hoopte dat de waarschuwing duidelijk was.

"Uw beslissing, baas," zei Ortega. "We staan achter je, wat er ook gebeurt."

Ze knikte, glimlachend.

"Behalve de eerste resultaten die vanmiddag bekend zijn gemaakt, houden we alles stil tot we klaar zijn.

Amanda draaide haar hoofd een beetje. "Eerste set? Vanmiddag?"

"Uh, ja," zei Dr. Ortega. "We hebben het schema vorige maand veranderd naar twaalf uur eerder - dat was makkelijker voor onze IT-consultants, want die zitten aan de andere kant van de wereld."

Amanda staarde hem aan. *Ik herinner me dat,* dacht ze. *En ik ben het helemaal vergeten.*

"Gaat dat een probleem worden?" vroeg Dr. Wu, bezorgd kijkend.

"Nee," antwoordde ze, terwijl ze snel haar hoofd schudde. "Het is gewoon een bewogen week geweest. Ik was vergeten dat we dat besloten hadden te doen."

"Goede deal," zei Ortega. "We houden het offline totdat je groen licht geeft, en ik zal kijken waar degene die geraakt is vandaan komt, zodat je op de hoogte bent."

"*Ontvangt* treffer? Heeft iemand al toegang tot de gegevens?"

"Nou, zeker - iemand doet het altijd, meteen. Tenminste, dat is hoe het altijd is geweest sinds ik hier ben. Hetzelfde IP adres elke keer. Meestal dezelfde tijd van de dag, zelfs. Misschien is het die teruggetrokken investeerder die je hebt." Hij knipoogde.

Amanda voelde haar bloed koud worden. *Als ze de gegevens al hebben...*

Ze stond op. "Heel goed. Allemaal bedankt voor jullie harde werk. We krijgen de resultaten van Diane als jij en Gauvez dit gedaan hebben, en dan gaan we morgenochtend verder."

Dr. Wu en Ortega knikten, en Amanda stond op om de kamer te verlaten.

Tijd om een oude vriend te bellen.

HOOFDSTUK 2

"AMANDA MERON," zei Paulinho in de telefoon die hij in de holte van zijn schouder had gestoken. Fietsen en telefoneren was niet gemakkelijk, maar Paulinho liet zich er niet door tegenhouden. "Ga aan de kant!" schreeuwde hij in het Portugees naar een voorbij gierende taxi. De taxichauffeur keek niet eens om toen hij op zijn claxon toeterde als antwoord.

"Paulinho, ben jij dat?" vroeg de vrouwenstem in zijn oor.

"Sim; ja. Hoe gaat het met je?"

"Het gaat goed, Paulinho. Het is goed om van je te horen. Kunnen we elkaar ontmoeten?"

Paulinho keek op zijn horloge - nog een staaltje van fysieke coördinatie waar hij meteen trots op was. "Ja, ik geloof het wel. Ik heb over een half uur weer een afspraak, maar ik ben nu in de binnenstad."

Zijn fietstochtjes in de namiddag waren slechts een van de vele vormen van lichaamsbeweging die Paulinho door de week beoefende. Hij hield er geen bepaald schema op na, maar beschouwde "actief blijven" als alles van rotsklimmen, gewichtheffen en racquetball spelen in de sportzaal naast het overheidskantoor waar hij werkte - tot fietsen, hardlopen en zwemmen als het mooi weer was.

"Goed, ik heb ook een vergadering. Kun je afspreken voor een kop koffie? Ik kan naar je toe komen."

Paulinho bevestigde dat en stuurde zijn fiets de stoep naast de weg op. Hij vond een kleine koffieshop, verscholen tussen twee winkels, en sms'te de locatie naar zijn vriend.

Hij wachtte tien minuten, maar nog voor hij een vrije tafel had veroverd buiten het café aan de straatkant, stormde Amanda de omheinde patio binnen.

"Paulinho!" Ze wisselden beleefdheden uit, bestelden drankjes, en gingen zitten.

"Wat is het dat je me hier zo snel kwam vertellen?" vroeg Paulinho, terwijl hij een slok nam van de warme drank.

"Niet om het je te vertellen... om het je te *vragen*," antwoordde Amanda. "Ik heb een gunst nodig."

Hij probeerde haar uitdrukking te lezen, maar faalde. "Is alles in orde?"

"Ja, ik denk het wel. Maar ik weet het niet zeker. Het is - het is NARATech."

"Uw bedrijf?"

"Ik maak me zorgen over mijn investeerders. Specifiek, ik maak me zorgen over wie ze werkelijk *zijn*."

Paulinho verbrak het oogcontact toen de ober hun drankjes bracht. Ze namen elk een lange slok, hulde brengend aan de hoge kwaliteit van de drankjes, en begonnen toen weer met het gesprek.

"We hebben wat vooruitgang geboekt in ons onderzoek, aanzienlijke vooruitgang. En we hadden de luxe van een meestal stille partner in mijn investeerders, maar ik zou graag zien of je iets over hen kunt vinden?"

"'Opgraven?'"

Amanda knikte.

"Amanda, ik ben geen spion. Ik werk voor het financiële bureau. Ik ben gewoon een boekhouder."

"Maar jij bent mijn enige contact in de regering. Je bent slim, en je kunt misschien informatie voor me vinden - bankrekeningen, ze terug linken naar een persoon, of personen - alles."

Paulinho had eindelijk een idee van haar. *Ze is wanhopig.* Hij had plots medelijden met haar, maar dat gevoel zakte bijna onmiddellijk weg. Dr. Amanda Meron had een fragiele persoonlijkheid en was het toonbeeld van een introvert genie, maar toch was ze niet het type persoon dat bij hem kwam kruipen voor gunsten. Ze hadden elkaar pas een jaar geleden ontmoet, maar ze konden het meteen goed met elkaar vinden. Paulinho was een extrovert en socialist, en hij was naar haar toegekomen tijdens een etentje, waar ze allebei de enige singles waren, en hij had een gesprek aangeknoopt.

Hij hield van haar rustige zelfvertrouwen, haar vermogen om controle over haar woorden uit te stralen en iedereen die naar haar luisterde op natuurlijke wijze tot een pauze te dwingen en te wachten tot ze haar gedachten had verzameld. Het deed ook geen pijn dat ze verbluffend mooi was.

Hij dacht even na over het verzoek voor hij antwoordde. "Amanda, ik wil helpen. Dat wil ik echt. Maar ik kan me niet voorstellen waar ik zou moeten beginnen."

"Ik heb routing nummers en bankrekening nummers van stortingen. Daar kunnen we beginnen."

"Hoe zit het met een naam, iemand van de firma?" Hij nam nog een slok van zijn koffie, en voegde er toen aan toe: "En waarom ben je zo bezorgd?"

Amanda schudde haar hoofd. "Ik maak me geen zorgen... Nee, ik heb geen namen, dat was de afspraak. Trouwens, het is niet één persoon - dit is een organisatie, één die prat gaat op discretie. Ze financieren het project tot het af is, en geven ons volledige controle, in ruil voor hun anonimiteit. Ze verkiezen een stille partner te zijn."

"Je bedoelt een *niet bestaande* partner..."

Amanda glimlachte. "Desondanks hebben ze ons tot nu toe zonder toezicht laten werken, en we hebben ons aan ons deel van de overeenkomst gehouden - mijn team uploadt elke week onderzoek, en iemand daar schijnt er toegang toe te hebben, maar ze hebben nooit gereageerd met vragen of ophelderingen." Ze pauzeerde even. "Prima. Om je tweede vraag te beantwoorden, ik denk dat ik me gewoon... een beetje overweldigd voel. Ons project gaat steeds sneller, en ik realiseer me dat we geen idee hebben *voor* wie we eigenlijk werken."

Paulinho knikte. "Toch, Amanda, weet ik niet waar ik je mee kan helpen. Ik zal zeker rondkijken in onze kantoren voor een duidelijke link, maar als dit bedrijf een naam had, of een persoon geassocieerd -"

"Het heeft een naam. Ik weet nog wat ze me vertelden toen ik voor het eerst van hen hoorde."

Paulinho trok een wenkbrauw op.

"Ze noemden zichzelf 'Dragonstone Corp.' Ik twijfel er niet aan dat het een overkoepelend bedrijf is, en ik ontvang geld van een van hun dochterondernemingen, een ander bedrijf dat Drache Global heet."

Paulinho zette zich schrap. "Een typische constructie, om belasting te besparen. Enig idee waar ze gevestigd zijn?"

Amanda schudde haar hoofd. "Geen enkele. De man met wie ik zeven jaar geleden sprak, klonk Frans. Misschien Canadees. Ik heb online wat onderzoek gedaan, maar ik heb niets over hen kunnen vinden."

"Goed. Ik zal zien wat ik kan vinden. Amanda, ik hoop dat alles in orde is. Laat me weten als je nog iets hoort."

Amanda stond op om te vertrekken. "Dat zal ik doen. En laat me weten wat je vindt."

Paulinho stond op om haar uit te zwaaien, en ging toen weer aan de buitentafel zitten. Hij haalde zijn telefoon weer uit zijn zak en opende een browser, op zoek naar het nummer van een oude vriendin. *Ik vraag me af of haar nummer online staat,* dacht hij.

Hij scrolde even door een lijst met kantoor-extensies tot hij bij het nummer kwam dat hij zocht. Hij klikte op de link, opende de telefoon-app en draaide het nummer. Hij hield de telefoon tegen zijn oor en wachtte, in de hoop dat het nummer haar persoonlijke mobiele telefoon was, en niet alleen een kantoorlijn.

Neem op, wilde hij in de telefoon.

Een vrouwenstem antwoordde. "Juliette Richardson."

"Julie? Hallo? Het is Paulinho, van de universiteit." Het was jaren geleden dat ze afgestudeerd waren, maar Paulinho en Julie waren toen hecht. Ze probeerden contact te houden, maar hun professionele ambities hadden hen uit elkaar gedreven. Hun wegen hadden zich een paar maanden geleden echter weer gekruist, toen hij naar de Verenigde Staten werd gestuurd om te helpen bij het opruimen van de financiële gevolgen van de explosies en de uitbraak van een virus in Yellowstone National Park.

"Paulinho! Wow, twee keer in één jaar!" antwoordde de vrouw.

"Ja, en het spijt me dat we geen contact hebben gehouden, maar ik bel voor iets anders."

Julie pauzeerde aan de andere kant. "En wat mag dat zijn?"

Paulinho zuchtte. "Nou, ik herinner me je ... *beproeving* ... terug in Yellowstone. "

Geen antwoord.

"Julie, ik weet dat je het niet opnieuw wilt meemaken, maar ik weet ook hoe radeloos je was nadat jij en Harvey het niet konden afsluiten.

Meer stilte.

"Julie, ik ben net gecontacteerd door een vriendin van mij die in neurologisch onderzoek werkt. Ze kwam naar me toe en vroeg om hulp bij het onderzoeken van een van haar investeerders. Ze leek een beetje wanhopig, wat niet echt bij haar past." Hij pauzeerde. "Luister, het punt is: Ik maak me zorgen om haar. Ik ga er naar kijken, maar ik wilde je het eerst laten weten."

Eindelijk sprak Julie. "Waarom?"

"Nou, de bedrijfsnaam die ze me gaf was Drache Global."

HOOFDSTUK 3

"JULES, ik heb je gezegd dat ik niet drie weken op mijn kont wil zitten terwijl jij overgeeft op de rand van een boot.

Harvey "Ben" Bennett wachtte op het weerwoord waarvan hij wist dat het zou komen, en ging dan verder met het boek dat hij aan het lezen was: *Planten van de Rocky Mountains*. Lezen' was waarschijnlijk een te sterk woord, want hij bladerde vooral door de bladzijden, in de hoop iets op te vangen van wat zijn vader "intelligentie door osmose" placht te noemen.

Hij had niet lang genoeg gewacht. Juliette Richardson stopte bij de deuropening van de piepkleine woonkamer in de hut waar ze nu samen woonden, en sprak. "Ik heb niet gezegd dat ik zeeziek was, Ben. Ik zei dat ik dat *misschien was*. Mijn moeder was het, en haar zus, en -"

"En jij zegt dat zeeziekte erfelijk is," zei hij, niet opkijkend van zijn boek.

"Ik *zeg* dat ik niet *weet* of ik het zal zijn of niet. Maar dat maakt niet uit. Ik heb medicijnen en ze hebben van die kleine armbandjes nu die...

"Oh, kom *op*," zei hij lachend. "Je denkt toch niet echt dat die dingen *werken*, of wel?"

Julie deed een paar stappen dichter bij hem en ging aan het voeteneind van zijn fauteuil staan - een haveloze, aangekoekte oude fauteuil die hij haar niet liet vervangen. Het zat 'lekker', zoals hij haar altijd vertelde. Zij was het daar niet mee eens, en verkoos altijd op de love-seat ernaast te gaan zitten.

"Laten we ons even realiseren wie van ons het meest dramatisch is," zei ze.

"Jij," antwoordde hij onmiddellijk, nog steeds niet opkijkend van de beschrijving van de 'Sleutel tot kruisbessen en aalbessen (*Ribes-soorten*)' in de sectie 'Heesters' van het boek.

Julie zuchtte. "Juist. Ik. Ik ben de dramatische, omdat ik me afvraag of ik niet zeeziek zou worden op een cruise van een week door de Golf van Mexico. Niet *jij*, die *erheen* wil *rijden*. Ben," Ze pauzeerde, wachtend tot hij opkeek.

Doe het niet, idioot, dacht hij. *Ze wint als je opkijkt.*

Hij keek op. *Verdomme, ze is schattig.*

"Ben," herhaalde ze. "We zijn in *Alaska*. Je wilt *naar Galveston, Texas rijden*. Vanuit Alaska."

Hij trok zijn wenkbrauwen een beetje op. *Zo wat?*

Ze zuchtte nog eens, stak haar handen in de lucht en verliet de kamer om de enorme pot chili te maken waar ze de hele dag aan had gewerkt. Het was een favoriet recept van haar moeder, en aangezien Ben zichzelf het hele jaar door een 'chili-liefhebber' noemde, had hij er geen moeite mee om in hartje zomer de stevige stoofpot meerdere keren per dag te eten.

Julie woonde nu al een paar maanden 'officieel' in zijn hut, en hij wist dat geen van beiden hoopte daar snel verandering in te brengen. Ze werden steeds serieuzer, maar Ben deed zijn uiterste best om niet 'verliefd' te lijken als zijn collega rangers hen samen zagen. In het begin had hij de grappen en grollen nog kunnen weerstaan, maar binnen een week nadat ze van zijn relatiestatus hadden gehoord, werd hij 'Romeo' genoemd. Hij ontdekte al snel dat zijn collega rangers in Denali National Park niet creatiever waren met hun beledigingen dan die hij in Yellowstone had achtergelaten.

Na hun overplaatsing van Yellowstone werden hij en Juliette met open armen ontvangen in de voltijdse staf van het park, waarbij Julie een nieuwe functie begon als coördinator IT en technische ondersteuning, en als deeltijdse consultant voor het CDC. Haar oude programma, de Biological Threat Research division, was tijdelijk gesloten na de vermoedelijke moord op de leider en een terroristische infiltratie in de gelederen. Ze verdiende genoeg geld met IT voor het park en haar diensten als bijbaantje voor de CDC, en ze mochten haar laten werken waar ze maar wilde. Nadat Ben de aankoop van het land in Alaska dat hij altijd al had gewild had afgerond en de voorbereidingen had getroffen, nam hij Julie mee om de kleine pelsjagershut die erop stond om te bouwen tot een huis.

Julie kwam de kamer weer binnen, nadat ze de chili had omgespoeld en het nog vijf minuten veilig achtte. Ben begreep haar kookgewoonten nooit. Ze hielden allebei van koken, maar Julie was veel meer 'hands on'. Als ze volgens een recept twintig minuten moest wachten, kon Ben er zeker van zijn dat ze er elke minuut bij zou blijven om te kijken, te prikken en te porren.

Toen een recept Ben zei 'wacht twintig minuten', gaf hij er voor de zekerheid dertig.

"Mijn punt is dat je gewoon niet wilt vliegen. Als je wilde vliegen, konden we er in een paar uur zijn en nog wat tijd doden voor we op de boot stappen."

Ben keek weer op van de struik die hij inactief aan het bestuderen was. "Een paar uur? Serieus? Julie, het is *9 uur* van Anchorage, en dan tel ik de reistijd naar het vliegveld nog niet mee."

"Het is drie dagen rijden. Hotels en eten niet meegerekend. Ik zeg alleen...

"Ik weet wat je zegt, Jules. Ik doe het niet." Hij had het als definitief bedoeld, om Julie te laten weten hoe serieus hij de beslissing had genomen, maar het kwam aarzelend over. Als hij eerlijk was tegen zichzelf, wilde hij *wel op* vakantie. Hoewel hij absoluut van de koele zomers in Alaska hield, moest hij toegeven dat op een dek zitten, badend in het zonlicht terwijl hij een Cuba Libre dronk, hem wel aanstond.

Om nog maar te zwijgen over Julie's kledij tijdens de week.

Hij wist dat ze online badpakken had besteld, en verwachtte dat het gesprek dat ze nu hadden haar kant op zou gaan.

En dat zou het ook. Ben wist dat hij het gewoon wat langer moest volhouden om ervoor te zorgen dat ze wist dat ze hem niet om haar vinger had gewonden. Door een beetje tegen te stribbelen, zou ze nog opgewondener zijn als hij ermee instemde.

Ze verliet de kamer om nog eens in de chili te roeren, en kwam toen terug. "Ik heb online badpakken besteld, en de eerste kwam vandaag op kantoor - wil je dat ik hem voor je show?"

Julie wierp hem die ene opgetrokken wenkbrauwblik toe die ze gebruikte als ze sexy wilde lijken, maar die haar er alleen maar maf uit liet zien.

Waardoor ze er sexy uitziet.

"Prima. Ik denk dat ik het boek maar neerleg," zei Ben grijnzend.

Julie liep naar de slaapkamer van de hut, die naast de keuken en achter de grotere woonkamer lag, en Ben sloeg de reisgids dicht en legde hem op het bijzettafeltje naast de stoel.

Hij hoorde haar mobiele telefoon overgaan, een doordringende gil die ze niet wilde veranderen of zachter zetten. Ze droeg het ding overal met zich mee, bang dat ze elk moment opgeroepen kon worden om een noodwachtwoord voor e-mail te veranderen of een computer op kantoor te laten bevriezen.

Na nog een minuut kwam Julie terug in de kamer - nog steeds met de kleren aan die ze eerder aanhad.

"Alles in orde?" vroeg hij.

Ze schudde haar hoofd. Hij richtte zich op haar ogen. Waar ze daarnet nog speels en vrolijk waren geweest, was ze nu een en al zakelijkheid.

"Jules, wat is er?" hij stond op uit de grote stoel en schoof de relaxfauteuil naar binnen, liep toen naar haar toe.

"We moeten naar Brazilië gaan."

Ben wist niet goed hoe te reageren. "Pardon? Brazilië? Het land?"

"Dat was een vriend van mij van de universiteit. Hij vertelde me dat Drache Global daar was opgedoken, en dat hij denkt dat ze weer iets van plan zijn."

Ben voelde zijn bloed koud worden. *Drache Global.* Nadat hij twee maanden had geprobeerd uit te zoeken wat het bedrijf eigenlijk deed - en nog belangrijker, wie er achter zat - had hij de hoop al bijna opgegeven. De regering, als ze al iets wisten, bood geen hulp, en Julie's positie bij de CDC was niet hoog genoeg om iets nuttigs te kunnen onderhandelen.

Hij wist alleen dat zij een van de dochtermaatschappijen waren van de organisatie die maanden eerder de aanslagen in Yellowstone National Park had gepleegd, en dat ze grotendeels waren weggekomen met hun terreurdaad. Niemand behalve Ben en Julie wist hoe dicht de natie bij de totale vernietiging was gekomen, en hij deed zichzelf de gelofte dat hij nooit zou ophouden naar hen te zoeken. Ze hadden een paar namen van andere filialen die erbij betrokken konden zijn, waaronder Dragonstone en Drage Medisinsk, maar zoekopdrachten naar die bedrijven leverden alleen openbare informatie op over hun handel in de landen waar ze actief waren. Niets illegaals, niets dat hen aan de aanvallen kon linken, en niets voor Ben om te volgen. Hij had al te veel uren besteed aan het vinden en volgen van een spoor, en hij had bijna de handdoek in de ring gegooid.

Nu gaf iemand hen een aanwijzing, wenkend.

Hij zou verdoemd zijn als hij de kans door zijn vingers liet glippen.

HOOFDSTUK 4

Juliette Richardson staarde uit het kleine ovale raampje van de 737 toen die over de Caribische Zee naar het zuiden vloog. Ze verlangde ernaar om daar beneden te zijn, rond te varen in het helderblauwe water tussen Mexico en Jamaica. De cruise die ze had gekozen zou hen naar drie havens in Cozumel, Grand Cayman, en Port Royal hebben gebracht, en ze zouden een luxueuze zeven dagen aan boord van een gigantisch drijvend 5-sterren hotel hebben doorgebracht.

In plaats daarvan vlogen ze over de open wateren naar Belo Horizonte, Brazilië, waar ze van vliegtuig zouden wisselen en dan weer noordwaarts zouden vliegen naar een kleinere gemeente in Midden-Brazilië, Marabá genaamd, waar ze in de verstikkende hitte en overweldigende vochtigheid zouden landen om God weet hoe lang te spenderen aan het opsporen van een organisatie waarvan ze niet zeker wisten of die wel echt bestond. Ze spraken af met Dr. Meron, een kennis van Paulinho, in haar onderzoeksbureau, NARATech, en probeerden stukjes informatie bijeen te sprokkelen die misschien - of misschien niet - naar Drache Global zouden kunnen wijzen.

Ze wendde zich tot Ben, die op de stoel naast haar zat. "Denk je dat we ze zullen vinden?" vroeg ze.

Hij opende zijn ogen. "Hm?"

"Sorry, ik dacht dat je niet kon slapen in vliegtuigen," zei ze.

Hij wreef in zijn ogen en ging rechter op de stoel zitten. "Ik slaap niet. Ik kon je alleen niet horen..."

Ze keek toe hoe hij een stukje kauwgom in zijn mond stopte en wachtte tot hij zou reageren. Het duurde nog tien seconden.

"Ja, ik denk dat we wel iets zullen vinden," zei hij.

Ze trok haar wenkbrauwen op, in de hoop de boodschap over te brengen. *We hadden nu op een cruise kunnen zitten, maar je sleept me het halve werelddeel rond omdat je denkt dat we iets zullen vinden?*

Hij begreep de hint.

"Goed," zei hij. "Ja, ik denk dat we ze wel zullen vinden. Het is een bedrijf, of een organisatie, of wat dan ook. Maar het handelt in valuta, net als de rest van ons. Ze moeten daar ergens hun vingerafdrukken hebben."

Ze knikte.

"En je zei dat die 'Paul' - Paulinho - informatie had die Drache Global verbond met het bedrijf van zijn vriend?"

Ze knikte. "Ja. Hij vertelde me dat ze dacht dat ze op een of andere manier verbonden waren; dat ze haar misschien financierden, maar zichzelf uit de schijnwerpers probeerden te houden."

Ben was even stil. "Wat doet haar bedrijf precies?"

"Van wat ik online heb gevonden, zijn ze een neurologisch onderzoeksbedrijf. Neurological Advanced Research Applications, geloof ik. NARATech. Paulinho zei dat ze momenteel werken aan een toepassing om droomtoestanden in kaart te brengen."

"Droomstaten?"

"Dromen. Ze gebruiken fMRI-technologie, direct toegepast op de schedel, om menselijke dromen af te beelden en op te nemen."

"Dat is een reis. Werkt het?"

"Ik denk het," zei ze. "Er staat niets over op hun website, maar ik heb Paulinho uitgevraagd voor wat hij ervan wist. Het is niet veel, maar hij vertelde me dat ze 'meestal positieve resultaten' hadden."

"Vraag me af hoe 'negatieve resultaten' eruit zien," zei Ben.

"Wat het ook is, als Drache Global erachter zit, is het waarschijnlijk belangrijk voor iets wat ze van plan zijn."

"Heeft hij iets gezegd over hoe dit 'onderzoek' er eigenlijk uitziet?"

"Nee, behalve dat ze een soort afwijking hebben gehad. Hij wist niet wat het was, maar hij zei dat Amanda 'zenuwachtig' leek als ze sprak."

"'Fidgety?'"

"Dat is wat hij zei."

Ben reageerde niet, maar ging weer 'slapen' met zijn hoofd zachtjes rustend tegen het keiharde kussen van de vliegtuigstoel. Zijn benen, veel te lang om comfortabel te zijn, werden tegen de stoel voor hem gesmakt, niet geholpen door het besluit van de passagier om de stoel zo ver mogelijk naar achteren te leunen.

Toen Julie zag hoe Ben daar zat als een testpop die na een mislukte test tegen de voorkant van zijn auto was gesmakt, voelde Julie zich nog ongemakkelijker.

"Nu weet ik waarom je niet van vliegen houdt," zei ze.

Ben opende zijn ogen en grijnsde, terwijl hij zich in zijn stoel verschoof om een meer comfortabele positie te vinden. "Denk je dat *dit* de reden is waarom ik vliegen haat?" vroeg hij.

Ze glimlachte terug. "Het is toch zeker niet het vriendelijke, zorgzame personeel aan boord."

Hij staarde naar haar. "Ik weet dat je een grapje maakt, maar het doet nog steeds pijn om je te herinneren."

Ze lachte. Ze hadden slechts één keer eerder samen gevlogen, toen ze beiden waren uitgenodigd op het Witte Huis om de president te ontmoeten na de gebeurtenissen in Yellowstone National Park. De regering van de Verenigde Staten, die hen zogenaamd wilde eren in de hoofdstad van het land, vond het blijkbaar niet nodig hen te eren *tot* ze aankwamen - ze wilden niets duurders dan buskaartjes. Ze brachten de urenlange vlucht samengeperst door op de achterste rij, geen van beide stoelen kon achterover leunen om ook maar een beetje respijt te bieden van de miserabele reis.

Bovendien was er geen alcohol meer in het vliegtuig, zodat Ben en Julie het moesten doen met pinda's en halve blikjes cola van een stewardess die duidelijk ontevreden was over zijn carrière. De stewardess maakte een hatelijke opmerking telkens als ze om iets vroegen, en uiteindelijk zei hij tegen Ben dat hij "moest opstaan en het zelf moest halen" toen Ben om een ander drankje vroeg.

En toch, als er iets was dat ze beiden van de ervaring meekregen, dan was het wel de herinnering aan het lachen om de belachelijkheid van dit alles; een binnenpretje tussen hen. Julie wist dat Ben om een aantal redenen een hekel had aan vliegen, maar zelfs Ben gaf toe dat hij in een veel hogere stemming was als ze samen reisden.

Ze vroeg zich af of hij ooit over zijn vliegangst heen zou komen. Het was een controleprobleem - namelijk dat hij wist dat hij geen controle *had* - maar ze herinnerde hem er graag aan dat angsten overwonnen konden worden.

Hij kibbelde altijd terug, zoals zijn gewoonte was, maar Julie vond het stiekem heerlijk om hem te zien kronkelen in zijn stoel als het vliegtuig vertrok en weer als het landde. Ze vond hem er schattig uitzien.

"Je denkt toch nog steeds aan drie dagen?" vroeg ze.

"Drie dagen voor wat?"

Ze wierp hem een blik toe. "Drie dagen om alles te vinden wat we kunnen over Drache Global, dan zijn we de rest van de tijd op vakantie. *Niet* op zoek."

"Ik dacht dat we een week hadden gezegd -"

"*Je* zei een week. We blijven daar *twee weken*, en ik ga niet de helft verspillen aan het opsporen van een mysterieuze organisatie." Julie drong niet verder aan; ze wist dat Ben veel vastberadener was in het achtervolgen van de onduidelijke organisatie die hen bijna het leven had gekost. Zij wilde net zo graag weten wie ze waren als hij, maar het speurwerk liet ze graag over aan echte rechercheurs.

Ben reageerde eerst niet, maar toen ze niet ophield hem aan te staren, knikte hij eindelijk. "Ja, natuurlijk, ik weet het. Drie dagen. Maar als we vinden -"

"Nee, Ben. Drie dagen. Dat is het." Ze wilde resoluut en vastberaden klinken, maar de woorden klonken vermoeid. Ze *was* moe - Yellowstone en de debriefingsessies met de regering en de media in de maanden daarna hadden hun tol geëist, en ze was er klaar mee om het achter zich te laten. Zoals haar moeder altijd zei, "soms krijg je geen afsluiting, je gaat gewoon verder."

Ben was echter niet het type persoon dat gewoon kon "verder gaan". Hij was veel te koppig en gedreven om verder te gaan. Dat was waarschijnlijk het meest frustrerende aan de man. Julie vond het heerlijk dat ze op hem kon rekenen om een project af te maken, hoe groot het ook was, maar ze moest dat afwegen tegen de realiteit dat hij de neiging had zich op niets anders te concentreren totdat het project af was.

Ze was altijd bang dat hij uiteindelijk een aanwijzing zou vinden, een klein stukje informatie dat zijn interesse in de zaak weer zou wekken. Ze had zelfs overwogen om hem niet over Paulinho's telefoontje te vertellen, maar ze wist dat hij daar te slim voor was. Hij zou vragen wie gebeld had, en hij zou weten dat het iets ernstigs was, en zij zou het hem uiteindelijk vertellen.

Het was dus met grote tegenzin dat ze Ben vertelde over de mogelijke aanwijzing in Brazilië, hun vakantie uitstelde en ermee instemde om met hem naar Brazilië te vliegen om er een paar dagen rond te kijken. Als alles volgens plan verliep, zouden ze een paar dagen met Paulinho en zijn vriendin Amanda Meron doorbrengen, de investeringsdocumenten en financieringsdetails van haar bedrijf doornemen en eventueel wat van het onderzoek bestuderen, en dan zouden ze nog eens tien dagen luieren op de prachtige witte zandstranden en wat drinken met de plaatselijke bevolking.

Als alles ging zoals gepland.

HOOFDSTUK 5

Ben masseerde zijn handen om de stijfheid weg te werken die hij had opgelopen toen hij een paar uur geleden de armleuningen van de vliegtuigstoel vasthield tijdens de landing. Hij luisterde hoe de groep elkaar verwelkomde en beleefde, terwijl ze allemaal wachtten tot hun bestelling voor drank werd bezorgd. Ze zaten rond een ronde tafel in een pittoresk Braziliaans café, met een paraplu boven hen die het meest flagrante zonlicht dat de straten van de stad besmeurde, tegenhield. Stromen winkelend publiek en zakenmensen bewogen zich om hen heen op het voetpad, laverend tussen de tafeltjes aan de straatkant van het café.

De man die iedereen had voorgesteld, Paulinho, stond nog steeds voor zijn stoel, met een brede glimlach op zijn gezicht. Hij had Bens hand geschud met een greep die indruk leek te willen maken, maar niet sterk genoeg om nuttig te zijn. Ben kon niet zeggen of hij hem aardig vond of niet, maar zoals zijn gewoonte was, besloot hij dat hij dat niet deed, maar zou de man toestaan Ben op andere gedachten te brengen. De huid van de man was donker, diep gebruind door de Braziliaanse zon, en toen hij zijn hand wegtrok zag Ben een kleine, ronde tatoeage aan de binnenkant van zijn pols. Hij herkende het ontwerp niet, en kon het niet lang genoeg bekijken om het verder te ontcijferen.

Links van hem zat Julie, die bloosde toen Paulinho haar op beide wangen kuste. Ben kon zich niet herinneren of dat een Europese begroeting moest zijn of iets wat de hele wereld deed, maar hij vond het toch vreemd om het in Brazilië te zien. Tegenover Julie, aan Bens rechterzijde, zat Dr. Amanda Meron, een jonge vrouw die volgens Ben beter geschikt leek voor een beachvolleybalteam dan voor een wetenschappelijk laboratorium. Haar huid was licht, maar gebronsd met een natuurlijke gloed die alleen de zomer in een land als Brazilië kan geven. Haar haar was kort en blond, maar lang genoeg om in een losse paardenstaart te hangen die zachtjes in haar nek rustte. Ze was blijkbaar Amerikaans of Europees van geboorte, en ze onderscheidde zich van de Braziliaanse inboorlingen om hen heen.

Ben probeerde niet stil te staan bij het feit dat ze absoluut beeldschoon was. Toen Julie hem over haar bedrijf had verteld, was hij ervan uitgegaan dat ze een verschrompelde oude dame zou zijn, met een gebogen rug door jarenlang boven een microscoop te hebben gezeten. Een bril, waarschijnlijk aan haar witte laboratoriumjas vastgehouden door een lange bungelende ketting die ze aan haar voorzak vastmaakte. Hij stelde zich zijn overleden grootmoeder voor, een brede, kleine vrouw met de felheid van een stier en de bijpassende schouders. Hij dacht aan alle andere "wetenschapsmensen" die hij kon bedenken - Bill Nye, Bill Gates, sommige witte labjas dragende mannen en vrouwen op stockfoto's - allemaal nerds, volgens Ben.

Hij realiseerde zich toen hij Amanda Meron ontmoette dat hij niets van wetenschap wist.

Toen hij nog een blik wierp, zag hij dat Dr. Meron met haar ellebogen op tafel zat, haar rug recht, haar ogen opwaarts gericht naar Paulinho. *Ontspannen, maar toch op het randje.* Julie keek naar Ben, die snel kuchte en een keer knikte, en toen opkeek naar Paulinho.

Julie grijnsde, haar ogen twinkelden van het lachen dat ze voor zichzelf hield.

Ben vroeg zich af of hij bloosde.

"Ben, vertel me - wat doe jij voor de kost, als ik vragen mag?"

zei Paulinho, op de een of andere manier pratend met onberispe-
lijk gespatieerd Engels terwijl hij de enorme glimlach op zijn
gezicht gepleisterd hield.

"Uh, zeker," zei Ben. "Ik ben een parkwachter, in Alaska."

"Oh? Heel interessant! Is dat iets wat je het hele jaar door
doet?"

Ben fronste zijn wenkbrauwen en probeerde de vraag te interpreteren. Als het iemand anders was geweest, zou het een opmerking over het weer zijn geweest: *Is het in de winter niet te koud om
in Alaska te werken?* Maar hij was nog steeds niet zeker van Paulinho. *'Is dat iets waarmee jij en je vriendin de rekeningen kunnen
betalen, of heeft ze geen betere man nodig? Iemand zoals ik,
misschien...?'*

"Ben?"

Ben schudde zijn hoofd omhoog, en Julie - en Paulinho en
Amanda - staarden hem aan.

"Juist, oh, sorry," zei hij. "Ja, het is full-time. Betaalt de rekeningen, weet je..."

Paulinho's glimlach werd, wonderbaarlijk genoeg, nog groter.
"Wonderful! Nou, ik ben blij dat we allemaal hier konden zijn.
Dank u voor uw komst op zo'n korte termijn. Ik neem aan dat Dr.
Meron u op de hoogte heeft gebracht van de details van haar
bedrijf?"

Julie knikte. "Ja, dank u. En u bent op zoek geweest naar iets
wat met Drache Global te maken heeft?"

De ober kwam terug met hun drankjes. Twee lichte, sprankelende sappen voor Paulinho en Amanda, een cola light voor Julie,
en water voor Ben.

Paulinho knikte in antwoord op Julie's vraag, en ging eindelijk
zitten. "Ja, maar het heeft tot nu toe niets opgeleverd. Het bedrijf
lijkt zich goed verborgen te willen houden."

"Wat betekent dat ze iets verkeerd doen," zei Amanda.

"Niet noodzakelijk. Bedrijven opereren vaak liever op afstand
van hun lokale en nationale overheden. Belastingen zijn tegen-

woordig een zware last, om nog maar te zwijgen van de constante dreiging van rechtszaken en slechte publiciteit."

Iedereen rond de tafel knikte en accepteerde het antwoord.

"Maar *als* ze iets verkeerd deden, zou je het vinden?" vroeg Ben.

"Nou, laten we niet op de zaken vooruit lopen. Ik werk op een kantoor dat toegang heeft tot anders private dossiers die bedrijven elk jaar moeten indienen - dat wil niet zeggen dat ik iets zal kunnen vinden, als het er al is. Ik doe dit als een gunst voor Dr. Meron, en natuurlijk ook voor jullie twee. Ik heb ook contact opgenomen met een vriend van mij die geïnteresseerd is in geschiedenis. Hij is een beetje excentriek, maar jullie zullen hem mogen."

Julie reikte naar Paulinho en klopte hem op de hand met een bezorgde blik op haar gezicht, alsof hij zojuist de puppy van haar neefje had gered. Ben nam een lange, diepe slok van zijn water en probeerde de vreemde houding van zijn vriendin tegenover de stoere, donkergekleurde Paulinho te negeren. Paulinho zat alleen maar te glimlachen en nam alles in zich op.

De man heeft branie, dacht Ben. Hij moest het hem nageven. Hij woonde in Brazilië, was goed opgeleid, rijk en zag er goed uit. Ben wist dat de man niet op aandacht van het andere geslacht zat te wachten. Hij hield zich zelfverzekerd, zijn permanente glimlach verlichtte de toch al zongebruinde dag.

"Zo," vroeg Ben. "Wat is de volgende stap?"

Amanda schudde haar hoofd, terwijl ze de woorden vormde. "Ik weet niet zeker wat er aan de hand is, of waarom, maar ik ben blij dat jullie hier zijn - jullie allebei. Jullie moeten inchecken in jullie hotel, en wat rusten. We kunnen morgen verder praten. En als er iets is wat je me kunt vertellen over deze organisatie, ben ik een en al oor."

Ben stond op en maakte zich klaar om met Julie te vertrekken. "We tasten in het duister, maar ik kan je dit zeggen: Drache Global, als zij hier echt achter zitten, is geen bedrijf waar je mee wilt rommelen."

HOOFDSTUK 6

Juan Ortega reed naar het kleine huis aan het eind van de straat en parkeerde zijn sedan op de oprit. Hij verdiende genoeg geld om een betere auto te kopen, een groter huis, en om zowat overal in Brazilië te wonen, maar voor hem was het nooit een kwestie van meer willen.

Hij was katholiek opgevoed, door een boer en een onderwijzeres, en zuinigheid was altijd een sterke leermeester geweest in hun huis. Juan's vader leerde de kinderen - negen in totaal, Juan inbegrepen - hoe ze moesten tuinieren en eten verbouwen, voor zichzelf zorgen en een gezin onderhouden. Zijn moeder leerde hen de waarde van een goede opleiding, en bracht hen allemaal de wil bij om te leren.

Terwijl hij zijn tas pakte en zijn NARATech ID-badge over de achteruitkijkspiegel hing, kwam een beeld van zijn ouders in hem op. Zijn vader, glimlachend in de wetenschap dat zijn oudste zoon de familienaam op een trotse, wereldverbeterende manier voortzette, en zijn moeder, zelfvoldaan met de blik die alleen een tevreden moeder kan hebben als ze naar haar volwassen kinderen kijkt. Ze waren beiden vijf jaar geleden overleden, binnen zes maanden na elkaar, en Juan deed zijn best om hen goed te herinneren. Ze hadden een kleine schrijn opgericht in de ingang van het huis, net binnen de voordeur. Hij liep ernaartoe, opende de hordeur en draaide de klink van de grotere deur erachter open, en ging het huis binnen.

Hij passeerde de schrijn en zag de rij kaarsen en de ingelijste afbeelding van zijn ouders die naar hem glimlachten. Hij pauzeerde even, in de hoop hun nagedachtenis in stilte te kunnen eren, maar zijn vijfjarige dochter kwam de hoek al om.

"Papa!" schreeuwde ze, terwijl ze naar hem toe sprong en in zijn armen sprong.

"Caroline," zei hij, terwijl hij haar wang kuste, "wat doe je thuis?" Caroline zou vandaag na school dansles hebben, dus hij was verbaasd haar in huis te zien.

"Mama zei dat ik mocht overslaan zodat we vanavond koekjes konden maken."

Hij glimlachte. Koekjes bakken' betekende dat de hele keuken op z'n kop zou staan voor de rest van de avond, maar niet veel later zouden er *honderden* koekjes in alle vormen, maten, texturen en smaken zijn om uit te kiezen. Het was een familietraditie waar zijn vrouw en hun drie dochters - van negen, zeven en vijf jaar oud - allemaal aan deelnamen. Juan's rol was 'officiële voorproever'.

"En waarom help je haar nu niet?" zei hij, terwijl hij haar kietelde.

Ze gilde van het lachen en rende de kamer uit zodra hij haar had neergezet. Zijn vrouw verwelkomde hem in het Portugees, te druk om haar post in de keuken te verlaten, en hij antwoordde en liep de gezinsruimte in die aan de keuken grensde.

Voordat hij de aktetas kon neerzetten, kwam zijn oudste dochter, Gloria, de kamer binnen met een spel in haar hand. Ze had al de pruilende ogen van een bedelend kind, in de hoop iets van haar vader te krijgen.

"Wat, help jij je moeder ook niet?"

"Dat ben ik, maar we wachten tot we klaar zijn met deze partij," antwoordde ze. "Alstublieft?" Ze hield het kleine, rechthoekige doosje omhoog naar Juan.

"Ik denk het," zei hij, "als je moeder het goed vindt."

Ze knikte even en voegde er toen aan toe: "Maar als je te laat bent voor de volgende partij deeg, mag je er geen opeten."

De meisjes lachten, en Gloria dumpte de doos op het tapijt in de familiekamer. *Pega-vereta* was een kinderspel dat ze een paar weken geleden van de broer van zijn vrouw hadden gekregen. De gekleurde stokjes vielen lukraak op elkaar, en het spel was om ze op te rapen zonder een ander stokje te bewegen. Elke kleur stokje was een andere puntenwaarde waard. Het was een eenvoudig spel, maar Juan speelde graag een rol voor de meisjes als ze speelden. Vanavond zou hij een krankzinnige chirurg zijn, die een patiënt probeerde te genezen zonder nog meer schade aan te richten. Hij kroop onmiddellijk in zijn rol en schreeuwde met een Amerikaans accent naar de stokjes op de grond om "de kamer leeg te maken!"

De meisjes lachten allemaal, en Gloria pakte haar eerste stok op.

Ze speelden een paar minuten, heen en weer, tot er nog maar tien stokjes over waren. Alle overgebleven stokjes waren op dezelfde manier op de grond gevallen, de uiteinden overlapten dichter bij de ene kant van elk stokje dan bij de andere, en vormden een punt waar alle stokjes samenkwamen.

Juan hield zijn hoofd schuin toen hij naar hen keek.

"Papa, het is jouw beurt," zei Gloria.

Hij antwoordde in karakter. "Ja, ja, ik ben me aan het concentreren."

Maar toen hij naar de overgebleven stokken keek, die elkaar op één punt kruisten, realiseerde hij zich iets.

Ik moet naar kantoor...

Hij moest de theorie testen.

Hij stond op en verontschuldigde zich tegenover Gloria. Terwijl hij de keuken in liep, pakte hij de hand van zijn vrouw. "Ik moet naar kantoor."

"Het kantoor?" vroeg ze verbaasd. "Daar kom je net vandaan."

"Ja, mijn excuses. Het is - het is iets dringends. "

"Is alles in orde?"

"Het is, ja. Maar ik moet iets naar Dr. Meron brengen voor vanavond. Iets wat ik op kantoor ben vergeten."

Ze knikte, nog steeds verward, maar zei niets meer. Hij haatte het om de waarheid voor haar te verbergen, maar dit alles kon nog steeds een belachelijk toeval zijn. Hij wilde niet overdrijven en iedereen in de war maken.

Maar als ik gelijk heb...

Hij moest de datapunten van de NARATech kantoren krijgen en ze op een kaart zetten, dan wat hij vond - *als* hij iets vond - naar Amanda Meron sturen. Ze was zichzelf niet de laatste tijd, en hij wist dat het iets te maken had met dit project. Hij wist niet onder welke druk zij en Dr. Wu stonden, en het was zijn zaak niet om dat te weten. Maar hij gaf om hen, ze waren zijn team, zijn familie. Als ze enige druk voelden om uit te zoeken wat dit project betekende, en de mogelijke vertakkingen ervan, dan zou hij helpen op welke manier hij maar kon.

Het was waarschijnlijk niets. Waarschijnlijk gewoon weer een vreemde herkenning die nergens toe zou leiden. Hij zou de gegevens analyseren - zijn specialiteit - en niets ongewoons vinden. Niets dat hen dichterbij zou brengen om uit te zoeken waarom er een anomalie in hun systeem was.

Maar toen hij de hoofdweg opdraaide die hem noordwaarts naar het kantorencomplex zou brengen, had hij een vreemd gevoel.

Wat als ik gelijk heb? Wat dan?

HOOFDSTUK 7

Bens hoofd had het kussen nog niet eens geraakt of Julie kwam naar zijn kant van het bed en begon hem op de schouder te tikken.

"Ben. Word wakker," zei ze, haar 'fluistering' luider dan haar normale spreekstem.

Hij wreef in zijn ogen, ging rechtop zitten en duwde het hotelkussen tegen het hoofdeinde om zijn rug te ondersteunen. Ze waren pas een uur geleden ingecheckt, Julie had erop aangedrongen dat ze eerst een rondje zouden rijden om 'de stad te zien' voordat ze zich voor de nacht zouden installeren. Ze hadden een rondje door de kleine binnenstad gemaakt, en daarna moest hij van haar stoppen bij een voetbalstadion om foto's te maken. Ze vertelde hem dat ze altijd al een fan van de sport was geweest, en hoewel ze nog nooit van het kleine clubteam had gehoord, was ze dolblij om een 'echt' stadion te zien. Het was al donker toen ze de parkeerplaats van het stadion verlieten, en Ben wist dat hij alleen maar chagrijniger zou worden naarmate de lange dag vorderde, dus nam hij het besluit - met haar toestemming, natuurlijk - om naar het hotel te gaan waar Amanda hen had gezegd te verblijven.

Julie's en Ben's benadering van een verblijf in een hotel kon niet meer verschillend zijn. Ben was praktisch, utilitair - hij wilde niets meer dan een schoon bed, een donkere kamer, en een stevige, afsluitbare deur aan de binnenkant. Bonuspunten als het hotel een bar had, en nog beter als het een fatsoenlijk happy hour had. Hij reisde niet veel, maar als hij dat deed, genoot hij van een snel glas whisky in welke smaak de plaatselijke bevolking maar verkoos.

Julie, aan de andere kant, kon het niet schelen de kamer zelf, zolang het maar schoon was. Ze wilde een bubbelbad, een fitnesscentrum en een grandioos continentaal ontbijt. Ben herinnerde haar er graag aan dat ze altijd haar badkleding vergat, dat ze nooit gebruik maakte van de hotelfaciliteiten en dat ze niet ontbeten, maar de paar keer dat ze samen ergens in een hotel logeerden, zorgde Julie er altijd voor dat het hotel de voorzieningen had die ze het liefst had.

Toen ze de kamer binnenkwamen, gooide Julie meteen haar koffer op het tweede bed - nog zo'n "feature" die ze in kamers prefereerde - en liet haar kleren overal uitspreiden. Ze was nog niet eens klaar met het ontheiligen van het tweede bed of ze besloot al in de badkamer te beginnen. Tegen de tijd dat Ben binnenkwam, amper twee minuten na hun verblijf, was het aanrecht bedekt met hygiëneproducten, make-up en andere voor Ben vreemde attributen.

"Wat is er?" zei hij. "Ik slaap niet. Ik weet niet hoe ik in slaap moet vallen als jij zo rondsjouwt. Je maakt me nerveus."

"Er is veel reden om gestrest te zijn, Ben," zei ze. "Ik was op mijn telefoon, sms'en Paulinho."

Ben bromde zachtjes, maar luid genoeg voor haar om te horen.

"Rustig maar - je bent niet het jaloerse type," antwoordde ze.

"Ja, maar ik ben ook niet het gebronsde, voetballende Braziliaanse type," zei hij. "Wat is er?"

Julie schoof haar telefoon voor Bens gezicht. "Hij heeft een video gestuurd. Iets wat Amanda op haar telefoon heeft gekregen. Hij zei dat het een update was van een van haar werknemers. Dan staat er, 'URGENT' in alle hoofdletters."

Ben zag het woord, en de video eronder. "Heb je er niet naar gekeken?"

Ze schudde haar hoofd. "Nee, het is... overweldigend, denk ik. Ik wilde het samen met jou bekijken."

Terwijl ze sprak, zag Ben nog een sms binnenkomen. Hij las het hardop. "'Net video bekeken. Ontmoet me in de lobby - we zijn nu op weg naar jou.'"

"Hij heeft het niet eens bekeken voor hij het verstuurde? Hoe goed kende je hem?"

Julie wierp hem een blik toe die zei: *vergeet het maar*, en drukte toen haar vinger op de "play"-knop op het scherm van de telefoon.

Ze trok haar hoofd dicht tegen dat van Ben, en hij draaide de telefoon iets zodat ze allebei konden zien.

Op het scherm sprak een man met een wit Oxford overhemd waarvan de bovenste twee knopen waren losgemaakt, een bril en het begin van een stoppelbaardje op zijn kin, in een op een computer gemonteerde camera.

"Dr. Meron, als u dit hoort, het is te... Het scherm flikkerde toen een verblindende lichtflits het beeld tijdelijk bedekte. "We kunnen ze niet in de faciliteit houden. Dr. -" Hij draaide zich om en keek over zijn schouder, toen bukte hij. Nog een lichtflits, en het leek alsof de man moeite had om op de stoel te blijven zitten. "Dr. Meron, zoek alstublieft hun geheim.

De video versprong weer, en rook vulde het kleine scherm. Een luid *knallend* geluid klonk uit het apparaat, en zelfs in de relatieve stilte was het duidelijk dat het geluid in de werkelijke kamer *luid* zou zijn geweest. Julie sprong op, en toen trok de rook weg zodat het gezicht van de werknemer zichtbaar werd. Hij greep verwoed naar de camera, trok die naar zijn gezicht en leunde voorover naar de computer. Een schaduw doemde achter hem op, verschoof en draaide terwijl de man begon te spreken.

"...Geen tijd - alsjeblieft - *pega-palito*..." herhaalde hij de woorden nog eens, langzamer, en probeerde ze toen snel nog een laatste keer te herhalen. "*Pega...* -" het laatste woord werd afgekapt net toen een andere *knal* het niveau van de luidsprekers van de telefoon opdreef, en de man op het scherm met grote ogen begon te kijken, en toen begon in te zakken.

Julie gilde, bedekte haar mond, en de man viel op de tafel. De camera bleef in zijn hand geklemd en filmde niets anders dan de donkere, koude blik van de stervende man vlak naast hem. Hij probeerde scherp te stellen op het close-up beeld, maar dat lukte niet. Het gezicht van de man werd wazig, kwam even in beeld, en werd toen weer wazig.

Zelfs Ben vond zichzelf weerzinwekkend. Het schot hield nog een paar seconden aan, toen zag hij het scherm veranderen. De man werd met geweld opzij geduwd, en een grotere, zwart geklede figuur, in silhouet tegen het licht van de deuropening achter hen, kwam in beeld. Hij draaide zijn hoofd, in een poging te ontcijferen wat er op het scherm te zien was. Ben leunde voorover en probeerde elk moment van de actie vast te leggen. Hij concentreerde zich op de ogen van de man.

Ogen kunnen je alles vertellen, zei zijn vader eens tegen hem tijdens een jachtpartij.

De ogen van de man verwijdden zich, heel even, en vernauwden zich toen. *Hij had iets gevonden. Iets dat hem verbaasde.* Ben voelde een rilling over zijn rug lopen en hij ging rechterop zitten. *En hij wil die informatie voor zichzelf houden.*

Hij probeerde het beeld van de ogen van de man in zijn geest te branden. Het gezicht was gemaskeerd met zwarte stof, maar de ogen waren duidelijk: bruingroen, bijna goudkleurig in het licht van de computer, en scherp.

Dodelijk scherp.

Ben wist dat hij ze zou onthouden, en hij zwoer dat hij de man zou vinden die ze bezat.

Hij kende de werknemer - de wetenschapper - die zojuist voor zijn ogen was vermoord niet, maar hij wist dat hij zou doen wat hij kon om uit te zoeken wat er zojuist was gebeurd.

HOOFDSTUK 8

"OKÉ, OKÉ, RUSTIG AAN," zei Ben. "Leg ons eerst maar eens uit wat er gebeurd is."

Dr. Amanda Meron had tranen over haar gezicht lopen, waardoor de weinige make-up die ze droeg, uitliep en strepen op haar wangen achterliet. Ze klemde haar tanden op elkaar en keek toen op naar hen drieën. "Je hebt *gezien* wat er gebeurd is, Harvey. Dr. Ortega is *dood door...* door wie *dat* ook was, en jullie willen niet dat ik de politie bel?"

Paulinho pakte haar arm. "We zullen de politie bellen, als we wat meer tijd hebben gehad om te begrijpen wat er precies aan de hand is. Maar ik heb ook een oude vriend om hulp gevraagd, en hij zou hier spoedig moeten zijn. We -"

"Elke minuut dat we wachten wordt het erger! We moeten *nu* de politie bellen!" zei ze. Ze ging zitten in de grote, pluchen lobbystoel net binnen de deuren van het hotel waar Juliette en Ben logeerden. Nadat Julie Paulinho had gebeld, maakten ze plannen om elkaar in het hotel te ontmoeten en van daaruit te beslissen wat ze zouden doen. Julie zei, op verzoek van Ben, tegen hen beiden dat ze de politie erbuiten moesten houden, althans voor nu.

Ben schudde zijn hoofd. "Nee, Dr. Meron, dat is gewoon niet waar. Als we ze bellen, kunnen we worden aangehouden voor verhoor, of erger. Drache Global - als die hier toch achter zit - zal niet blijven wachten. Ze zullen blijven bewegen." Ben keek naar Paulinho. "Wie is die 'oude vriend' van je?"

"Hij runt hier een overlevingskamp en schietbaan. Ex-leger, een scherpschutter, geloof ik. Een goede kerel om naast je te hebben in een gevecht," zei Paulinho.

"Nou, laten we hopen dat we hem niet nodig hebben," antwoordde Ben. *Maar gezien het hoofdkwartier van NARATech op dit moment...* wist hij dat het een goede zet was om iemand met enige militaire ervaring in de buurt te hebben. Hij gaf Paulinho een snelle knik.

Amanda Meron snoof. "Dus waar denk je dat ze achteraan zitten?"

"We weten het niet zeker, maar het weinige dat we over hen hebben kunnen vinden, wijst erop dat ze geïnteresseerd zijn in kennis."

Julie's gezicht bloosde van woede. *"Kennis?* Ben, deze jongens..."

"Ik weet wat ze gedaan hebben, Jules," zei hij. "Maar vergeet niet dat ze niet echt *gaven* om de schade die ze aanrichtten, en ze waren zeker niet bang om iedereen te doden die hen in de weg stond. Maar, hoe we ook over hen denken, we moeten toegeven dat ze er een uiterst wetenschappelijk proces op na hielden en dat ze absoluut wilden weten hoe ver ze konden gaan met het wapen dat ze bouwden."

Julie schudde haar hoofd.

"Geloof me," ging Ben verder, "ik wil net zo graag als jij dat ze van de planeet worden geveegd. Maar we weten dat ze er nog zijn, en we weten dat ze ergens aan werken. Ze zijn slim, ze zijn snel, en ze weten wat ze doen." Hij draaide zich terug naar Amanda en Paulinho. "Ik denk dat ze het onderzoek van jullie bedrijf proberen te stelen. Ze zijn geïnteresseerd in wat jullie hier doen - dat weten we omdat ze geïnvesteerd hebben. Maar ze zijn er in geïnteresseerd voor iets *groters* - iets groters dan alleen kennis omwille van de kennis."

"Wat suggereer je?" vroeg Paulinho.

"Ik weet het nog niet, maar dat is een deel van de reden waarom we hier zijn. Om erachter te komen. Als ik moet raden, ze werken aan iets, en ze hebben nodig wat NARATech kan leveren. En belangrijker, gezien de video, willen ze niet dat wij hen in de weg lopen.

Amanda stond op en begon rond de zithoek te ijsberen. Haar schoenen, gewone bruine platte schoenen met gouden kringen die ook als comfortabel kantoorschoeisel konden dienen, klapperden tegen de tegelvloer. Ben was moe, en het repetitieve klikgeluid leek hem alleen maar meer te doen slapen. Hij keek naar de schoenen en liet zijn ogen toen langs de benen van de vrouw glijden, die aan de onderkant van de zakelijke rok die ze droeg uitstaken. Lang, mager, perfecte lichaamsbouw -

"Ben."

Hij draaide zich om en zag Julie naar hem staren. Hij trok een wenkbrauw op.

Ze herhaalde de vraag. "Paulinho vond dat we naar het lab moesten gaan om te zien waar Dr. Ortega mee bezig was, toen..." haar stem stokte.

"Nee." Amanda en Ben zeiden tegelijkertijd. Ze keken elkaar aan, en Amanda kwam terug naar de stoelen.

"Nee," zei Ben weer. De politie - en waarschijnlijk meer dan dat - zal er al zijn, dus er is geen manier waarop we binnen kunnen komen."

Amanda deed ook mee. "Dr. Ortega gebruikte de Mac in de vergaderzaal, wat betekent dat hij meer wilde doen dan alleen een bericht voor ons achterlaten."

"Wat bedoel je?" vroeg Julie.

"Dat is de computer die we gebruiken om onze conferenties op te nemen. Het is versleuteld, wat ze ongetwijfeld uiteindelijk zullen kunnen kraken, maar het is niet de computer die we gebruiken voor laboratoriumwerk. Dat staat allemaal op persoonlijke laptops, en..."

"Hij wilde dat we iets op de computer zouden vinden, en dat is het enige dat zou werken."

Ze knikte. "Het is de makkelijkste, toch. Er is een schermopnamefunctie en een programma om schermen te delen. We gebruiken het om onze vergaderingen op te nemen en op afstand te streamen, voor het geval een van ons niet op locatie is. Er is een speciale cloud-gebaseerde opslagschijf waar we alles naartoe sturen, als een redundante back-up."

"Denk je dat hij ons iets anders probeerde te vertellen? Iets anders dan *pega-veretas?*" vroeg Ben.

Opnieuw knikte ze. "Als hij in de vergaderzaal was, weet ik dat zeker. Zelfs als de computer beschadigd was, wat hij ook aan het doen was, het zou geupload en opgeslagen zijn."

Paulinho keek naar Julie, en zij stond op. "Ik ga mijn laptop halen."

Amanda glimlachte, de make-up nog op haar wangen gesmeerd. "Dank je - jullie beiden, dank je. Ik zou de mijne hebben meegenomen, maar ik dacht niet helder na. Dit is alles - ik kan niet..."

"Alsjeblieft," zei Ben. "Verontschuldig je niet. Ik weet hoe je je nu voelt."

Hij bood hen beiden koffie aan toen Julie wegging om haar laptop uit hun kamer te halen, drie verdiepingen boven hen. Er stond een koffiezetapparaat aan de overkant van de lobby, aan een kant van de grote zaal. Hij liep erheen en realiseerde zich opnieuw hoe uitgeput hij was. Ze waren bijna twee dagen geleden uit Alaska vertrokken, en afgezien van een kort slaapje in het vliegtuig, had hij de binnenkant van zijn oogleden helemaal niet gezien. Ze waren naar Anchorage gereden, vlogen naar Seattle, Los Angeles, Panama City, Belo Horizonte, en uiteindelijk naar Marabá. Het rijden, de tussenlandingen, en een vliegtijd van bijna dertig uur, maakten de totale reis ongeveer vijfendertig uur lang. Hij haatte vliegen, en hij had er nu in twee dagen meer van gedaan dan in zijn hele leven.

Maar het was het waard. Dat moest hij zichzelf wijsmaken, zo niet voor hem dan toch voor Julie - hij hield van het meisje, en hij wilde niet dat zij in dit alles verstrikt zou raken. Maar hij kende haar ook goed, en hij wist dat ze niet zou toestaan dat ze achtergelaten werd. Ze zou bij de actie willen zijn, naast hem.

Het hielp dat ze met haar vorige voltijdse job en haar huidige consultantstatus bij het CDC een lijntje had naar de hogere bazen in DC. Als het in Brazilië fout zou gaan, wist Ben dat zij de autoriteiten op zijn minst kon inlichten over hun locatie en hen kon laten weten wat er gebeurd was. Het was te vroeg in het spel om iemand in de problemen te brengen, en ze wilden zeker geen overmatige aandacht op zich vestigen, maar Ben was tevreden te weten dat de optie er was.

Hij kwam naast de eerste van de hoge, zilveren machines en reikte naar een piepschuimen beker. Hij drukte de lip van het bekertje tegen het kraantje onder de machine.

En het glas achter hem ontplofte.

HOOFDSTUK 9

BEN VOELDE DE LUCHT OM ZICH HEEN STROMEN, en voelde toen de gewichtloosheid van volledig van de grond worden getild. De sensatie duurde niet lang - hij werd voorovergeworpen en over de koffietafel heen, tegen de harde gipsplaat van de zuidmuur van de lobby.

Het geluid van dit alles haalde hem in. Een ontploffing van de granaat deed zijn trommelvliezen bijna barsten, en glasscherven regenden om hem heen neer. Hij viel van de muur, zijn voorkant werd bijna platgedrukt toen hij op de tafel neerplofte en vervolgens op de vloer. De hoge koffiezetapparaten rolden over de tegels, grotendeels ongedeerd. Hij rolde opzij en dwong zijn uitgeputte, nu gekneusde lichaam mee te werken.

Ga naar Julie.

De gedachte ging door zijn hoofd alsof het op de automatische piloot ging. Het enige wat hij wilde was ergens een hol vinden, een plek om in te kruipen en te gaan slapen; om te doen alsof dit allemaal een zieke nachtmerrie was.

Maar ze werden aangevallen. Het geweervuur begon daarna, de rest van de glazen platen die de hotellobby van de buitenwereld beschermden, rammelend. Hij hoorde het onmiskenbare geluid van automatische geweren, schijnbaar kogels sproeiend uit alle mogelijke richtingen, en hij ging door met rollen. Uiteindelijk ging hij rechtop zitten en begon te kruipen, met zijn blik gericht op de opening tussen de muur en de informatie- en incheckbalie, zo groot als een deur.

Er was nog nooit iemand anders in de lobby geweest, alleen zij vieren, en Ben was daar dankbaar voor. Hij bereikte de balie en ging op zijn hurken zitten, leunde achterover tegen de muur om op adem te komen. Hij had geen zicht meer op de voorkant van het gebouw, maar hij kon de kogels zien - en horen - die neerkwamen op de muur boven en rond de salontafel. De tafel zelf was aan flarden geschoten, de drie koffiekannen lekten nu en spoten hun hete inhoud in de lucht.

Rook en stof van de ontploffing van de granaat en verbrijzelde gipsplaten verwarde de lucht voor hem, maar Ben dwong zichzelf zijn ogen open te houden, om te proberen te zien of Paulinho en Amanda nog in de lobby waren.

Paulinho zag er atletisch genoeg uit, en Ben hoopte dat hij aan de beschrijving voldeed. Hij zag niemand aan de overkant van de hal, en hij koos ervoor te geloven dat het paar na de explosie naar de kleinere gang achter de lobby was gevlucht. Het geweervuur stopte even, en hij zag een paar soldaten de lobby in sluipen. Ze draaiden van de ene kant naar de andere, beide op zoek naar doelen.

Wij zijn het doelwit, besefte Ben. Hij wist niet zeker hoe het allemaal met elkaar in verband stond, maar hij wist dat deze soldaten precies dezelfde waren die Amanda's bedrijf hadden vernield en haar werknemer hadden vermoord. Hij voelde een golf van woede, dan adrenaline, maar had de vastberadenheid om te pauzeren en te onthouden dat hij niet gewapend was. Zelfs als hij dat was geweest, zou hij niets kunnen doen tegen hun wapens en training.

Hij was een makkelijk doelwit, en zij zaten tussen hem en Julie in.

Hij dwong zichzelf adem te halen en schoof een paar meter naar links opzij, zich nu volledig verstoppend achter de incheckbalie. Het zou niet veel uithalen, maar het gaf hem een paar kostbare seconden.

Ze zijn goed getraind. Ze gaan hier niet zomaar weg zonder grondig te zoeken. Ze zullen me vinden, en dan -

Hij werd onderbroken door het geluid van meer schoten, deze keer verder weg.

Jules.

Hij begon sneller te ademen, nu hij zijn opwinding niet meer onder controle kon houden. *Als ze haar vinden...*

Hij dwong de gedachte uit zijn hoofd, wetende dat het niet zou leiden tot iets productiefs. *Je hebt een plan nodig, Harvey.* Hij keek om zich heen. Er hing niet eens een brandblusser aan de muur. De drie computers bij het incheckstation hadden allemaal een toetsenbord en een aparte monitor, maar als hij die naar de aanvallers zou gooien, zou dat niet veel meer uithalen dan de aandacht op zich vestigen.

Ik moet naar Julie toe. Hij durfde op te staan en over de toonbank te turen.

De soldaten waren weg.

De lobby was leeg, op het stof en de restanten van de rook na die nog door het plafond gulpten.

Hij stond wat meer op, nu kon hij de hele lobby zien. Paulinho en Amanda waren nergens te bekennen, en de soldaten ook niet.

Wat krijgen we nou?

Hij hoorde een schreeuw van buiten het gebouw, en toen weer een stroom schoten. Zijn ogen vingen in de verte de flikkering op van drie schoten van een aanvalsgeweer, en hij dook instinctief weg achter de computer die voor hem stond. De schoten landden niet, en hij kwam weer overeind om de uitwisseling te zien.

Weer een lichtflits - deze keer maar één, en hij hoorde een misselijkmakende plof en een gil toen de kogel kennelijk zijn doel had gevonden. Een andere schreeuw, onverstaanbaar, klonk, gevolgd door meer schoten.

Hij keek nog een paar seconden naar de uitwisseling, totdat een grote schijnwerper de parkeerplaats voor het hotel verlichtte. De verblindende helderheid van de gele gloed prikte in zijn ogen, maar toen ze zich aanpasten zag hij een lege parkeerplaats, vol met glinsterende dauw en een dunne waas van rook in de lucht.

Niets anders bewoog. Hij wachtte een volle minuut, en toen nog een. Hij wilde zijn mobieltje pakken om Julie te bellen, maar herinnerde zich toen dat ze hun internationale service nog niet eens hadden opgezet.

Weer een minuut ging voorbij, en Ben staarde naar de parkeerplaats totdat een schaduw zich verplaatste. Hij groeide en de gedaante van een man kwam tevoorschijn, silhouet in het schijnsel. Hij liep in de richting van het hotel, een lange, kronkelige route tussen auto's en tussen pilaren, duidelijk een poging om achter dekking te blijven.

Hij kwam dicht bij de eerste van de gebroken glazen wanden, en stapte er doorheen. Hij was nu in de lobby.

"Paulinho!" schreeuwde hij. Hij hief zijn wapen, een kort, stomp pistool, voor zich uit. Een langer geweer was op zijn rug gemonteerd, schuin tussen zijn schouderbladen.

Ben keek en wachtte.

"Paulinho? Als je nog leeft, is dit een goed moment om het me te bewijzen, maat."

Ben hield zijn adem in.

Paulinho stapte achter de muur vandaan die de lobby van de gang scheidde. Ben huiverde, wachtend op een nieuw schot of explosie, maar die kwamen niet.

"Nou, kijk eens aan! Je hebt het overleefd!" schreeuwde de man in de richting van een duidelijk geschokte Paulinho.

"Reggie!" Paulinho zei. "Ben - weet je zeker dat het veilig is daar?"

Reggie liep over gebroken glas dat over de vloer van de lobby lag en kwam Paulinho omhelzen.

"Het is veilig, voor nu," zei Reggie. "Ze komen wel terug voor hun vloedgolf, hoor." Reggie wees naar de enorme lichtbundel die op hen gericht stond vanaf de parkeerplaats. "Ik heb de explosieven in scène gezet, vooral voor het effect. Liet het lijken alsof er een heel peloton op de heuvel was. Ze hebben me niet gezien - besloten weg te gaan met wat ze hadden, waarschijnlijk om te hergroeperen en later terug te komen."

Ze stonden een ogenblik samen, en toen drong Reggie er bij Paulinho op aan om naar de muur achter in de lobby te gaan. "Toch," zei hij, "waarschijnlijk slim om uit het licht te gaan. Iedereen die half zo goed kan mikken als ik, kan je vanaf daar raken."

Paulinho draaide zich om naar Ben toen hij achter het hokje vandaan kwam. Ben borstelde zijn mouwen en spijkerbroek af, veegde het stof en de stukjes gipsplaat weg die zich daar hadden verzameld. Hij stak een hand op, nog steeds wankel van de explosies, en zwaaide.

"Harvey!" riep Paulinho. "Alsjeblieft, kom bij ons. Julie is hier ook."

Ben voelde een golf van opluchting over zich heen komen. Hij wierp een blik op de parkeerplaats toen hij door de lobby begon te lopen, maar kon niets anders zien dan het felle licht van de schijnwerper. Hij bereikte de andere kant en voegde zich bij Paulinho en Reggie toen ze net de hoek om waren gegaan naar de gang.

Julie haastte zich naar voren en greep Ben vast, terwijl ze hem omhelsde. Haar laptoptas stuiterde op haar schouder en zwaaide achter haar aan terwijl ze naar hem toe rende. Amanda stond achter haar, met doodsangst in haar ogen. Ben overwoog iets te zeggen, maar niets leek hem gepast. De vrouw had haar bedrijf verloren, haar werknemers waren vermoord, en nu was het duidelijk dat er jacht op haar werd gemaakt. Niets wat Ben kon zeggen zou haar kunnen kalmeren.

Hij keek weer naar Julie. "Gaat het?"

"Ik - ik hoorde alles, en toen keek ik naar buiten, en... ik haastte me naar beneden toen het allemaal begon."

Hij kneep haar, en liet toen los. "Ik ben in orde. Blij dat het goed met je gaat. Heb je nog iemand anders in de gangen gezien?"

"Er waren een paar families, en een paar andere mensen. We doken allemaal onze kamers in toen het begon, maar ik denk dat het hotel grotendeels leeg is."

Paulinho stelde Reggie voor aan de groep. "Dit is Reggie, onze geschiedenis expert. Hij is ook een ex-leger scherpschutter."

Reggie boog met een geoefend gebaar, en grijnsde. "*Amerikaans* leger, voor het geval je het je afvroeg. Blij u te ontmoeten. Sorry dat het onder deze *minder dan wenselijke* omstandigheden moet."

Ben voelde zich onmiddellijk afgeschrikt door de man en zijn verwaandheid. Hij was ongeveer even oud als Ben, midden veertig zo te zien, maar hij had nog geen grammetje van zijn legerdagen-fysiek verloren. Beitelvormige kaaklijn, geharde wenkbrauwen en het vermogen om met zijn mond te glimlachen, maar zijn ogen koud en berekenend te houden.

Ben stak een hand uit, zich voorbereidend op de doodsgreep van de man. Die kwam, en Ben dwong zichzelf zijn uitdrukking stil te houden toen hij voelde hoe zijn vingers en handpalm in de bankschroef werden samengedrukt.

"We zijn u dank verschuldigd,' zei Ben. "Ik weet niet of we nog zouden leven zonder jou."

De man wuifde de dank weg. "Het is niets. Ik ben blij dat Paulinho zo slim was me een ring te geven voordat het hier allemaal misging. Ik hou van geschiedenis, maar ik hou *echt* van een goed gevecht." Hij draaide zich om en keek achter hen naar de ravage in de lobby. De vloer lag bezaaid met stukken plafondtegel en verlichtingsarmaturen, en stof en brokken muur bleven vallen naarmate ze volledig loskwamen van de structuur. Ben kon in de verte de sirenes van de politie en de ambulance horen, die steeds dichterbij kwamen.

"Zoals ik al zei, we moeten opruimen. Ze komen terug, en ik denk dat ze een beetje beter voorbereid zullen zijn."

"Waar gaan we heen?" vroeg Amanda plotseling. Het was duidelijk wat haar vraag eigenlijk betekende: *Kunnen we ons echt voor hen verbergen?*

Reggie dacht er even over na. "Jij bent het meisje waar ze achteraan zitten, toch?"

Ze knikte. "Amanda Meron," zei ze.

"*Dr.* Amanda Meron," voegde Paulinho eraan toe.

Reggie trok een wenkbrauw op. "Dan hoeven we *je* alleen maar te verstoppen. Ze willen niets te maken hebben met de rest van ons."

Amanda keek verward. "Pardon?"

Reggie barstte in lachen uit. "Ik maak een grapje!" Hij glimlachte, om de een of andere reden verbaasd dat niemand anders zijn genegenheid voor licht getinte humor deelde. Ben hield hem nauwlettend in de gaten, nog steeds de man niet vertrouwend die hun leven had gered. In een oogwenk veranderde zijn gezichtsuitdrukking. Zijn ogen en wenkbrauwen vielen terug in hun eerdere staat van koude leegte, en de glimlach werd vervangen door de blik van iemand die genoeg in het leven had meegemaakt om een serieuze kijk op het leven te verdienen. "Hier is het plan: Ik heb de leiding, tenminste tot we van die sukkels af zijn. Als ik zeg dat we veilig zijn, *dan* - en *alleen* dan - proberen we erachter te komen wat ze met je willen, Doc."

Iedereen behalve Ben knikte, en Reggie ging verder. "Maar we hebben wel een bestemming nodig, dus kunnen we net zo goed ergens heen waar het veilig is en ons verder kan helpen. Iemand een idee? Een bibliotheek? Een kantoor?"

Amanda schudde haar hoofd. "Nee, gewoon ergens met een goede internetverbinding. Julie - de laptop?"

Julie's gezicht klaarde wat op. "Juist! Dat was ik helemaal vergeten." Ze draaide de laptoptas om en ritste de rits open, zodat het zilveren apparaat te zien was dat erin verstopt zat. "Hier is het."

Amanda legde het uit aan Reggie. "Laten we weggaan. Ergens anders dan hier. We denken dat Dr. Ortega - een van mijn werknemers - ons iets probeerde te vertellen. Ik heb toegang nodig tot onze gedeelde map van de beveiligde cloud back-up site."

Reggie liep al door de gang, maar hij knikte en gebaarde dat ze moesten volgen. "Goed zo. Klinkt goed; laten we de zijuitgang nemen, kijken of we niet buiten en rond het gebouw kunnen komen. Ik heb bij de buren op de parkeerplaats geparkeerd, daar passen we allemaal."

"Hoe zit het met hun spullen?" vroeg Paulinho.

"Juist, en onze huurauto?" voegde Julie eraan toe. Ben en Julie hadden een huurauto, maar Paulinho en Amanda waren in Amanda's hatchback overgereden.

"Je hebt het niet meer nodig," zei Reggie, nog steeds over zijn schouder pratend. "Trouwens, heb je ooit van die films gezien met auto's die ontploffen als je de sleutel omdraait?"

Julie wierp Ben een blik toe, maar hij zei niets. *Die vent is ziek*, dacht Ben. *Maar hij lijkt zelfverzekerd genoeg om ons hier doorheen te helpen.* En als Ben iets wist over dit soort situaties, dan was het wel dat zelfvertrouwen - als er niets anders is - genoeg kan zijn om hen er doorheen te slepen.

HOOFDSTUK 10

ZE REDEN, WAT UREN LEEK, NAAR REGGIE'S ZELFBESCHREVEN "COMPOUND." Hij wilde niet meer details geven tot ze er waren, maar zei alleen dat hij er woonde en werkte als hij niet in de stad was. Toen Ben weer wakker werd en op de klok op het dashboard keek, zag hij tot zijn verbazing dat ze in feite al bijna twee uur hadden gereden. Rechtstreeks naar het noorden, bijna tot in het lagere bassin van het wereldberoemde oerwoudgebied. Het grootste deel van de rit was pikdonker, en Julie en Ben hadden de tijd gebruikt om hun slaap in te halen.

Amanda en Paulinho zaten op Julie's laptop en gebruikten Reggie's draadloze ad-hoc netwerk van zijn mobiele telefoon om de computer met het internet te verbinden en de informatie te downloaden die Dr. Ortega voor hen had achtergelaten.

Julie had gelijk - Dr. Ortega had inderdaad geprobeerd hen iets te vertellen, zonder dat de informatie in verkeerde handen zou vallen. Hij had de afbeeldingen in de mappen zorgvuldig geordend in genummerde bestanden, en vervolgens een verklarende video geüpload die hij *pega-veretas had* genoemd. De video was groot, en aangezien de telefoon een bijna-onbruikbare download-snelheid had, hadden ze de hele rit gewacht om te ontdekken waar de video en de bestanden over gingen.

Ben hoorde een zacht *gebrom* toen het downloaden klaar was, en hij gaf Julie een duwtje. Ze veegde een druppeltje kwijl van haar mond en keek toen naar de computer op Amanda's schoot voorin.

"Het is klaar," zei Amanda. Paulinho rekte zich uit op de stoel achter die van Amanda, naast Ben, en keek over haar schouder naar het scherm. "Klaar?"

Ze drukte op play voordat iemand kon reageren.

"Dr. Meron, als u dit bekijkt, is de kans groot dat ik dood ben. Ik..." de man in de video, Dr. Juan Ortega, slikte even, klemde toen zijn tanden op elkaar en begon opnieuw. *"Ik - het spijt me. Zeg alsjeblieft tegen mijn familie dat ik van ze hou, en..."* Hij kon de verklaring niet afmaken. *"Ja. Je weet wel. Om ongeveer 20.55 uur zijn de NARA Tech faciliteiten binnengedrongen door wat een militaire operatie lijkt te zijn. Ze schoten onmiddellijk onze twee dienstdoende bewakers dood en renden naar het hoofdlaboratorium, waar ik een theorie aan het testen was. Ik kon naar de vergaderzaal gaan en deze video uploaden, samen met wat onderzoek dat mijn theorie bewijst."*

De man was analytisch, en Ben kon zien dat hij de gebeurtenissen zo duidelijk en beknopt mogelijk probeerde te schetsen. Voor hem moet het onwerkelijk hebben geleken, maar zijn opleiding en training namen het over en hij probeerde zijn stem stil te houden voor de camera, zoveel mogelijk details te geven die van pas zouden kunnen komen in het onvermijdelijke politieonderzoek dat zou volgen.

"Ik zal proberen een snelle update direct naar je telefoon te sturen, maar het zal ongetwijfeld van lage kwaliteit zijn. Aangezien u deze video bekijkt, hebt u die video en het bericht daarin duidelijk gezien. Hier is de hele boodschap: Ik heb een theorie over de gouden man die we in de dromen van de proefpersonen hebben gezien. 'Pega-veretas' is een spel dat ik met mijn dochters speel. Ik zag de stokjes, en hoe sommige ervan in een bepaalde richting leken te wijzen."

De man pauzeerde nog een keer om zijn gedachten te ordenen en ging toen verder.

"Er is geen tijd om mijn denkproces te beschrijven, dus helaas zal de wetenschappelijke methode moeten wachten. " Hij glimlachte. *"Ik weet zeker dat u de resultaten kunt begrijpen die ik in deze mappen heb verzameld. "*

De video eindigde abrupt, en Ben vroeg zich af of er meer in had moeten zitten. Hij vroeg het bijna, maar Amanda en Paulinho leken zich meer bezig te houden met de dossiers die in elk van de mappen waren weggestopt.

"Wat is de 'gouden man? vroeg Julie.

Paulinho leek ook verbijsterd, dus wachtten ze allemaal tot Amanda antwoordde. Toen ze dat deed, draaide ze zich naar links en richtte zich tot alle inzittenden van de kleine SUV.

"Het is precies waar het op lijkt. Een man, helemaal goudkleurig, die we hebben geobserveerd."

"Zoals *kijken*?" vroeg Paulinho.

"Ja, maar in de droomtoestand van onze proefpersonen. Zij dromen, wij observeren de dromen en nemen op wat we kunnen filmen, en bespreken dan de resultaten als ze wakker worden. Maar bij sommige van onze proefpersonen zien we deze gouden man. Hij kijkt ons altijd recht aan."

"Hoe kijkt hij naar je?"

"Technisch gezien is het een afdruk van het onderbewustzijn van het subject. Hun geest bereidt het beeld van de gouden man voor, en wel op zo'n manier dat de man altijd rechtstreeks naar het onderwerp kijkt - wat wij de 'camera' hebben genoemd."

Ben huiverde. Het onderzoek dat ze bij NARATech deden was nog griezeliger dan hij eerst had gedacht. Dromen opnemen? Herinneringen van mensen 'bekijken'?

"Deze gouden man is de afgelopen maand het onderwerp van veel discussie geweest in mijn bedrijf. We konden er maar niet achter komen waarom hij alleen in de herinneringen van sommige van onze patiënten voorkomt, en waarom de patiënten zelf geen idee hebben wie hij is."

Ben leunde voorover in de stoel. "Wacht eens even - de patiënten *weten niets* over de gouden man?"

Amanda schudde haar hoofd. "Nee. Ze hebben geen flauw idee, en soms zijn ze zelfs tegendraads als we ze de opname laten horen. Ze blijven volhouden dat ze de man nog nooit gezien hebben."

Ze zaten een ogenblik in stilte en namen alles in zich op. Ze sloegen linksaf een lange, onverharde weg in, en Amanda sprak opnieuw. "Bovendien is onze technologie niet sterk genoeg om alle elektrische signalen van de hersenen duidelijk om te zetten. Over het algemeen komen we dichtbij en kunnen we bijvoorbeeld zien dat iemand over straat loopt, rijdt of op een feestje is, maar we kunnen gezichten niet duidelijk zien, en de meeste voorwerpen zijn wazige schakeringen van licht."

Ben wachtte tot ze *'maar' zou zeggen.*

"Maar," zei ze, "de gouden man - als hij verschijnt - is *altijd* perfect in beeld. Elke keer, zonder mankeren. Het maakt niet uit waar op de beelden hij verschijnt, hij is perfect geschetst, en we kunnen zelfs zijn gelaatstrekken zien."

Ben was bijna vergeten dat Reggie voorin zat te rijden, tot hij iets zei.

"Het klinkt alsof je op iets bent gestuit dat het waard is om voor te doden. Ik zou zeggen dat je er tot over je oren in zit, maar ik ben geen expert."

HOOFDSTUK 11

JULIE WAS GESCHOKT, maar deed haar best haar angsten verborgen te houden. Als Ben haar iets had geleerd, dan was het wel dat het geen goed idee was om je angsten en onzekerheden aan de wereld uit te zenden. Ze wist niet zeker of ze hem helemaal geloofde, maar ze moest toegeven dat haarzelf dwingen om rustig te blijven, adem te halen en zelfvertrouwen uit te stralen in plaats van vermoeidheid haar in ieder geval hielp om het hoofd koel te houden in de situatie.

Tot nu toe waren ze beschoten, bijna opgeblazen, bedreigd en achtervolgd, en het leek er niet op dat het snel zou ophouden. Julie wilde naar huis, terug naar hun mooie, eenvoudige boshut in het hart van Alaska, maar ze wist dat ze dat niet kon.

Zoals Ben zei, er waren problemen waar je voor wegliep, en problemen waar je niet voor wegliep. Ze wist niet helemaal zeker wat het betekende, maar het leek altijd zinvol in de situatie. Tot nu toe hadden ze alleen problemen gehad waar je niet voor moest vluchten, en dit "probleem", wist ze, was ook zo'n soort probleem.

Ben was waarschijnlijk de meest koppige persoon die ze ooit had ontmoet, op haar vader en grootvader na, maar Ben stond zeker het dichtst bij haar. Hij had het tot zijn missie gemaakt om Drache Global, Drage Medisinsk of Dragonstone, wie ze ook mochten zijn, te vinden en voor het gerecht te brengen. Het was een gok, en het zou waarschijnlijk zijn dood worden, maar er was niets wat ze kon doen om hem daarvan te overtuigen.

Ze had zelfs geprobeerd weg te gaan, maar ze kon het niet. Uren van ruzie en dichtslaande deuren hadden haar geleerd dat er *niets* was dat hen uit elkaar kon drijven, behalve, ironisch genoeg, de dood. Het was een interessant spel, ruziën over iets dat tot de dood zou kunnen leiden, maar niet in staat zijn om het spel te winnen zonder echt te sterven.

Daar dacht ze nu aan, toen de SUV de vierde en laatste onverharde weg opreed, een lange oprijlaan die leidde naar een vervallen hutje, midden in de rimboe. Het was ongelooflijk klein, niet meer dan drie meter breed, en Julie moest even slikken toen ze besefte dat het het enige echte gebouw in de omgeving was.

Daar gaan we toch niet heen?

Achter het huis rees een grote heuvel op, die het huis in een nog diepere schaduw wierp dan de nacht kon geven. Op ruime afstand van het huis zag Julie een eenzame lamp, bevestigd aan een hoge paal, die een klein vierwandig gebouwtje zachtjes verlichtte in een lichtgele gloed. Dit gebouwtje, te klein om meer te zijn dan een eenvoudige opslagschuur, stond naast een lange overdekte ruimte met picknicktafels, plastic stoelen en kisthoge houten banken.

"De schietbaan is aan de linkerkant, en het hoofdkamp van de overlevingscursus is direct achter het huis, op en over de heuvel. De chauffeur, de voormalige sluipschutter van het leger die Paulinho had voorgesteld als Reggie, bewoog met zijn hoofd terwijl hij elk station beschreef. "We gebruiken de schietbaan het hele jaar door, maar ik geef nu alleen een wintercursus. Het is er beter weer voor, denk ik, dus mensen schreven zich alleen dan in." Hij grinnikte en grijnsde toen. "Het lijkt me zinloos om je alleen op het ergste voor te bereiden in de beste tijd van het jaar."

Hij reed naar de hut, en Julie kon zien dat het binnen helemaal donker was. Het enige licht in de hele omgeving was de lichtmast bij de schietbaan. Reggie zette de auto in de parkeerstand en richtte zich toen tot de inzittenden die bij hem waren. "Blijf hier even, terwijl ik het afweersysteem uitschakel. Zou geen probleem moeten zijn, maar het is verouderd, en ik kan me nu geen upgrade veroorloven."

Terwijl hij dat zei, haalde hij zijn telefoon tevoorschijn en opende een app. "Ook," voegde hij eraan toe, terwijl hij met een uitgestrekte wijsvinger op het scherm van zijn telefoon rondflikkerde, "laat er licht zijn."

Met een dramatische zwier drukte hij op het scherm en de hele compound werd schitterend verlicht in daglicht-helder wit licht.

Julie bracht onwillekeurig haar arm omhoog om haar ogen te beschermen, terwijl Amanda en Paulinho hoorbaar naar adem hapten.

Reggie lachte weer. "Indrukwekkend, niet? Een van de beste verdedigingswerken waar je in kunt investeren is goede verlichting. Iedereen die midden in de nacht mijn huis binnensluipt, moet onzichtbaar zijn als hij niet gezien wil worden."

Hij hield zijn hoofd schuin. "Eigenlijk, neem ik dat terug. Ze zouden nog steeds gezien worden. Ze zouden het alleen niet weten tot de *andere* verdedigingsmechanismen werken."

Niemand in de SUV vroeg wat de 'andere verdediging' was, en Julie was deels blij dat ze dat niet deden. Ze kon maar niet beslissen of ze Reggie vertrouwde of niet, hoewel hij degene was geweest die hen had gered van de verschrikkelijke aanval in het hotel. Een deel van haar wilde de man vertrouwen, maar een ander deel van haar leek de aarzeling in Ben te voelen, en die van hem te lenen.

Na een minuut met zijn telefoon gespeeld te hebben, keek Reggie eindelijk op en ontgrendelde de autodeuren. "Geweldig. Ik denk dat dat de meesten zijn. Home sweet home." Hij trok aan de hendel en stapte uit. Paulinho deed dat ook, gevolgd door Amanda, toen Ben en Julie. Het voelde goed om haar benen te strekken, maar ze voelde ook de vermoeidheid van de adrenaline en het gebrek aan slaap eindelijk toeslaan. Wat het plan ook was, ze hoopte dat ze - veilig - tenminste een paar uur zou kunnen slapen.

"Laten we jullie allemaal naar binnen brengen en dan dat 'gouden man'-gedoe uitzoeken," zei Reggie. Hij leidde de weg naar het miniatuurhuis, de vier anderen nog steeds sceptisch achterlatend. Hij pauzeerde bij de voordeur en draaide zich om. "Waar wachten jullie op? Laten we gaan!" Reggie tikte een reeks cijfers op een klein numeriek slot boven de deurklink, en de deur klikte en zwaaide open.

Julie bereikte de deur, gevolgd door Ben en de anderen, en ze stopte bij de drempel. Reggie was verdwenen.

Ze zette een stap in het gebouw en zag toen links van haar een trap, strategisch verborgen voor het zicht van buiten het huis. Reggie stak zijn hoofd de trap op. "Kom op," zei hij. "We hebben niet de hele nacht." Het hoofd van de man verdween weer uit het zicht, en Julie volgde.

De trap draaide eenmaal en opende zich toen een verdieping lager in een opvallend andere omgeving. Een kelderkamer, met gemak drie keer zo groot als het hoofdgebouw boven haar, wachtte op haar. Een bank, twee fauteuils en een goed ingerichte bar stonden tegenover haar, mooi uit elkaar geplaatst tegen de achtergrond van een prachtig, vroeg negentiende-eeuws Engels decor. Het behangpapier, kraakhelder geplakt en in perfecte staat, bedekte de drie muren die ze kon zien, en een boogvormige ingang leidde verder de woning in.

"Mijn ex-vrouw heeft de meeste meubels hier neergezet. Ik ben een vurig voorstander van orde en netheid, dus ik zou het waarschijnlijk op een ziekenhuiskamer laten lijken als het aan mij lag." Reggie stond al achter de bar en schonk zichzelf een glas bourbon in. Hij zwaaide het rond in het glas toen de anderen zich beneden bij Julie voegden, en hij hield het hen voor. "Je zou verbaasd zijn over de kwaliteit van de drank hier," zei hij. "Goed genoeg om elke Amerikaan trots op te maken."

Hij hield het glas omhoog, een teken van aanbieding aan de rest van de groep, maar alleen Ben nam het aan. Hij stapte naar voren, haalde een prachtige massief houten barkruk tevoorschijn en ging erop zitten. Reggie leek meer dan blij om de man een drankje in te schenken, en Ben hield het omhoog, de kleur inspecterend.

Julie dacht dat de twee de rest van het team wel eens volledig zouden kunnen negeren, verteerd door hun liefde voor goede sterke drank, dus schraapte ze haar keel.

Amanda liep dichter naar de bar. "Meneer, uh - Reggie..." Reggie keek op, maar bood de vrouw zijn achternaam niet aan. "Sorry... ik bedoel, bedankt. Bedankt voor wat je daar deed."

Hij knikte, terwijl hij zijn gezicht iets samenkneep om de uitdrukking te overdrijven.

"Maar, wij, uh..." haar stem stokte.

"Ik weet het," zei hij, de ongemakkelijke stilte onderbrekend. "Je moet uitzoeken wie je wil vermoorden."

Haar ogen verwijdden zich enigszins, waarschijnlijk verbaasd over de botheid van de man, maar toen knikte ze.

"Ja, ik werk er aan."

Julie keek toe hoe de man zichzelf nog een glas inschonk en daarna dat van Ben bijvulde. Hij plaatste de fles voorzichtig terug op het rek waar hij vandaan kwam, de ongelabelde karaf perfect naar buiten gericht, de kamer in. Hij wendde zich weer tot Ben. "Dat is een 1970, en het gaat ongeveer net zo goed als iets twee keer de prijs. Ik ken de man die het maakt - plaatselijk, eigenlijk."

Julie keek toe hoe Ben zijn ogen sloot en een lange slok nam. *Ongelooflijk.*

Ben was het type man dat zich zo op één ding kon concentreren dat ze vaak dacht dat er iets mis met hem was. Ze zei hem vaak dat hij op een dag zou sterven door zich te veel in te spannen, niet in staat om te stoppen als hij een pauze nodig had. De enige twee dingen waarvan ze wist dat ze hem uit zijn concentratie konden halen, waren zijzelf, die hem iets bood wat hij zelf niet kon bieden, en een goed glas whisky.

En dit glas whisky moet bijzonder goed zijn geweest. Hij blokkeerde alles om hem heen, nam het aroma in zich op, dan de smaak, dan het gevoel van de drank.

Hij keek haar aan, en zij trok haar wenkbrauwen op. *Klaar?*

Hij kwam er weer uit. "Sorry, alleen... het is goed."

Ze wilde hem een klap geven. "Ik haal een fles voor je voordat we vertrekken."

"Nee, dat kan niet," zei Reggie, zich niet bewust van de onuitgesproken ruzie die gaande was tussen Ben en Julie. "Het is lokaal, maar het is niet echt te koop. Sorry. Ik kan misschien wel..."

"Luister, Reggie wie je ook bent. We zijn echt dankbaar dat je hier bent en dat je ons hebt opgenomen in je ondergrondse schuilplaats, maar we moeten *echt* uitzoeken wie hier allemaal achter zit. En ik...

Reggie stak zijn wijsvinger op, waardoor Julie meteen de neiging kreeg hem ook een klap te geven. "We zijn er al mee bezig."

Deze keer leken Paulinho, Amanda *en* Ben verrast.

HOOFDSTUK 12

"Ik heb het bestand van Amanda's telefoon doorgestuurd naar mijn eigen online opslagsysteem toen je sliep." Hij reikte onder de bar en haalde er een glanzend zilveren afstandsbediening uit. Met een druk op de knop zag Julie hoe een enorm projectiescherm van het plafond naar beneden rolde en op de muur bij Ben, tegenover de bank, werd bevestigd. "Was geen probleem, want het was toch niet gecodeerd. Dat zou het ook niet geweest zijn, want ik heb...

Reggie realiseerde zich dat de anderen naar hem staarden.

"Kijk, ik ben geen hacker. Het was makkelijk genoeg. Het punt is dat ik het klaar wilde hebben om in de rij te zetten hier in huis, zodat we niet langer hoefden te wachten. Pak een stoel, laten we dit uitzoeken."

Hij pakte zijn glas en liep naar een van de fauteuils. Ben en Julie volgden, en al gauw zaten ze allemaal tegenover het grote scherm. Zoals hij had beloofd, had Reggie de video en andere bestanden gedownload op de computer die hij in het huis had verstopt, en de hoofdvideo was geladen en klaar voor gebruik.

"We hoeven dit niet meer te zien, toch?" vroeg hij aan niemand in het bijzonder. Toen niemand antwoordde, drukte hij op een knop en ging terug naar een lijst van de andere bestanden. Hij klikte op de eerste en leunde achterover in de stoel, ontspannen in het comfortabele pluche van het gestoffeerde meubelstuk.

Julie keek naar het scherm toen een kaart verscheen. Het was een kaart van het Amazonebekken in het midden, maar genoeg uitgezoomd om bijna het hele continent Zuid-Amerika te laten zien. Rio de Janeiro lag rechtsonder op de kaart, met een etiket in handgeschreven tekst die op het digitale beeld was geschilderd.

Hij drukte vooruit en zag hoe het scherm veranderde. Dezelfde kaart werd op het scherm getoond, maar er verscheen een ander handgeschreven label. *'Cristo Redentor,' #1,* stond geschreven boven een lijn die zich uitstrekte van Rio tot de rand van de linkerbovenhoek van de kaart, dwars door het Amazonebekken.

"Christus de Verlosser," zei Paulinho, terwijl hij uit het Portugees vertaalde. Julie herinnerde zich onmiddellijk het beeld van het grote Christusbeeld, dat met uitgestrekte armen bovenop een Braziliaanse berg zit.

Ze staarden even naar het beeld, en toen ging Reggie verder met het volgende beeld. Dit beeld was dezelfde kaart, maar de lijn veranderde bijna onmerkbaar, en het etiket ook: *'Cristo Redentor,' #2.*

Een derde afbeelding kwam te voorschijn; nog steeds dezelfde kaart, maar een andere lijn, en een ander label: *"Teatro Municipal.*

Er waren slechts drie afbeeldingen in de map, dus Reggie scrolde door de map en ging naar de tweede van de mappen, een met het label *'Florianopolis'.*

Het eerste beeld verscheen, de kaart verschoof lichtjes en er verscheen nog een lijn. Op het etiket stond: *"Hercilio Luz.*

Paulinho legde uit. "Hercilio Luz is een bekende brug in Florianoplis, Brazilië."

Reggie bladerde door nog vijf afbeeldingen, elk met een perfect rechte lijn erop getekend op een iets andere plaats, en elk met een uniek label. Julie was verbaasd over de duidelijkheid van het schrift en de lijnen, ongetwijfeld met een liniaal getrokken door Dr. Ortega vlak voor zijn dood.

Ze bladerden door nog een paar mappen, meestal gelabeld naar locaties en in Brazilië, maar er waren er een paar van over de hele wereld. Een ervan was van Parijs, Frankrijk, en toonde de locatie van de Eiffeltoren, de diagonale lijn op de kaart verbond de twee locaties.

"Wat hebben de locaties met uw onderzoek te maken, Dr. Meron?" vroeg Julie. Amanda had nog niets gezegd sinds ze waren aangekomen, en Julie wist niet zeker wat de vrouw dacht.

"Ik weet het nog niet," zei ze. "Ik weet niet zeker waarom Dr. Ortega al die moeite heeft gedaan. Het lijkt erop dat hij gewoon lijnen trekt van de locatie van de onderwerpen die we bestudeerden naar... iets anders."

"Locaties van wat, hoewel?" vroeg Paulinho. "Waar de proefpersonen geboren zijn? Of waar ze voor het laatst woonden?"

"Ik denk het niet. De labels zijn van toeristische attracties, en ik herinner me een aantal van deze tests. De dromen die we opnamen hadden soms zeer herkenbare landschappen in zich. Het standbeeld van Christus de Verlosser was in sommige bijzonder opvallend, en ik weet zeker dat de Eiffeltoren dat ook zou zijn geweest."

"Dus deze mensen - proefpersonen - bezochten deze locaties," zei Ben. "Daarna trok Ortega lijnen van de locaties naar... iets anders. En wat dan nog?"

"Dr. Ortega zou niet zoveel moeite hebben gedaan als hij niet..." Amanda's stem stopte midden in een zin.

"Wat is er?" vroeg Paulinho.

"Pega-veretas," zei Amanda. "Wat betekent dat?"

"Het is een spel, net zoals hij zei," antwoordde Paulinho. Hij pauzeerde even en probeerde de beste vertaling uit het Portugees te bedenken. "Stokken, of stokken - *'pak de stokken op,'* heet het geloof ik."

HOOFDSTUK 13

BEN HAD DIT SPEL AL EERDER GEZIEN. Stokjes, of staafjes, lagen op elkaar op de grond, en twee spelers probeerden ze één voor één op te rapen zonder de andere stokjes te storen. Hij had het nooit gespeeld, maar als kind had hij het wel eens in speelgoedwinkels gezien. Amanda stond op en liep naar de kaart en wees naar de lijn. "Hij tekent de 'stokken' op de kaarten," zei ze. Ze begon opgewonden te raken, en Paulinho en Reggie stonden op om zich bij haar in de buurt van de kaart te voegen. "Reggie, ga terug. Welke andere mappen zijn er?"

Reggie volgde haar instructies op en toonde hen de lijst van mappen in de map. Amanda las de lijst, en wees toen. "Daar! *Ingezoomde afbeeldingen.'* Haal die naar boven."

Reggie deed dat, en de eerste van de beelden verscheen op het scherm. Het label hadden ze al eerder gezien: *'Cristo Redentor, #2'.* De lijn verscheen ook, zo getekend dat hij voorbij de rand van het beeld reikte naar de linkerbovenhoek van het scherm. Maar de kaart zelf was veel dichter bij het standbeeld van Christus de Verlosser ingezoomd. Ze konden de contouren van de topografie van de berg zien, vlakbij bezaaid met de onmiskenbare vorm van huizen en gebouwen. Wat echter het duidelijkst was, was het woord *'onderwerp',* in het Portugees gekrabbeld aan de voet van de berg.

Er was een kleine 'x' bij het woord, en de lijn begon en strekte zich van daaruit uit.

Het volgende beeld was vergelijkbaar, maar met een andere 'x' en een andere lijn.

"Alle lijnen zijn diagonaal, van linksboven naar rechtsonder," zei Julie. "Of vise-versa.

Het volgende beeld veranderde die theorie echter. Het was een andere 'x', een ander 'onderwerp' en nog een andere lijn, maar deze liep scherp af van de rechterbovenhoek van het scherm naar de linkerbenedenhoek. De titel van het beeld was "Estátua da Liberdade."

"Het Vrijheidsbeeld," vertaalde Paulinho onmiddellijk.

"Het lijkt erop dat de lijnen allemaal naar dezelfde plek wijzen, toch?" vroeg Julie.

Meteen toen ze het zei, nam Ben het woord. "Is er een map met alle lijnen toegevoegd aan één kaart?" vroeg hij.

Reggie bladerde weer door de mappen en vond er een met de titel '*Convergentie*' in het Portugees. Hij klikte op de eerste afbeelding, en iedereen in de kamer hijgde. Ben stond op en liep naar het scherm.

"Ze komen allemaal samen op *precies hetzelfde punt*," fluisterde ze. "Het is... net zoals hij zei. 'Stokjes vasthouden,' maar de stokjes zijn deze lijnen. Ze kruisen elkaar allemaal, op een bepaald punt in..." haar stem stokte weg.

Amanda pikte de rest van de zin op. "...In het Amazone regenwoud. Reggie, kun je deze uitprinten?"

Reggie knikte. "Natuurlijk." Hij navigeerde door het menu systeem op de computer.

Ben tuurde naar de linkerbovenhoek van de kaart, die grotendeels gecentreerd was op de bovenste helft van het Zuid-Amerikaanse continent, en zag de woorden "*Floresta Amazônica*" geschreven in hetzelfde duidelijke, afgelijnde handschrift. Er was haastig een cirkel getekend rond het convergentiepunt van de lijnen, en ze namen allemaal even de tijd om de kaart te bestuderen.

"Maar waar haalt hij de richting van de lijnen vandaan?" vroeg Reggie. Hij navigeerde terug naar de lijst van mappen, op zoek naar iets dat nuttig zou kunnen zijn. Paulinho zei hem te stoppen bij een van de laatste mappen.

"Positionerings Screenshots, of Plaatsings Screenshots," zei hij toen Reggie de map binnenkwam. Ben bekeek de eerste afbeelding. Het was niets meer dan een kleurenpalet, schakeringen van lichtere en donkerdere kleuren, allemaal in elkaar overlopend, met een raster dat zorgvuldig over het hele beeld was getekend. Lichtere blauwen en gelen verschenen bovenaan, en donkerdere tinten onderaan. Rechtsonder op het scherm, tegen een achtergrond die eenzelfde gouden tint had, zag hij een man die hem recht aankeek. Zoals Dr. Meron had uitgelegd, was de man perfect in beeld. Het beeld was te klein om de gelaatstrekken van de man te kunnen zien, maar Ben kon zien dat de man voor iets groots stond. Hij dwong zijn ogen uit focus, en een beeld leek te verschijnen rond de gouden man.

"Christus de Verlosser," zei Julie hardop. Hij zag het ook. Een vage driehoek domineerde het beeld, precies in het midden, met een veel kleinere driehoek van een blauwachtige tint er bovenop. Er was lucht rond het "beeld", en Ben wist dat het een uitzicht was op het beeld, waarbij de berg zelf het grootste deel van het beeld bedekte. De gouden man was in het beeld geplaatst, stilstaand en, zoals altijd, recht naar het onderwerp kijkend.

"Nou, als dat niet het griezeligste is wat ik ooit heb gezien," zei Reggie.

Ben moest akkoord gaan. Zoiets had hij nog nooit gezien, en het was niet eens een vervalst beeld. "Bedoel je dat dit een screenshot is van een *opname* van iemands droom?" vroeg hij.

Dr. Meron knikte. "We worden elke maand beter in het weergeven van de beelden. Meer en meer sensoren, ontworpen om de exacte locaties van neuronen die vuren in de hersenen op te pikken, stellen de computers in staat om bepaalde lichten, kleuren en beelden op een scherm te projecteren. Het is gewoon een visuele weergave van wat er elektronisch gebeurt in de hersenen."

"Dit is verbazingwekkend," zei Julie. "Hoe doe je eigenlijk zoiets?"

Amanda knikte opnieuw. "Dank u. Het is een lang proces geweest, maar de basistechnologie en technieken bestaan al jaren. We begonnen met een raster van acht bij acht lampjes op een plank voor onze proefpersonen, en als we één van de lampjes aanstaken, lichtte een bepaald gebied in de hersenen ook op. Dezelfde plek lichtte elke keer op dezelfde manier op, en door die informatie duizenden keren te volgen met honderden proefpersonen, konden we uiteindelijk een 'kaart' van de hersenen maken. Die kaart kon dan omgekeerd worden gebruikt: we zeiden tegen de proefpersonen dat ze moesten denken aan een van de lichten die oplichtten. Om het zich echt voor te stellen in hun hoofd.

Als ze dat deden, lichtten dezelfde delen van de hersenen op dezelfde manier op, alsof ze de gloeilamp fysiek aan en uit zagen gaan. Uiteindelijk stelde dat onderzoek ons in staat om te weten wat voor soort beeld, voor het grootste deel, hun hersenen opriepen."

Reggie glimlachte. "Fascinerend. Toen ging je natuurlijk een stapje verder en begon je hun dromen op te nemen?"

"Dromen en hoe dromen tot stand komen is een van de meest onderbelichte gebieden in de neurowetenschappen, omdat het onmogelijk is om de droom van iemand anders te 'zien'. We moesten uitgaan van beschrijvingen, en zoals jullie allemaal weten, is het soms een uitdaging om je een droom te herinneren die de nacht ervoor is gebeurd."

Ben was het ermee eens, maar hij wist nog steeds niet zeker wat dit allemaal betekende, en wat Drache Global ermee wilde doen.

"Dus, nogmaals, hoe bepaalt Dr. Ortega de richting?" vroeg Ben.

Ze keken allemaal terug naar het beeld op het scherm. "Het lijkt erop dat hij berekend heeft waar de gouden man ongeveer staat, in relatie tot het onderwerp en het herkenbare landschap in de afbeelding. In dit geval, het standbeeld van Christus de Verlosser."

Paulinho wees op de twee elementen in de afbeelding, de gouden man en het standbeeld. "Hij heeft een raster over het beeld getekend, waarschijnlijk om de afstand te bepalen. Ik denk dat je theoretisch de afstand zou kunnen berekenen door de grootte van het standbeeld te meten, en waar het object zich bevindt ten opzichte van het standbeeld, aangezien we die informatie gemakkelijk kennen. Dan zou je de locatie van de man kunnen trianguleren, en in welke richting hij kijkt."

"Ja," zei Dr. Meron. "Ja, dat zou kunnen. Het lijkt mij dat de man op de afbeelding zo geplaatst is dat er een lijn getrokken kan worden van het onderwerp, naar de gouden man."

"Dezelfde 'lijnen' die we op de andere kaarten hebben gezien."

"Dat zou me niet verbazen," antwoordde ze.

Ze speelden met de afbeeldingen in de mappen, gischten en schatten, en trokken de lijnen na op het grote projectorscherm. Elk van de afbeeldingen in de map 'Plaatsings Screenshots' toonde een gelijkaardig beeld: een onscherp zicht op een gemakkelijk herkenbare toeristische attractie of belangrijke locatie, en een gouden man die ergens in het beeld stond. Telkens wanneer ze zich een lijnsegment voorstelden dat het onderwerp met de man verbond, en dan het lijnsegment tot voorbij de gouden man verlengden, realiseerden ze zich dat er een overeenkomstige kaart was van die exacte scène, van bovenaf gezien. Dr. Ortega had alle lijnen ingetekend, en verlengde ze vanaf elke kaart.

Reggie heeft de convergentiekaart nog eens opgevraagd. "Ik moet zeggen dat Dr. Ortega hier goed werk heeft verricht. Ik ben geen kaart expert, maar ik heb mijn deel van planimetrische en topografische navigatie gedaan. Alles lijkt te kloppen."

Niemand was het er mee oneens, maar Ben stelde de vraag die al in zijn hoofd zat sinds ze het convergentiepunt hadden gezien. "Dus, we hebben een gouden man die opduikt in de dromen van mensen, en deze kleine man probeert ons ergens heen te wijzen.

We weten dat het ergens in het regenwoud is, maar de vraag die ik me afvraag is: waar wijst hij ons precies naar toe?"

Niemand antwoordde.

Eindelijk, Amanda sprak. "Ik weet het niet. Ik heb geen idee wat dit is, en een maand geleden konden we er ook niet achter komen wat dat 'gouden man' gedoe betekende. Maar Dr. Ortega stierf toen hij het ons probeerde te vertellen, en ik wil uitzoeken wat het is."

Reggie trok zijn wenkbrauwen op. "Je wordt achtervolgd door een groep militair getrainde moordenaars, en je wilt gaan rond-zwerven in de jungle? Als zij jou niet eerst doden, doet de jungle het zeker."

"Ik denk dat wat we hier ontdekt hebben iets te maken heeft met waarom ze me proberen te vermoorden," zei Amanda.

"Ik twijfel er niet aan, meisje, maar dat betekent niet dat het een slim idee is om de meest dodelijke omgeving op aarde binnen te rennen, een enge droom-dude achterna."

"Reggie," zei Paulinho. "Je bent een ervaren overlevingskunste-naar, en je geeft les in kampen voor mensen..."

"Ik *geef les*, ik ren niet de jungle in met een leger dat me wil doden."

"Maar je kunt ons helpen er te komen?"

Ben keek toe hoe de man zijn kaak een paar keer op en neer bewoog, terwijl hij probeerde te beslissen wat hij moest doen.

"We zouden daar in ieder geval voor een tijdje een voordeel hebben, dat is zeker. Ik betwijfel of ze een diepe-jungle-campagne verwachten, en ik weet dat ze er niet zo op voorbereid zijn als ik zou zijn. Ik kan ons in leven houden, denk ik, zolang we ze voor-blijven. Maar als ze ons inhalen..."

Ben liep naar Reggie toe en klopte hem op de schouder. "Ik ga de jungle in, Reggie. Je hebt ons al meer geholpen dan we ooit kunnen terugbetalen, maar ik moet je hulp nog een keer vragen. Je bent niet verplicht om met ons mee te gaan, maar ik ga."

Reggie keek Ben op en neer. "Net zo koppig als ik had

verwacht." Hij liep terug naar de bar en schonk zichzelf nog een drankje in, deze keer een veel grotere.

"Goed," zei Reggie. "Laten we het doen. Laten we het geheim van die kleine gouden man gaan zoeken."

HOOFDSTUK 14

Reggie verliet de groep in de woonkamer van zijn ondergrondse bunker en liep naar de achterkamers van zijn huis. Het was een relatief kleine ruimte, minder dan 2.000 vierkante meter, maar het was meer dan genoeg voor hem. De woonkamer en de bar waren het pronkstuk, waar hij zijn rijkere klanten vermaakte en zijn high-end survivalkamp pakketten verkocht aan bedrijfsleiders. Zij wilden altijd het 'beste van het beste', ook al hadden ze geen idee wat dat betekende. Het was een cyclus van mannen die indruk probeerden te maken op andere mannen, en weekendlange overlevingskampen waren de nieuwe golfbanen van het Braziliaanse zakennetwerken.

Hij had zijn pakketten oorspronkelijk ontworpen voor mensen zoals hij - goed getrainde militairen die na hun actieve dienst hun scherpte wilden behouden. Hij had een paar klanten die hem betaalden voor het gebruik van de schietbaan, maar de meeste mensen die zijn kampen bezochten waren niet meer dan enviro-toeristen, over het algemeen onwetend over de wereld in het algemeen, maar geïnteresseerd in 'het redden van de walvissen' of wat dan ook dat ze die maand besloten te willen doen.

Na een paar slechte kritieken en talrijke klachten over de extreme moeilijkheidsgraad van zijn 'beste van het beste' cursussen van de leidinggevenden en milieu-toeristen die er niet tegen konden, stelde hij een veel aantrekkelijker overlevingskamp samen: een kamp dat semi-primitief kamperen combineerde met een paar lessen in het starten van een vuur en elementaire overlevingstechnieken, verspreid over een weekend. De klanten kwamen op vrijdagavond en konden maandagochtend vroeg weer in hun lendensteunende bureaustoelen zitten. Hij leerde hen niets wat ze ook niet in een padvindershandboek konden leren, maar haalde alle details eruit die hen verplichtten daadwerkelijk iets fysieks te doen.

Om zijn *eigen* scherpte - en geestelijke gezondheid - te behouden, creëerde hij nog een paar cursussen voor de klanten die *werkelijk* geïnteresseerd waren in overlevingstechnieken in de wildernis. Hij had een cursus onderdak bouwen, een minicursus vuur maken, en een lange termijn Expeditie Training Cursus die zijn trots en vreugde was. De cursus nam twaalf studenten mee op een twee weken durend avontuur in het regenwoud, waarbij ze niets anders droegen dan een enkele rugzak met daarin in het ergste geval uitrusting zoals navigatieapparatuur en materiaal om vuur te maken, een eerste hulp kit en MRE rantsoenen. Hij droeg de rugzak zelf en sliep in de buurt ervan, om ervoor te zorgen dat geen van de studenten er midden in de nacht iets uit zou halen.

Reggie ging er prat op dat geen van zijn studenten ooit de rugzak had hoeven te gebruiken.

Toch hield hij een paar rugzakken klaar voor het geval hij ooit zijn bunker moest verlaten.

Het waren deze rugzakken die hij zocht. De gang die de woonkamer en de bar van zijn bunker verbond met de twee achterslaapkamers en de keuken had een centrale badkamer aan de ene kant, en een grote, inloopkast aan de andere kant. In de kast bewaarde hij een wapenkluis voor zijn persoonlijke collectie, wat overschotproducten die hij op de schietbaan en voor de lessen verkocht, en de rugzakken.

Het waren aangepaste Kelty Falcon 4000 packs, elk een beetje aangepast aan zijn lichaamstype. Hij gaf de voorkeur aan deze modellen die een kleiner hoofdvak hadden en extra extra zakken die aan het frame van de rugzak waren bevestigd. Elk van de drie rugzakken was op dezelfde manier gevuld, maar één had een extra Stingray tent om met een groter gezelschap te kunnen reizen. Eén van deze pakken was genoeg voor één persoon om maximaal een maand te overleven; met rantsoenering konden drie mensen een paar weken overleven, ervan uitgaande dat ze niet zelf vers water en voedsel konden vinden.

Aangezien hij met de groep zou meereizen, zouden ze niet eens een rugzak nodig hebben - hij was meer dan capabel om hen enige tijd in leven te houden, afgezien van verwondingen. Maar Reggie had over de omstandigheden nagedacht en besloten dat het meenemen van de bepakking extra bescherming, veiligheid en steun zou bieden tijdens de reis die voor hen lag. Omdat ze hun bestemming niet precies kenden, waren ze al in het nadeel, en ze stonden op het punt naar een van de gevaarlijkste klimaten in de wildernis te gaan. Hij wilde hen niet tot een mislukking veroordelen nog voor ze het huis hadden verlaten.

Hij pakte een van de pakken en ritste de bovenste flap open. Hij voegde de gevouwen afdruk van de afbeelding van de samenkomende lijnen over het regenwoud toe, de beste versie van een 'kaart' die ze zouden krijgen, en controleerde de rest van de inhoud en maakte een snelle inventarisatie. Hij vond het klaar voor gebruik, herhaalde het proces met de andere pakken en liep naar de wapenkluis. Met een vingerafdruk van zijn linker wijsvinger opende hij de grote deur en selecteerde enkele voorwerpen.

Drie Sig Sauer P226 9mm handwapens en een geweer, een Henry-Arms AR-7. Hij was een fan van de voetafdruk van het geweer - afgebroken paste het in zijn rugzak, en het woog slechts 3,5 pond. De .22-kalibermunitie was een beetje klein voor de 'stopping power posse', de groep van wapenfanaten en survivalists die geloofden dat grotere munitie - meer 'stopping power' - altijd beter was, maar hij had de AR-7 zonder problemen gebruikt als een 'go-to' wapen. Hij legde de pistolen in het hoofdvak van de rugzak en begon het geweer aan de buitenkant vast te sjorren.

Terwijl hij dat deed, voelde hij een zacht gerommel onder de vloer van de bunker. De vloer was niet meer dan gladgestreken beton, twee meter dik, maar hij had niets over het kale oppervlak in de kast gelegd. Hij keek naar beneden en wachtte tot het gerommel ophield. Het duurde een paar seconden, dreef weg in het niets, en begon toen opnieuw.

Hij voelde een golf van adrenaline nog voor hij goed en wel begreep wat het geluid betekende. Terwijl hij de deur van de wapenkluis dichtsloeg en wachtte op de bijna onhoorbare *klik* van het slot, liet hij het pak achter waar het op de grond lag en rende terug naar de woonkamer.

"We zullen worden aangevallen. Dat zijn granaten, en ik wil dat iedereen kalm blijft en de trap op gaat.

De anderen in de zaal - zijn vriend Paulinho, Dr. Amanda Meron, en Ben en Julie - die nog steeds de beelden op het projectiescherm aan het bespreken waren, keken hem aan alsof hij krankzinnig was.

"Sorry," zei hij. "Kan het nu niet echt uitleggen, maar er was een trillend geluid. Ik herkende het, maar je moet me gewoon vertrouwen. Amanda, ze hebben ons gevonden. Op een of andere manier."

Toen stond Amanda en staarde hem aan, met grote ogen.

"Het is in orde," zei hij, in de hoop haar gerust te stellen. "Ze zijn er nog niet, maar ze weten dat ik een ondergrondse bunker heb. Ik heb dit gebouwd als huis, niet als fort, dus uiteindelijk zullen ze binnenkomen. We moeten hier ruim voor die tijd weg zijn."

Ze knikte, en Ben liep naar hem toe. "Wat moet ik voor je doen?"

Reggie pauzeerde even en nam de grote, goedgebouwde man voor hem in zich op. *Hij begint me te vertrouwen. Mooi zo.* "Bedankt, Ben," zei hij. "Pak de twee rugzakken in die kast, die tegen de muur staan. Ik pak die naast de wapenkluis, en dan zijn we weg."

Hij wendde zich tot de rest van de groep toen Ben langs hem de gang in glipte. "Ga de trap op, maar wacht boven tot Ben en ik er zijn. Er is een achterdeur in de hut die ons naar buiten en over die heuvel leidt. Ik verwacht goed verstopt te zijn en bijna in de bomen tegen de tijd dat ze het huis gaan beschieten."

Hij wachtte niet tot de rest instructies had opgevolgd. Hij draaide zich om en volgde Ben de kast in om de rest van de uitrusting te pakken, waarbij hij slechts een moment nam om de groep te beoordelen met wie zijn lot nu was verbonden.

In al zijn jaren van training en voorbereiding op overleving kende hij maar één eigenschap die de 'leidinggevenden' en 'toeristen' scheidde van de echte, hardcore overlevers.

Mindset.

Hij hoopte dat de groep die hem nu volgde in het meest ondraaglijke klimaat dat hij ooit had gekend, de mentaliteit had om in leven te blijven.

DE GRANATEN KWAMEN STEEDS DICHTER BIJ DE BUNKER. Ben zag stof en kleine stenen vallen uit de spleten tussen de betonnen platen die de muren vormden, en hij huiverde telkens als er een neerkwam.

"Ze komen dichterbij," zei Ben tegen Reggie terwijl hij de twee rugzakken over zijn schouders zwaaide.

"Ze mikken niet op de hut. Nog niet, in ieder geval. Ze richten op waar ze denken dat de andere bunkers zijn."

"*Andere* bunkers?"

Reggie grijnsde. "Kom op, laten we naar boven gaan. Ja, ik heb plannen ingediend bij de provincie toen ik deze plek liet bouwen. Ze zijn nogal kieskeurig over graven en uitgraven hier, zo dicht bij het bos. De plannen toonden dertien kleinere bunkers, allemaal verspreid over mijn land. Een paar honderd hectare."

Ben moest lachen. "Dus je hebt plannen ingediend die in het openbaar dossier komen, waaruit blijkt dat je hier een stel willekeurige bunkers had."

Reggie knikte eens. "Yep. Er gaat niets boven valse plannen voor een extra laag van verdediging."

Ben volgde Reggie de trap op, waar de anderen stonden te wachten. Hij merkte nu, toen hij de hut van binnen zag, dat de muren ook van beton waren, de buitenkant van het gebouw duidelijk gebouwd met een voorgevel.

Nog een laag van verdediging.

"Reggie, het lijkt erop dat je nogal wat geld hebt uitgegeven om jezelf hier te beschermen," zei Ben. "Waarom al die beveiliging?"

Reggie haalde gewoon zijn schouders op. "Leek een goed idee op dat moment." Hij ging er niet dieper op in, maar veranderde het onderwerp terug naar de huidige situatie. "Kom op, door de achterdeur als ik zeg 'ga'. Ren rechtdoor, over die heuvel, en stop niet met rennen tot je ver in het bos bent. Ben, jij neemt de leiding. Ik volg achter je."

Ben knikte, en ging bij de gesloten deur staan.

"Oh," zei Reggie, terwijl hij zich weer omdraaide om Ben aan te kijken. "Hier, neem dit." Hij overhandigde Ben een handvuur-wapen, tingerkleurig en zwaar. "Sig Sauer P226 9mm."

Ben draaide het wapen een paar keer in zijn handen. Hij was geen professional, maar hij had al heel wat vuurwapens gehan-teerd als parkwachter en toen hij opgroeide met zijn vader en broer. Hij voelde het gewicht van het wapen, controleerde het magazijn, en knikte naar Reggie.

"Goede deal," zei Reggie. "Oh, en laat de Braziliaanse autori-teiten je daar niet mee betrappen. Ze zijn niet zo dol op locals of toeristen die ermee rondlopen, en zelfs als ze je niet ter plekke arresteren houden ze je langer vast dan TSA als ze een pincet vinden."

Een granaat landde vlak naast de hut, en Ben voelde zijn binnenste trillen door de explosie. De hut zelf stond stevig, maar stukken rots en plafondmateriaal regenden om hen heen naar beneden. Amanda bedekte haar oren.

"Ga!" schreeuwde Reggie. Hij trok de deur open en duwde Ben naar buiten. Ben begon te rennen, recht op de hoge heuvel af die achter het huis lag. Hij duwde zijn benen zo hard als hij kon, in de hoop dat de anderen hem zouden kunnen inhalen.

Hij liep de top van de heuvel om en liep aan de andere kant

verder naar beneden, zich plotseling realiserend dat hij op het punt stond het dichtste bos in te lopen dat hij ooit had gezien. Terwijl de bossen die hij thuis kende voornamelijk grote dennenbomen waren, gelijkmatig verdeeld met takken die pas halverwege hun stam begonnen, stonden de bomen en struiken hier in elkaar verstrengeld, elkaar vastgrijpend als gedraaide vingers, een strak web vormend van gebladerte dat ondoordringbaar leek te zijn.

Hij rende er naar toe. Toen hij dichterbij kwam, zag hij een paar plekken die breed genoeg waren om in te rennen. Hij richtte zich op de dichtstbijzijnde, een breuk in het gebladerte waarvan hij hoopte dat die hem in staat zou stellen door de muur van bosleven te breken waar hij op af liep.

Hij kon nu de voetstappen van de anderen achter zich horen, de granaten overstemden niet langer alles. Ze vielen nog steeds aan, maar hij had niets anders gehoord dan het gestage spervuur van explosies die de grond raakten sinds ze begonnen te rennen. Hij hoopte dat ze hen in de open lucht niet konden zien. Zelfs in het bos wist hij dat ze geen partij zouden zijn voor de zware artillerie die Reggie's land achter hen met de grond gelijk maakte.

Nadat hij nog een minuut had gerend, bomen en struiken ontwijkend, en springend over omgevallen boomstammen en stukken gebroken rots, hoorde hij Reggie van achteren schreeuwen. Hij vertraagde, stopte toen en draaide zich om.

Julie was er, hijgend maar verder in orde. Paulinho en Reggie vertoonden geen tekenen van inspanning, maar Dr. Amanda Meron had haar handen op haar knieën en hapte naar lucht. Reggie kwam naar haar toe en legde zijn hand op haar rug, zei toen iets wat Ben niet kon verstaan. Ze knikte, en Reggie liep naar Ben en de anderen toe.

"We moeten vooruit blijven gaan," zei hij. "Ze zullen zich uiteindelijk vervelen, of ze zullen mijn bunker leeg aantreffen. Hoe dan ook, ze zullen snel genoeg doorhebben waar we heen gaan."

"Waar *gaan* we heen?" vroeg Julie.

Reggie gaf haar een van zijn typische, zelfingenomen grijnsjes.

"Dwars door deze kraam loopt een beek. Dat stroompje zwelt aan en loopt nog wat verder naar het westen, en mondt een kilometer later uit in een grotere vijver. Ik heb een vriend die daar woont. Kleine hut, meestal alleen hij en zijn vrouw."

"Waarom gaan we daarheen?" vroeg Paulinho. Reggie liep nu voor Ben uit, dieper de bomen achter de heuvel in. Ze volgden op de voet, geen van hen wilde te ver achterop raken in het dichte, schaduwrijke bos.

"Hij bezit een vliegtuig, en onderhoudt een landingsbaan die hij gebruikt voor regionale vluchten. Voorraden afleveren, toerisme, zoek- en reddingsacties, dat soort dingen. Hij kan ons vliegen tot Manaus, dat is iets meer dan vijf uur. Dan kunnen we een dutje doen, en ik weet dat ik dat nodig heb.

Ze liepen in stilte door tot ze bij de beek kwamen. Ben droeg nog steeds de rugzakken, maar Paulinho liep naar hen toe en bood aan er een over te nemen. Ze bonden er elk een op hun rug terwijl de anderen wachtten. Toen ze klaar waren, en Reggie het goedkeurde, draaide hij zich om en begon de beek te volgen zonder een woord te zeggen.

Ben hoorde de granaten allang niet meer, en hij vroeg zich af of ze de bunker al gevonden hadden, of dat ze net buiten bereik waren. Hij hoopte dat het het laatste was, en dat degene die Amanda probeerde te doden - en nu ook hen - besloten had de zoektocht te staken.

Julie liep naar Ben en vond zijn hand. Ze pakte hem vast en legde haar vingers in de zijne. De beek die ze volgden had een smal pad dat net breed genoeg was om Julie en Ben naast elkaar te laten lopen. De jungle was stil, waarschijnlijk omdat de artilleriegranaten de dieren uit het gebied hadden verjaagd. Ben genoot van de stilte, en met het licht van de opkomende zon dat door de kieren van het bladerdak scheen, werd het landschap om hen heen met de minuut mooier en mooier.

Hij kneep in haar hand, en ze keek naar hem. *Het komt wel goed*, dacht hij. Ze spraken niet, en kozen in plaats daarvan voor de ongewone stilte van de jungle.

Ze bereikten een open plek, en Reggie stak een hand uit. Hij hurkte neer aan de rand, stond toen langzaam op en stapte naar voren. Ben kon de vijver voor zich zien, rechts van hen, die het water van de beek opving en een natuurlijk meer vormde voor de dieren en planten om hen heen. De hut waar Reggie het over had gehad lag recht voor hen, aan de andere kant van de open plek. Een onverharde weg leidde weg van de hut en in het nabijgelegen bos, kronkelend rond de grotere bomen. Het was een schilderachtig tafereel, een groenere en dichtere versie van zijn eigen hut thuis.

"Wat is er?" vroeg Ben, terwijl hij dichter naar Reggie toe stapte. Reggie was weer gestopt, nog steeds de hut van een afstandje onderzoekend. Ben kon een auto zien, een middelgrote SUV, vergelijkbaar met Reggie's eigen auto, geparkeerd buiten de hut. Hij nam aan dat Reggie voorzichtig was, niet om degene die binnen zou kunnen zijn bang te maken.

"Kijk naar het raam," antwoordde hij, zijn ogen nog steeds recht vooruit gericht.

Ben kneep zijn ogen dicht en kon eerst niet zien waar Reggie het over had. Toen zijn ogen zich aanpasten aan het groeiende ochtendlicht, zag hij het.

Het raam was kapot, een groot rond gat was van het glas gebarsten. De onderste ruit van dat raam had twee kleinere gaten, nauwelijks zichtbaar van deze afstand. *Kogelgaten.* Het idee dat degene die hen volgde hen hier had verslagen was angstaanjagender dan de gedachte dat ze degene die in de hut was al hadden gedood.

Ben hoopte dat de man en vrouw - Reggie's vrienden - niet binnen waren geweest toen ze kwamen.

Maar hij wist dat deze mensen geen kogels zouden verspillen om door ramen te schieten. Er was hier iets gebeurd, en het was zonder twijfel geëindigd in bloedvergieten.

Reggie begon in de richting van de hut te lopen, met een pistool in zijn hand. Ben had niet gezien dat hij het pistool trok, maar het was op de een of andere manier in de hand van de man verschenen. Ben begon naar voren te lopen, maar Reggie draaide zich om en stak zijn hand op.

"Blijf daar. Jullie allemaal," zei hij. "Laat me eerst even kijken."

Ben stopte, en voelde Julie's hand de binnenkant van zijn arm grijpen. Hij wilde volgen, wilde zien wat er binnen gebeurd was, en hij wilde meer dan wat ook helpen. *Als er iets met Reggie gebeurt...*

Hij stond zichzelf niet toe de gedachte af te maken.

Reggie bereikte de hut en hurkte onder het raam. Hij tilde het pistool op, hield het dicht bij zijn gezicht en gluurde over de vensterbank het huis in. De tijd stond stil terwijl Ben naar de man keek. Reggie verroerde zich niet, hield zich stil bij het raam en nam alles in zich op.

In een ogenblik, veranderde alles.

HOOFDSTUK 16

HET RAAM BARSTTE EN VERBRIJZELDE IN EEN KLEINE EXPLOSIE, en Ben hoorde het geluid van schoten vanuit de hut. Reggie schreeuwde iets, stond weer op en richtte zijn geweer op de eenkamerige hut.

Ben kon er niet meer tegen. Hij begon naar voren te rennen. Hij had een wapen, maar het voelde nutteloos nu in zijn handen, niets dan dood gewicht. Hij had in zijn leven nog nooit zo vaak met een wapen geschoten dat het een natuurlijke actie was, maar hij rende toch. De man die hun leven meerdere keren had gered in minder dan een dag was in gevaar, en hij reageerde op de enige manier die hij kende.

Maar voordat hij het raam kon bereiken waar Reggie nog steeds voor stond, wendde Reggie zich tot Ben. "Vals alarm," zei hij. "Het is een kind. Kan hulp nodig hebben. Hij zegt dat hij op een schaduw schoot - hij moet me hebben zien aankomen."

Ben was er niet van overtuigd dat ze veilig waren, maar hij volgde Reggie naar de voordeur van de hut. Reggie draaide de knop om, zwaaide de deur open en riep. "Ben je daar?"

Een gedempte 'ja' bereikte Ben's oren.

"Oké, knul," antwoordde Reggie, "we komen naar binnen. Niet schieten, oké?"

Nog een gedempte reactie, toen zag Ben een pistool over de

houten vloer naar de drempel glijden. Reggie stopte het met zijn voet en raapte het op. Hij gaf het aan Ben, die het voorzichtig met zijn vingers vasthield, alsof het politiebewijs was waarmee hij niet durfde te knoeien.

"Het spijt me..." hoorde hij een stem zeggen. "Ik - ik raakte in paniek, en schoot. Ik dacht dat ze terugkwamen."

Reggie stapte naar binnen en haastte zich naar de bank. Ben volgde hem, en nam meteen het tafereel om hem heen in zich op.

De hut was klein, en hij kon alles zien vanuit de deuropening. De keuken en de open haard stonden aan de ene kant, een bed aan de andere, en een kleine bank stond voor het raam aan de achterkant van de hut. Een verouderde televisie met een rond gezicht stond onder het raam op een standaard.

De meubels in de hut waren grotendeels wat Ben verwacht had, maar het was het bloed dat hem verraste. Op de rugleuning van de bank, tegen de muur, en bijna over de vloer, waren strepen bloed aangekoekt en opgedroogd. Geen enkel oppervlak leek er veilig voor te zijn. In de keuken zag Ben twee vuile stapels kleren, waar benen uitstaken. *Lichamen.* Ben moest bijna overgeven toen hij naar binnen stapte. Zijn schoenen volgden meteen de met bloed besmeurde voetsporen onder hem, maar hij wilde de persoon op de bank zien.

De jongeman leek een universiteitsjongen, met zandblond haar dat over zijn oren en in zijn bange ogen hing. Hij was lang, mager, en leek net zo misplaatst in deze uithoek van de wereld als Ben zich voelde. De jongen trilde en hield de rechterkant van zijn torso vast.

"Ben je gewond?" vroeg Reggie.

Het kind knikte, en Reggie probeerde de hand van het kind op te tillen. Hij schreeuwde van de pijn, maar Reggie troostte hem. "Ik moet er even naar kijken, als we je gaan oplappen. Hoe kom je trouwens aan dat pistool?"

Reggie negeerde de lichamen, en Ben vroeg zich af of hij ze gezien had of niet. *Waren het zijn vrienden? De man en vrouw?*

Het kind sprak langzaam, probeerde tussen de woorden door

rustig adem te halen. "Ik - ik pakte het van de tafel hier. Bernard hield het daar."

Reggie leek niet te reageren op de verklaring, maar Ben wist dat de man de woorden van de jongen zou vergelijken met wat hij wist van de man en de vrouw die hier woonden. Deze verklaring moet zijn nagetrokken, want Reggie reageerde niet.

Er lag een rolletje gaas in de hand van het kind, bedekt met bloed. Reggie pakte het rolletje en scheurde de buitenste laag van de vuile stof eraf, waarna hij de wond begon te verbinden.

"Ziet eruit als een meswond," zei Reggie. "Ragged gat, zeker niet gesneden met een kogel."

Het kind knikte weer, nog steeds tegenstribbelend van de pijn, maar liet Reggie aan de wond werken.

"Het goede nieuws is dat het relatief klein is. Het zal vanzelf genezen, vrij snel eigenlijk. Je zult kunnen lopen, maar het zal vreselijk pijn doen." De jongen leek een beetje moeite te hebben met deze informatie, maar het siert hem dat hij zijn kaken op elkaar klemde en knikte. Reggie ging verder met het verbinden van de wond.

Eindelijk keek Reggie op. Ben kon iets in zijn ogen zien. *Woede?* De stem van de man was kalm, zachtaardig zelfs, maar in zijn ogen stond een woede die Ben meer angst aanjoeg dan het bloed, de dode lichamen *en* hun aanvallers. Reggie zei niets tegen Ben, maar draaide zich in plaats daarvan om en richtte zich tot de jongen.

"Wat is je naam?"

"Rh - Rhett," stotterde hij.

"Rhett, wat is hier gebeurd ? Wie heeft die man en vrouw vermoord?"

"Bernard? En dat is zijn vrouw, Emelia. Ze zijn neergeschoten, dezelfde jongens die mij neergestoken hebben."

Reggie wierp Ben een blik toe. *Ze hebben ons hier verslagen.* "Ze hebben je neergestoken, maar hen neergeschoten?"

"Ze - ze probeerden stilletjes het huis binnen te komen, denk ik. Ik was bij de deur. Opende het, dan ... we konden niet op tijd bij het pistool komen. "

Reggie knikte. "Oké, ontspan je maar. Ik haal wat water voor je."

Ben volgde Reggie naar de keuken en de twee duwden de lichamen aan de kant, uit de weg van het aanrecht. Ben had moeite met de taak, voelde zich nog steeds ongemakkelijk door al het bloedvergieten, maar Reggie's kalme vastberadenheid sterkte hem. Toen ze klaar waren, draaide Reggie de kraan open en pakte een plastic beker die vlakbij stond. Ben hoorde lawaai aan de deur en zag de drie anderen - Amanda, Paulinho, en Julie - in de deuropening staan.

Bens ogen ontmoetten onmiddellijk die van Julie, en hij zag de afschuw op haar gezicht. Niemand sprak, maar de boodschap was ontvangen. *Ze hebben ons hier verslagen.*

Reggie kwam terug naar de bank met het water, en tilde Rhett's hoofd op om hem te helpen ervan te drinken. Toen hij klaar was met drinken, hielp Reggie hem wat hoger op de bank te gaan zitten, zijn rug ondersteund door een kussen. "Rhett, we moeten degene vinden die je pijn heeft gedaan en de Olivars heeft vermoord."

Rhett keek naar Reggie toen hij de achternaam van het echtpaar zei, maar Reggie ging verder voordat de jongen vragen kon stellen. Julie, Dr. Meron en Paulinho stapten het huis binnen en sloten de zware houten deur achter hen.

"Ze waren mijn vrienden, en ik heb het gevoel dat ik iets te maken heb met waarom ze werden gedood; waarom jij het doelwit was. Kun je me iets vertellen over hoe ze eruitzagen, of wat ze gezegd kunnen hebben?"

Rhett dacht even na en zei toen waar Ben bang voor was geweest. "Niet veel, nee. Ze waren in het zwart gekleed, als een soort militaire special forces groep of zoiets." Hij haalde lang en langzaam adem. "Ze hebben ook niets gezegd. Ze staken me neer, lieten me voor dood achter en vielen het huis binnen."

Ben keek rond. Afgezien van Rhett's en het bloed van het

echtpaar overal, leek de hut in orde te zijn. Zelfs geen foto aan de muur hing verkeerd.

"Het huis overvallen?" vroeg hij.

"Ja - op zoek naar iets, denk ik. Ik weet niet zeker wat, maar ze zijn hier maar een paar minuten gebleven. Ze liepen een paar keer rond de hut, maar toen vertrokken ze. Dat was ongeveer een half uur geleden.

Op zoek naar iets? Ben had geen idee waar ze naar zochten, behalve naar Dr. Meron.

"Rhett, waarom ben je hier?" Reggie stelde de vraag op zijn botte, no-nonsense manier, maar Ben voelde geen vijandigheid tegenover de jongeman.

"Ik was hier om de Olivars te helpen met hun leveringen. Ik studeer dit seizoen geen rechten meer, en ik moest mijn vlieguren maken. Ik heb altijd al het regenwoud willen bezoeken, dus ik dacht dat ik er wat geld mee kon verdienen. Ik wist niet dat ze met slechte mensen omgingen, maar ik denk..."

"Dat waren ze niet," zei Reggie. "Zoals ik al zei, dit is niet jullie schuld. Die mannen zitten achter ons aan - jullie waren gewoon allemaal op de verkeerde plaats op het verkeerde moment." Hij draaide zich om en keek naar de rest van de groep; vier bange en bezorgde gezichten keken op hem neer. "Het goede nieuws is dat het goed komt met jullie. Dat begint te helen en binnen de kortste keren zijn jullie weer zo goed als nieuw."

Reggie trok Ben opzij. "Ze zochten naar andere manieren om hier weg te komen," zei Reggie zodat alleen Ben het kon horen. "Sleutels van de auto, mobieltjes, dat soort dingen. Die SUV die buiten geparkeerd staat is ongetwijfeld gemanipuleerd, maar als we opschieten kunnen we misschien nog bij het vliegtuig komen. De landingsbaan is door de bomen die kant op, en het is onmoge-lijk te zien vanaf de weg."

Ben nam deze informatie in zich op. *Ze kwamen hier om ervoor te zorgen dat we niet uit de jungle konden komen. Ze doodden de piloot, en de vrouw en het kind dat bij hem was. Als ze het vliegtuig al gevonden hebben...*

Hij wachtte op het onvermijdelijke.

"Het slechte nieuws is," ging Reggie verder. "We moeten hier nog steeds weg, want het is zeer waarschijnlijk dat ze een pas door de jungle maken en hier terug zullen komen om ons te zoeken. Jij moet ook meekomen, anders ben je zeker dood."

"Oké," zei de jongen.

"En," voegde Reggie eraan toe, terwijl hij naar de keuken keek naar de benen van zijn vriend Bernard Olivar die naar buiten staken, "we hebben een piloot nodig."

HOOFDSTUK 17

JULIE HOOPTE DAT RHETT VAARDIGER WAS DAN HIJ ZICHZELF TOESCHREEF. Nadat Reggie hem vertelde dat ze een piloot nodig hadden, maakte Rhett een paar minuten ruzie en vertelde hen dat hij nog niet in staat was om alleen te vliegen. Reggie stelde hem gerust door te zeggen dat hij zelf beperkte vlieg-ervaring had en een goede copiloot zou zijn in een klein bush vliegtuig zoals dat van Bernard. Julie was er niet van overtuigd dat de jongen goed genoeg zou zijn om op te stijgen op wat haar een vreselijk korte landingsbaan leek, maar ze wist dat er geen andere opties waren.

Ze hoopte dat steekwonden het niet moeilijker maakten om vliegtuigen te besturen.

Ze hadden het vliegtuig precies gevonden waar Reggie had gezegd dat ze het zouden vinden - bijna verborgen door de hoge bomen en het dichte bladerdak aan het eind van een smal pad onge-veer een halve mijl van de cabine. Bernard hield van de pseudo-geheime schuilplaats, volgens Reggie, omdat het hem het gevoel gaf een drugsbaron te zijn, elke keer als hij onder het bladerdak verdween om het vliegtuig te landen. Het vliegtuig zelf was niet geregistreerd, een ander feit waar Bernard trots op was. Een 1983 Cessna P210N Centurion, het kleine vliegtuig was geschikt voor vijf passagiers en een piloot, met ruimte voor bagage of uitrusting.

Rhett legde iedereen uit dat Bernard vaak de stoelen wegnam en de extra ruimte gebruikte om meer materiaal te vervoeren naar de drop zones op de bevoorradingsroutes die hij frequenteerde. Hij had al drie keer met Bernard gevlogen, meestal nam hij de besturing over zodra Bernard het vliegtuig op kruishoogte had gebracht.

"Het komt wel goed, jongen." Julie hoorde Reggie Rhett aanmoedigen in de buurt van de voorkant van het vliegtuig, terwijl Ben en Paulinho hun rugzakken in de opslagruimte laadden. "Zoals ik al zei, ik heb de besturing een paar keer vastgehouden, en zolang jij de landing regelt, komt het wel goed. Hoe is dat gesneden?"

Rhett knikte, niet wegkijkend van de controles.

Julie probeerde het gesprek te negeren, maar dat lukte niet. Beide mannen leken zichzelf slechts als amateurpiloten te beschouwen. *En ik ga vrijwillig met hen vliegen?* Ze keek naar Ben.

"Het komt wel goed," zei hij. Ze wist hoe hij over vliegen dacht, en ze was verbaasd dat hij echt leek te geloven wat hij net had gezegd.

Reggie sprak weer tot de groep. "Iedereen gaat bij de boomgrens staan. Ik ga haar opstarten."

Hij legde niet uit waarom hij wilde dat ze afstand hielden, maar Ben ging naar Julie toe en fluisterde in haar oor. "Hij zei dat de SUV voor de cabine waarschijnlijk vol met explosieven zat. Hij denkt waarschijnlijk dat het vliegtuig..."

"Stop," zei ze. "Ik wil het niet weten."

Ben haalde zijn schouders op, en Julie draaide zich om en liep naar de bomen terwijl Reggie in de cockpit van het vliegtuig klom. Ze hoorde de deur dichtslaan.

Een minuut ging voorbij, toen kwam de motor van het vliegtuig sputterend tot leven, het lage gezoem bereikte haar oren. Ze wachtte. Ben legde zijn hand op de hare, en ze voelde hem knijpen. *Hij is ook nerveus,* dacht ze.

Er ging nog een minuut voorbij, en Reggie sprong uit de pilotenstoel en zwaaide naar hen. "Als ze zou ontploffen, had ze het al gedaan."

Julie vroeg zich af hoe de man zo nonchalant kon lijken, maar ze volgde Ben en de anderen naar het vliegtuig. Ben hielp haar naar binnen, en ze riemen zich vast terwijl Rhett het vliegtuig naar de startbaan taxiede. Hij wachtte aan de rand, controleerde en hercontroleerde de instrumenten en displays voor hem. Reggie glimlachte vanaf de copiloot stoel, maar zijn ogen waren in tegenspraak met de rest van zijn gezicht in hun harde, halfgesloten manier. Zij wachtte.

Eindelijk voelde ze de liftkracht toen Rhett de gashendel omlaag duwde en het vliegtuig liet opstijgen. De jongen leek kalm, beheerst en perfect geconcentreerd op zijn taak terwijl het vliegtuig versnelde en uiteindelijk licht steeg toen de liftkrachten het vliegtuig omhoog trokken. Hij trok de neus omhoog, en Julie voelde de kortstondige gewichtloosheid toen hun zwaartepunten verschoven en ze in de lucht kwamen. Ze had nog nooit in zo'n klein vliegtuig gevlogen, en de schokkerigheid van de hobbelige startbaan werd onmiddellijk vervangen door het soepele en glijdende gevoel van vliegen.

Ze keek naar Ben. Zijn knokkels waren wit, zijn ogen recht vooruit gericht, maar ze stoorde hem niet. Als ze eenmaal op kruishoogte waren, zou hij wat rustiger worden en zich kunnen ontspannen.

"Waar denk je dat we naar op zoek zijn?" vroeg Paulinho plotseling.

Julie en Amanda keken hem aan, en Ben, die nog steeds recht voor zich uit staarde, trok zijn wenkbrauwen licht op.

"Ik bedoel, wat is het probleem? Amanda's bedrijf heeft geweldig onderzoek gedaan sinds ze begonnen. Waarom zitten ze nu achter jou aan?"

Amanda haalde haar schouders op. "Ik weet het niet. Het lijkt allemaal zo vreemd. De ene week werkten we aan het vangen van dromen, en nu ben ik een voortvluchtige."

"Wat denk je dat de gouden man met dit alles te maken heeft?" vroeg Julie.

"Nogmaals, ik heb geen idee. Maar dat lijkt het begin van alles te zijn. Toen een van onze medewerkers de data uploadde, geloof ik dat iemand aan de andere kant er meteen bij kon. Daarna is dit allemaal begonnen."

"Een van de investeerders?"

"Waarschijnlijk. Ze hebben zich altijd afzijdig gehouden, maar hun enige eis voor verdere financiering was toegang tot alles wat we ontdekten."

Julie overwoog dit. Ze wist niets over high-tech durfkapitalisme, maar het leek vreemd dat een investeerder zo ongeïnteresseerd leek in zijn investering dat hij zich er niet mee bemoeide, maar wel onmiddellijk toegang eiste tot alle nieuwe bevindingen. Het klopte zeker niet, maar Julie vroeg Amanda niet om meer.

Een paar minuten later kwam het vliegtuig uit zijn gestage klim en kwam op gelijke hoogte. Ben liet zijn greep op de armleuning los en zijn hand vond onmiddellijk die van Julie. Ze keek hem aan en probeerde te peilen hoe hij zich voelde zonder het hem expliciet te vragen. Zijn ogen leken vermoeid, de wenkbrauwen gebogen in een uitdrukking van bezorgdheid. Of stress, ze wist het niet zeker. Hij staarde haar aan en knikte lichtjes. Ze glimlachte en draaide zich toen om, om nog eens uit het raam te kijken.

"We zitten nu op onze koers," riep Reggie vanuit de cockpit. "We vliegen naar Manaus, en zoeken dan een boot om ons stroomopwaarts te brengen."

Paulinho tikte Reggie op de schouder. "Waar gaan we precies heen? Die lijnen kruisten, maar ze vertelden ons niet precies de bestemming."

Reggie glimlachte. "Nee, ik denk het niet. Maar die locatie is zo afgelegen dat we hem makkelijker kunnen vinden als we dichtbij komen. Ik heb de coördinaten genoteerd voor we mijn huis verlieten." Reggie liet een stuk papier zien, waarop hij wat getallen had geschreven. "Het is in het midden van het Bekken, tussen de Purus en Jaruá rivieren. Nog steeds een vrij groot gebied, maar het is een goede plek om te beginnen."

Julie was niet overtuigd. "Vrij grote regio? Dat lijkt me nogal een understatement."

"Ja, dat is waarschijnlijk waar. Maar we zijn nog niet in Manaus, dus er is niet veel wat we kunnen doen."

"Wat is er in Manaus?" vroeg Paulinho.

"Een professor. Ik heb hem nooit persoonlijk ontmoet, maar we hebben wel eens e-mails uitgewisseld. Hij heeft een aantal vrij interessante - en overtuigende, zou ik kunnen toevoegen - theorieën over dat specifieke gebied van de jungle, dus ik dacht meteen aan hem toen de kaarten op het scherm kwamen. Hij is ook een Jezuïtische priester, iemand die toegang heeft tot sommige dingen die wij niet hebben. Zoals archieven."

"Gegevens van wat? En wat kan een Jezuïtische priester vinden dat wij niet kunnen vinden?" vroeg Dr. Meron. Ze klonk niet opgewonden door Reggie's suggestie, en Julie moest dat beamen - deze man, iemand die ze net hadden ontmoet, leidde hen over een continent op zoek naar iets dat het waard was om voor te doden. Ze wist niet zeker of Reggie opzettelijk cryptisch was, of dat het zijn gebruikelijke stijl was.

"Ik ben het met Amanda eens," zei ze, niet in staat zichzelf tegen te houden. "Dit lijkt me allemaal een beetje vergezocht, en - niet slecht bedoeld, Reggie - we kennen je achternaam niet eens."

Reggie keek weer naar voren en zuchtte toen. Hij draaide zich weer om en keek elk van hen beurtelings aan. "Prima, het spijt me, jullie hebben gelijk. Jullie hebben geen reden om me te vertrouwen. Ik heb geen manier om dat nu te veranderen, dus... jullie zullen me gewoon moeten vertrouwen."

Julie wachtte tot hij verder ging. Ze was niet vergeten dat hij hen *nog steeds* zijn achternaam niet had verteld.

"Voordat ik bij het leger ging, gaf ik geschiedenisles op een gemeenschapsschool. Ik ben altijd een geschiedenisfanaat geweest; nog steeds. Ik kwam voor het eerst in contact met pater Quinones toen ik bezig was met een proefschrift, daarna was ik zo'n tien jaar lang af en aan uitgezonden. Hij doceert aan de Federale Universiteit van Amazonas, in Manaus. Zijn specialiteit is de religieuze geschiedenis van deze regio, met de nadruk op de religies van de inheemse en ongecontacteerde stammen hier. Hij zal een grote aanwinst zijn, vooral vanwege zijn connecties met de Jezuïetenorde."

"Wie zijn dat?" vroeg Ben.

"Katholieken. De Sociëteit van Jezus, eigenlijk. Een mannelijke orde van de katholieke kerk."

"Een broederschap?"

"Nou, ja en nee. Hij kan het beter uitleggen, maar het is in wezen een congregatie die deel uitmaakt van het katholieke geloof. Wat hier belangrijk is, is dat de geschiedenis van de Spaanse veroveraars in dit gebied en de katholieke kerk zeer nauw verweven zijn met de mythologieën en geschiedenissen van het gebied.

"Wat mij interesseert is de kennis van pater Quinones over de jezuïeten van Quito, de orde die begin 1600 in Peru werd opgericht. Ik denk dat er een aantal interessante redenen zijn om wat we weten over de regio waar we naar toe gaan te vergelijken met alle informatie die we kunnen vinden over de geschiedenis ervan."

"Kun je ons de beknopte versie geven?" vroeg Ben.

"Stukjes en beetjes. Meestal gewoon typische dingen waar we allemaal al van gehoord hebben. Je weet wel, El Dorado, de Stad van Goud, al die dingen?"

De rest van de groep zweeg.

"Suggereer je..." Amanda's stem viel weg voordat ze de vraag kon formuleren.

"Nee mevrouw," antwoordde Reggie. "Ik ben er zeker niet van overtuigd dat we *op zoek zijn* naar de stad El Dorado, althans nog niet. Alleen dat het verreweg het meest dominante stuk geschiedenis is dat deze regio te bieden heeft, dus we kunnen net zo goed op de hoogte zijn van de overlevering en mythologie ervan. Het duikt steeds weer op in historische teksten, en wij staan op het punt om ons midden in de mythe te begeven."

"Waarom is dat?"

Reggie keek ze allemaal nog eens aan, langzaam. "Serieus?" Hij zuchtte. "Nou, ik dacht dat we allemaal op dezelfde bladzijde zaten. Mijn fout. Die 'gouden man' die in jullie dromen rondspookt? Het is een duidelijke verwijzing naar onze verloren stad."

Amanda's stem ging omhoog. "Als je denkt dat ik dat ga geloven -"

"Dr. Meron," zei Reggie, terwijl hij zich verder omdraaide om hen recht aan te kijken, "El Dorado betekent 'de gouden,' wat oorspronkelijk ook 'de gouden man' betekende. Ik zeg het jullie niet graag, maar op het moment dat jullie magische computer een glimp opving van die kleine gouden kerel, waren jullie op jacht naar de meest legendarische stad aller tijden. Of dat nu een echte stad van goud is of iets anders, niemand weet het - maar we zijn op zoek naar *iets* daarbuiten, toch?"

"Ik geloof niet..."

"Ik weet het, en dat is oké. Maar als we grondig willen zijn, moeten we alle vakjes aanvinken, de puntjes op de i zetten, al die dingen," zei hij. "Vader Quinones zou in staat moeten zijn om alle gaten in te vullen die we hebben wat betreft de geschiedenis van dit gebied, en als wij tweeën onze koppen bij elkaar steken, durf ik te wedden dat we kunnen aanwijzen waar die lijnen elkaar kruisen, tot op een straal van minstens 20 mijl."

Niemand sprak, iedereen staarde nog steeds geschokt naar Reggie. Rhett zat in de stoel van de piloot en had geen woord gezegd sinds ze waren opgestegen, maar Julie dacht dat ze zijn schouders zag opveren en zijn oren een beetje gespitst bij dit laatste beetje informatie.

"Ik ben net zo sceptisch als de rest van jullie," zei Reggie, "maar we moeten het proberen. We weten dat we op weg zijn naar het hart van het regenwoud, een van de meest onherbergzame plaatsen op de planeet, en we hebben niet veel tijd meer. Vind je het niet een beetje vreemd dat de man die ons vertelt waar we heen moeten, bedekt is met *goud*?"

Nog steeds reageerde niemand. Hun lot was bezegeld toen ze opstegen, en niemand wilde hun bestemming veranderen.

Julie en de anderen gebruikten de tijd van de vlucht om te rusten en te proberen te slapen. Niemand sprak over de gebeurtenissen in de hut en Reggie's bunker, of in het hotel, maar ze wist dat het in hun gedachten was. Ze vlogen naar het midden van het Amazone regenwoud en werden achtervolgd door een groep goed getrainde moordenaars.

Ze hadden nauwelijks spullen, geen idee wat ze eigenlijk zochten, en de USB-stick en Julie's laptop met lege batterij die ze bij Reggie thuis hadden achtergelaten, waren hier nutteloos.

Het was een onmogelijke taak, en Julie had weer eens geen idee hoe ze in deze puinhoop verzeild was geraakt. Ze was bang, voelde zich hulpeloos en meestal nutteloos, maar ze wist dat er geen alternatief was. Ze wist dat ze Ben zou volgen tot het einde van de wereld, en ze wist dat ze even koppig was als hij als het erop aankwam iemand anders te beschermen.

Ze zouden dit uitzoeken, of ze zouden sterven terwijl ze het probeerden.

HOOFDSTUK 18

Paulinho was even verbaasd als de anderen toen Reggie over de mythe van de grote verloren stad begon, maar hij was te moe om tegen te spreken. Het gezoem van de vliegtuigmotor overstemde uiteindelijk de opwinding en anticipatie die ze allen voelden en de groep viel in een rustgevende stilte.

Hij leunde achterover tegen de hoofdsteun en sliep bijna onmiddellijk.

Paulinho was nooit erg goed in het herinneren van dromen die hij in zijn slaap had, maar zodra zijn ogen dichtvielen zat hij diep in een steeds terugkerende droom die hij als jongen en daarna als jongeman had beleefd; een droom die zo nu en dan terugkwam.

De droom was moeilijk te zien, zoals de meeste dromen die hij had. Wervelende lichten van verschillende kleuren flitsten voor hem, meest diepe tinten van donker blauw en groen. Hij had foto's gezien van de Aurora Borealis boven de Noordpool, en dit effect was vergelijkbaar. Het was een vredige droom, en het verraste hem altijd met zijn schoonheid.

De volgende fase van de droom was dezelfde als die altijd was geweest: sommige van de dansende lichten werden donkerder schaduwen, nog steeds verlicht in kleur, maar nu vervaagd, als schaduwen van hun vorige vormen. Deze kleinere lichten groepeerden zich voor de grotere, helderdere lichten, en werden één, als het centrum van een caleidoscoop die voortdurend ronddraaide en de kleuren en vormen vermengde.

Deze donkere vormen groeiden naar elkaar toe, nog steeds kronkelend en bewegend, en de lichtere kleuren wervelden nog helderder om hen heen. Paulinho nam het in zich op, wetend dat hij sliep, maar toch in staat om op de een of andere manier van het schouwspel te genieten.

Deze versie van de droom leek langer en zelfs levendiger dan de andere dromen die hij had gehad, maar dat kon hem niet schelen. Het was schoonheid in haar zuiverste vorm, gezien vanuit het binnenste van het hoofd. Hij stelde zich voor dat hij naar zijn eigen brein keek tijdens het denken, dat oplichtte terwijl zijn gedachten en emoties en zorgen zich vermengden tot een spectaculaire lichtshow.

Hij kon zich niet bewegen als hij naar de droom keek, tenminste niet op dezelfde manier als hij zich in andere dromen kon bewegen. Zijn lichaam bestond niet in deze droom, het was niet het soort landschap waar zijn geest hem doorheen liet bewegen, zelfs niet als hij het probeerde te forceren. Hij stond stil, kreeg één enkel zicht op de lichtshow en geen andere, gedwongen om als toeschouwer te kijken hoe het kunstwerk zich ontvouwde, ook al was het een creatie van zijn eigen geest.

De enige macht die hij over de droom had, was hem te beëindigen, wist hij. Hij was zich ervan bewust dat hij droomde, maar het gelijktijdige gevoel van de droom in combinatie met de slaap overtuigde hem om te blijven slapen. Hij liet de droom zo lang in zijn hoofd spelen als hij wilde, of tot iemand anders hem wakker maakte.

HOOFDSTUK 19

"GOEDEMIDDAG," zei de oudere man toen de groep het ruime kantoor binnenkwam. "Mijn naam is Archibald Quinones." Vader Quinones schudde ieder van hen de hand, één voor één, en keek hen aan terwijl ze zich voorstelden. Toen hij de laatste persoon, Reggie, had bereikt, glimlachte hij hartelijk.

"Het is fantastisch je eindelijk persoonlijk te ontmoeten, Reggie," zei Quinones, terwijl hij Reggie's hand met de zijne vastpakte. "Ik hoop dat je me vergeeft dat ik je niet heb benaderd en contact heb gehouden.

"Nee, nee, dat is mijn schuld," zei Reggie. "Dingen worden druk..."

"...en het leven gaat verder." Quinones bleef glimlachen en liet ze allemaal binnen. "Ga zitten," zei hij en wees hen naar een grote leren bank en twee stoelen aan weerszijden daarvan. Ertegenover stonden nog twee stoelen, die beiden een enorme hardhouten boekenkast omlijstten, vol met boeken. Ben vond dit soort boekenkasten een beetje pretentieus, maar hij kon het niet helpen aan te nemen dat de man voor hem elk boek gelezen had.

Hij liep voor een kant van de boekenkast langs en ving een glimp op van een paar titels.

Archibald Quinones, PhD.

Oké, dus hij heeft ze niet allemaal gelezen, dacht Ben. Hij was onder de indruk, en hij ging in de stoel zitten. De kamer, merkte Ben, was perfect ingericht. De boekenkasten pasten bij het diepe mokkakleurige leer van de stoelen, en de bank, hoewel lichter van kleur, was van hetzelfde merk en dezelfde stijl. Een groot vloerkleed spreidde zich uit van onder de bank tot aan de stoelen, bekleed met grote, subtiele bruine en gouden strepen. Het tapijt eronder was van dezelfde tint, maar neutraal genoeg om het oog niet te boeien.

Ben had het niet zo op binnenhuisarchitectuur, maar hij herkende comfortabele luxe toen hij het zag. Aan de muur tegenover hem hingen twee schilderijen, een groot rechthoekig landschap van een bergketen, en een kleinere afbeelding van een scène uit de kruisiging van Christus. Het bureau aan het einde van de kamer was groot en van hardhout, maar eenvoudig genoeg om er niet te veel bij na te denken. *Een praktische, eenvoudige oplossing voor een noodzakelijke werkplek.* Ben hield van de kamer en vond alleen dat hij nog beter zou zijn als er een rollende whiskykar in een hoek zou staan.

Ze hadden het huis van de man bereikt na geland te zijn en nog twintig minuten te hebben gereden, en net als Reggie's compound was dit huis van buiten betrekkelijk onopvallend. Vader Quinones woonde alleen, reed in een kleine sedan, en bezat een bescheiden huis. Maar zodra ze de studeerkamer van de man binnenliepen, begreep Ben dat de man erg trots was op de plek waar hij het grootste deel van zijn werk deed, en daarom geld had uitgegeven om ervoor te zorgen dat hij en zijn gasten zich prettig voelden in de grote kantoorruimte.

Quinones bood hun allen water en thee aan, en toen iedereen weigerde, nam hij plaats naast die van Ben aan de andere kant van de boekenkast en begon te spreken.

"Ik zou graag over uw avontuur tot nu toe horen," zei hij, onmiddellijk ter zake komend, "maar ik begrijp uit Reggie's telefoongesprek dat u haast hebt."

"We kunnen in gevaar zijn," antwoordde Reggie. "Er zit een...

groep achter ons aan. Ik weet niet wie ze zijn, of wat ze willen, maar ze lijken nogal geïnteresseerd in Dr. Meron hier."

Dr. Quinones' ogen fonkelden toen hij naar Amanda keek. "Ja, Dr. Meron - wat een genoegen! Ik heb het afgelopen half uur over het werk van uw bedrijf gelezen. *Zeer* intrigerend onderzoek."

Amanda schraapte haar keel. "Ik ben gevleid, dank je. Maar wat er online staat is slechts een tipje van de sluier."

"Oh, ik ben er zeker van dat het zo is. Maar je doet toch proeven met fMRI-technologie? De effecten bestuderen van elektromagnetische pulsen die uit de hersenen komen tijdens de REM slaap?"

Amanda keek verward. "Hoe..."

"Het zijn allemaal context aanwijzingen, Dr. Meron. En het helpt als u, net als ik, belangstelling hebt voor wetenschappelijke zaken," antwoordde Dr. Quinones. "Ik heb geen tijd gehad om alle gepubliceerde artikelen over uw bedrijf door te nemen, maar het lijkt erop dat u thuis *zeer* interessant onderzoek verricht.

Dr. Meron knikte.

"En ik neem aan dat sinds je mijn vriend Reggie hebt ontmoet, hij je van alles vertelt over mythen en legenden, in de hoop dat je in het aas zult happen."

Toen Amanda opnieuw knikte, voelde Ben zich opgelucht te horen dat de oudere man niets van de bravoure en verwaandheid van de jongere ex-legerling had. Hij voelde zich gerustgesteld dat Archibald Quinones hen in de juiste richting zou wijzen.

"Wel, wat voor mythen en legenden heeft hij je verteld?" vroeg Quinones.

Reggie zelf nam het woord. "Nou, laten we bij het begin beginnen. Ze hebben dromen opgenomen," zei hij.

"Dromen *opnemen*?"

"Ja, ze zijn in staat om video op te nemen van het onderbewustzijn van de persoon, met behulp van technologie die bepaalde delen van de hersenen in kaart brengt.

Vader Quinones zat een ogenblik stil en dacht na. "Ik begrijp het. Ga door," zei hij, tenslotte.

"Wel..." Amanda nam de uitleg over. "Ja, ik denk dat dat nauwkeurig genoeg is. Maar we hebben ook een afwijking gezien, alleen bij bepaalde personen die een gemeenschappelijke voorouder hebben."

Archibald Quinones ging voorover in de stoel zitten en keek aandachtig naar Amanda Meron. "Over wat voor soort gemeenschappelijke voorouders hebben we het?"

"Ze zijn allemaal met elkaar verbonden en wijzen terug naar een lokale stam. Een waarvan we denken dat hij uit het Amazonegebied komt."

Vader Quinones zat op het puntje van zijn stoel. "En de anomalie? Wat was het?"

Dr. Meron legde hun bevindingen uit - de gouden man, hoe hij altijd in beeld was, en hoe hij altijd rechtstreeks naar het subject keek. Ze probeerde een aantal van de computermodellen uit te leggen die ze hadden gemaakt om hun theorieën te weerleggen, in een poging om aan de rest van hen te bewijzen dat de anomalie geen practical joke was. Ze ging verder en voegde eraan toe dat hun huidige bestemming waarschijnlijk ergens tussen twee van de grootste zijrivieren van de Amazone lag - de Juruá en de Purus rivieren - en pater Quinones stond uiteindelijk op en wendde zich tot de boekenkast achter hem en Ben. Amanda stopte midden in een zin, wachtend tot de man naar zijn stoel zou terugkeren. Toen hij dat deed, opende hij het boek dat hij van de plank had gepakt en begon de bladzijden door te bladeren.

"Dit is een boek over de vroegste stammen van het Amazonegebied, geschreven door een Jezuïtische priester tijdens de Spaanse expansie in het gebied. De meeste ontmoetingen uit de eerste hand die we hebben zijn geschreven door de Spanjaarden, omdat zij over het algemeen de eerste westerlingen waren die het gebied bezochten en hun bevindingen documenteerden." Quinones bladerde nog een paar pagina's door. "We moeten aannemen dat de Spaanse conquistadores en hun ontdekkingsreizigers hun bevindingen goed genoeg hebben gedocumenteerd, maar zelfs als ze er een beetje naast zaten in hun specifieke beschrijvingen, is er één bepaald kenmerk aan dit boek - en aan elk ander dat ik ben tegengekomen - Spaans of niet - waar ik niet aan kan ontkomen terwijl je me dit vertelt."

"Wat is dat?" vroeg Paulinho. Hij was de hele vergadering stil geweest, zittend naast Rhett terwijl de groep hun plannen besprak.

"De Spanjaarden brachten het gebied in kaart dat het dichtst bij de Amazonerivier ligt - de belangrijkste zijrivieren die de grotere rivier voeden die wij de 'Amazone' noemen. Maar het Amazonebekken is een veel groter gebied. Het grootste deel ervan is goed gedocumenteerd, en de moderne beschaving heeft een groot deel ervan bereikt, zoals blijkt uit het aantal kleine dorpen en steden in het geografische gebied van het Amazonebekken. Maar er is nog steeds een stuk land in het Amazonebekken dat bijna niet wordt genoemd in de gepubliceerde Spaanse documenten, de manuscripten van de Jezuïeten en de moderne geschriften".

De groep wachtte tot de professor verder ging.

"Het gebied tussen de rivieren Jaruá en Purus, vlakbij de westgrens van Brazilië, komt in de teksten bijna niet voor."

Bens ogen verwijdden zich, maar hij zei niets om de gedachtengang van de man te verstoren.

"Dit gebied is bijzonder, naar mijn mening," vervolgde Quinones. "Terwijl een groot deel van het Amazonegebied is toegewezen aan landbouw, oogsten en studie, is dit gebied - net ten noordoosten van de staat Acre - ongemoeid gelaten. Er leven enkele stammen, maar we moeten dit gebied nog aanwijzen als een nationaal reservaat."

Amanda en de anderen zwegen, maar Reggie sprak als volgende. "*Zeer* interessant." Hij pauzeerde, keek de kamer rond, en herhaalde toen zichzelf. "Zeer interessant, Dr. - Vader - Quinones."

"Alsjeblieft, noem me Archie," zei Quinones. "Ik neem aan door uw verbuiging dat deze regio dezelfde is die u onderzoekt?"

"Nou," zei Reggie, "het staat vrij hoog op de lijst."

Quinones grinnikte.

Reggie ging verder. "Ja, dat is het juist - er is iets anders dat we je niet verteld hebben - iets waar Amanda's bedrijf mee bezig was." Ben waardeerde het dat Reggie Quinones niet de volledige details gaf over de sterfgevallen bij NARATech. "Ze denken dat ze in staat zijn geweest om de locatie van deze stam te bepalen. Degene waar hun onderdanen van afstammen. Er zijn wat details waar we later op in kunnen gaan, maar het komt er op neer dat we denken dat deze stam zich ergens tussen die twee rivieren bevindt."

Quinones trok een wenkbrauw op - een dikke, borstelige, zout-en-peper haarbos boven zijn oog - en vroeg om meer informatie.

"Wij - ik - hoopten dat jij de gaten kon opvullen; ons helpen uit te zoeken waar we nu heen moeten."

Ben was verbaasd te zien dat Quinones' dansende wenkbrauw nog verder op zijn voorhoofd kon reiken. De man leek nu volledig geïntrigeerd. Volledig geïnvesteerd.

"Ja, ik geloof het wel," antwoordde pater Quinones. Hij stond weer op en begon te ijsberen. "Er is een oud document dat ik als jongeman tegenkwam, iets dat ik begraven vond in de Jezuïetenarchieven. Het houdt mij al bijna drie decennia bezig, al durf ik er niet over te schrijven of in het openbaar over te spreken, omdat het mysterie ervan al lang ontkracht is als mythologie."

Archie liep naar de rand van het vloerkleed en draaide zich om, het moment in zich opnemend en zijn leescapaciteiten als professor ten volle uitstrekkend. Zijn ogen werden wijd en helder, toen viel zijn stem tot een zachte, bijna fluistering.

"De *echte* locatie van de verloren stad El Dorado," zei hij, met een dramatische zwaai van zijn handen.

HOOFDSTUK 20

BEN GRINNIKTE, en hij zag Rhett en Reggie ook lachen.

"Ja," zei Quinones, "dat is de reactie die andere mensen ook hadden." Ben hield op met glimlachen, maar Quinones leek niet boos op hem te zijn. "Ze zijn ook niet verkeerd om sceptisch te zijn," vervolgde hij. "Het idee van de 'verloren stad' is al lang onwaar gebleken."

Ben wachtte tot de man zou zeggen *"maar...*

"Maar," zei Quinones, "dit document is vermoedelijk ouder dan alles wat ik heb gevonden dat naar onze legendarische stad verwijst. Ten eerste is het geschreven door Gaspar de Carvajal, een Spaanse Dominicaanse missionaris die met Francisco de Orellana reisde tijdens de eerste reis op de Amazonerivier. Francisco Pizarro zelf gaf opdracht tot de expeditie, en Carvajal was een van de weinige overlevende leden. Hij legde zijn verslag en details van de reis vast, en veel van wat wij latere historici weten over de vroege Amazonestammen is direct te vinden tussen de bladzijden van zijn werk, *"Relacion del nuevo descubrimiento del famoso rio Grande que descubrio por muy gran ventura el capitan Francisco de Orellana,"* of *"Verslag van de recente ontdekking van de beroemde Grote rivier die door groot geluk werd ontdekt door kapitein Francisco de Orellana."* Hij pauzeerde en merkte de lege blikken van de groep op. "Ik ben het met je eens," zei Quinones, "hij had een publicist moeten inhuren om te helpen met die titel.

"Hoe dan ook, er stond veel in het document waarvan historici al lang denken dat het verzonnen is, zoals Carvajals vermeldingen en gedetailleerde beschrijvingen van grote, bewoonde steden met enorme monumentale structuren, compleet met landbouwgebieden en verharde wegen. Er is gesuggereerd dat de bodem van het regenwoudbekken geen enkele vorm van duurzame landbouw aankan, en evenzo hebben we nog geen van deze 'monumentale structuren' of 'geplaveide wegen' ontdekt. Toch is gebleken dat de verslagen over de interactie die de groep had met de inheemse bevolking grotendeels accuraat zijn.

"Maar in het gepubliceerde werk was er geen sprake van een 'verloren stad', een 'gouden man', of iets van die aard. Pas toen ik in de archieven een ander boek tegenkwam, begon ik een theorie te ontwikkelen. Dit werk in kwestie werd gepubliceerd door een Jezuïtische priester die uit de eerste hand verslagen van ontdekkingsreizigers in de regio vastlegde en vertaalde. Hij tekende een verhaal op dat hem verteld werd door een Peruaanse man die de priester vertelde dat hij Gaspar de Carvajal gekend had in Lima, vlak voordat deze stierf in 1584. Het verhaal werd aan de priester verteld in het Spaans, zodat de priester het later in het Latijn kon vertalen. Het meeste is slechts een verkorte weergave van wat *Relacion* al behandelt, maar er was één bijzonder verhaal dat eruit sprong. Het is een verhaal over een stam met een groot opperhoofd dat zich met goudstof zou laten versieren en dan in een meer zou springen.

"Het verbazingwekkende aan dit verhaal is dat het *bijna perfect overeenkomt* met latere verslagen van de Zipa-stam van de Muisca Confederatie in het huidige Columbia. De Zipa stonden erom bekend goud aan hun godin te offeren door hun opperhoofd met goudstof te bedekken en vervolgens gouden voorwerpen en sieraden in het water te gooien terwijl het opperhoofd zich erin waste."

"De 'Gouden Man'," zei Reggie.

"Of de 'Gouden', in verschillende legendes," zei Quinones. "Maar niet de 'Gouden *Stad'*. Het meer van Guatavita is sindsdien verkend, tot grote teleurstelling. Andere steden in de regio, die Brazilië, Columbia en Peru omvatten, zijn uitgekamd op zoek naar 'gouden voorwerpen' die ontdekkingsreizigers naar de legendarische stad van goud zouden kunnen leiden, maar niets van dat alles is ooit gevonden."

"Dus hoe is dit verhaal anders? En waarom zijn er zoveel legenden overgeleverd als de stad niet bestaat?" vroeg Amanda.

"Nou, ten eerste," zei Archie, terwijl hij zijn lezing voortzette, "zijn er talloze historische verslagen die verwijzen naar een 'verloren stad van goud'. In 2001 ontdekte een Italiaanse archeoloog een rapport van een missionaris in de archieven van de Jezuïeten in Rome. De archeoloog beschrijft in dit rapport "een grote stad rijk aan goud, zilver en juwelen, gelegen midden in de tropische jungle, door de inboorlingen Paititi genoemd". Er zijn nu samenzweringstheorieën die suggereren dat het Vaticaan de locatie van deze 'Paititi' geheim houdt, maar ik geloof dit niet. Dat brengt me bij mijn punt, en de vraag die u stelde.

"Door wat vele anderen afdoen als een vertaalfout, denk ik dat dit verhaal helemaal niet over een *stad gaat*. Er was een specifieke regel die mijn aandacht trok toen ik het verhaal voor het eerst las."

De groep wachtte op de onthulling van Quinones.

"De priester schreef, 'que estaba cerca de la gran pueblo antigua que vio por primera vez el oro...'"

Amanda sprak en vertaalde het Spaans. "Ik ken maar een beetje Spaans, maar ik denk dat dat is: 'Het was in de buurt van de grote oude stad dat hij voor het eerst het goud zag...'"

Quinones glimlachte, een dunne, sluwe lijn op zijn gezicht. "*Bijna*. In het Spaans betekent het woord 'pueblo' stad of dorp. Maar de wortels van het woord komen van het *Latijnse* woord 'populus', wat 'volk' betekent."

Rhett had stil zitten luisteren, maar knikte nu. "Deze man vertelde de priester dat hem een verhaal was verteld door Carvajal zelf, over een 'groot oud *volk*' en ook iets over goud."

"Precies. En iedereen begon daarna te zoeken naar een *stad* - een fysieke locatie - gemaakt van puur goud. Maar mijn hypothese is eenvoudig: *El Dorado* verwijst naar een *verloren stam*, niet naar een *verloren stad*. Dat verklaart volledig waarom zo'n geheim vier eeuwen lang verborgen kan blijven."

"Hoe dat zo?" vroeg Rhett.

"Je kunt een stad niet voor altijd verbergen. Ze bewegen niet, zei Quinones. "Maar als *je* het geheim bent dat je probeert te bewaren - als *je* de stad bent - is het enige wat nodig is een sterk verlangen om verborgen te blijven."

De groep knikte langzaam, en Ben begon te geloven. *Het is logisch,* dacht hij.

"Een stam? Hoe vinden we die dan?" vroeg hij.

Quinones lachte weer zijn cryptische glimlach. "Zien jullie het niet, mijn vrienden? Dat is niet nodig, ze hebben *ons* gevonden."

DEEL II

EDGAR ALLEN POE

VALÈRE VOELDE DE NERVOSITEIT OVER ZIJN RUGGENGRAAT KRUIPEN. Zijn oude vriend, het gevoel van angst, was nu alomtegenwoordig in zijn leven, maar het schoot nog steeds omhoog met verlammende angsten als hij zich te druk maakte. Waar hij onderscheid had moeten kunnen maken tussen opwinding, een adrenalinestoot, woede en angst, voelde hij nu alleen nervositeit. Meer bepaald begon zijn hart te bonzen en voelde hij een golf van rillerigheid over hem komen. Op zijn beurt greep hij de rand van het bureau vast en hield zich stevig vast, wachtend tot het ergste voorbij was.

Deze specifieke golf werd ongetwijfeld veroorzaakt door het knipperende licht op zijn aan de muur bevestigde display, en wat dat signaal voorstelde. SARA, de Simulated Artificial Response Array semi-AI die zijn kantoor en communicatie controleerde, een intern project dat het einde van zijn alpha testfase naderde, merkte het signaal ook op en waarschuwde Valère onmiddellijk. Haar stem was nog steeds metaalachtig en een beetje hol, zoals het altijd was geweest, maar Valère had onlangs de gecomputeriseerde vrouwenstem "geüpgraded" door het een Brits accent te geven. "Zij' communiceerde meestal in het Frans, Valère's moedertaal, maar sprak ook vloeiend Brits en Amerikaans Engels.

"Monsieur Valère, er is een inkomende verbinding. Mr. Emilio Vasquez, van zijn landgoed. Zal ik doorverbinden?"

Valère knikte zonder op te kijken van het knipperende licht. SARA zag zijn reactie op een van de vele camera's die binnen de muren van het kantoor waren gemonteerd en gaf onmiddellijk toestemming voor de verbinding. Het bolle gezicht van Emilio Vasquez verscheen op het scherm voor hem, in volledige HD-resolutie. Het was te groot, naar Valère's mening, en toonde zijn partners pokdalige plekken, littekens, en gevlekte huid in te veel detail.

"Meneer Vasquez," begon Valère. Hij hield zijn greep op de rand van het bureau en ging niet zitten.

"Valère, wat hoor ik over de compagnie die een hotel in Brazilië bombardeert?"

Valère slikte, in een poging om zijn zwakte niet te tonen. Hij snoof en hield zijn hoofd iets achterover. "Het zijn niet *de* daden *van* de *compagnie* waar je op doelt, mijn beste vriend, maar mijn eigen daden. En het was geen *bomaanslag*, maar een *extractie*."

Vasquez' wenkbrauwen gingen omhoog. "Oh? En wat heb je *er precies uitgehaald?*"

"Dat is in dit stadium niet van belang. I -"

"'Niet van enig belang?" Zei Vasquez, zijn stem verheffend. "Luister naar jezelf, Valère! Van wie neem jij bevelen aan? En wat geeft jou het recht om mij uit..."

"Dat heb ik niet gedaan," zei Valère. "En je weet dat ik de volledige bevoegdheid heb om Joshua's team te sturen waar ik maar wil. Deze extractie was precies zo'n daad. Hoewel we niet de voogdij hebben gekregen over de..."

"Wacht, bedoel je dat de extractie *mislukt is?* Jezus, Valère, je hebt geluk gehad dat ze niet overal lijken hebben achtergelaten! Je moet denken dat je boven..."

Valère stak een hand op en onderbrak Emilio. "Het is geen *geluk* als ze de best getrainde veiligheidsmacht op de planeet zijn. Ze wisten dat het hotel bijna leeg was, en ik heb ze gezegd dat ze een 'hoorbare entree' moesten maken, maar dat ze moesten oppassen dat ze geen bijkomende schade achterlieten."

"Waarom hebben ze dan gefaald?"

"De schuld daarvoor ligt bij mij," zei Valère. "Ik zei tegen Joshua dat hij niet meer dan een paar man nodig zou hebben, aangezien het doelwit ongewapend en ongetraind was, en met een kleine groep burgers reisde. Er was echter een onbekende variabele tijdens de extractie, en Joshua werd verrast. Ik zei hem het doel te volgen, te hergroeperen, en klaar te zijn voor een volledig gevecht. Hij zal niet meer verrast worden, dat kan ik je verzekeren."

"Je hoeft me niet te verzekeren," zei Emilio, "ik wist tot tien minuten geleden niet eens van deze 'aanval'. Ik stel voor dat je de compagnie inlicht, voor ons beiden -"

"De compagnie is volledig op de hoogte van de situatie en heeft Joshua al voorzien van extra manschappen en voorraden voor de reis."

Weer trok Emilio zijn wenkbrauwen op, maar hij stelde niet de vraag die hij ongetwijfeld dacht.

"Ze volgen de groep naar het Amazone regenwoud, denken we. Het bedrijf heeft mij volledig gezag gegeven over Joshua's team, maar ze zullen resultaten verwachten. Ik ben ervan overtuigd dat Joshua's team zal produceren, maar ik heb toch extra voorzorgsmaatregelen genomen. Ik moest snel handelen, dus ik heb u niet op de hoogte gebracht van mijn acties."

"En Joshua - heb je hem over zijn vader verteld?"

"Ik heb met hem gecommuniceerd alsof ik zijn vader ben."

Zelfs op het scherm kon Valère Emilio's ogen zien uitpuilen. "Jij - jij *wat*? Hoe doe je dat? Als Joshua te weten is gekomen dat wij -"

"Een e-mail account hacken is geen wonderbaarlijke onderneming, Emilio," zei Valère. "Zeker niet als het bedrijf eigenaar is van de servers. Joshua is een professional - een paar korte e-mails rechtstreeks van zijn eigen vader, met mijn eigen e-mail adres in het cc veld, en hij was op weg om ons doelwit te achtervolgen. Hij hoefde niet belast te worden met nieuws over zijn vaders betrokkenheid bij ons onderzoek in Antarctica."

Emilio knikte, nadenkend, en Valère wachtte op de onvermijdelijke vraag.

"Wie is het doelwit?"

"Haar naam is Dr. Amanda Meron, en ze leidt de onderzoekstak van NARATech."

"NARATech? Maar ze kan niet..."

"Ze weet absoluut niet wat NARATech vroeger was, en dat zal ze ook nooit weten. We zijn uit de faciliteit in Brazilië gegroeid, dus we hebben haar toegestaan om het nut ervan voor haar eigen belangen op te eisen. Het onderzoek van haar bedrijf is gericht op het ophalen van beelden uit de geest met behulp van functionele magnetische respons imaging, en ze hebben veel succes geboekt."

Hij pauzeerde even, en voelde eindelijk de nervositeit afnemen.

"We hebben echter gegevens die erop wijzen dat hun onderzoek een interessante wending heeft genomen. We willen dat ze meewerkt tot we de beweringen van haar bedrijf kunnen verifiëren, voordat ze de informatie openbaar maken. Daarna..."

"...Je zult haar niet langer nodig hebben."

"Precies."

Emilio glimlachte. "Valère, ik wou dat je me op de hoogte hield van dit soort dingen. Je weet dat ik een grote hulp kan zijn voor jou en de compagnie."

"Ja, ja dat doe ik," zei Valère. "Je moet je geen zorgen maken over deze triviale zaken. Uw waarde voor ons is als investeerder, consultant en adviseur. Vergeef me alstublieft mijn haast om zonder u verder te gaan."

"Geen probleem, Valère," zei Emilio Vasquez. "Dus haar bedrijf, NARATech, is anders dan wat we een paar jaar geleden in Brazilië hebben opgericht?"

"Het is nu. SARA coördineerde de verhuizing van onze onderdanen naar een goede faciliteit die veel minder logistieke organisatie en beveiliging vereist, maar we hadden een lege faciliteit achtergelaten. NARATech was alleen een interne faciliteit, dus het was niet nodig om de naam te veranderen en een nieuwe naam te geven. Dr. Meron's onderzoek paste goed bij onze lange termijn doelstellingen, dus we boden aan om haar bedrijf volledig te financieren en stille partners te blijven. Zij bezit de aandelen en het onderzoek volledig, maar de naam is van ons, evenals het recht op eerste toegang tot al hun bevindingen."

"Ik begrijp het." Emilio Vasquez wendde zich van het scherm af, en Valère zag de man naar iets achter hem kijken. "Valère, ik moet me met andere zaken bezighouden, maar ik waardeer je bereidheid om me op de hoogte te houden van veranderingen en ontwikkelingen."

"En dat zal ik doen. Dank je, Emilio." SARA wachtte niet op het antwoord van meneer Vasquez - ze verbrak de verbinding, en het knipperende lampje op de monitor werd donker. Valère ging aan zijn bureau zitten en herhaalde het gesprek in zijn hoofd. De komende dagen zouden heel belastend zijn, en hij moest kalm en beheerst blijven als de compagnie de volgende fase van hun doel wilde bereiken.

Hij zei tegen SARA dat hij een nieuwe afspraak met zijn dokter moest maken.

HOOFDSTUK 22

"JE KUNT VANNACHT HIER BLIJVEN. JULLIE HEBBEN DE RUST NODIG." De oudere man, Archibald Quinones, begeleidde de groep naar een slaapkamer aan het eind van de gang. "De dames mogen hier slapen, en jij -" hij bewoog naar Rhett - "blijft in mijn slaapkamer. Er is een toilet aan vastgemaakt; het zal het beste zijn voor het geval je je wonden moet verbinden. De rest van ons kan een kamer vinden op de vloer in het kantoor, of in de woonkamer."

Hij pauzeerde aan de buitenkant van de deur die naar de logeerkamer leidde, waar Amanda Meron en Juliette zouden verblijven. "Mijn excuses voor mijn gebrek aan accommodatie. Meestal ontvang ik er niet meer dan één of twee tegelijk, en zelfs dan komt het zelden voor dat iemand hier blijft overnachten."

Amanda glimlachte naar Archie en pakte zijn arm. "Alsjeblieft, Archie, verontschuldig je niet. We zijn je meer dan dankbaar voor je hulp tot nu toe."

Archie klopte Amanda's hand en wendde zich tot Paulinho, die als dank zijn hand naar de man had uitgestoken. Archie pakte zijn hand en keek toen omlaag naar zijn pols. "Interessant ontwerp," zei hij.

Paulinho fronste zijn wenkbrauwen en zag toen dat de man doelde op de tatoeage aan de binnenkant van zijn pols. "Juist, ja," zei hij. "Het is een ontwerp van een halsketting die mijn groot-vader had. Toen hij overleed heb ik het op me laten afdrukken als herinnering aan zijn leven."

"Hij moet een speciale man geweest zijn. Weet je wat dat betekent?"

"Ik niet," zei Paulinho. Hij lachte. "Ik vond de ketting altijd mooi, en hij droeg hem altijd onder zijn shirt. Toen ik klein was, pakte ik hem altijd en trok eraan." De herinnering leek Paulinho te verwarmen, en hij nam even de tijd om zich te herinneren. Archie wachtte respectvol en wendde zich toen tot de rest van de groep.

"Morgen zal ik een gids en een boot voor ons vinden, al zullen we die waarschijnlijk moeten delen met toeristen. Ik heb me maar een paar keer in de jungle gewaagd, en toegegeven, toen was ik veel jonger. Maar ik denk dat er iets van je mythe klopt, en ik wil graag helpen.

Ben's oren spitsten zich toen de man het had over 'de jungle in trekken', maar Paulinho zei iets voordat Ben dat kon.

"Je bent toch niet van plan om met ons mee te reizen, of wel?" vroeg hij.

Quinones glimlachte. "Het is een dwaze onderneming, niet? Een oude man die reist met een bende jonge, gespierde ontdek-kingsreizigers?"

Reggie keek van Paulinho naar Quinones, toen naar Ben en terug. "Maar serieus, Archie - je bent toch niet..."

"Ik ga met u mee, mits u mijn wens aanvaardt. Ik denk dat ik u in de jungle kan helpen, ook al ben ik de langzaamste van de groep."

Hij knipoogde naar Ben. "Maar ik denk niet dat ik de lang-zaamste zou zijn."

Ben wist niet zeker of hij hem beledigde of gewoon een punt maakte, maar het kon hem niet schelen. Hij nam het woord, tegen de wens van de man in. "Archie, ik - het is een waar genoegen je te ontmoeten en zo, maar... ik denk niet dat..."

Archie hief zijn kin op en hield zijn hoofd iets achterover. Op de een of andere manier kwam het Ben niet beledigend en neerbuigend voor, maar koninklijk en vertederend. "Alstublieft," zei Quinones, zich rechtstreeks tot Ben richtend, "sta deze oude man nog een laatste toegeeflijkheid toe. Ik zal een aanwinst voor uw team zijn, en ik beloof dat ik u niet zal ophouden. Bovendien heb ik een paar ideeën over hoe de expeditie in kaart te brengen, en ik ben geen amateur als het gaat om navigatie in de wildernis."

"Archie, dit is niet *zomaar* een expeditie. Er zitten *moordenaars* achter ons aan. Dit is niet jouw gevecht," zei Reggie.

"De jouwe ook niet," antwoordde Quinones. "Het lijkt me dat ze iets van Dr. Meron willen, en daarom denk ik dat ze alle hulp nodig heeft die ze kan krijgen. Ik weet welke stammen we kunnen tegenkomen en bij welke we uit de buurt moeten blijven." Quinones stopte met ijsberen en liep naar het midden van de kamer, een fysieke verklaring van bevestiging. "Ik ga met je mee, en dat is dat. Ik zie dat je bepakking hebt meegenomen. Ik weet dat je meer dan capabel bent om nog iemand in leven te houden, Reggie, en we kunnen vertrekken zodra je uitgerust bent en klaar. Het zal vroeg zijn, dus ik stel voor dat jullie allemaal wat gaan slapen.

Reggie glimlachte naar Ben. Ben aarzelde, grijnsde toen terug. Hun team was met één gegroeid.

HOOFDSTUK 23

DE HOND WAS EEN LABRADOR RETRIEVER MIX, donkergrijs met lichtere vlekken die pasten bij zijn witte voorpoten. Hij was jong, zijn poten nog te groot in vergelijking met zijn lichaam. Maar, zoals elke jonge hond, was hij snel.

Joshua deed meer moeite dan hij van plan was om het dier bij te houden, dat hem nu leidde door steegjes, over straten en langs de grote helling van de stad. Hij was achter het weggelopen huisdier aan gerend, onmiddellijk nadat de eigenaar het had verloren, maar hij had niet verwacht dat hij langer dan een blok of twee achter de hond zou lopen.

Het dier ging verder en sprong over een stapel vuilnis aan het eind van het steegje. Joshua strekte zich uit en sprong over de vuilnishoop, de afstand tussen hem en het mormel dicht gooiend. De hond keek naar hem toen zijn voet in een plas plonsde, met zijn tong uit zijn bek.

Joshua zou gezworen hebben dat de hond naar hem lachte.

"Kom hier, jij kleine bastaard," zei hij en glimlachte terug. De hond vertraagde een beetje toen hij het einde van het steegje bereikte en probeerde te beslissen welke richting hij op moest. Joshua lanceerde zichzelf in een duik tackle en reikte naar voren, armen uitgestrekt.

Hij had de afstand perfect berekend. De hond stond op het

punt naar rechts te rennen, maar Joshua spreidde zijn handen en bracht ze rond het dier net toen hij landde, zijn lichaam op centimeters van dat van de hond. De hond slaakte een snelle zucht van verslagenheid, en liet zich toen in Joshua's armen sluiten.

"Dacht je echt dat je me kon ontlopen?" zei Joshua. De grote bruine ogen van de hond staarden hem aan, de joviale twinkeling van voldoening nog steeds in zijn ogen. "Laten we je naar huis brengen, maatje."

De hond had met zijn baasje in een park drie straten verderop gewandeld toen Joshua aan het hardlopen was. De eigenaar had geprobeerd de hond los te laten om een plekje uit te zoeken, maar de hond had andere plannen. Joshua begon er achteraan te rennen zodra hij de angstige blik in de ogen van de eigenaar zag. Hij had altijd al een zwak gehad voor honden, en hij kende het gevoel om zo'n trouwe vriend te verliezen.

Hij liep terug naar het park, de hond nog steeds bij zich. De eigenares, een jonge vrouw van begin dertig, zag hem en begon naar hem toe te joggen. Toen ze elkaar ontmoetten, stond Joshua de vrouw toe de riem weer vast te maken voordat hij de hond op de grond zette. Het dier strekte zijn poten, jankte een keer, kermde toen en ging op de stoep zitten. De vrouw probeerde Joshua in het Portugees te bedanken, maar hij schudde alleen zijn hoofd en glimlachte.

Ze probeerde hem opnieuw te bedanken, deze keer reikte ze naar een zakboekje.

Hij stak een hand uit. "Nee, alsjeblieft, het is goed. Blij dat ik kan helpen."

Zijn telefoon trilde geluidloos in zijn zak, en hij greep ernaar en haalde hem eruit. *Perfecte timing.* De vrouw begreep de hint, knikte uitbundig en bedankte hem toen hij zich omdraaide en de oproep beantwoordde.

"Joshua." Hij sprak het woord langzaam uit en articuleerde het zorgvuldig, zoals zijn gewoonte was. De persoon aan de andere kant van de lijn zou een computer gebruiken om zijn stemgeluid te analyseren en het te vergelijken met de bibliotheek van golflengtebestanden die hij aan het bedrijf had geleverd. Hij wachtte tot de beller zijn identiteit had geverifieerd, terwijl hij zijn ademhaling en hartslag terugbracht tot een langzamer, gestaag tempo.

Hij keek rond in het kleine park. Het was niet meer dan een roestige speeltuin in het midden van een grasloze heuvel, en het was het enige park aan deze kant van de stad. De mist was nog maar net opgetrokken en de dauwdruppels glinsterden nog op de weinige grassprietjes waaruit ze konden kiezen. Behalve de vrouw en haar hond, was er niemand anders buiten. Het was een ongerept tafereel, zelfs gezien de vermoeide, vervallen wijk van de stad waar zijn team was aangesteld.

"Heel goed," zei de stem aan de andere kant van de telefoon. "Joshua, we hebben een bijgewerkt SITREP en mogelijke locatie."

Joshua trok een grimas. Hij haatte het gebruik van militair jargon en acroniemen door zijn werkgever. Zijn contactpersoon bij de compagnie had, net als zijn eigen vader, geen militaire ervaring of opleiding, en koos geld en invloed als hun voornaamste wapens. Het echte werk, het werk dat *er* echt *toe deed*, lieten ze over aan mensen als Joshua.

"Ga door," zei hij, al ongeduldig wordend. Het geluid van de stem van de man herinnerde hem alleen maar aan zijn mislukte missie van de vorige avond.

"Het vliegtuig landde in Manaus, en de groep bezocht een huis in de stad. Ze bleven er overnachten, en vertrekken nu."

"En waar gaan ze heen?"

"Het is onmogelijk om dat in dit stadium te weten, maar we denken dat ze over de rivier zullen reizen, mogelijk om zich voor te bereiden om stroomopwaarts of stroomafwaarts in te schepen."

Joshua nam de informatie in zich op en vergeleek die onmiddellijk met wat hij van de situatie wist. Als ze een aak of een openbare boot namen, betekende dat dat ze met andere mensen, toeristen, zouden zijn, en dat ze er stilletjes in zouden moeten gaan. Bijkomstige schade was geen optie bij deze missie. De hotelaanval was alleen gepland omdat de compagnie een snelle afhandeling wilde. Joshua's verkenning van het etablissement overtuigde hem ervan dat er geen doden zouden vallen, buiten een paar van de groepsleden die te dom waren om uit de weg te gaan toen ze op Dr. Meron afkwamen.

"En waarom zouden ze in dat geval zo langzaam reizen?" vroeg hij. "Waarom niet met het vliegtuig, of met de auto?"

"We denken dat het betekent dat ze het regenwoud in gaan; hun bestemming is daarom het gemakkelijkst te bereiken via een van de aanvoerende rivieren, en er zijn geen landingsbanen in de buurt. Het is het regenseizoen, dus het water zal hoger stromen dan normaal, wat betekent dat reizen per boot de meest verstandige vervoerskeuze is."

Joshua wist dit ook, maar hij onderbrak zijn werkgever niet.

"Daarnaast kunnen ze een extra teamlid hebben. Een professor, de eigenaar van het huis waar ze verbleven. We kunnen het niet met zekerheid zeggen totdat we ze in de gaten hebben, maar je moet op de hoogte zijn."

Joshua knikte, nog steeds nadenkend. "Missie parameters blijven hetzelfde?"

"Nee," zei de stem. Joshua's oren spitsten zich lichtjes. "*Als* ze inderdaad de jungle ingaan, zullen we geen behoefte hebben aan de stealth die we tot nu toe nodig hebben gehad. Het doel is hetzelfde - we hebben Dr. Meron levend nodig, of wat het ook is dat ze zoekt - maar er zullen geen lokale autoriteiten in het regenwoud zijn om zich af te vragen of er nog 'losse eindjes' zijn die je aan elkaar moet knopen. Zodra ze de stad verlaten, zijn we geïnteresseerd in snelheid."

Dit is goed, dacht Joshua. Hoe sneller de missie volbracht was, hoe sneller hij weer naar huis kon. Hij was meestal meer dan blij om in het veld te zijn, maar deze specifieke missie was er een die hij verachtte. De e-mails van zijn vader waarin de parameters en het doel werden uitgelegd waren al vreemd genoeg - gewoonlijk kreeg hij op zijn minst een telefoontje met de details van de missie - maar zijn contactpersoon bij de compagnie was ook nog eens bijna onuitstaanbaar om mee samen te werken. De man belde elke dag, verwachtte een update, gaf Joshua zijn "advies" over hoe hij het beste de zich ontvouwende situaties onder controle kon houden, en suggereerde zelfs hoe hij zijn team moest leiden. Tot nu toe had hij zijn mond gehouden, maar hij was er niet zeker van dat hij zich nog veel langer van commentaar zou kunnen onthouden.

"Ik ben blij dat te horen," zei hij. "Mijn team wordt rusteloos, en gezien de gebeurtenissen van gisteravond..."

"Maakt u zich geen zorgen over vannacht," zei de man. "We hopen meer gegevens te hebben voor onze volgende briefing, en...

"Als u mijn team had toegestaan om onze *eigen* inlichtingen te verzamelen, zou dit geen probleem zijn geweest... *Sir.* "Zei Joshua.

Er viel een lange stilte, en Joshua bereidde zich voor op een uitbrander. De eerste miljoen dollar was al veilig naar zijn rekeningen overgemaakt, maar hij was zeer geïnteresseerd om de *andere* helft van het geld ook te ontvangen, na de succesvolle aflevering van Dr. Amanda Meron aan het hoofdkwartier van het bedrijf. Hij hoopte dat hij zich niet uit de nesten had gewerkt. Hij wachtte op het antwoord van de man.

"Helaas kunnen we dat niet doen," zei de stem. "Het is geen kwestie van vertrouwen, maar van *data gevoeligheid.* "

Joshua vroeg bijna wat het verschil was, maar betrapte zichzelf.

"We blijven op de hoogte van de ontwikkelingen en zullen u op afstand ondersteunen. Jullie hebben de leiding over het grondteam en de *methodes* om het belang van de compagnie terug te vinden, maar wij moeten de controle houden over de verkenning."

Logisch, dacht hij. *Het zal wel.* "Wat is de resterende tijd op het baken?"

Joshua kende de details niet, maar het bedrijf had hem verzekerd dat ze het doel volgden met een GPS-baken. Hij had geen details gekregen, wat hem ook irriteerde, maar hij wist dat de compagnie op een manier werkte die hem frustrerend leek. Hij nam aan dat het baken in een tas zat die een van de groepsleden bij zich had.

"Het apparaat zal minstens twee dagen worden opgeladen,

maar vanaf vanochtend gaat het in een spaarstand en zendt alleen nog elk uur een signaal uit, daarna elke vier, tot het sterft."

Joshua schudde zijn hoofd. *We hadden ze pas moeten opsporen toen we* wisten dat *ze het raster zouden verlaten,* dacht hij. Maar hij wist dat ze veel dingen anders zouden hebben gedaan, als hij de volledige leiding over de missie had gehad. Hij maakte een aantekening dat hij de volgende keer dat hij op kantoor was opnieuw met de compagnie zou onderhandelen over zijn aannemersstatus.

"Goed," zei hij. "Dan moet ik mijn team op de weg krijgen. Ik zal buiten signaalbereik zijn, zelfs van de satellieten, zodra we de zware jungle bereiken, dus mijn updates zullen sporadisch zijn."

"Begrepen. Dank je, Joshua."

Joshua hing de telefoon op en begon terug te lopen naar hun veilige huis in de buurt. Hij zag de vrouw en haar hond de hoek om komen bij de rand van het park, terug in zijn richting na een rondje over het plein. Hij glimlachte en zwaaide toen hij de straat overstak.

De hond jankte weer, zijn staart kwispelde toen Joshua hen achterliet.

HOOFDSTUK 24

BENS GROEP VERTROK DE VOLGENDE OCHTEND VROEG VANUIT ARCHIES HUIS. De oude man had een verrassende uitrusting, en hij en Reggie hadden die ochtend een uur lang overlegd wat mee te nemen en wat achter te laten. Uiteindelijk besloten ze alleen wat kleinere overlevingsmiddelen toe te voegen aan de drie rugzakken die ze al hadden. Reggie was meestal niet onder de indruk van het aanbod en beweerde dat veel van de uitrusting "te oud", "verouderd" of "alleen voor het uiterlijk" was. De twee mannen beledigden elkaar om beurten vriendelijk terwijl de rest van de groep bezig was met het koken, eten en opruimen van een uitgebreid ontbijt.

Hun locatie was op loopafstand van het huis, slechts twee blokken naar het zuiden, dus begonnen ze de licht glooiende straat op te lopen, net toen de zon aan hun linkerhand over de horizon begon te schijnen. Toen ze bij een klein hutje kwamen dat een paar passen van de straat af stond, stopte Archie en wees naar het gebouw. Ben keek boven het kleine gebouwtje en zag een eenvoudig, handgeschilderd bordje in het Portugees, met vlak eronder een Engelse vertaling: *Boat Tours*. Tot zijn verbazing zag hij nog een handgeschilderd bordje dat het enige raam aan de voorkant van de winkel bedekte: *"Gesloten."*

"Het is open," legde Archie uit. "Ze doen alleen niet veel aan marketing. Dat houdt de toeristen weg." Hij draaide zich om en richtte zich tot de groep. "Wacht hier. Ik kan een goede prijs voor ons krijgen."

Archie liep over het gebarsten betonnen pad dat naar de voordeur van de winkel leidde en bonkte op het raam. Er klonken voetstappen binnenin het gebouw en een zwaargebouwde, hangende oude man rukte de deur open. Ben keek toe hoe de twee oudere mannen woorden wisselden, waarbij de winkeleigenaar zijn woorden overdreef met wilde arm- en handbewegingen. Tenslotte draaide Archie zich om en glimlachte. Hij liep terug naar de groep.

"Geweldig," zei hij. "We hoeven alleen maar de boot in de haven te vinden. Ze zullen naar beneden bellen en zeggen dat de kapitein ons verwacht."

Zonder op een antwoord te wachten, begon Archie weer naar het zuiden te lopen, de groep op sleeptouw.

Ben versnelde om Archie's tempo te evenaren. "Vertel me nog eens waarom we een boot moeten nemen? Zou het niet sneller zijn om te vliegen?"

Archie schudde zijn hoofd. "Nee, het is het einde van het regenseizoen, dus veel van de lager gelegen gebieden zijn overstroomd. De rivieren zijn makkelijker te bevaren, maar landingsbanen zijn er niet of in onbekende staat."

"Wat denk je ervan om eerst naar Peru of Bolivia te vliegen, en dan noordwaarts te gaan naar het gebied dat we zoeken?"

Archie grinnikte. "De plek waar we heen gaan is zo afgelegen als maar kan; een van de meest meedogenloze omgevingen op de planeet. De enige plaats in Bolivia waar je nu heen kunt vliegen is La Paz, en dan moet je over de Cordilleras en de Altiplano, en natuurlijk door de kliffen en watervallen om op het niveau van het bovenbekken te komen. Als we dat zouden overleven, zouden we moeten uitzoeken hoe we de rest van de paar honderd mijl die we zouden moeten afleggen, stroomafwaarts zouden kunnen komen, aangezien we geen boot hadden meegenomen. Het bos is hier zo dicht dat reizen alleen op de rivier mogelijk is, en geloof me, we zullen een boot willen."

Ben knikte. "Ik ben helemaal voor het gebruik van een boot, het lijkt me alleen traag."

"Dat zal het niet zijn. Door de breedte van de rivier zal de stroming op de meeste plaatsen langzamer zijn, dus het zal geen uitdaging zijn om de boot stroomopwaarts te duwen. Trouwens, de boot is groot, en heeft een motor. Zie je?"

Ben volgde de vinger van de man toen hij naar de straat wees. Ze hadden de top van de heuvel langzaam gerond en daalden nu aan de andere kant af. De dokken die Manaus met de rest van de Amazonerivier verbonden, waren nu in volle zicht, en het uitzicht verraste Ben.

Achter hem, hijgden Julie en Amanda.

"Woah," zei Rhett.

"Welkom in Manaus," zei Paulinho, de laatste van de groep die over de bergkam kwam.

Ben wist niet goed wat hij kon verwachten toen Archie had uitgelegd dat ze per boot zouden reizen. Hij veronderstelde dat de boot een open, platbodem boot was, voortgeduwd door een soort lange stokken. Ze zouden hun voorraden in het midden van het dek leggen en ze om beurten stroomopwaarts duwen tot ze hun bestemming hadden bereikt.

Hij had er alleen maar meer naast kunnen zitten als hij had geraden dat ze in een kano zouden reizen. De dokken voor hen strekten zich uit over zijn hele gezichtsveld - boten in alle soorten en maten bijna op elkaar gestapeld, dichter op elkaar gepropt dan de huizen en gebouwen aan weerszijden van de straat waar ze zich bevonden.

Maar het was de grootte van de boten die hem het meest verbaasde. De grootste stak drie verdiepingen boven het water uit, met een rond dek op elk niveau, als een drijvend Atlanta herenhuis uit de burgeroorlog. Er waren drie of vier van deze reusachtige boten, waarvan er twee al vol toeristen zaten, hangend over de reling en starend naar de voorbijgangers ver beneden hem. Hij was nu dichtbij genoeg om individuele gezichten te zien, en er waren gezinnen, lachend en wijzend terwijl ze hun telefoons over de richels uitstaken en selfies namen.

De kleinere boten waren nog steeds groot naar zijn maatstaven - twee of drie verdiepingen hoog, sommige twee keer zo lang als de grootste van de toeristenboten. Er waren vrachtschepen, met een platte top en aangedreven door enorme dieselmotoren, en andere commercieel uitziende schepen, allemaal dobberend naast de andere.

Zelfs tussen deze grotere vaartuigen zag Ben tientallen kleine, eenpersoonsbootjes, die tegen elkaar duwden in de strijd om een plaatsje aan de kade. Sommige van de kleinste vaartuigen vervoerden ladingen bananen, vis en andere zakken met goederen, terwijl andere leeg bleven, wachtend op de terugkeer van hun eigenaar.

Het lawaai was nu bijna oorverdovend, toen ze de rand bereikten van de menigte havenarbeiders en toeristen die zich verzamelden voor het ochtendvertrek. Het geluid was langzaam toegenomen, maar nu pas besefte Ben hoe intens het was geworden. Verkopers schreeuwden om aandacht, toeristen schreeuwden naar elkaar, riepen familieleden bij elkaar, en de normale drukte van het stadsleven concurreerde met al de rest.

De midzomerzon stond nog laag aan de horizon, maar het was al bijna broeierig. Ben veegde met een pols over zijn voorhoofd en glimlachte naar Julie.

"Gek, is het niet?" zei hij.

"Ik had geen idee dat het zo... groot was."

Hij knikte en wendde zich weer tot het levende beeld voor hem. De hitte, het lawaai en de hoeveelheid mensen en boten schreeuwden allemaal om zijn aandacht, maar niets was te vergelijken met de rivier, die zwijgend achter het tafereel zat.

De rivier was absoluut prachtig. Ben kon nauwelijks de oever aan de overkant zien, en de grote brug over het water was slechts een klein stukje zichtbaar voordat ook die weer verdween. Het sprankelende ochtendlicht gaf de rivier een glans die in schril contrast stond met de horizon en de lucht erboven, en vormde een perfecte achtergrond voor de duizenden reizigers die zich op hun reis voorbereidden.

"Onze boot moet een van de middelgrote zijn," legde Archie uit. Hij duwde zich een weg door een groep lokale bewoners en week uit naar links. "De boot heet de *Adagio*," zei Archie. "Betekent 'langzaam', maar laat dat je niet voor de gek houden - snelheid is lang niet zo belangrijk als integriteit. *Adagio* heeft de brandstofcapaciteit om ons naar het hoger gelegen bassin te brengen en twee keer terug, en onze schipper is niet zo tegen 's nachts reizen als sommige andere kapiteins zijn. Hij is ook de enige die geen tocht gepland heeft, dus we hebben de boot voor onszelf."

"Daar is het!" Rhett wees naar een grote, drie verdiepingen tellende boot die achter drie kleinere boten op het water dreef. *Adagio stond* in hoofdletters op de boeg gestencild. Afgezien van sporen van roodachtige residu dat langs de zijkant van de boot was gekropen, was de *Adagio* smetteloos wit. Een man haalde de lijnen binnen en krulde ze op het dek van de boot, terwijl een andere man, ongetwijfeld de schipper, toekeek vanuit een met glas afgesloten voorraam. De boot zelf lag in de richting van de stad, maar achter de reusachtige drijvende machine had zich al een zacht schuim gevormd, de motoren waren al opgewarmd en klaar voor vertrek.

Ben en de anderen verhoogden hun tempo toen ze de rest van de lichte heuvel afdaalden en de dokken naderden. De chaos van de massa's mensen die rond de geïmproviseerde haven druk in de weer waren, werd van dichterbij gezien nog groter, en Ben werd steeds ongeruster naarmate elke seconde verstreek.

"Ben je in orde?" vroeg Julie, terwijl ze naar zijn hand greep. Hij stond haar toe zijn hand om haar middel te leggen en trok zijn lichaam dichter naar zich toe terwijl ze zij aan zij liepen.

"Ja," zei hij. Hij wist dat ze alleen maar probeerde te helpen, maar haar vraag herinnerde hem alleen maar aan zijn eigen teruggetrokken neigingen en ongemak van mensenmassa's en drukke plaatsen. "Ja, het gaat goed," herhaalde hij. "Ik moet gewoon die boot op en een rustig hoekje vinden."

"Snel genoeg," antwoordde ze. Juliette leunde dichterbij en fluisterde in Bens oor. "En misschien kunnen we een hoekje vinden dat groot genoeg is voor ons beiden."

Hij glimlachte en begon zich al meer ontspannen te voelen. Wat rustige tijd met Julie zou meer dan welkom zijn, gezien hoe gek de laatste dagen waren geweest. Hij begon een beetje te dagdromen en hoopte dat de boottocht zonder problemen zou verlopen en hen de kans zou geven om te ontspannen.

Rhett liep een paar passen voor hen uit en plotseling draaide hij zich om en dook terug in de veiligheid van de groep. Zijn ogen stonden wild, met grote ogen, en het was duidelijk dat hij van streek was.

"Die man, daar," fluisterde hij. "Hij draagt een zwart t-shirt en spijkerbroek, zonnebril. Hij is een van de jongens die ons aanvielen bij de hut."

HOOFDSTUK 25

BEN ZAG DE MAN DIE RHETT BESCHREEF METEEN. Hij stond aan de zijkant van de dokken, tussen twee kleinere boten, en keek rechtstreeks naar hun groep.

"Iedereen blijft bij elkaar," fluisterde Reggie terug. "Als we ons opsplitsen, zijn we er geweest. Er zullen er zeker meer patrouilleren."

Ze liepen verder, luisterend naar verdere instructies van Reggie. Archibald, Amanda en Paulinho vormden een kleinere groep achteraan, terwijl Ben, Julie en Rhett vlak achter Reggie liepen.

"Hij gaat via de radio vertellen naar welke boot we op weg zijn, dus we moeten een afleiding plannen. Ben, heb je dat pakje?

Ben knikte en zwaaide de rugzak die hij droeg naar de voorkant van zijn lichaam.

"Linker broekzak, tweede van boven," zei Reggie. Meer legde hij niet uit. Ben zocht naar de rits en pakte toen het kleine, cilindervormige apparaatje. Hij hield het stevig in zijn hand, eerst verbaasd om zo'n voorwerp in hun uitrusting te vinden, maar herinnerde zich toen met welk type paranoïde overlevingsdrang ze te maken hadden in Reggie. "Hou het verborgen, en gooi het pas weg als ik het zeg."

Reggie draaide een volledige cirkel, keek toen vooruit en liep verder. "Ze hebben nog twee infanteristen geposteerd onder enkele tribunes aan weerszijden van de weg. Zonnebrillen, spijkerbroeken en t-shirts. Hetzelfde uniform. Deze jongens proberen niet verborgen te blijven - ze weten dat wij weten dat ze er zijn."

Ik voel me er nog steeds niet goed bij, dacht Ben.

"Iedereen luisteren," zei Reggie. "Kijk eens naar de boot, en het pad er naartoe. Het is een rechte lijn. Er zijn drie boten van ongeveer dezelfde grootte aangemeerd, en vijf kleinere ertussen gepropt. Onthoud de locatie van onze boot, en vergeet het niet. Het zicht wordt heel beperkt."

De groep was zichtbaar gespannen, maar niemand stopte.

"Archie, heb je dit?"

Archie knikte, zijn gladde en beheerste houding ongewijzigd. "Ik red me prima, Reggie. Laten we naar onze boot gaan."

Reggie grijnsde en sprak de groep nog een laatste keer toe. "Als je me hoort roepen, ga je naar de boot. Maak je geen zorgen over bij elkaar blijven, gewoon naar de boot gaan. Begrepen? Stap op, ga liggen, en wacht op niemand anders."

Ben zag overal knikken, en Reggie gaf hem een por. "Klaar? Drie seconden."

Ben knikte en hield de cilinder in zijn ene hand en de Sig Sauer in de andere. Hij voelde hoe de adrenaline door zijn lichaam begon te gieren en herinnerde zich de laatste keer dat hij onder zoveel druk had gestaan.

Je slaat je er wel doorheen, net als de vorige keer. Jij bent de chauffeur, zei hij tegen zichzelf, *jij hebt de leiding.*

"Nu!" schreeuwde Reggie. Ben reageerde instinctief en gooide de granaat voor de groep, zo'n twee meter, de helft van de afstand tot hun dok.

De granaat knalde bij de inslag, maar ontplofte niet. In plaats daarvan kwamen dikke rookstromen over de asfaltweg, die het hele gebied in seconden afschermden. Ze renden naar voren, het dikste deel van de rook in. Ben lette op zijn voeten, hopend dat elke stap die hij zette asfalt of een houten dok vond, en geen open water.

Hij voelde Julie aan zijn zijde stuiteren, haar kleinere lichaam tegen het zijne drukkend terwijl ze samen vooruit renden. Hij wilde haar vastgrijpen om haar te helpen, maar hij wist dat zij net zo capabel was als hij, en hij had een rugzak en een geweer om te controleren.

Ben luisterde of er schoten te horen waren, of aanwijzingen dat ze werden achtervolgd, maar hoorde niets. Een paar mensen slaakten een kreet van verbazing toen de rookgranaat ontplofte, maar iedereen tussen zijn groep en de boot ging snel genoeg uiteen. Ze kwamen geen omstanders of toeristen tegen toen ze hun bestemming bereikten.

De *Adagio* lag plotseling voor hem, en hij volgde de romp tot hij de loopplank vond. Hij hoopte dat de anderen net zoveel geluk hadden gehad, maar hij volgde Reggie's instructies en maakte zich alleen zorgen om zichzelf toen hij zijn lichaam over de plank in de boot liet zakken. Het geluid van de motor van de boot werd nu geëvenaard door een zacht gezoem toen zijn voeten op het benedendek van de boot vielen. Hij zwaaide de rugzak van zijn rug en gooide die naar de voorkant van de boot, waarna hij zich omdraaide om te wachten op Archie, Rhett, Paulinho en Dr. Meron.

Ze liepen zonder problemen de plank op, en Ben hielp hen aan boord. Ze liepen met z'n vieren naar de voorkant van de boot, draaiden zich toen om en volgden Archie een trap op die Reggie hun aanwees.

Reggie vloog terug naar Ben's plek vanaf de voorkant van de boot. "Schop de plank eruit!" schreeuwde hij. "Ze doorzoeken de boot achter ons, en we moeten *opschieten*!"

Ben deed wat hem gezegd werd, en voelde zonder pauze hoe de hele boot van het dok wegdreef. De schipper was al aan het afstappen toen de loopplank in het bruingekleurde water van de Amazone van Manaus viel. Ben vingerde het wapen in zijn linkerhand, zwaaide het omhoog en naar de voorkant van zijn lichaam, en bracht zijn rechterhand langs de andere kant. Hij wisselde zijn greep, plooide zijn linkerhand onder en rond zijn rechter trekker-vinger, natuurlijk voelend de juiste greep. Hij wachtte, keek hoe de dikke rookwolk de nieuwe holte vulde die door de grote boot was achtergelaten.

Ben behield zijn gespannen houding, loensend in de rook, maar er klonken geen schoten doorheen. Hij hoorde niets anders dan het normale lawaai van de dagelijkse activiteiten aan de kust, wetende dat hun door rook aangewakkerde uitje slechts een kleine attractie was in de algehele waanzin van de drukke dokken en marktplaats.

Hun afleiding had tot nu toe gewerkt, maar Ben was niet van plan zijn waakzaamheid te laten zakken. Reggie stond naast hem en scande ook de wolk op iets ongewoons.

"Denk je dat ze erin trappen?" vroeg Ben.

"Dat hebben ze al gedaan, aangezien we nog leven," zei Reggie. "Maar dat betekent niet dat ze zomaar weglopen. Ze zullen waar-schijnlijk...

Hij kapte zijn woorden halverwege af, en Ben draaide zich om. Achter Reggie zag Ben in de verte een vlaag van activiteit in het rookgordijn. De rookslierten kronkelden in de lucht en gingen uiteen. Een klein bootje, aangedreven door een enkele kleine motor door een van de twee mannen aan boord, brak door hun zichtbarrière en lanceerde voorwaarts in de richting van de *Adagio*. Het hoge gegons van de kleine motor kwam boven op de rest van het lawaai van de markt van Manaus, maar het was alles wat Ben kon horen.

Hij wees, maar Reggie keek nog steeds recht vooruit. De *Adagio* bevond zich nu in open water, maar nam nog steeds in snelheid toe. De rookbel golft omhoog en trekt zich terug naar-mate hij aan kracht verliest, doorboord door de vele stromingen van wind en lucht die met hem concurreren. Reggie's ogen waren gericht op de kade die ze zojuist hadden verlaten, en Ben keek in die richting, voor een moment het eenmotorige vaartuig negerend.

Een man stond aan het eind van de kade, de karakteristieke

zonnebril en t-shirt, starend naar de *Adagio* toen deze het hoofdkanaal van de Amazone binnenvoer. Hij leek naar hen te grijnzen, maar Ben richtte zijn ogen al op de man die *naast* hun grijnzende vijand stond.

Deze man was groter - *veel* groter, als de eerste man een mens van normale grootte was. De tweede man was een en al spieren, zijn glinsterende kale hoofd en golvende armen staken uit een onfortuinlijk shirt dat in geen geval bedoeld was voor zulke grote aanhangsels. Toch gaf Ben weinig om het uiterlijk van de man - het was wat hij *droeg* dat zijn en Reggie's aandacht trok.

De man had een lange buis in zijn handen, die hij langzaam omhoog tilde en op zijn schouder legde. Daar bleef hij even zitten, en de tijd leek stil te staan. Ben had het handwapen, maar hij was niet onwetend. Hij wist dat zijn wapen niet opgewassen was tegen wat de man op het punt stond te doen.

"Ga liggen!" schreeuwde Reggie. Ben negeerde hem, en in plaats daarvan hief hij de 9mm omhoog en ging in een schiethouding staan. Verrassend genoeg deed Reggie hetzelfde, en negeerde ook zijn eigen instructies. Ze begonnen beiden te schieten, maar het was te laat.

De kolos haalde de trekker over en de RPG verliet de loop van de lanceerinrichting en vloog recht op hen af.

Ben stond stil en keek toe hoe zijn lot zich voor zijn ogen ontvouwde. Een deel van zijn geest schreeuwde tegen hem, probeerde zijn dierlijke instinct om te vechten te overstemmen. Hij duwde het weg, in plaats daarvan luisterde hij naar zijn gevoel. *Als we maar dichtbij kunnen komen...*

Hun schoten, die sneller vlogen dan de raket van de man, landden in het water voor de steiger en de twee mannen. Een van Ben's kogels raakte de boot achter de mannen en bleef in de romp van het vaartuig steken. Hij hoorde de inslag, zelfs vanaf hun afstand tot de boot aan de overkant van het water.

De raket landde en raakte een ondergedompeld object voor de boot. De explosie bleef grotendeels onder water, maar de gevolgen van de explosie waren er niet minder schadelijk om. Ben voelde hoe zijn voeten onder hem wegzakten, en het angstaanjagende besef dat hij in de lucht was trof tegelijkertijd zijn maag en zijn geest. Hij reikte met een vrije hand naar iets dat zijn baan zou kunnen belemmeren, maar vond niets. De boot was gelukkig groot genoeg om de enorme hoeveelheid water te overleven die er op af kwam, en ook de kracht van de golf die tegen de boot duwde. De reactieve beweging van de boot stopte Ben in volle vlucht, geholpen door het harde, meedogenloze oppervlak van de muur die de loopbrug van het dek scheidde van de binnenkant van het vaartuig. Hij raakte de muur schouder-eerst en kukelde neer op het dek toen de stuurboordzijde van de boot volledig uit het water en in de lucht tilde. Hij merkte opnieuw het onwelkome gevoel van duizeligheid toen zijn lichaam in de lucht kwam.

Het gevoel duurde echter niet lang, en hij sloeg hard tegen de reling en landde op een hoop naast Reggie.

"Gaat het?" riep Reggie toen de boot weer op de rivier kwam. Reggie stond al op en herlaadde zijn eigen pistool uit een zak aan de zijkant van zijn broek. Ben trok zichzelf overeind, duwde de misselijkheid en de kloppende pijn in zijn schouder weg, en hief zijn wapen weer op om op de mannen op de kade te schieten.

Pas op dat moment herinnerde Ben zich de eenmotorige boot. De motor sputterde, maar leefde nog, nadat hij gas had teruggenomen toen de bestuurder naast de rondvaartboot kwam te liggen en zo'n drie meter verderop dobberde. Hij gluurde tussen de reling door naar hun aanvallers. Een van de twee zwarthemden communiceerde via een walkietalkie met de man verderop op de kade, maar de andere, die de stuurkolom van de motor had losgelaten, hield nu een klein automatisch geweer vast en richtte het op Ben.

Hij huiverde, wachtend tot de man zou beginnen te schieten. In plaats daarvan hoorde hij de snelle knallen van drie kogels uit Reggie's geweer en zag hij hoe de man met het geweer achterover sloeg toen hij over de rand van de boot struikelde. De tweede man liet de walkie-talkie vallen en greep naar zijn eigen wapen. Reggie maakte snel werk van de man, vuurde nog twee kogels op hem af, raakte hem eenmaal in het been en eenmaal in de borst. Hij verdween in de bodem van de boot, alleen zijn achterkant was te zien toen hij op sterven lag.

Reggie keek naar Ben. "Het is een stuk makkelijker als ze dicht bij elkaar zijn," zei hij schouderophalend.

Reggie wachtte niet op Ben om te reageren. Hij vuurde meer schoten af op de twee mannen op de kade, en Ben volgde zwijgend zijn voorbeeld. Ze waren ver buiten bereik van een goede treffer, maar hun list werkte goed genoeg om de grotere man af te leiden van het opnieuw laden van de RPG. Uiteindelijk verloren de twee mannen hun interesse en renden de kade op, naar het straatniveau en de menigte in.

Ben begon eindelijk weer normaal te ademen, zijn lichaam nog steeds trillend van de schok en adrenaline. Hij knipperde een paar keer met zijn ogen en dwong zijn ademhaling langzaam in en uit te gaan om zijn zenuwen te kalmeren.

"Ze komen wel terug," zei Reggie, terwijl hij Bens onderarm vastpakte en hem bij de reling wegtrok. "Tijd om naar binnen te gaan en onze bemanning te ontmoeten."

Ben knikte, niet zeker hoe ze bij deze man terecht waren gekomen, die in staat was volkomen kalm te blijven in dit soort situaties.

"Goed gedaan, trouwens," zei Reggie. Hij had dezelfde grijns als altijd, de lichte grijns verried geen teken van ongemak of zelfs maar erkenning van wat ze zojuist hadden meegemaakt. "We zullen je recht laten schieten voordat deze reis voorbij is," voegde hij eraan toe.

De boot voer nu snel, stroomopwaarts. Ben wist niet zeker of ze gevolgd zouden worden door andere boten, maar hij dwong zichzelf voorwaarts te blijven kijken. Hij volgde Reggie naar de boeg van de boot, waar een kleine trap steil omhoog ging naar het volgende niveau. Reggie duwde een deur aan het eind van de trap open, en Ben zag de brug en de kleine controlekamer voor zich.

Hij speurde de kamer af naar Julie en vond haar aan de andere kant van de kamer, geflankeerd door Amanda en een andere man.

Rhett, Archie en nog iemand knielden op de grond. Julie, toen ze Ben zag binnenkomen, rende naar hem toe.

"Het - het spijt me dat ik niet eerder ben gekomen," zei ze, snakkend naar adem. "Het is Paulinho, hij is gewond."

HOOFDSTUK 26

JULIE STAPTE WEG VAN BEN EN KEERDE TERUG NAAR DE GROEP DIE OVER PAULINHO STOND. "Het gebeurde toen de boot schommelde. We kwamen hierheen om de kapitein en de bemanning te ontmoeten, maar toen hoorden we de explosie. Toen ging alles zijwaarts.

"Het was een RPG," zei Reggie, terwijl hij de paar passen naar het midden van de kamer liep waar Paulinho op zijn rug lag. "Hoe erg is het?"

Archie Quinones wendde zich tot hen. "Moeilijk te zeggen. Hij heeft vooral zijn zij geraakt, maar het kan ook zijn blindedarm gescheurd hebben. Hij kan niet lopen, nog niet tenminste."

Julie keek om zich heen. De kapitein, Juan Esquivel Garcia, was teruggekeerd naar het roer, stuurde de boot stroomopwaarts en richtte zijn aandacht op het lange, ondiepe raam. Zijn enige bemanningslid, een oudere, gedrongen Braziliaan die zich Carlo had voorgesteld, had zich langzaam van het tafereel in het midden van de kamer teruggetrokken en stond nu aan de kant, nog steeds met grote ogen naar Paulinho te staren. Reggie en Archie hielden Paulinho achter zijn schouders vast, terwijl Amanda zijn voeten vasthield, en alle drie probeerden ze de man van de vloer te tillen. Ben liep naar hem toe om te helpen. Rhett, die nog steeds pijn had van zijn eigen verwonding, stond onhandig dichtbij.

Ze wist niet zeker wat ze moest doen. Ze werden achtervolgd door huurlingen, hun schip was bijna ontploft en gezonken, en nu raakten leden van hun team links en rechts gewond. Ze wilde Ben naar de zijkant trekken, buiten gehoorsafstand van de rest van de groep, en bespreken waar ze zich mee inlieten. Ze was bang, maar ze wist dat Ben er net zo over dacht - dat deden ze allemaal.

Ze wist ook wat hij haar zou vertellen. Ze moesten op koers blijven; ze moesten uitzoeken hoe ze dit raadsel konden oplossen, en ze moesten het doen voordat de anderen hen inhaalden. Ze begreep niet waarom, of hoe ze het voor elkaar zouden krijgen, maar ze wist dat het het juiste antwoord was.

Een idee kwam plotseling bij haar op. "Is er niet ergens in de buurt een kleine medische faciliteit? Aan de rivier?"

Reggie en Archie keken naar haar.

"Iemand met wie ik werkte bij het CDC verbleef daar een tijdje tijdens zijn verblijf. Het was een soort van hybride faciliteit, gedeeld door de Braziliaanse regering en de regionale stammen. Ik denk dat ze het verhuurden voor onderzoek."

Ze keek toe hoe Reggie en Archie er even over nadachten.

Archie sprak. "Ja, die is er. Het is toegankelijk vanaf de hoofd-rivier, maar het is moeilijk te zien vanaf het water, en het ligt op de weg. Het zou een goede weg zijn -"

"We mogen geen tijd verliezen," zei Reggie, hem onderbrekend. "Het duurt nu al drie dagen op volle snelheid, zonder te stoppen, alleen om bij onze zijrivier te komen. Vanaf daar is het nog minstens een halve dag lopen."

"Maar Paulinho heeft hulp nodig," zei Julie. "En we hebben hier niets dat hem kan helpen."

"Misschien hebben ze daar ook niets," zei Reggie. "Ik weet van de plaats - het is in feite een veldhospitaal, maar het is echt bedoeld als een controlepost voor onderzoekers die op en neer de rivier reizen. Een paar bedden, wat basis medicijnen, en een chirurg die ik nog niet vertrouw om een puist te verwijderen. Wel een aardige vent. Ik heb hem jaren geleden in de stad ontmoet, hij zei dat hij het overnam op een station ver weg in de rimboe, aan de rand van een groot open gebied, vlak naast de rivier.

"Het is onze enige hoop -"

"Dat is het niet. Voorblijven van wie ons ook probeert te vermoorden, en zorgen dat we op koers blijven, wel. Het komt wel goed met Paulinho, hij heeft alleen rust nodig."

Julie wierp een blik op Ben. *Ga je me niet helpen?*

Ben haalde gewoon zijn schouders op. Ze besefte dat ze Paulinho nog steeds met z'n vieren in de lucht hielden. Ze ging aan de kant en gebaarde dat ze de man mee naar beneden moesten nemen.

"Waar ga je hem laten?"

"Er is een kleine slaapkamer achteraan de boot; de schipper claimt het meestal voor persoonlijk gebruik, maar hij is akkoord dat we hem daar een tijdje opbergen."

Julie keek naar kapitein Garcia, en hij knikte een keer terug.

"We zullen vrij snel weten of er inwendige bloedingen zijn of niet," zei Reggie. Met z'n vieren, Paulinho dragend, liepen ze haar voorbij en stopten vlak voor de trap. "Het is niet het beste antwoord, maar het is alles wat we hebben."

Julie accepteerde dit niet. "Nee. Stop. Hij heeft *hulp* nodig. We gaan niet afwachten of hij beter of slechter wordt."

Ben en Amanda, Paulinho's voeten vasthoudend, begonnen de steile trap af te dalen. Reggie en Archie tilden hem op tot schouderhoogte en liepen langzaam vooruit. Paulinho kreunde toen ze hem heen en weer duwden.

"Ik ben bij je." Rhett stond plotseling aan haar zijde, en ze sprong bijna op toen de jongeman sprak. "Hij heeft hulp nodig. Het is een goed idee om daar te stoppen."

Julie wachtte op antwoord, maar dat kwam pas toen de hele groep de trap af was. Ze pauzeerden even om hun houvast bij te stellen en liepen toen verder over het dek naar de achterkant van de boot. Julie en Rhett volgden hen op de voet.

"Julie," zei Reggie, "het is een goed gevoel. Onder normale omstandigheden, zouden we moeten stoppen. Maar nu? Er is geen hulp. Wij zijn het. Nadat we de stad verlaten hebben, willen de enige andere levende wezens je doden of opeten - of allebei."

Julie voelde zich meer en meer gefrustreerd worden. Niemand anders gaf enige input. Ze wist dat ze koppig was, maar ze wist ook dat ze gelijk had. "Wil iemand anders zijn mening geven?"

Amanda keek haar kant op. "Julie, het is te..."

"Bewaar het," zei Julie. "Ben?"

Ben haalde zijn schouders op, keek om zich heen en toen weer naar Julie. "Ik vind het goed wat je ook wilt doen."

Woede flitste in Julie. *Je neemt me in de maling.* "Serieus? Je vindt het *goed* wat ik ook maar wil doen?" De groep was helemaal tot in het kleine kamertje gekomen, en Reggie en Archie waren bezig Paulinho's hoofd en bovenlichaam zo te configureren dat het door de deur paste. Julie keek vol ongeloof toe. *Hij kon sterven.*

Het was alsof alle gebeurtenissen die tot dit punt leidden nu pas in haar geheugen gegrift stonden. De moord op Amanda's werknemer, de vernieling van haar gebouw, het hotel, het incident in Reggie's huis, en nu dit alles - het was te veel om te verwerken, maar er was geen andere optie. Hoe erg ze het ook haatte om het toe te geven, Reggie had gelijk. Ze waren hier alleen, alleen hun groep, de kapitein, en zijn eenzame bemanningslid. Er was geen stoppen aan, geen weg terug.

Ze draaide zich om en liep terug naar de voorkant van de boot. Ze verkende kort de rest van de boot. Een centrale trap leidde naar het boven- en benedendek, en zij koos ervoor om een niveau naar beneden te gaan. Een ander dek liep rond de boot op dit niveau, maar het belangrijkste kenmerk van dit niveau waren de twee grote kamers in het midden ervan. Ze duwde de deur open die naar de eerste van deze kamers leidde en kwam terecht in een redelijk grote kombuis en eetzaal. Er stonden twee klaptafels die aan de zijkant van de zaal op de vloer waren bevestigd, en twee sets klapstoelen die aan elkaar waren bevestigd en aan de muur waren bevestigd. Achter de halve muur die de keuken van de rest van de ruimte scheidde, stonden een paar waterdichte bakken opgestapeld, en zij zag op elke bak verschillende etiketten, waarop stond aangegeven welke soorten voedsel en kookgerei in elke bak te vinden waren.

Zelfs de situatie in ogenschouw nemend, kon Julie niet anders dan onder de indruk zijn. In haar achterhoofd begon ze al een reisplan te maken voor de volgende keer dat ze de Amazonerivier konden bezoeken.

Volgende keer, dacht ze. *Als er een volgende keer is.*

Zodra ze het dacht, duwde ze de gevoelens weg. Ben was gewoon Ben - koppig, lomp, en teruggetrokken. Hij zat midden in dezelfde situatie als zij, vocht dezelfde strijd en ging er mee om op de enige manier die hij kende. Ze dwong zichzelf dat in gedachten te houden, zelfs toen haar houding verslechterde.

Ze was verliefd op de man geworden, ondanks zijn gebreken. Hij was koppig maar sterk, teruggetrokken tot een fout, maar loyaal aan de weinigen die hij vertrouwde en in zijn leven toeliet. Hij kon zelfs roekeloos zijn als zijn koppige kant het overnam en hij gedreven werd om iets te bereiken, maar hij was nog steeds aanwezig genoeg om alles onder controle te hebben. Julie had nog een paar avontuurtjes gehad, de een wat serieuzer dan de ander. Een van haar vriendjes op de universiteit had haar zelfs ten huwelijk gevraagd, maar ze lachte het weg en nam aan dat hij een grapje maakte. Hij huilde, en de volgende dag gingen ze uit elkaar.

Zelfs in haar professionele carrière zag Julie zichzelf niet als aantrekkelijk of begeerlijk. Ze had een goed gevoel voor humor en was meestal vriendelijk tegen iedereen die ze ontmoette, maar ze had geen van de eigenschappen en kenmerken van wat ze dacht dat mannen in een vrouw zouden willen. Lang en dun, met bruin haar dat ze "simpel" hield in plaats van "gestyled", zoals ze zelf graag zei, was ze net zo gewoon als alle anderen, en het hielp ook niet dat ze een beroep had gekozen dat typisch werd ingevuld door de meer "cerebrale" types.

Het was dan ook een verrassing voor haar dat zij en Ben bij elkaar waren gebleven, ook al hadden ze hun frustraties over elkaar. Na Yellowstone waren ze gewoon samen gebleven, geen van beiden twijfelde aan hun relatie. Ze was uit noodzaak bij hem ingetrokken - het was een heel eind reizen - en had haar baan bij het CDC in Minnesota ingeruild voor een meer relaxte baan die nog steeds bij haar interesses paste.

Julie maakte haar wandeling door de keuken en de eetzaal af en ging de kamer ernaast binnen. Vier stapelbedden waren aan beide kanten van de kamer aan de muur bevestigd, en twee hangmatten waren aan de andere kant van de kamer gespannen. Ze was eerst geschokt toen ze besefte dat ze allemaal in dezelfde kamer zouden slapen, maar herinnerde zich toen waar ze waren. In de uiterste hoek van de kamer stond een kast, waarvan de deur openzwaaide. Ze zag een eenvoudig toilet en een wastafel, en verder niets.

Hoe lang moeten we zo nog leven?

De deur aan het einde van de kamer ging open. Kapitein Garcia liep naar binnen. Hij glimlachte en stak een hand op.

Zij deed hetzelfde. "Wie bestuurt de boot?"

Garcia glimlachte opnieuw en zwaaide. Julie hield haar hoofd zijdelings schuin. "Spreekt u Engels?" Ze besefte dat ze hem alleen zichzelf had horen voorstellen - alle gesprekken van de man met zijn eenzame bemanningslid waren in het Spaans of Portugees gevoerd.

De man zwaaide opnieuw. "Klein."

"Juist," zei Julie. "Heb het."

Zij stond in de kamer, nog steeds hun woonruimte voor de komende dagen bestuderend, en zag hoe de kapitein zich oprichtte en in de eerste hangmat kroop, en hij begon vrijwel onmiddellijk te snurken.

HOOFDSTUK 27

DIE NACHT SLIEP PAULINHO MET VLAGEN. Hij wist niet zeker of het aan het bed lag of aan de oude, stoffige lakens, of aan de grote blauwe plek op zijn zij, of gewoon aan het feit dat hij op een boot midden op de Amazonerivier zat, op de vlucht voor gevaarlijke huurlingen.

De groep verplaatste hem naar de hoofdvertrekken, naast de keuken en de eetzaal. Archie en Reggie hadden hem veilig geacht om te verhuizen, maar niemand wist of zijn wond een groter probleem zou worden als ze hem met rust zouden laten of dat hij goed genoeg zou genezen. Hij kon meestal zelf lopen, geholpen door een eenvoudige kruk gemaakt van een stok die iemand had gevonden, maar hij koos ervoor om het grootste deel van de middag en avond in buikligging te blijven.

Hij was het met Juliette eens dat hij naar een dokter moest gaan, maar hij begreep ook Reggie's mening over deze zaak. Ze waren ver van huis, op een missie, en de tijd stond zeker niet aan hun kant. Hij ging niet in discussie - de groep kon bepalen wat het beste voor de groep was, en als hij hier moest sterven aan een etterende wond in zijn zij, dan moest dat maar.

Het eten werd opgediend in de hal, maar Paulinho was net zo min onder de indruk als de anderen. Hij had gezien hoe kapitein Garcia een van de bakken opende die in de keuken stonden, er een brood uithaalde en een blik tonijn opende. De man pakte een snee brood en begon zijn maaltijd te bereiden. Hij keerde de tonijn om op het brood, zodat de helft van de sappige vis en het vocht op het sneetje tarwebrood belandde, hield toen het blikje omhoog voor zijn enige bemanningslid en keek toe hoe hij het proces herhaalde. De schipper was klaar met eten tegen de tijd dat zijn eerste stuurman klaar was met het maken van zijn één sneetje brood.

Paulinho walgde er aanvankelijk van - hij was geen fan van tonijn, vooral niet van ingeblikte - maar toen hij de vuilnisbak naderde, was hij blij dat er nog andere broodjes beschikbaar waren. Hij haalde er een pot pindakaas en wat druivengelei uit, en maakte een snelle maaltijd. Een deel van de groep kwam erbij zitten, maar het praten bleef beperkt tot simpele één-woord uitspraken en antwoorden, wat Paulinho bewees dat iedereen net zo hongerig was als hij.

Toen hij klaar was, hielpen Amanda en Rhett hem terug naar zijn bed. Met Rhett's eigen verwonding ging het veel beter, en de jongen liep nauwelijks mank. Hij was stil en verkoos alleen te zitten in plaats van bij de rest van de groep tijdens het eten, maar Paulinho stoorde zich daar niet aan. Hij nam aan dat de jongen zijn benen nog aan het trainen was, en wilde hem de ruimte geven.

Hij had de wond meteen na hun aankomst aan boord weer verbonden, en Reggie had gemeld dat hij goed leek te genezen. Paulinho dacht terug aan de tijd dat ze aan deze etappe van de reis begonnen waren. Het leek wel een jaar geleden toen ze voor het eerst aan boord waren gekomen, en Paulinho was verbaasd te moeten toegeven dat ze overdag grote vooruitgang hadden geboekt, tot nu toe ongehinderd door de mannen die eerder op hen hadden geschoten. Hij worstelde zich op het bed, maar voelde zich meteen opgelucht toen hij zijn benen kon strekken en in slaap begon te vallen.

Nog voor zijn ogen gesloten waren wist hij dat hij weer zou gaan dromen. Er was iets in hem, iets dat hem voortdreef in de slaap, dat hem vertelde. Het zou dezelfde droom zijn, de wervelingen en de zachte dans van de schaduwen voor zijn ogen, deel van de herschepping door zijn geest van een gebeurtenis die hij zich niet herinnerde en die zich toch voor zijn ogen afspeelde, helemaal geen deel van hem.

Hij had gelijk, en zodra hij zijn ogen sloot begon de droom. Deze keer was hij sterker, op een of andere manier levendiger dan alle andere dromen die hij had gehad. Het onderwerp was hetzelfde - dezelfde beelden, dezelfde scène, maar het was anders. Het was niet langer voor hem - hij was er een deel van. De vormen bewogen om hem heen alsof hij zelf ook bewoog. Hij speelde met de schaduwen, reikte met zijn armen en handen en wervelde hun lichamen om hem heen. Het was een vrolijke droom, een droom die zowel boeiend en positief als nostalgisch was. Er was niets meer dan kleuren en vormen, dus het was onmogelijk te zeggen waar dit tafereel zich eigenlijk afspeelde, maar Paulinho's geest scheen te denken dat hij er al eerder was geweest.

De droom duurde slechts vijf minuten, maar voor Paulinho was de droom zelf een urenlange herschepping van een gebeurtenis die hij eerder had bijgewoond, alleen in zijn gedachten. Het bewuste deel van zijn hersenen probeerde de beelden te begrijpen; het probeerde de vormen en kleuren en gebeurtenissen in chronologische volgorde te plaatsen, op een manier die zinvol was. Het was tevergeefs, natuurlijk, want Paulinho's geest had geen idee van zijn andere helft, hij was slechts een gracieuze gevangene van zijn eigen verbeelding.

De droom eindigde, en Paulinho kwam in een andere fase van de slaap, deze was onrustig. Zijn zij deed pijn, en hij werd wakker in het koude zweet. Het ongemak van de slaaphouding begon hem meer pijn te doen en hij ging rechtop in bed zitten. Hij zwaaide zijn benen langzaam over de rand en legde ze op het koude oppervlak van het houten dek van de boot. Terwijl hij in het donker naar zijn staf zocht, raapte hij zichzelf bijeen en liep naar het bovendek.

De schone jungle lucht was een welkome afwisseling van de benauwdheid van de cabine, en hij inhaleerde diep terwijl hij over de rand van de rivierboot leunde. De kapitein en het bemanningslid hadden 's nachts wisselende diensten, en Paulinho wist niet zeker wie van hen op dit moment aan het roer stond, maar de boot voer gestaag stroomopwaarts. Vergeleken met het zachte gezoem van hun motor en het water dat die verplaatste, kon hij niet veel horen van het oerwoudlawaai om hen heen. Hij luisterde gespannen, probeerde iets te horen dat deed denken aan hoe hij wist dat de jungle 's nachts zou klinken. Het leek angstig, zoals zij allemaal. De reusachtige boot voer zijn huis binnen, en het trok zich in stilte terug toen ze erdoorheen voeren.

"Heb je wat frisse lucht nodig?"

Paulinho draaide zich om, alleen om te huiveren door de hevige pijn die de beweging veroorzaakte. Amanda glimlachte naar hem vanaf de top van de trap.

"Sorry," zei ze. "Ik wilde je niet laten schrikken."

"Nee," zei hij. "Het ligt niet aan jou, het is dit..." hij wees naar zijn zij.

"Jij bent tenminste wakker en loopt rond," antwoordde ze. "Ik zou een week op mijn kont liggen als ik zelfs maar een snee in mijn vinger had."

Hij glimlachte toen ze zich bij hem voegde op het bovendek. In de duisternis keken ze hoe de diepe schaduwen van de bomen en hun verborgen leven aan hen voorbij dreven.

"Wat denk je dat daar is?" Vroeg hij.

"Alles," zei ze. "Alles, en het houdt ons in de gaten."

Hij lachte. "Nou, dat is dramatisch."

"Helaas ben ik nooit in de jungle geweest, dus ik moet de illusie in stand houden dat deze plek een van de gevaarlijkste op aarde is, vol monsters en kruipend ongedierte waar niemand ooit van heeft gehoord."

Paulinho draaide zich naar haar om en grijnsde. "Je hebt een actieve verbeelding, maar dat is niet ver van de waarheid. Deze plek *zit* vol met monsters en griezelige kruipertjes, maar de meeste zijn gedocumenteerd en we hebben van ze gehoord." Paulinho zuchtte. "Hé, nu je hier toch bent, wilde ik je vragen -"

"Heb je nachtmerries?"

Paulinho stond een ogenblik stil. "Hoe wist je dat?"

Amanda lachte. "Sorry, gewoon een gokje. In mijn beroep komen vrienden en kennissen altijd naar me toe als ze rare dromen hebben. Je bent hier op het dek, 's nachts, en je moet me iets vragen. Ik probeer gewoon de puntjes met elkaar te verbinden."

"Ja, nou, ik zou ze niet echt nachtmerries noemen. Het is... het is meer een echt leuke, aangename, terugkerende droom. Een die ik mijn hele leven al een paar keer heb gehad."

"Ik kan niet echt dromen interpreteren. Niemand kan dat, om eerlijk te zijn. Tenminste niet met enige betrouwbaarheid."

"Nee, dat is het niet," zei Paulinho. "Ik weet niet of deze geïnterpreteerd kan worden. Ik wil gewoon weten waarom het steeds levendiger wordt."

"Weet je zeker dat het niet alleen is omdat je net nog sliep? Herinner je je het in meer detail?"

"Vrij zeker," zei hij. "Het is niet echt een *levendige* droom. Het is als draaikolken, en kleuren, en dansende schaduwen. Ik weet niet wat het precies is, en dat zal ik ook nooit weten. Maar alles - de kleuren, de draaikolken, alles - het is alsof het overal om me heen gebeurt, het is meer... in mijn gezicht. Begrijp je dat?

Amanda dacht even na en keek naar de kabbelende golven ver beneden haar, terwijl de boot door het water sneed. Ze keek op in Paulinho's ogen. "Helemaal niet."

Ze lachten allebei, toen ging Amanda verder. "Maar serieus. In mijn beroep zijn dromen nooit artistiek. Het zijn wetenschappelijke exploten. Het resultaat van een vreemd assortiment van chemicaliën en reacties in de hersenen, allemaal samengesmolten tot een beeld of video die zinvol lijkt voor de persoon die het ervaart. Maar als je het nader bestudeert, besef je dat het nergens op slaat. Helemaal niet - de wetenschap begint in te storten, en je kunt chemische reacties niet namaken in het lab. De enige manier waarop we *echte* dromen konden bestuderen was door ze op te *nemen*.

"Dat is wat je hebt gedaan bij NARATech," zei Paulinho.

"Precies," zei Amanda. "Niet lullig bedoeld, maar het is altijd mijn droom geweest om een manier te vinden om dromen beter te bestuderen. Ik wil begrijpen waarom mensen dromen, waar ze over dromen, en wat het allemaal betekent."

"Is het niet genoeg om mensen naar hun dromen te vragen?"

"Zoals u vast wel weet, herinneren mensen zich hun dromen de volgende ochtend vaak niet meer. Ze hebben moeite om alles weer op een rijtje te zetten, omdat het menselijk brein patronen zoekt. De patroonherkenningsmodule waarmee we allemaal zijn uitgerust in ons hoofd is extreem sterk en goed ontwikkeld. Wat voor ons onderbewustzijn logisch is als we slapen, is bijna onvoorstelbaar belachelijk als we wakker worden."

Paulinho dacht hier een moment over na. Hij moest het ermee eens zijn - zijn eigen dromen proberen te herinneren was meestal een vruchteloze onderneming. Meestal kon hij zich de belangrijkste gebeurtenissen, mensen en plaatsen herinneren, maar de details waren een puinhoop.

"Daarom kun je in een droom drie moeders hebben en een vader met zeven benen, en het is allemaal volkomen logisch terwijl je droomt. Als je dan wakker wordt, probeert je bewuste geest, getraind in jaren van leven en ontelbare millennia van evolutie, de dingen op een gestroomlijnde manier bij elkaar te puzzelen. Het verwijdert de kleine details - meer dan één moeder en meer dan twee benen - en laat je denken dat je over je moeder en je vader hebt gedroomd. Dat is natuurlijk helemaal niet zo interessant, dus over een paar uur, of een paar dagen, zijn we die droom helemaal vergeten.

"Ik vertel mijn patiënten om hun dromen op te schrijven, zodra ze zich die kunnen herinneren. Sommigen zijn daar erg ijverig in en houden zelfs een klein notitieboekje en potlood bij zich in bed om hun dromen op te schrijven zodra ze wakker worden."

"Waar helpt dat bij?" vroeg Paulinho.

Amanda haalde haar schouders op. "Weet je, we weten niet helemaal zeker of het voordelen heeft om onze dromen beter te kunnen herinneren en om ze te kunnen dicteren. Sommige van onze patiënten vertellen ons dat ze door het opschrijven van hun dromen meer geneigd zijn om in een zogenaamde 'lucide droom' te vallen, een situatie waarin de dromer het gevoel heeft dat hij volledige controle heeft over de plotlijn van zijn droom."

"Ik heb er al eens zo een gehad, denk ik," zei Paulinho.

"De meeste mensen hebben dat," zei Amanda, "en de meeste mensen zweren dat het hen in staat stelt problemen op te lossen waarmee ze worstelen in hun wakkere leven, of betere relaties te hebben, of succesvoller te zijn in het algemeen."

"Dat lijkt me vergezocht."

"Dat is zo, maar je zou verbaasd zijn over wat het menselijk brein voor ons verbergt." Amanda pauzeerde weer en keek uit over het water. "Neem bijvoorbeeld deze 'gouden man' die we achtervolgen. Onze computers waren niet gehackt, onze software haperde niet en niemand haalde een grap met ons uit. De wetenschapper in mij blijft zeggen dat zo'n anomalie onmogelijk kan gebeuren, zeker niet bij mensen met verwante voorouders. Het is meer dan toeval."

"Het is een beetje vreemd."

"Het is meer dan een beetje vreemd," zei Amanda. "Het is ronduit *griezelig*. We hebben niet eens de technologie om dromen tot in het kleinste detail vast te leggen. Het beste wat we kunnen doen is squishy beelden die samenvloeien in de loop van een enkele droomtoestand. Maar dit mannetje dat steeds opduikt in al deze dromen is perfect scherp, elke keer weer. Ik begrijp niet hoe dat kan, behalve als ik bedenk dat het menselijk brein een puzzel is die nog niet is opgelost."

"En het helpt niet dat er nog iemand is die het antwoord ook wil weten."

Amanda beefde zichtbaar. "Onze technologie is gepatenteerd, maar het is niet moeilijk om gebruik te vragen van onze faciliteiten. In feite waren ze om te beginnen niet van mij; mijn investeerders gaven me na een paar maanden het exclusieve gebruik van de ruimte." Ze snoof, maar Paulinho kon niet zeggen of ze huilde of niet. "Er is geen reden voor mensen om hiervoor te sterven, wat het ook is. De reis die we maken zal ons hopelijk antwoorden geven, maar ik kan me niet voorstellen dat het leidt tot iets om mensen voor te doden."

Paulinho knikte en keek recht vooruit. De boot draaide zachtjes, veranderde van koers met de rivier en kronkelde langzaam naar het westen en noorden over de enorme uitgestrektheid van de jungle die het Amazonebekken doorsneed.

"Nou, ik denk dat ik het nog een paar minuten geef en dan naar binnen ga," zei Amanda. Ze stak haar hand uit en kneep in Paulinho's hand. "Dat zou jij ook moeten doen. Je moet rusten. Zorg goed voor jezelf, oké?"

Paulinho knikte opnieuw, terwijl hij eerst niet reageerde. "Ja, natuurlijk. Ik denk dat ik nu maar naar bed ga, eigenlijk. Welterusten." Hij draaide zich langzaam om, leunde zwaar op de kruk en begon terug te lopen in de richting van de trap.

HOOFDSTUK 28

"IK KAN NIET GELOVEN DAT JE NIET ACHTER ME STAAT," zei Julie.

"Jules..."

Julie onderbrak Ben voor hij volledig kon reageren. "Nee, begin daar maar niet over. Je hebt me gisteren compleet genegeerd, en nu wil je met me in discussie?"

"Nee," zei Ben. "Ik wil geen ruzie met je maken. Dat doe ik nooit. En ik negeerde je gisteren niet."

Julie gaf Ben die blik die zei, *dit gaat goed worden.*

Ben zuchtte. "Ik *negeerde* je niet. Ik was *het* gewoon *niet* met je eens."

Julies gezicht opende zich, mond en ogen werden wijder. Ben kon bijna de dreigende verbale aanval voelen die op het punt stond te volgen. "Nee, wacht. Dat is niet wat ik bedoelde."

"Je *was het niet* met me eens? Over wat? Over hierheen komen om je mysterieuze gezelschap te zoeken dat je al maanden achtervolgt? Over je vakantie overslaan zodat je de jungle in kan sluipen en proberen ons beiden te laten vermoorden? Was je het oneens over die dingen?"

Ben wist dat hij de stroom vragen moest stoppen voordat ze escaleerden in een hoge maalstroom van oestrogeen-beladen woede. Hij zei snel het eerste wat in hem opkwam. "Nou, ja, ik was het niet met je eens over die dingen, en dat is waarom we hier zijn. Maar nee - ik had het eigenlijk over, uh, specifiek -"

"Ben je *stom*? Luister je wel naar jezelf als je praat? Ik kan niet geloven dat ik hiervoor gevallen ben. Ik kan niet geloven dat ik voor *jou gevallen ben.*"

Ben had moeite om de woorden te vinden. Hij staarde Julie wezenloos aan en voelde zich steeds meer als een beer die in de val zat. Hij had meer dan eens beren in vallen zien lopen - idiote jagers dachten soms dat het nog een redelijke manier was om een grote vangst binnen te halen. De beren spartelden eerst tegen, reageerden en deinsden terug voor de immense pijn en schok van het verstrikt raken in een berenval. Na een moment van worsteling werden ze stil, alsof ze hun volgende stap overwogen. Dan, na enig overleg, zou de beer onvermijdelijk explosief reageren en tevergeefs proberen zich te bevrijden.

Als parkwachter had hij een video gezien van het hele proces, opgenomen door een paar zieke cameramannen die om een of andere reden weigerden het arme schepsel te helpen.

"Ben? Luister je wel?"

Klote. "Uh, ja. Sorry."

Julie schudde haar hoofd. "Ik weet niet eens waarom ik het bij jou blijf proberen."

"Wacht, wat? Wat bedoel je?"

"Ik ga het niet uitleggen, Ben. Als je niet weet waar we het over hebben, bewijst dat alleen maar mijn punt." Julie draaide zich om en stampte de kamer uit.

Ben stond daar een seconde en keek hoe de deur achter haar dichtsloeg. Hij had duidelijk iets verkeerd gedaan, maar hij kon er niet achter komen wat het was. Ze was boos op hem voor - *wat?* Had hij iets gezegd dat haar kwaad had gemaakt? Hij haalde zijn schouders op en negeerde het feit dat hij de enige persoon in de kamer was.

Dit was een van de redenen waarom hij het grootste deel van zijn leven zoveel aandacht en energie had besteed aan het volledig negeren van het andere geslacht. Zijn laatste vriendin, als hij het zo kon noemen, was in de derde klas geweest. Terwijl de meeste van zijn vrienden waren opgegroeid tot hopeloze romantici, was hij slechts opgegroeid tot hopeloosheid. Zijn vriendjes in het park probeerden hem er vaak aan te herinneren dat Julie ver boven zijn niveau lag, maar alle tegenargumenten die hij kon bedenken waren zwak - zelfs hij wist dat het waar was.

Deze vrouw was in zijn leven binnengestormd, bijna even abrupt als de explosies en de daaropvolgende actie in Yellowstone, slechts enkele maanden daarvoor. Hun relatie was er een van noodzaak - ze waren gedwongen tot elkaar.

Dus waarom gaf hij er zoveel om? Waarom had hij moeite met de woorden om het meisje te vertellen wat hij voelde? Ben wist dat hij van Julie hield, maar hij kon de drie woorden niet in de juiste volgorde hardop uitspreken, en zeker niet waar zij bij was.

Hij liep de kamer uit en naar de wenteltrap naar het boven-dek. *Wat frisse lucht zou wel lekker zijn,* dacht hij. Thuis was frisse lucht altijd in het seizoen, en het was altijd nuttig om te bestrijden wat hij ook doormaakte.

Het bovendek opende zich voor hem met een vlaag van voch-tige, hete lucht. *Niet hetzelfde als thuis, maar het is goed genoeg.* Ben haalde diep adem en nam het in zich op, terwijl hij naar de rand van de boot liep. Ze waren nu al bijna twee dagen non-stop stroomopwaarts aan het reizen, en hij vroeg zich af hoe lang ze nog zouden moeten reizen voordat ze hun bestemming zouden bereiken.

Of hoe lang we nog moeten reizen voor ze ons vinden...

Hij had het stiekeme vermoeden dat "ze" precies wisten waar ze waren. Rhett, Archie, Paulinho - alle anderen leken het ook te voelen. *Waarom zouden ze ons een paar dagen alleen laten, nadat ze ons probeerden tegen te houden Manaus te verlaten?*

Hij wilde er niet aan denken, maar hij wist het antwoord.

Ze moeten weten waar we heen gaan.

Hij zoog nog een teug oerwoudlucht naar binnen. *Ja, dit is goed voor me.* Hij sloot zijn ogen en probeerde de lucht de vreemde gedachten en gevoelens uit zijn systeem te laten spoelen.

Hij opende zijn ogen, draaide zich naar de achterkant van de boot, en zag Amanda op het dek staan.

Of, beter gezegd, hij zag de *achterkant* van Amanda bij de achtersteven van de boot.

Haar benen, lang voor haar kleine gestalte en bleek tegen het diepe groen-bruin van de jungle achtergrond, waren het eerste wat hem opviel. Hij volgde de vorm van de vrouw tot aan haar rug, losjes verborgen achter een tanktop die ze droeg sinds ze de stad hadden verlaten. Het shirt deed zijn best om haar rug te verbergen, maar Ben zag meteen haar zachte schouderbladen, perfect in de schaduw van de zon. Haar haren wapperden zachtjes in de wind, telkens van hun plaats en zweefden, om dan weer neer te strijken waar het moest zijn.

Hij liep naar haar toe.

Hij stapte aan het eind van het dek naast haar en leunde tegen de reling. Het kielzog van de boot sneed een perfecte "V" door het water, wat Ben eraan herinnerde hoe snel ze stroomopwaarts gingen.

"Hé Ben," zei Amanda.

"Dr. Meron," antwoordde hij.

"Alsjeblieft, noem me Amanda.

"Juist, sorry." Ben wist niet goed wat hij moest zeggen, dus deed hij wat hij het beste kon - hij bleef onhandig staan en deed alsof hij geïnteresseerd was in een kleine zwerm vogels die aan weerszijden van de rivier naar elkaar kwetterden. Hij had plotseling de neiging om een steen over te gooien, of tenminste om er een zo ver mogelijk weg te gooien. Zijn gedachten dwaalden terug naar de tijd toen hij veel jonger was, toen zijn vader hem meenam naar het meer dat net na de winter was ontdooid om hem te leren hoe hij stenen moest overslaan.

Het begint allemaal met de beste steen', zei zijn vader dan tegen hem. Het is de moeite waard om een halve dag te besteden aan het zoeken naar de perfecte steen, ook al zul je er maar één worp mee kunnen doen. Ben vroeg zich altijd af of er een diepere betekenis in die uitspraken zat. Er leken meerdere betekenislagen te zitten in alles wat zijn vader hem vertelde toen hij opgroeide.

Na de dood van zijn vader maakte Ben er een punt van om niet meer alles te ontcijferen wat iemand hem vertelde, maar de dingen gewoon te nemen zoals ze waren. Hij ging ervan uit dat mensen meenden wat ze zeiden en zeiden wat ze meenden, en hij deed zijn best om dat ook te doen. Hij kon toch al niet goed met mensen omgaan, dus gebruikte hij de filosofie als een excuus om zich steeds meer terug te trekken naarmate hij ouder werd. Ben was nog steeds begin dertig, maar fit en goed gebouwd en hij kon de meeste kinderen van tien jaar jonger aan. Zijn werk als boswachter hielp hem in vorm te blijven, maar zo nu en dan voelde hij hoe de tand des tijds hem langzaam afremde.

"Zo," zei Amanda om het ijs te breken. Ben schrok op uit het verleden en keek haar aan. "Hoe gaat het met je?"

"Goed, denk ik. Het is een tijd geleden dat ik beschoten ben."

"Ja, ik heb over al dat Yellowstone gedoe gelezen. Je bent zo'n beetje een nationale held."

"Niet in dit land," zei Ben. Hij wist niet zeker of dat verwaand of nederig was. "Trouwens, ze hebben het verhaal verkeerd. Verslaggevers, weet je wel?"

"Paulinho heeft me wat details verteld, maar ik zou het verhaal graag eens horen." Ben wist het niet zeker, maar hij dacht dat Amanda een beetje dichter naar hem toe kwam.

"Ja, zeker weten." Hij wipte met zijn hoofd heen en weer, blijkbaar nog steeds op zoek naar een steen waarvan hij wist dat die niet bestond. "Hoe gaat het met je?"

"Met wat? Mijn hele zaak die uit elkaar valt, of mijn werknemers die vermoord worden?"

"Sorry, ik..."

"Nee, het is goed," zei Amanda. "Ik probeer niet hard te zijn. Het is gewoon... vers in mijn geheugen."

Ben voelde zich om een of andere reden in verlegenheid gebracht, maar Amanda ging door en bespaarde hem de ongemakkelijke stilte.

"Weet je, ik ben altijd vrij onafhankelijk geweest. Dat is een deel van de reden dat ik hierheen ben verhuisd. Ik wilde altijd al iets voor mezelf beginnen, maar mensen dachten dat ik naïef was."

"Welke mensen?"

"Ouders, meestal. Mijn vader en moeder hadden een tijdje een restaurant, thuis. Ze hebben het nooit gezegd, maar ik heb altijd geweten dat ze dachten dat ik niet geschikt was voor het ondernemerschap. Om eerlijk te zijn, ben ik dat ook niet. Ik wilde gewoon onderzoek doen op mijn eigen voorwaarden. NARATech paste perfect bij me - investeerders die de managementlast aan iemand anders willen overlaten, een toegewijde faciliteit die klaar was om te beginnen, en op een plek die ik altijd al eens had willen bezoeken."

"Nou, van wat ik heb gezien, doe je het behoorlijk goed."

"Van wat *ik* gezien heb, zijn we allemaal een kleine fout verwijderd van de dood. En het is allemaal mijn schuld."

"Dat is het echt niet," zei Ben. "Niemand had dit kunnen voorspellen, en niemand had het kunnen voorkomen. Die 'investeerder' die jij hebt, is hetzelfde bedrijf dat ik al maanden probeer op te sporen. Ze zijn extreem machtig, zeer goed gefinancierd, en zijn in staat om goed onder de radar te blijven als ze dat willen."

Ben hoorde Amanda haar keel schrapen, toen veegde ze haar ogen af. "Wat als dit nergens toe leidt? Wat als we iets najagen dat niet bestaat, en we eindigen in niemandsland zonder een manier om hulp te roepen?"

Ben wist dat de vragen retorisch waren, maar hij antwoordde toch. "Nou, Reggie is hier. Hij schijnt veel ervaring te hebben met, uh, dit soort dingen." Hij pauzeerde. "En, weet je, we zijn er allemaal, voor wat het waard is. Archie, Rhett, Paulinho. En ik." Hij wierp weer een blik op haar, en ze staarde hem aan. Hij keek snel weg.

"En Julie," zei ze. Het was meer een vraag dan een verklaring.

"Ja, Julie."

"Ze is geweldig, weet je."

Ben knikte. "Ik weet het."

"Ik wou..." Amanda kon de zin niet afmaken, wat het ook zou worden. Ze snikte en bedekte haar gezicht met haar handen. Ben voelde zich onmiddellijk naar haar toe leunen, niet zeker waarom hij zo reageerde.

Hij aarzelde even, stak toen zijn hand uit en sloeg zijn arm om haar heen. Amanda leunde harder en drukte haar lichaam tegen Bens zij aan voordat hij kon reageren. Haar snikken werden stotterend en ze dwong hem bijna om haar vast te houden. Ze was kleiner dan hij zich realiseerde, en hij moest een beetje bukken om haar hoofd in het hoekje onder zijn kin te laten passen. Hij wist niet zeker wat hij nu moest doen, en hij stond verstomd van de daadloosheid.

Hij hoorde een geluid, een krakende trap, en hief zijn hoofd op om Julie boven aan de trap te zien staan. Ze draaide haar hoofd een beetje opzij, alsof ze probeerde te ontcijferen wat ze zag. Ze staarde een ogenblik voor zich uit, geen van beiden sprak.

Dan, langzaam en weloverwogen, draaide ze zich om en ging terug de trap af.

HOOFDSTUK 29

Julie negeerde Ben de rest van de dag en koos er zelfs voor om in haar eentje op het terras te gaan eten. Ben probeerde haar een paar keer te benaderen, maar telkens als ze hem zag aankomen, dook ze weer de andere kant op. De boot was groot, maar veel te klein om zich voor altijd voor hem te verbergen, en Ben maakte er een punt van om haar te blijven volgen wanneer hij maar kon, in de hoop een gesprek te kunnen voeren. Het grootste deel van zijn dag bracht hij buiten op het dek door, wachtend tot Julie voorbij kwam, zodat hij haar kon volgen tot ze de andere kant op liep.

Die avond keerde de boot weer en voer een andere zijtak van de rivier af, een nog kleinere aanvoerende rivier. Het bladerdak van de bomen sloot de zon buiten, waardoor de nacht veel vroeger viel dan iemand had verwacht. Ze waren nu ver weg van de steden aan de grote zijrivieren van de Amazone, en de jungle was wakker geworden.

Aan beide kanten van de rivier waren levensvormen waar Ben alleen van had gedroomd. Apen kwebbelden en joelden naar elkaar, en vogels in alle kleuren krijsten boven hun hoofd terwijl ze naar voedsel zochten. Hij ving een glimp op van een slang, groter dan hij ooit had gezien, die zich om de hele stam van een boom wikkelde terwijl hij op een tak gleed. De flora en fauna leken hem ook buitenaards. Helder groen, geel en blauw met nu en dan een vleugje rood staken af tegen de grote achtergrond van zwart en bruin. Het zicht was niet meer dan een paar meter in de jungle, hoewel Archie en Reggie eerder naar buiten waren gekomen en om beurten hadden geprobeerd om watersporen te ontdekken die door dieren werden gebruikt.

Op een gegeven moment kwam de kapitein zelf naar het dek en wees naar een hoop stokken en wijnranken, hoog boven het water opgestapeld aan de rand van de rivier. Hij fluisterde iets en Archie's ogen werden groot.

"Anaconda," zei hij. "Ze leven in die forten van stokken, glijden direct het water in om verborgen te blijven. Dat is een groot nest. Er kan wel een 15-voeter in zitten."

Ben huiverde. Hij haatte slangen en ging er alleen mee om als het echt nodig was. Hij kon zich niet voorstellen hoe iemand van die glibberige, geschubde wezens kon houden, vooral als ze zo breed rond zijn middel waren als hij.

"Ze zijn meestal ongevaarlijk," zei Reggie, alsof dat de anaconda's op warme, donzige teddyberen deed lijken. "Ze eten zoogdieren, maar als je uit hun buurt blijft, richten ze hun aandacht op kleiner wild. Er zijn hier genoeg andere monsters om je zorgen over te maken, maar eerlijk gezegd zijn het de kleine dingen die me de stuipen op het lijf jagen."

"Zoals wat?" Ben schopte zichzelf bijna omdat hij de vraag stelde. Hij wist dat hij het antwoord niet wilde weten. Thuis waren de enige dingen waar je je echt zorgen over moest maken beren, wolven, onvoorzichtige jagers en de kou.

Reggie draaide zich naar Ben en grijnsde. "Insecten, meestal. Het soort dat in groepen vecht, samenwerkt om dieren te verslaan die duizend keer groter zijn. Mierensoorten waar je alleen maar van kunt dromen, en gespecialiseerde insecten ontworpen door de duivel zelf."

"Luister niet te goed naar hem," zei Archie. "Hij heeft altijd een flair voor dramatiek gehad. Hij heeft geen ongelijk, maar het meeste leven in het oerwoud is ongevaarlijk voor mensen, zolang je voorzichtig bent en op je tellen past. Het regenwoud hoeft niet mystieker en magischer te zijn dan een andere plek. Zeker, er is hier meer leven per vierkante meter dan waar ook op de planeet, maar dat is alles wat het is - leven. Het wil overleven en gedijen, net als jij en ik. Niet alles wil je doden, en zelfs de levensvormen die dat wel kunnen, doen dat alleen als ze het gevoel hebben dat hun eigen leven bedreigd wordt."

Ben luisterde mee terwijl ze allemaal naar de boomgrens staarden. De beide andere mannen leken een diep respect voor de natuur te hebben, iets wat hij bewonderenswaardig vond. Veel mensen die hij kende hadden geen waardering - geen *begrip* zelfs - voor het feit dat de wereld waarin zij leefden al veel langer bestond dan zij, en tot bloei was gekomen zonder hun bemoeienis en hulp. Het Amazone regenwoud was niet anders, en in vele opzichten intenser en meer zelfvoorzienend dan enige andere plaats waar hij was geweest.

De mannen vertelden elkaar nog een paar minuten, tot de geluiden van de jungle het overnamen. Ben vertrok om nog een rondje over het dek te lopen, in de hoop dat Julie ergens zou opduiken. Hij had een heel rondje afgelegd en was op dezelfde plek uitgekomen, alleen waren Reggie en Archie naar beneden gegaan. Hij was alleen op het dek, en hij staarde een minuut lang zwijgend in de bomen. Het leek alsof de jungle op hen af kwam, steeds dichter naar de randen van de boot toe. Hij kon niet geloven dat zo'n grote boot zo ver de rivier op kon varen, maar hij herinnerde zich dat Archie had uitgelegd dat ze tijdens het hoogseizoen reisden, wat betekende dat de rivier breder en dieper zou zijn dan normaal.

Toch zou er een tijd komen dat de boot niet meer door de tunnel zou passen die door het bladerdak van de jungle was uitgesleten. Hij wilde niet weten wat dan het plan was, en hij had het ook niet gevraagd. Hij nam echter aan dat, aangezien er geen kleinere kano's of boten van welke soort dan ook aan boord waren, zij de rest van de weg te voet zouden afleggen. Niemand kende hun eindbestemming, wat de reis nog krankzinniger maakte.

Ben hoopte alleen dat ze antwoorden zouden vinden, waar de

aanwijzingen ook heen leidden. Hij wilde - moest - weten wat Drache Global inhield, en als dat betekende dat hij helemaal langs de Amazonerivier moest reizen, naar een deel van de wereld dat niemand in duizenden jaren had gezien, dan moest dat maar.

De duisternis van de jungle joeg hem angst aan, en het hielp niet dat de dieren en de beesten stil waren geworden. Hij kon nu het kabbelen van de golven tegen de romp van de boot horen, maar de dichte nachtlucht droeg geen andere geluiden.

Hij fronste zijn wenkbrauwen. Hij wist genoeg over wilde dieren om te weten dat dieren griezelig stil werden als ze gevaar bemerkten. Het oerwoud leek zich de laatste dagen op zijn gemak te voelen bij de reis van de boot, dus hij wist dat het niet hun aanwezigheid was die het had gealarmeerd.

Hij keek links en rechts, en onderzocht het bovendek om te zien of iemand anders was binnengekomen. Hij zag niemand en besloot nog een laatste blik op het bovendek te werpen voor hij weer naar binnen ging voor de nacht.

Hij bereikte het tweede niveau en wilde net naar beneden gaan toen hij een klein geluid hoorde. Het was een zacht geschraap, versterkt door de holle binnenkant van de boot. Hij stapte van het tweede niveau af en begon naar het geluid op de achtersteven te lopen.

De nacht had dit deel van de wereld volledig bereikt, en de jungle, stil als hij was, was gevestigd in bijna volledige duisternis. Ben overwoog terug naar beneden te gaan om te zien of er een zaklamp in zijn rugzak zat, maar besloot het niet te doen. *Het is niets.* Hij wilde geloven dat het geluid gewoon iets willekeurigs was, een eekhoorn of iets dergelijks die op het dek landde en ergens een hol in kroop.

Maar zijn instincten stonden op scherp, en hij begon de adrenaline te voelen stromen. Het schrapende geluid, zo stil als het was, was opzettelijk. Zoveel wist hij.

Hij bereikte de achtersteven en draaide naar rechts. Het schrapende geluid kwam terug, deze keer nog zachter. Maar het klonk dichtbij.

Net onder hem.

Hij wierp zijn bovenlichaam ver over de rand van de reling, in een poging een fatsoenlijke blik te werpen op het benedendek van de boot. *Misschien liep er iemand rond voor een nachtelijk wandelingetje voor het slapen gaan.*

Ben wist dat het niet waar was, op een of andere manier. Het lawaai was door mensen veroorzaakt, maar iemand die rondliep zou niet zo lang op dezelfde plek zijn geweest. Iemand was aan het rondsluipen, en hij was van plan hem te pakken.

Hij vroeg zich af of hij van hieruit naar het benedendek kon springen, of dat hij zou missen en gewoon in het water zou landen, om wie het ook was te waarschuwen dat ze betrapt waren en hun tijd te geven om weg te komen.

Hij strekte zich nog verder uit over de reling, en zag een zwarte laars. Hij kon alleen de zool van de schoen zien, dik en diep geribbeld. Nog een ogenblik ging voorbij en de laars verdween.

Een ogenblik later, hoorde hij de plons.

Degene die hij had gezien, had zich zojuist over de rand van de boot en in het kielzog erachter gelanceerd.

"Hé!" riep Ben, terwijl hij zich omdraaide en naar de trap liep. Het was ruim twee meter naar de trap, maar hij maakte de reis in slechts een paar seconden. Hij sprong de trap af en kwam op het laagste dek, en rende meteen naar de achterkant van de boot. Hij tuurde, probeerde te zien in de duisternis, maar het was nutteloos. De nacht was ingevallen, waardoor hij geen hoop meer had om te zien wie de persoon was, of waar ze waren. Hij meende het geluid van zwemmen te horen, maar dat was nu al ver weg in de verte.

Hij keek nog een paar seconden en hoorde toen voetstappen boven zich. Hij liep terug naar de trap, klaar om uit te leggen wat hij gezien had aan de rest van de groep.

Voor hij hen kon bereiken, wierp een enorme explosie hem voorover tegen de muur.

HOOFDSTUK 30

DE BOOT KREUNDE ONDER HEM TOEN PLANKEN EN STEUNEN UIT ELKAAR SPATTEN EN INSTORTTEN, en de lucht werd onmiddellijk gevuld met dikke, bijtende rook.

Hij hoestte, maar de boot bleef dramatisch schuiven, waardoor hij niet eens op zijn knieën kon gaan zitten. Hij draaide zijn hoofd net genoeg om het achterste deel van het benedendek onder het zwarte water te zien vallen.

Shit.

Reggie stond bovenaan de trap, en hield zich krampachtig vast.

"Ben! Ben jij dat?"

Ben trok zich op aan een reling van de trap. Hij wist dat de boot water maakte, en snel ook. "Ja, ik ben het. Er was nog iemand hier beneden, ze hebben explosieven in het motorcompartiment geplaatst."

Reggie uitte een gedempte reeks scheldwoorden, keerde zich toen weer tot Ben en deed een paar stappen de trap af. "Hier, geef me je hand," zei hij. "We moeten iedereen naar het bovendek brengen voor we onder gaan."

Ben reikte omhoog en liet Reggie hem de trap op helpen, die vanuit deze hoek meer op de treden van een ladder leek. Hij bereikte de volgende verdieping en leunde tegen de muur terwijl hij op adem kwam. Reggie was al in een kast aan het rommelen een paar passen verderop, en gooide daar de reddingsmiddelen uit die hij kon vinden. Er waren er niet genoeg voor iedereen, maar Ben droeg een paar reddingsvesten terug naar de trap en maakte zich klaar om naar boven te gaan.

Toen hij zich omdraaide om te zien hoe het met Reggie ging, zag hij tot zijn verbijstering dat de kast al water maakte en Reggie tot aan zijn enkels in de troebele bruine vloeistof stond.

"Neem mee wat je mee naar boven kunt nemen," zei Reggie. "Ik moet proberen onze rugzakken uit de kamer te krijgen."

Ben wist dat de kamer nu grotendeels onder water zou zijn, maar hij deed wat hem was opgedragen en droeg de reddingsmiddelen en het touw dat Reggie hem had toegespeeld naar boven.

De rest van de groep, met uitzondering van Reggie en Rhett, wachtte op hem. Hij merkte ook dat kapitein Garcia afwezig was.

"Waar is Rhett?" Vroeg hij.

Amanda en Paulinho, die zijn zijde vasthielden, schudden beiden hun hoofd.

Archie Quinones stapte op Ben af en hielp hem met de reddingsvesten. "Hij moet nog steeds beneden zijn," zei Archie. "Waar is Reggie?"

"Nog steeds daar beneden," zei Ben. "Hij probeert de rugzakken te vinden. Als er nog iemand beneden is, zal Reggie ze grijpen." Ben zei de woorden, maar hij was niet zeker of hij ze geloofde. Iemand had hun boot gesaboteerd, en was toen naar de kust gezwommen. Ben had het ze zien doen. Als, door een vreemde speling van het lot, het Rhett of de kapitein was geweest, wist Ben dat ze niet nog steeds benedendeks zouden wachten.

De gedachte verkilde hem, en hij dwong het uit zijn gedachten voor het moment. Ze zouden de saboteur te zijner tijd wel aanpakken, maar op dit moment hadden ze dringender zaken aan hun hoofd.

Archie begon de reddingsvesten uit te delen, maar Ben trok hem terug. "Wacht even," zei hij. "Laten we die gebruiken om de rugzakken drijvende te houden. Ik neem aan dat we allemaal kunnen zwemmen, toch? Deze zullen ons alleen maar afremmen."

Archie knikte instemmend, en hij en Ben begonnen de drijflichamen aan elkaar te binden met het touw. "Het is ruw, maar het zal het werk doen. Een van ons kan het aan ons been binden en achter ons aan trekken."

"Waar gaan we heen?" vroeg Julie.

Ben keek op en in haar ogen. Haar woede was gesmolten in angst, en het leek alsof ze de eerdere vete tussen haar en Ben helemaal vergeten was. Hij kende haar echter goed. Zodra ze weer veilig aan land waren, zou Julie doorgaan met haar koude schouder en stille behandeling.

"We moeten natuurlijk aan land zien te komen," zei Ben. "Maar we kunnen onmogelijk het bos in zonder de bomen aan weerszijden van ons door te snijden. We zullen stroomopwaarts moeten zwemmen en hopen dat we een opening vinden."

"Zwemmen?"

Ben keek naar Paulinho en besefte dat de man nog steeds gewond was, en waarschijnlijk nog veel pijn had. "Komt het goed met je?"

"Dat zou ik ook moeten zijn," zei Paulinho. "Ik maak me geen zorgen over mijn verwondingen, het is..." hij keek naar Archie en toen weer naar Ben. Ben was in de war, begreep niet wat er aan de hand was. Hij trok zijn wenkbrauwen op, wachtend op een verklaring.

Archie leunde dicht tegen Ben aan en bracht zijn stem omlaag, zodat alleen hij het kon horen. "We zijn niet meer op de hoofdrivier, waar meestal al het bootverkeer is," zei Archie. "Paulinho heeft gelijk dat hij zich zorgen maakt. Er zijn bijna net zoveel roofdieren in het water als op het land."

Bijna net zoveel roofdieren in het water? Ben probeerde de gepijnigde uitdrukking van de man te lezen. *Is hij nu bezorgd? Nadat hij me probeerde te overtuigen dat de jungle alleen gevaarlijk is als je onvoorzichtig bent?*

"Welke andere keus hebben we?" vroeg Ben, die de toon en het niveau van Archie's stem evenaarde. Julie en Amanda stapten dichter naar hen toe en namen het sjorren van de drijvers over terwijl Ben en Archie de situatie bespraken.

"Geen, echt," zei Archie. Hij keek naar de groep en toen weer naar Ben. "Maar we zijn hier niet voor opgeleid; niemand van ons is duiker of zelfs maar een bekwame zwemmer, daar ben ik zeker van. Als we in de problemen komen..."

"We zitten al in de problemen," zei Ben. "Kijk om je heen. We zitten op een zinkende boot midden in een zijtak van de Amazonerivier. Niemand zal ons komen redden; niemand zal ons zelfs weten te vinden." *Behalve de groep huurlingen die ons al op de hielen zitten.* "We moeten opschieten, wat we ook doen."

Archie knikte snel, draaide zich toen om en hielp de vrouwen met het in elkaar sjorren van de wagens. Ben zag de bovenkant van Reggie's hoofd op de trap verschijnen, en liep naar hem toe om hem met twee van de rugzakken te helpen. Een van de rugzakken was drijfnat, een was droog, en een ontbrak helemaal.

"Ik denk niet dat er iets is dat door het water beschadigd zou zijn," zei Reggie. "Maar de rivier heeft een van de rugzakken opgegeten, die met de kaart en mijn geweer. We hebben nog steeds de hangmatten en drie tenten, maar blijf dicht bij dat pistool, Ben, het is alles wat we nu hebben. Zijn jullie klaar om te gaan?

"Denk het wel," zei Ben. Hij sloeg de twee rugzakken over zijn schouders en liep terug naar het geïmproviseerde vlot dat op het dek was gebouwd. De bovenkant was nu op de waterlijn, de achterkant zakte snel dieper in de rivier.

"Laten we dan maar opschieten," zei Reggie. "Ik denk dat dit deel van de rivier diep genoeg is om twee van deze op elkaar gestapelde boten op te slokken, dus we zullen geen geluk hebben als we hier blijven wachten."

Ben gooide de rugzakken op het drijfmateriaal, en hij en de anderen trokken het drijvende eiland naar de rand van de boot en tilden het op en over de rand. Het maakte een zachte plons toen het het water raakte, en Ben hield het touw vast om te voorkomen dat het wegdreef.

Kapitein Garcia verscheen op de trap, zijn ogen wijd open en uitzinnig. Hij rende naar Ben en Reggie toe en begon in het Spaans te brabbelen. De enige woorden die Ben eruit kon opmaken waren *agua* en *depredadores. Water* en *roofdieren.*

"Ho, daar, Kapitein," zei Reggie. "Rustig aan, neem een adempauze."

De kapitein schudde zijn hoofd, liep toen naar Archie toe en ging door met het afratelen van Spaans dat Ben niet verstond. Archie concentreerde zich op de woorden van de kapitein, het water kroop nog dichter bij hun voeten.

Archie luisterde, stopte toen even, alsof hij nu luisterde naar de geluiden van het bos in plaats van die van Garcia. Hij hield een vinger tegen zijn lippen en vroeg de anderen rustig om mee te doen.

"Quinones," zei Reggie. "We hebben geen tijd om vogels te kijken. We moeten..."

"Shh," zei Archie, Reggie het zwijgen opleggend. "Luister gewoon."

Met geen andere keus, concentreerde Ben zich op de geluiden van het regenwoud om hem heen. *Waar luisteren we naar?* Alles wat hij kon horen was het getjilp van vogels, het gezoem van insecten, en zo nu en dan een schreeuw van een aap diep in de veiligheid van de bomen. *Dezelfde geluiden die we al dagen horen.* Afgezien van een enkele stilte vlak voordat de motor ontplofte, was het geluid van de jungle bijna oorverdovend. Voor Ben werden de geluiden een homogene waas, niet te scheiden in zijn individuele componenten.

En toen, ergens in de verte, hoorde hij het.

Een laag, grommend gebrul.

HOOFDSTUK 31

HET GEBRUL KLONK ALS IEMAND DIE EEN GRASMAAIER PROBEERT TE STARTEN, alleen was het geluid hakker, meer uit elkaar.

Het geluid hield op en de oerwoudgeluiden kwamen terug om de lege ruimte te vullen. Even later was er een ander geluid, identiek aan het eerste, alleen uit een andere richting stroomopwaarts.

"Wil iemand uitleggen wat dat geluid is?" Zei Amanda.

Je moest het vragen, dacht Ben.

"Melanosuchus niger," fluisterde Archie. Ben keek naar de man en zag dat de oudere heer met gesloten ogen opnieuw luisterde naar de geluiden.

"Zwarte kaaiman," zei Reggie, terwijl hij de Latijnse uitleg interpreteerde of er zijn eigen uitleg aan toevoegde. "Het is het top roofdier hier, en de groteren kunnen alles in het bassin aan."

"*Kaaiman?* Zoals een *krokodil?*" zei Julie.

"Een en dezelfde, mevrouw," zei Reggie. "Dichter in structuur dan een alligator, dat wel."

Julie zuchtte en sloeg haar armen over elkaar. "Het kan me echt niet schelen *hoe* het is," zei ze. "Ik ga het water niet in met die dingen daarbuiten."

Reggie wierp een blik op Ben, die alleen maar zijn schouders ophaalde. "Ik zeg het je niet graag, maar we moeten aan land zien te komen. En de enige manier om aan land te komen is door in het water te gaan."

"Ik ben het met haar eens," zei Amanda. "Tenzij je me kunt vertellen dat je een manier hebt om ze op afstand te houden."

Reggie haalde zijn pistool uit zijn rugzak en hield het omhoog. "Ik niet, maar dit is een begin. Het zal waarschijnlijk niet veel uithalen, maar ik heb het liever bij me dan niet."

Het water stond nu tot Ben's enkels, en de boot zonk nog sneller. Hij voelde het water tot aan zijn kuiten kruipen en wist dat ze niet veel tijd meer hadden om te beslissen wat ze zouden doen. Hij liep naar voren en ging fysiek tussen Reggie en de meisjes in staan.

"Dit is klote," zei hij. "Ik zal de eerste zijn om het toe te geven. Maar we hebben letterlijk geen andere keus. We zinken, en over 10 minuten ligt deze boot op de bodem van de Amazonerivier. Als we nu beginnen, kunnen we dicht bij de kust blijven en aan land gaan zodra iemand een opening ziet aan die kant. Jules, ik kom naast je zitten."

Julie staarde Ben aan, maar hij had het gevoel dat ze dwars door hem heen keek. Ze huilde niet, maar haar ogen glinsterden van het vocht, en hij zag haar ademhaling versnellen terwijl ze alle nieuwe informatie in zich opnam. Als ze zich net zo voelde als Ben op dit moment, dan wist hij dat ze doodsbang was.

Hij wist ook dat ze het met hem eens was - ze hadden geen andere keus.

"Hoe zit het met Rhett?" Vroeg Paulinho. "Heeft iemand hem daar beneden gezien?"

Reggie schudde zijn hoofd. "Nee, maar je bent welkom om achter te blijven en op hem te wachten als je dat wilt."

Ben wierp Reggie een blik toe, maar Reggie schudde nogmaals zijn hoofd, dit keer om er zeker van te zijn dat alleen Ben de beweging kon zien.

Hij is ook achterdochtig over het kind, dacht Ben.

"We kunnen hem daar niet achterlaten," zei Archie. "Wat als..."

"Wat als *wat*?" Zei Reggie. "Luister goed, iedereen. Er is hier geen 'niemand achtergelaten' beleid. Dat kan ook niet, hoe graag ik dat ook zou willen. De onderste twee dekken staan helemaal onder water, dus het is onmogelijk dat hij daar nog levend beneden is." Reggie pauzeerde en keek toen om zich heen. "Hoe moeilijk het ook is om het toe te geven, jullie weten allemaal de waarheid: of hij is helemaal niet daar beneden, of er is iets met hem gebeurd toen de boot ontplofte. Trouwens, ik heb alle kamers gecontroleerd toen ik naar beneden ging om de pakjes te pakken."

"En de brug?"

"Als hij in de brug was, zou hij de trap gebruiken om hier te komen," zei Reggie.

Amanda stapte naar voren, recht in Reggie's gezicht. "Wat als hij gewond is? Weer gewond? Hij..."

"Hij is niet meer op de boot," zei Ben.

Alle ogen waren op Ben gericht. Reggie leek hem stilletjes te smeken niet te onthullen wat hij wist. Ben overwoog te wachten, maar ze zouden er vroeg of laat allemaal achter moeten komen.

"Ik denk dat Rhett het deed," zei hij. "We maakten een fout door hem mee te nemen, maar het was niemands schuld. Hij heeft ons erin geluisd."

Ben wachtte tot de blikken van schok en ontzag geregistreerd waren, afnamen en weer normaal werden. Terwijl iedereen nadacht over wat hij had gezegd, ging hij verder. "Daar kunnen we ons nu geen zorgen over maken, zelfs als ik het mis heb. Het enige dat ik weet is dat ik iemand van de boot zag springen en naar de kust zag zwemmen, vlak voordat de motor ontplofte. We moeten zo snel mogelijk naar een veiliger plek, dan kunnen we bespreken wat we met Rhett moeten doen."

En als het niet Rhett was die hen saboteerde, zal het te laat voor hem zijn. Ben duwde de gedachte uit zijn hoofd. Er was niets dat hij nu nog voor de jongen kon doen.

"Bedoel je dat onze boot gesaboteerd is?" vroeg Archie. Hij wendde zich tot de kapitein en gaf hem de boodschap door in gebroken Spaans en Portugees.

"Zonder twijfel," zei Reggie. "Die motor is tot ontploffing gebracht door explosieven. Ik weet niet wat voor soort, of hoe, precies, maar dat is waarom we hier nu zijn. We zoeken later wel uit wie het was, maar nu moeten we van deze boot af."

"Ik ga voorop," zei Reggie. Zonder op tegenspraak te wachten, dook Reggie van de hoekige reling van het dek en in het water. Na drie seconden, dook hij op in een perfecte vrije slag.

Carlo sprong achter Reggie aan, en hoewel hij veel minder in vorm was dan de soldaat, moest Ben toegeven dat hij een bekwaam zwemmer was.

Amanda greep Paulinho's arm toen de kapitein zijn hoofd schudde, een kruisteken op zijn voorhoofd, schouders en borst maakte, en met zijn voeten eerst in het water sprong. Ben zag Amanda's ijskoude greep op Paulinho's arm, maar de man en de vrouw liepen standvastig naar de rand, gingen op de reling zitten en zwaaiden hun voeten erover, waarna ze in de rivier ploften.

Ben knielde om het touw aan zijn enkel te binden, en Archie zorgde ervoor dat hun geïmproviseerde vlot bleef drijven, intact. Julie kwam op Ben's hoogte en leunde dicht tegen zijn gezicht.

"We gaan dit toch niet echt doen, hè?" vroeg Julie. Ben antwoordde niet. Het was een retorische vraag, en bovendien - wat kon hij gezegd hebben?

Ze wachtte tot Ben klaar was en volgde hem naar de rand van de boot. "Ben, wacht."

Ben draaide zich om en keek naar haar. Hij was getroffen door hoe mooi ze eruit zag, het maanlicht dat perfect op haar gezicht en haar haren scheen, waardoor schaduwen vielen en haar verschijning nog meer verzachtte. Ze was bang, maar alles wat Ben nu zag was de vrouw op wie hij maanden eerder verliefd was geworden.

"Het komt toch wel goed met ons?"

Ben wist niet zeker wat hij moest zeggen. Hij wist dat ze vroeg naar hun huidige situatie, over het springen in de Amazone rivier in het midden van de nacht, maar hij kon het niet helpen maar dacht aan hun ruzie. Hij wilde ook niet tegen haar liegen.

Hij knikte, stak toen zijn hand uit en pakte haar hand.

Ze drukte zich tegen hem aan en kuste hem hard op de lippen, en hij trok haar dicht tegen zich aan terwijl hij naar voren leunde en hen beiden van de reling en in het water trok.

HOOFDSTUK 32

HET HOREN VAN DE GELUIDEN VAN DE KAAIMANNEN IN
DE VERTE HIELP JULIE'S ANGST NIET.

Maar nu zwom ze letterlijk naar hen toe, in een pikzwarte
rivier vol met allerlei dingen waar ze niet aan wilde denken, terwijl
ze probeerde voor een groep mensen uit te blijven die hen allemaal
wilden doden.

Ze concentreerde zich op haar ademhaling en op de grote
gestalte van Ben die naast haar in de rivier zwom. Ze was nooit een
wedstrijdzwemster geweest, hoewel ze als kind lessen had gevolgd
en op de middelbare school regelmatig had gezwommen. Het was
al een tijdje geleden dat ze in een zwembad had gezwommen, en
afgezien van een paar uitstapjes met vrienden naar een meer, had
ze nog nooit in een natuurlijk waterlichaam gezwommen.

Er was iets ronduit zenuwslopend aan zwemmen in water
waar je niet doorheen kon kijken, een feit dat Julie niet uit het oog
wilde verliezen. Ze vroeg zich af of ze een aanval van onderaf zou
voelen aankomen, of dat die haar helemaal zou besluipen. Ze
vroeg zich af of een kaaiman groot genoeg was om haar in haar
geheel op te slokken, zodat ze niet aan het alternatief hoefde te
denken.

Ze dacht ook aan hun aanvallers - die leken zo vastbesloten
om hen neer te schieten of op te blazen in Manaus. Waarom lieten

ze hen verder stroomopwaarts ontsnappen? Werkten ze samen met Rhett? En zo ja, waarom hadden ze hen vanavond dan niet aangevallen, maar besloten hun boot te saboteren en hen te dwingen?

Dat was het.

Ze begreep hun manoeuvres. Ze wist nu wat ze van plan waren te doen.

Ze hebben ons nog steeds nodig om hen te leiden, dacht ze. *Ze hebben ons nodig om hen de weg te wijzen. De aanvallen in Manaus en vanavond waren bedoeld om ons te concentreren op het vinden van het antwoord, om ons vooruit te duwen.*

Ze wist ook dat bijkomende schade hier perfect aanvaardbaar zou zijn. Ze hadden Dr. Meron nodig, niet de rest van de groep. Amanda was cruciaal, maar ze zou niet alleen reizen, niet hier. Amanda had de rest van hen nodig, en hun aanvallers hadden Amanda nodig.

Maar hen één voor één uitschakelen was een geweldige strategie - één die hen geconcentreerd zou houden, in de juiste richting zou laten lopen, en bang genoeg om niet van het plan af te wijken. Toen ze eenmaal van het hoofdrivierkanaal waren afgebogen, naar een veel kleinere en smallere zijrivier, konden hun aanvallers hen niet langer per boot volgen zonder gezien te worden. De huurlingen hadden hun boot gesaboteerd om de groep te dwingen aan land te blijven. Iedereen die bij de explosie gewond was geraakt of was gedood, zou als kers op de taart worden beschouwd.

Maar wat was het volgende? Wat gebeurt er nadat we aan land zijn gekomen?

Het water was warm, maar Julie huiverde. Ze voelde de onderwaterstromingen en de hakken van degenen die voor haar zwommen, en elke kleine beweging die de rivier maakte gaf haar het gevoel dat ze op het punt stond te worden aangevallen door een afschuwelijk, dodelijk monster.

Maar de aanval kwam niet. Een kwartier lang zwommen ze in stilte, halverwege stopten ze zelfs om te rusten. Ze bleven bij elkaar als een groep, Reggie deed zijn best om het tempo laag genoeg te houden voor de anderen. Toen hij voor de tweede keer stopte, zwom Julie dichter naar de groep toe en vormde een hechte cirkel van mensen in het water.

"Er is daar een pad tussen de bomen," zei Reggie, wijzend naar de duisternis van het bos. Julie had geen idee wat de man gezien had, maar ze vertrouwde op zijn gezag. "Laten we naar het pad gaan, maar blijf in beweging als je eenmaal aan land bent. We willen niet in de weg lopen van een jaguar die 's avonds laat een slokje water komt halen."

Waarom komt hij steeds met nieuwe wezens die ons willen doden? De gedachte aan een jaguar maakte Julie niet zo bang, maar hoe meer ze erover nadacht, hoe meer ze besefte dat hij zelfs een grotere bedreiging voor hen vormde dan sommige van de andere dieren die waren genoemd.

Knikken rondom, Reggie ging verder naar de oever. Hij tilde zichzelf van de grond en uit het water, en liet zich een paar seconden aan de rand van het bos afdruipen. Hij stampte het oerwoud in terwijl de anderen hem op de voet volgden, en draaide zich toen om om op hen te wachten. Julie voelde hoe de zachte rivierbedding onder het water haar voeten tegemoet rees, dus haastte ze zich naar voren, al te opgewonden om uit het water te komen. Ze worstelde tegen een tak onder water die haar leek te willen laten struikelen, en voelde toen hoe haar andere voet onder het oppervlak in een met modder gevuld gat terechtkwam.

Walgelijk.

Zij had er nooit aan gedacht dat zij op een dag op de Amazonerivier zou kunnen reizen, dus had zij er al helemaal niet aan gedacht hoe moeilijk het zou kunnen zijn om er echt *in te lopen*. De modder, de stokken en het puin die onder de waterlijn dreven en neerstreken, waren als een onzichtbaar leger dat hard werkte om haar voortbeweging te verhinderen.

Hou me hier vast, probeer me in de val te lokken.

De gedachten raasden door haar brein, waardoor haar angst om aangevallen te worden door een onbekend en ongezien roofdier met de seconde groeide. Ze keek op, op zoek naar iemand die haar kon helpen.

Waar is Ben?

Ze besefte hoe donker het was. De nacht was neergedaald in het woud en leek hier beneden, dichter bij het water en omgeven door de dikke, meedogenloze jungle, nog dikker te worden. Ze probeerde haar ademhaling onder controle te houden - ze had niet meer gehyperventileerd sinds ze als kind astma had gehad, maar ze dacht dat ze de druk voelde die haar longen begon te beheersen.

Ben!

Ze wist niet zeker of ze het riep of alleen maar dacht, maar Ben was aan haar zijde, op de een of andere manier geruisloos en plotseling aangekomen.

"Jules, ben je in orde?" vroeg hij.

Ze knikte en keek naar hem op. Het maanlicht stak ver boven hen uit tussen twee takken en wierp een diepe, witachtige gloed over alles uit, die hun gezelschap van het broodnodige licht voorzag. Ben pakte haar elleboog en liet haar erop leunen terwijl ze haar voeten bevrijdde van de stok en de modderpoel.

Toen ze opstond en haar bovenlichaam uit het water tilde, zag ze hoe kapitein Garcia door het water sjokte, ongeveer een meter voor haar. Hij en Carlo hadden ongeveer op hetzelfde moment het kleine strand bereikt, maar Carlo was al bij Reggie op de kant, terwijl hun kapitein achterover hing om de anderen uit het water te helpen.

Kapitein Garcia draaide zich om en hielp Archie uit de rivier, daarna Amanda.

"Kom op," zei Ben fluisterend. "We zijn bijna bij de rand. Laten we uitstappen en..."

Julie richtte zich op de kustlijn en staarde recht voor zich uit, zodat ze de aanval miste die net buiten haar gezichtsveld plaatsvond.

Maar het was niet echt een aanval. Ze hoorde een kleine plons, als het geluid van een steen die in een vijver valt, dan een grotere plof, dan schreeuwde Reggie iets onsamenhangends. Haar ogen schoten onwillekeurig naar links, aangetrokken door het geluid. Het maanlicht maakte het moeilijk om het tafereel te interpreteren, dus staarde ze een ogenblik voor zich uit.

Waar kapitein Garcia nog maar enkele ogenblikken geleden had gestaan, danste een kronkelende, tuimelende schaduw halverwege uit het water. Ze dwong haar ogen scherp te stellen en knipperde twee keer. De schaduw werd twee schaduwen, een man - kapitein Garcia - en een...

Een monster.

Ze zag het geklapper van een enorme staart, klauwvoeten die zich vastklemden aan de man die het aanviel, en een langgerekte, hobbelige snuit. Het schepsel had Garcia naar het water geworsteld en rolde nu over en weer, zich langzaam en methodisch een weg terug makend naar dieper water.

"Ben! De pakken!" hoorde ze Reggie roepen. "Pak mijn pistool!"

Ben was al achter haar en greep de twee rugzakken die achter hem zweefden. Hij scheurde de bovenkant van de eerste rugzak open en begon erin te rommelen.

Julie's stem keerde terug, en ze gilde. Het was niet luider dan dat van Garcia, maar de hare werd niet onderbroken door afwisselend seconden onder en boven water zijn. Vanuit haar ooghoek zag ze hoe Reggie zich naar voren en in het water wierp, maar ze had geen idee wat de man van plan was te doen.

Ben was weer aan haar zijde, maar hij stopte niet met bewegen. Hij rende vooruit, langzaam voortbewegend in het water, en gooide het geweer naar Reggie.

Ben, ongelooflijk, bewoog zich nog steeds in de richting van Reggie en de worstelwedstrijd die een paar meter voor haar plaatsvond. *Wat is hij van plan te doen?* vroeg Julie zich af.

Ze keek toe hoe Reggie met het pistool bezig was, maar schrok toen ze zag wat Ben nog *meer* uit de rugzak had gehaald.

Hij hief de machete boven zijn hoofd en wachtte een moment om naar beneden te slaan.

"Ben - niet doen!" schreeuwde Julie. Het was te laat.

Het water was verontrustend stil. Kleine rimpelingen op het oppervlak waren de enige tekenen van de aanval, en de kaaiman dook niet meer op.

De kapitein ook niet.

De groep keek toe, niemand durfde zich te bewegen, bijna een hele minuut lang. Julie begon te snikken, zowel van de adrenaline-stoot als van de emotionele impact van wat ze net had gezien, maar het kon haar niet schelen wat iedereen dacht. Ben stond weer naast haar, zijn arm om haar heen, en hij trok haar zachtjes de rest van de afstand mee naar de kustlijn, waar de anderen nu stonden te wachten.

Zij voelde een moment van opluchting toen haar voeten op de zachte, vochtige modder vielen die het dichtst bij de rivier was, en zij toestond dat Ben haar helemaal uit het water tilde en op het droge bracht.

Haar opluchting was echter van korte duur, toen zij zich realiseerde dat zij de rest van hun reis te voet door het woud zouden moeten afleggen.

HOOFDSTUK 33

VALÈRE GREEP IN ZIJN ZAK EN PAKTE DE MOBIELE
TELEFOON. Hij was nog niet eens over de parkeerplaats naar zijn
auto of de telefoon begon al te trillen. Zijn afspraak was goed
gegaan - er was niets veranderd, maar ook niets erger geworden.
Zijn dokter schreef hem dezelfde pillen voor als altijd, en zei dat
hij zo vaak mogelijk moest rusten en ontspannen.

De gedachte om tijd te nemen om uit te rusten of te
ontspannen leek Valère een lachertje.

Hij had een klus te klaren, waar niemand anders ter wereld
geschikt voor was. Hij had de vaardigheden, de contacten en de
middelen die nodig waren om het grootste staaltje ingenieurs-
kunst waar ooit iemand van had gehoord, tot een goed einde te
brengen, en het bedrijf was heel dicht bij het bereiken van hun
doel, dankzij hem.

Zelfs als het mijn dood wordt, zal het het allemaal waard zijn.

Hij hield het mobieltje tegen zijn oor en nam het gesprek
aan. "Ja?"

Er was een vertraging van twee seconden voordat de stem aan
de andere kant van de lijn, krakend door een slechte verbinding en
moeilijk te verstaan, antwoordde. "Valère. - Zijn geweest - tot nu
toe. Geen update over - maar zal - op de hoogte houden."

Valère wachtte tot de verbinding verbeterde.

"- achter het meisje en haar groep, vooruit zoals gepland."

Dit is goed nieuws.

"Missie parameters blijven ongewijzigd, hoewel de - - extra ondersteuning?"

Valère fronste zijn wenkbrauwen. "Ik had de indruk dat u maar een paar man nodig zou hebben om deze taak te volbrengen. We hebben uw steun al verdubbeld."

"Begrepen, behalve - sneller met extra -"

Valère vloekte bijna hardop bij de verschrikkelijke verbinding. "Negatief, onze middelen voor dit project zijn momenteel uitgeput." Het was een leugen, maar het was veel sneller dan de waarheid uit te leggen. Zijn 'middelen' waren meer dan genoeg om wat extra steun te bieden, maar er zou geen manier zijn om de mannen in positie te krijgen zo laat in het spel. Zelfs als het mogelijk was, was Valère al bezig met de volgende fase van dit project.

De laatste fase van dit project.

Valère kon bijna proeven van succes. Zijn plannen in Antarctica waren goed verlopen, zowel de delen waarvan de Vennootschap op de hoogte was als de delen die alleen hij wist. Deze kleine tegenslag in Brazilië was niet meer dan dat - een kleine tegenslag die, met of zonder het onderzoek van Dr. Meron, zijn uiteindelijke plan niet in de weg zou staan.

Zijn telefoon kraakte en de verbinding viel weg. Hij wist niet zeker of zijn contact in Brazilië nog iets had gezegd, maar het klonk voor hem alsof hun gesprek al was beëindigd voordat het begonnen was. Nee, er waren geen extra mannen die hij naar Brazilië kon sturen, en nee, er waren geen extra middelen die hij voor hun zaak zou gebruiken.

Hij stopte de telefoon terug in zijn zak, en pakte het flesje pillen uit zijn andere zak. Hij las het etiket en draaide de dop eraf. *Niet meer dan één pil per elke zes uur.* Hij had er net een genomen voordat hij het kantoor verliet, en hij legde er nu nog een op zijn tong en slikte door.

Zelfs als het mijn dood wordt, zal het het allemaal waard zijn.

HOOFDSTUK 34

HET PAD DAT UIT HET WATER LEIDDE NAAR DE JUNGLE WAS SLECHTS EEN PAAR PASSEN LANG, een natuurlijke opening tussen twee grote struiken, waarschijnlijk nog opvallender gemaakt door de dieren die het gebruikten als toegangspunt tot de rivier.

Ben probeerde zijn ademhaling te vertragen, in de hoop dat zijn hartslag hem zou volgen. Het zou Julie - of wie dan ook - niet helpen als hij nog steeds gespannen was en op springen stond. De kaaiman, een grote puber, was uit het niets gekomen en had Kapitein Garcia schoppend en gillend meegenomen naar zijn waterige graf. Het was onwerkelijk, onnatuurlijk, en waanzinnig angstaanjagend voor Ben, maar hij zei niets.

Niemand sprak, eigenlijk, totdat ze vijf minuten hadden gelopen in het dichtste bos dat Ben ooit had gezien. Geen foto's, films of boeken konden het recht doen. Hij was helemaal uit zijn element, omgeven door een vreemde wereld die achter elke rots en boom zowel gevaar als schoonheid verborg.

"Oké, laten we hier pauzeren," zei Reggie. Hij draaide zich om en richtte zich tot de groep. "We moeten doorgaan, althans voor nu, maar ik wilde even op adem komen. We nemen straks wel de tijd om wat slaap in te halen, maar we moeten zo veel mogelijk weg van de rivier." Reggie rommelde in een van de rugzakken en haalde er een kompas uit. Hij opende de sluiting van het apparaat en hield het omhoog, wachtend tot het in evenwicht was. Hij nam een paar seconden de tijd om de richting te controleren en die in zijn hoofd te vergelijken met de bestemming die ze hadden gekozen. Tevreden dat hij hen in de juiste richting leidde, sloot hij het apparaat weer en stopte het terug in de rugzak.

Niemand sprak. Ben keek rond naar de rest van de groep. Archie en Paulinho keken wezenloos, terwijl Amanda van streek leek, zelfs boos. Julie zag er even doodsbang uit als Ben, en Carlo leek ongeïnteresseerd in de hele beproeving.

"Wil iemand iets zeggen?" vroeg Reggie.

"Wat worden we verondersteld te zeggen?" Amanda schoot terug.

Reggie haalde zijn schouders op. "Hij was een goede man, grote dingen, dat soort dingen?"

"Ben je gek?" Julie schreeuwde het bijna uit. "Hij *stierf*, recht voor onze ogen. *Het kan* je niet eens *schelen*?"

Reggie pauzeerde, keek naar de grond - een tapijt van heldergroene mossen - en toen weer naar Julie. Hij stapte dichter naar haar toe en verlaagde zijn stem.

"Natuurlijk kan het me wat schelen," zei hij. "Hij was een van ons, alleen al omdat hij hier bij ons was. Nu is hij er niet meer. Ik kende hem niet, en jij ook niet. Dat betekent niet dat we niets kunnen verzinnen, of het Carlo vragen."

Dit was een idee waar Ben niet aan gedacht had, en Paulinho strompelde al fluisterend naar Carlo toe. Carlo knikte, langzaam, en keek toen naar iedereen.

"Good captain," zei hij in het Engels. Hij zei meer in het Portugees, Paulinho vertaalde hardop. "Goede vader, goede echtgenoot, liefhebber van werk."

Het leek alsof Carlo klaar was, maar Reggie wachtte nog een paar seconden om zeker te zijn. "Nou, ik denk dat dat het is. Nog iets voor we gaan?"

"Ja," zei Paulinho. "Waar gaan we heen?"

"Het veldhospitaal is niet meer dan een paar kilometer

verderop, denk ik," antwoordde hij. "Zoals ik al zei, het ligt een eindje van de rivier af, maar aangezien we niet meer over de rivier reizen, is het nu een waardige bestemming voor de volgende etappe.

Ben knikte. "Hebben ze daar voorraden?"

"Niet echt, behalve wat gereedschap om hem op te knappen." Reggie wees naar Paulinho. "Maar het zal een goede plek zijn om te rusten, ervan uitgaande dat ze de ruimte hebben.

Hij draaide zich om en begon door de jungle te marcheren, gebruik makend van het kapmes dat Ben had gepakt om zich een weg te hakken door de dichtere begroeiing. "Kom op, laten we kijken of we landinwaarts kunnen komen, verder weg van de rivier. We willen hier niet zijn als het ontbijt klaar is. We wandelen een stukje en gaan dan een paar uurtjes slapen. Ik wil bij het ziekenhuis en het onderzoeksstation zijn voor de dag aanbreekt."

Ben kon niet geloven hoe afstandelijk de man leek, vooral op een moment als dit, maar hij was blij dat Reggie het lef had om naar voren te stappen en het toe te geven, terwijl hij hen gefocust hield op het volgende doel. Ben zelf had geprobeerd uit te zoeken wat hun plan moest zijn, maar wist dat Reggie gelijk had door het ziekenhuis als hun volgende bestemming te kiezen. Ze zouden tijd nodig hebben om te hergroeperen, om de volgende etappe van hun reis te plannen, en het had geen zin zich daarop te concentreren als ze geen veilige plek hadden om dat te doen.

Hij liet Julie voor hem uit lopen en nam de achterste positie in terwijl ze Reggie's uitgehakte pad volgden door de bomen en het struikgewas.

Ik hoop maar dat het een veilige plek is, dacht hij.

HOOFDSTUK 35

JULIE WAS VERBAASD OVER DE VOCHTIGHEIDSGRAAD EN DE HITTE DIE DE JUNGLE NOG STEEDS TEISTERDEN, zelfs in het holst van de nacht. Elk groot blad dat ze passeerde leek wel een drijfnatte handdoek, opgewarmd door het zonlicht van de dag en nu elke druppel nattigheid die het had verzameld weer vrijlatend in de lucht. De vochtigheid werd gevangen door het bladerdak ver boven hun hoofden, de zwaardere lucht kwam dichter bij de aarde en veroorzaakte een effect dat leek op dat van een stoomcabine.

Ze waren al twee uur aan het lopen, voortgetrokken door de niet aflatende voorwaartse vooruitgang van Reggie. Hij leek nooit moe te worden, voortdurend hakkend aan de dikke slierten lianen en struiken die zijn pad versperden. Ze wist niet zeker hoe hij wist waar hij heen ging, hij navigeerde alleen met een piepklein kompas dat hij aan zijn broek had bevestigd. Ze hoopte dat het niet uit bravoure was en dat hij hen niet alleen verder van de rivier leidde, hun enige hoop op redding.

Zij nam haar tempo op en probeerde naast Reggie te lopen. Het was moeilijk, want meestal was het pad dat hij afsneed slechts breed genoeg voor één persoon, dat er stukken land waren tussen uitlopers van bomen waardoor ze naast elkaar konden lopen.

"Dus, wat is jouw probleem?" Ze had de woorden niet zo hard willen laten klinken, maar ze wist dat ze niets kon doen om ze nu nog terug te trekken. Ze huiverde en wachtte op Reggie's antwoord.

Reggie glimlachte gewoon en keek haar aan. "Ik neem aan dat je nog steeds boos op me bent?" vroeg hij.

"Waarom zou ik boos zijn?"

"Je toon, om te beginnen," antwoordde hij, nog steeds grijnzend. "Maar je leek niet erg enthousiast over onze beslissing van daarnet, om niet naar het ziekenhuis te gaan voor Paulinho.

"Het maakt niet echt meer uit, denk ik," zei ze. "Dat is waar we nu naar toe gaan, toch?"

"Het is, en het zal niet lang meer duren."

Julie knikte, ook al wist ze dat Reggie het niet kon zien. "Sorry - dat is niet wat ik bedoelde." Ze pauzeerde, proberend haar woorden te verwoorden. "Ik bedoel, jij... wat is jouw verhaal?"

Reggie lachte en hakte nog een stuk dikke lianen weg. "Mijn *verhaal*? Echt?"

"Wel, ja. Je bent ex-leger, toch?"

"Scherpschutter, ja. Heb mijn tijd gedaan, maar het lijkt erop dat je het nooit echt verlaat."

"Je laat het klinken als een gevangenisstraf."

"Ik vond het niet erg om uitgezonden te worden," zei hij. "Hield er het grootste deel van de tijd van, eigenlijk. Ik denk dat je zou kunnen zeggen dat het de 'kantoorpolitiek' was die me uiteindelijk van gedachten deed veranderen."

Reggie begon te worstelen met een stuk onkruid en takken, en Ben verscheen plotseling aan zijn andere zijde en griste het kapmes uit zijn handen.

"Neem een pauze," zei Ben. "Ik neem hem wel voor een uurtje of zo."

Reggie ging niet in discussie en ging achter Ben naast Julie zitten.

"Kon je niet echt opschieten met de mensen waar je mee werkte?" Vroeg ze.

"Mensen voor wie ik werkte, meestal."

Julie wist dat hij opzettelijk vaag was, waardoor ze alleen maar meer informatie wilde. Ze was altijd koppig geweest, maar ze was geen roddelaarster. Ze was geïnteresseerd in het verleden van de man, maar ze voelde geen overweldigende behoefte om zich erin te verdiepen, dus liet ze het maar zo. Reggie leek een man van weinig woorden, behalve als hij een grapje maakte. Zijn zwijgen over zijn verleden verontrustte Julie niet; tot nu toe was Reggie betrouwbaar genoeg, en hij leek het soort man dat er niet in geïnteresseerd was zijn eigen achtergrond met vreemden te delen.

Reggie wachtte niet tot ze nog een vraag stelde. Hij liep naar Ben toe en wachtte aan zijn zijde terwijl hij het machete-werk afmaakte. Ben hakte nog een handvol takken weg, waardoor een kleine opening tussen de bomen zichtbaar werd. Reggie stak zijn arm uit en stopte Ben voordat hij verder kon gaan. Beide mannen draaiden zich om en keken naar de groep achter hen.

"Laten we hier een paar uur stoppen en proberen wat te slapen," zei Reggie. "Ik zal controleren of we nog steeds in de goede richting gaan, maar hoe dan ook denk ik dat we nu ver genoeg van de rivier zijn. Ben, wil je me helpen met die bepakking?"

Ben zwaaide de rugzak die hij droeg over zijn schouder en op de grond. Reggie opende zijn eigen rugzak en haalde er twee grote, groene zakken met rits uit. Hij ritste er een open en gooide de inhoud eruit. Hij draaide de grote rol nylon een paar keer om in zijn handen, op zoek naar een hoek. Tevreden greep hij een hoek van het materiaal in zijn vuist en gooide de bundel voor zich uit.

Julie keek toe hoe de afgeplatte vorm van een driehoekige tent zich uit de bundel ontvouwde. Ben en Archie probeerden op dezelfde geoefende manier de tent uit Bens rugzak te rollen, maar ze misten de zwierigheid van Reggie's worp. Uiteindelijk lagen alle drie de tenten op de grond op de kleine open plek. De tassen hadden elk twee kleine palen, en Julie hielp met het opzetten van een van de palen voor Ben. Reggie was bezig een stuk klimtouw vast te binden aan een boom die hij aan de rand van hun open plek had gevonden.

"Deze zijn gloednieuw," zei hij. "Het zijn hangende tenten, een soort combinatie van hangmatten en tenten. Ze zijn iets zwaarder dan ik prefereer, en een beetje groot, maar ze zijn behoorlijk ruim van binnen, genoeg om er vier volwassenen in te proppen als het moet. Ze zijn ook duur, dus ik verwacht dat je er goed voor zult zorgen."

Ben en Archie keken Reggie ongelovig aan. Julie was zelf ook een beetje verbaasd door de uitspraak, en ze keek met argusogen naar de tenten. Carlo, die geen woord had gezegd sinds zijn kapitein was opgegeten, leek niet geschrokken van Reggie's uitspraak, maar Julie wist niet eens zeker of hij wel had begrepen wat hij had gezegd.

"Ze heten Stingrays," zei Reggie, zich niets aantrekkend van de blikken die hij van de groep kreeg. "Tentsile maakt ze. Geweldig bedrijf, en een goed product. Ik verkoop ze thuis - ze zijn een groot succes."

"Ik heb nog nooit in een hangmat geslapen," zei Ben.

"Nou, je mist wat," zei Reggie. "En dit zijn niet zomaar hang-matten, let wel - ze zijn als een klein stukje geïsoleerd utopia. Bescherming tegen insecten en insecten, en niet te vergeten het weer."

"En denk je dat ze ons allemaal zullen vasthouden?"

"Ik weet dat ze dat zullen doen," antwoordde Reggie. "Hier, help me hiermee." Hij strekte een hoek van de driekantige tent uit en droeg die naar een boom aan de overkant van de open plek, waarna hij het uiteinde aan een ander stuk touw bond. Ben pakte de derde hoek en liep naar een andere boom aan de andere kant. "Elke tent kan meer dan genoeg mensengewicht dragen, plus uitrusting. Ik heb al eens vijf van deze schatjes op elkaar gestapeld. Vijftien mensen slapen in een kleine tenttoren midden in de jungle."

Julie luisterde naar Reggie en keek toe hoe hij de knopen legde om de hoeken van de tent aan de boom vast te maken. De man straalde als hij over zijn uitrusting sprak; hij was duidelijk in zijn element. Hij droeg dezelfde karakteristieke glimlach terwijl hij alle drie de hoeken vastknoopte en Ben liet zien hoe hij de klemmen moest gebruiken. Toen alle drie de hoeken waren vastgemaakt, spande hij de touwen van de tent en de eerste tent kwam los van de grond.

Julie was onder de indruk. De appelgroene vloer van de tent lag ongeveer een meter boven de junglebodem, veilig buiten het bereik van ongewenste bezoekers die hen 's nachts zouden willen bezoeken, zo dacht ze. Het zag er heel veilig uit, en de met ratels vastgezette lijnen leken meer dan sterk genoeg om hen allemaal te houden. Ze keek toe hoe Reggie op een van de lijnen sprong, zich vasthield aan de stam van de boom waar hij omheen was bevestigd, en de lijn van een tweede tent eromheen gooide, een meter of vijf hoger. Hij vervolgde dit proces voor de andere twee hoeken, en de tweede tent rees, hangend in de lucht boven de eerste tent.

"Het is echt cool en zo," zei Julie, "maar hoe komen we binnen?"

Reggie koorddansde over een van de lijnen en dook de bovenste tent in. Even later kwam hij weer tevoorschijn en gooide een nylon ladder op de grond. Tevreden stapte hij uit de tent, voetje voor voetje, en daalde de ladder af.

"Nog andere vragen?" Vroeg hij.

Julie schudde haar hoofd. Ze kon het niet helpen maar glimlachte. *Het was echt een geluk dat we je vonden,* dacht ze. Ze wierp een blik op Ben, die tegen een van de bomen leunde en Julie aankeek. Voor ieder ander was zijn gezicht onleesbaar. Voor Julie was het een oordeel. Ze stelde zich voor wat hij nu dacht.

Je lijkt onder de indruk van Reggie.

Vind je Reggie aardiger dan mij?

Ik kan ons net zo goed in leven houden als Reggie dat kan.

Ze glimlachte naar Ben, draaide zich toen om en liep naar Amanda.

"Hoe gaat het met je?" Vroeg ze.

Amanda fronste haar wenkbrauwen. "Iedereen blijft me dat vragen," zei ze. "Hoe denk je dat het met me gaat?"

Julie probeerde haar verbazing over de uitbarsting te verbergen, maar faalde. "Ik - het spijt me."

Ze begon weg te lopen, maar toen sprak Amanda van achter haar. "Nee," zei Amanda, "het spijt me. Deze hele reis, deze belachelijke reis, het lijkt allemaal zo..." ze worstelde om de woorden te vinden.

"Onwerkelijk?"

"Ja, precies. Ik bedoel, nog maar een week geleden waren we de studie aan het afronden die ik zou voorleggen aan een paar universitaire onderzoeksprogramma's, en toen..."

Julie ging terug naar Amanda en pakte haar pols vast. Ze had zich toen pas gerealiseerd hoe klein en fragiel de vrouw leek. "Luister, wat er hier ook gebeurt, weet dat we aan jouw kant staan. Ik weet dat het niet veel troost biedt, maar Ben en ik hebben iets soortgelijks meegemaakt."

"Nee, dat is eigenlijk nuttig. Niets van dit alles lijkt echt voor mij, denk ik. De boot, dat krokodillen ding, en Reggie, die doet alsof er niets gebeurd is. En ik ben de reden dat we dit allemaal hier doen."

"Zo mag je niet denken," zei Julie. "Hoezeer je ook denkt dat het waar is, het is het niet. Dit bedrijf dat achter ons aanzit, als ze zijn wie we denken dat ze zijn, zal niet stoppen totdat een van ons de oplossing van deze puzzel heeft gevonden. En zelfs dan..." Julie aarzelde, wilde zichzelf niet in een hoek praten.

Amanda glimlachte. "Het is oké," zei ze. "Ik snap het. Ik ben misschien naïef, maar ik zie het teken aan de wand. We zijn hier allemaal om een vreemde anomalie na te jagen, in de hoop dat het iets echts blijkt te zijn, zodat we onze tijd en energie niet verspillen door midden in de jungle te sterven. Zelfs dan - zelfs als we iets vinden - laten ze ons hier niet zomaar van weglopen."

Julie knikte. Er viel niets anders te zeggen. Amanda had gelijk - geen van hen had enig idee hoe ze hier levend uit zouden komen. Ze keek nog een paar seconden naar Amanda's ogen en merkte op hoe veel ouder ze plotseling leken. De vrouw was ongelooflijk slim, maar ze wist hoe hulpeloos en hopeloos ze zich voelde.

"Weet dat je er niet alleen voor staat," zei Julie. "Je bent in goede handen hier, met Reggie bedoel ik." Ze begon weg te lopen, maar Amanda hield haar tegen.

"Hé," zei de vrouw. Julie keek haar terug aan. "We zijn hier ook allemaal in goede handen bij Ben. Ik bedoel, hij is een geweldige kerel." Amanda's ogen dwaalden heen en weer, en Julie zag dat ze moeite had om de juiste woorden te vinden. "Niet dat... Ik bedoel, op de boot..."

"Maak je er geen zorgen over," zei Julie. "Niet jouw schuld." Julie zei het, maar ze was er niet helemaal zeker van of ze het geloofde. De vrouw die voor haar stond, zo klein en fragiel als ze nu leek, was verbluffend mooi. Haar haar zat op de juiste plek en vormde een perfecte omlijsting voor een gezicht dat een mengeling was van jeugdig schattig en respectabel mooi. Julie voelde een vlaag van jaloezie opkomen, maar dwong die weg.

"Zijn jullie dames klaar om te gaan slapen, of blijven jullie liever de hele nacht bij die boom staan?"

Het geluid van Reggie's stem knarste in Julie's oren. Ze schaamde zich, maar draaide zich om en keek de man aan. "Nee, sorry, we zijn klaar."

Reggie grijnsde. "Goede deal. Laten we gaan. Jullie twee kunnen een tent delen, dan Carlo en Paulinho, dan Ben en Archie kunnen deze onderste hebben." Hij bewoog naar elke tent terwijl hij uitlegde wie er in elke tent zou komen.

"En jij?" vroeg Julie.

"Ik ga het in een hangmat schoppen," antwoordde hij, wijzend op een lange, zwarte hangmat die hij net onder de ondertent had vastgebonden. "Dat is voor mij persoonlijk een betere slaapplaats.

Amanda was al bezig de drie of vier meter naar boven te klimmen, en Julie wachtte tot ze helemaal binnen was voor ze de ladder op ging. Eenmaal binnen was ze opnieuw verbaasd hoe ruim de kleine schuilplaats van binnen was. Het plafond stak een paar meter boven haar hoofd uit, niet genoeg om rechtop te staan, maar genoeg hoogte om de woning groter te laten lijken dan hij was. Julie vond een deken aan haar kant van de tent, en ze maakte het zich snel gemakkelijk.

Ze had nog niet eens haar schoenen uitgedaan of ze viel in een diepe slaap.

HOOFDSTUK 36

"BEN, WORD WAKKER."

Ben schokte rechtop in de kleine Stingray tent, waardoor de hele nylon structuur kronkelde en kronkelde onder zijn verschuivende gewicht. Hij wreef in zijn ogen en keek naar Archie. De oudere man snoof een keer, maar leek nog steeds diep in slaap te zijn. Ben draaide zich om en keek naar de kleine opening in de tentdeur die gedeeltelijk was opengeritst.

"Schiet op," zei Reggie. "We moeten in beweging blijven. Zet hem ook overeind, wil je?"

Ben wreef nog eens in zijn ogen, tikte Archie aan en wees naar Reggie, toen begon hij zich een weg te banen naar de tentdeur. Hij gleed eerst met zijn voeten naar buiten en zocht naar de sporten van de nylon ladder. Hij vond ze, daalde de ladder af en viel op de grond. Hij kon horen hoe Archie dezelfde groggy procedure doorliep, vermoeide spieren en een vermoeid lichaam dat ongetwijfeld nog meer moeite had door zijn extra decennia van slijtage.

Reggie had al twee van de Stingray tenten opgerold en ingepakt, en hij wachtte bij die van Ben en Archie om de derde af te maken.

Ben rekte zich uit, in een poging zijn lichaam wakker te krijgen. "Reggie, kom op," zei hij. "Het is... hoe laat is het?"

Reggie grijnsde. "Maak je geen zorgen over de tijd. Hier is dag nacht en nacht dag."

"Serieus," zei Ben, "ik ben te moe voor raadsels. Wat betekent dat eigenlijk?"

"Het betekent dat je nog maar een paar uur slaapt," zei Reggie, nog steeds grijnzend. "Volg mij."

Ben zag de anderen - Julie en Amanda, Paulinho en Carlo - al op hem en Archie wachten, de laatste die wakker was geworden. Ben schudde ongelovig zijn hoofd, nog steeds verbaasd over hoe moe hij zich voelde, maar hij wist uit ervaring dat als hij eenmaal in beweging was en opgewarmd, hij zich veel beter zou voelen.

Archie kwam eindelijk uit hun Stingray en liep naar de wachtende groep. "Heeft iemand koffie gezet?" vroeg hij.

Paulinho en Amanda lachten, maar Ben was nog te moe om zich te amuseren. Julie leek in een roes, en Ben had niet de moed om te zien of ze nog steeds kwaad op hem was vanwege zijn interactie met Amanda op de boot. Hij liet haar alleen en wachtte om te zien wat Reggie's plan was.

"Eigenlijk," zei Reggie, terwijl hij iets uit een van de rugzakken pakte, "eet dit. Helpt bij alertheid, vermoeidheid, honger, zo'n beetje alles. Wees voorzichtig - ze hebben de neiging om me een beetje opgewonden als ik een te grote handvol." Hij gooide het kleine plastic zakje naar Archie, die een klein groen blaadje uit het zakje pakte en het in zijn mond stopte. Toen hij klaar was, gaf hij het zakje door aan de groep. Ben pakte er twee blaadjes uit en stak er een in zijn zak.

"Wat zijn dat?" vroeg Ben, kauwend op de plant.

"Coca blad," zei Reggie.

Ben stopte met kauwen.

Reggie lachte. "Volkomen veilig, in kleine doses. 1% cocaïne alkaloïde per, typisch. Wat betekent dat het genoeg is voor de Amerikaanse regering om hun verstand te verliezen als het gaat om het importeren, dus het is verdomd bijna onmogelijk te vinden ... in de Verenigde Staten. Maar raak niet verslaafd; het is een dure gewoonte."

Reggie had de laatste pijlstaartrog neergehaald en Ben en de anderen deden wat ze konden om hem te helpen die op te rollen en in een van de rugzakken te stoppen, die nog nat waren van de rivier. Ben zwaaide de rugzak over zijn schouder en sloot zijn ogen, in stilte bereid om het medicijn van het kleine blad te laten werken.

Hij luisterde naar de vroege ochtendjungle. Het was nog donker, maar de dieren om hem heen begonnen al een voorsprong op hun dag te krijgen. Hij kon een paar individuele roepjes van vogels onderscheiden, maar de meeste geluiden in de verte leken slechts een surround sound mix van jungle leven te zijn. Het was vredig, maar er was een onheilspellende ondertoon in de hoge symfonie - hij wist dat sommige van de vogelroepen, hoe mooi ze ook waren, niet de zangerige melodieën van de hofmakerij waren, maar in plaats daarvan de waarschuwende claxons van dreigend gevaar.

Ben wist dat een deel van die paranoia voortkwam uit zijn eigen angst voor hun situatie, en uit zijn groeiende onbehagen naarmate ze verder en verder van de bewoonde wereld reisden. Hij verweet zichzelf dat hij het grootste deel van zijn leven door de natuur was aangetrokken en zich meer thuis voelde bij hoge bomen en diepe, stille bossen, maar hij begreep ook dat er een andere reden was voor zijn onbehagen: er werd op hen gejaagd.

Tot nu toe was de huurlingengroep achter hen gebleven, zodat ze de eerste paar etappes van hun reis ongestoord konden afleggen. Maar Ben wist dat het slechts een strategie was om hen uit te putten; het was bedoeld om hun groep angst aan te jagen en hen te laten raden wanneer - en van waar - de volgende aanval zou komen.

En het werkte.

Ben kon het niet helpen, maar hij voelde de overweldigende druk toenemen. Hij had het gevoel dat zijn bloed door steeds nauwer wordende aderen werd geperst, en de intensiteit van elk moment hier werd te veel om te dragen. Hij vroeg zich af hoe de anderen zich voelden. Paulinho, een goede kerel, maar toch niet gewend om zo in de elementen te zijn. Amanda en Julie leken zich iets meer op hun gemak te voelen. Archie deed zijn best om de rest van hen - en zichzelf waarschijnlijk ook - in een goed humeur te houden, maar Ben zag door de sluier heen en wist dat het maar een tijdelijke tactiek was.

De enige twee leden van de groep die op hun gemak leken te zijn, of in ieder geval niet geschokt door hun situatie, waren Reggie en Carlo, het enige overlevende lid van hun bootbemanning. Hij wist dat Reggie een hopeloos geval was, getraind door jarenlange gevechten en speciaal ontworpen oefeningen om zijn emoties te beheersen, maar hij wist niet zeker of Carlo wel begreep wat er aan de hand was. Archie had een paar minuten met de man over hun situatie gesproken, maar hij leek echt ongeïnteresseerd in de hele affaire.

De groep begon te lopen, Reggie volgend via de zijkant van de open plek en al snel weer in de dichte, dichte jungle. Reggie gebruikte niet het kapmes dat hij aan zijn zijde had hangen, maar duwde takken en struiken zachtjes opzij, alsof hij zich rustig wilde voortbewegen.

Ben begreep de hint en probeerde zachtjes te stappen. Hij was een grote man, dik en gespierd door vele jaren buitenleven, maar hij had de vaardigheid aangescherpt om zich geruisloos door beboste gebieden te bewegen. Hij had die vaardigheid ontwikkeld toen hij leerde beren, konijnen en alles daartussenin op te sporen. Op een keer had hij zelfs een mens moeten vinden - een jongetje dat weggelopen was van zijn ouders en verdwaald was in het bos.

Hier in het regenwoud, echter, was hij ver uit zijn element. Dit woud respecteerde zijn pogingen tot geheimhouding niet zoals de bossen thuis dat deden. Bij elke twijg die hij per ongeluk onder zijn voet brak, weerkaatste het bos het geluid en weerkaatste het door de hele omgeving. Hij kon de koerende geluiden horen van kleinere apen, hoog boven hem, die hem in de duisternis in de gaten hielden, en het geklik van miljoenen insecten die op zoek waren naar een nachtelijk hapje. Elke stap die hij door de jungle zette leek een koor van geluiden te ontketenen, die hem allemaal in de gaten hielden, wachtend en berekenend op zijn volgende stap.

Het versterkte zijn paranoia. Hij vroeg zich af welke andere - grotere - wezens hier waren, en welke hongerig genoeg waren om toe te slaan. Hij wist niet of Reggie hem in zo'n situatie zou kunnen helpen, of dat hij het zelfs zou zien aankomen. Hij herinnerde zich de aanval van de kaaiman, en hoe... *hulpeloos* hij was geweest.

"Waar zijn we naar op zoek?" vroeg Ben.

Reggie stopte, draaide zich om, en keek Ben op en neer. "Dit," zei hij, terwijl hij een andere tak opzij trok, alsof hij een gordijn van een grandioos toneel achterover trok. Hij stapte naar voren en op een plank die iets hoger lag dan de grond voor hen, zodat hij boven het hele gebied uit kon steken.

Julie hijgde.

De open plek voor Ben was lang en smal, slechts onderbroken door een handvol struiken en heesters, en strekte zich een halve mijl uit van hun locatie naar de andere kant, waar de bomen weer samengroeiden en een strakke, ondoordringbare muur vormden.

De hoogste Amazonebomen aan de rand van de open plek sloten op de meeste plaatsen weer aan, ver boven hun hoofden, waardoor een gigantische luchtbel van lege ruimte ontstond, omgeven door bos. Het was een verbazingwekkend gezicht, groter dan enig atrium dat hij ooit had gezien. Zelfs in de vroege ochtendschemering, met niets dan maanlicht dat door de latten tussen de takken scheen en lange schaduwen over de hele ruimte wierp, was het een prachtig tafereel.

"Het is prachtig," zei Amanda. "Net een ansichtkaart."

Het zag er inderdaad uit als iets uit een tijdschrift of een kalender. Het was zo perfect geënsceneerd, hun uitzicht natuurlijker ingekaderd dan een professionele fotograaf kunstmatig voor elkaar zou kunnen krijgen.

Maar er was nog steeds iets vreemds aan de scène, iets wat Ben zich een paar seconden niet realiseerde.

"Is dat rook?" Vroeg Amanda.

Ben kneep zijn ogen dicht en probeerde te zien wat de duisternis zo goed verborgen had gehouden.

"Ik denk het wel," zei Paulinho. "Zullen we naar beneden gaan?" zei hij.

Reggie liep al vooruit, de lichte helling af springend die leidde naar de vloer van het verbazingwekkende jungle atrium. Ben en de anderen volgden weer, hun pas versneld door het verlangen om te weten te komen wat er aan de andere kant van de grote open plek lag.

"Enig idee wat het is?" vroeg Julie.

Ben worstelde om de rook te begrijpen die zachtjes opsteeg, donkerder dan de donkere schaduwen van de bomen erachter, oprijzend uit de voet van een grotere rotspartij.

Nee.

Het was geen rotspunt waar ze naar keken. De basis van het rookspoor kwam van een gebouw, de overblijfselen van een gebouw dat tot niets was verschroeid. Zijn zintuigen werden onmiddellijk zeer alert, en hij hoefde Reggie's antwoord niet te horen om te weten wat hem te wachten stond.

"Het is het ziekenhuis," zei Reggie.

HOOFDSTUK 37

BEIDE GROTERE GEBOUWEN - HET HOOFDZIEKENHUIS EN HET ONDERZOEKSSTATION, alsmede de kleinere personeelsbarakken - waren tot de grond toe afgebrand, en op twee andere plaatsen lagen vierkante stukken smeulend puin.

"Opslagschuren, denk ik," zei Reggie, terwijl hij zwartgeblakerd hout en verkoold puin uit de weg schopte. "Het lijkt wel napalm, of iets dergelijks. Er is bijna niets van over. Ze moeten het gisteravond gedaan hebben, rond de tijd dat de boot zonk. Heel efficiënt, ook. Geen explosies."

Ben liep langzaam tussen het hoofdgebouw van het ziekenhuis en de kleinere hut, alles in zich opnemend. Hij kon het niet helpen zich voor te stellen hoe het was voor de dokter en de onderzoekers hier, en of ze al dan niet in staat waren weg te komen. Er was een lege kuil onder in zijn maag, die met de minuut zwaarder werd. Alsof hij zijn eigen vraag beantwoordde, werden zijn ogen getrokken naar een rechthoekige kamer in het kleinere gebouw, nu niet meer dan een zwarte omtrek, als een levensgrote blauwdruk getekend op de grond. In de "kamer" zag hij een metalen archiefkast, waarvan de zijkanten grotendeels waren weggesmolten, maar die op de een of andere manier nog rechtop stond.

Ernaast, een lichaam. Hij deinsde terug, maar keek niet weg.

De persoon in de kamer had tegengestribbeld, maar had de kamer niet verlaten toen het gebouw instortte. Hij vroeg zich af of ze waren opgesloten, niet in staat om te ontsnappen.

Hij voelde een flits van wit-hete woede.

"Maar waarom doe je dit?" vroeg Amanda van achter hem. Ze volgde Reggie rond de omtrek van de verwoeste bouwwerken. "Waarom zouden ze het afbranden? Als ze voor ons wilden komen, hadden ze dat wel gedaan."

"Nee," zei hij, "dat zouden ze niet doen. Ze spelen met ons, proberen ons in een val te lokken."

"Wat voor *val?* " vroeg Paulinho. Hij, Archie, en Carlo stonden vlakbij.

"Ze willen dat we Amanda opgeven. Ons laten denken dat het het niet waard is om door te gaan."

Het is het misschien niet waard *om door te gaan.* Ben kon de innerlijke monoloog niet helpen, maar hij duwde de gedachte opzij.

Dr. Meron stapte dichter naar Reggie toe. "Gaat het? Moeten we het gewoon noemen? Ze gaan toch niet..."

"Ze zullen *niet* ophouden," zei Reggie, haar onderbrekend om haar zin af te maken. "Dat is nu juist het punt. Ze zitten achter *jou aan*, maar eigenlijk achter waar jij *voor staat*. Wat jij weet dat zij niet weten. Jij - *wij* - zijn iets op het spoor hier, en zij weten dat. Ze voelen het aan. Ze proberen ons te verdrijven, ons uit te putten, de laatste prijs op te geven. Ze zullen niet stoppen als je gevangen genomen wordt, ze zullen je martelen tot je alles geeft wat ze nodig hebben. *Dan* zullen ze je doden." Hij pauzeerde en keek toen naar de rest van de groep aan de rand van het bos. "Het spreekt voor zich dat ze de rest van ons ook zullen doden."

"Hoe maken we hier dan een eind aan?" vroeg Paulinho.

"We maken de klus af," zei Reggie. "We zoeken uit wat er aan het eind van deze reis verstopt zit."

"En dan?"

Reggie antwoordde eerst niet. "Ik werk nog steeds aan dat deel."

Amanda was zichtbaar geïrriteerd. "*Werk je* daar nog steeds aan? Reggie, wat is het *plan*? Deze geheime schat vinden, en dan hopen dat er daar ook een helikopter is?"

"Dat zou handig zijn," zei hij.

"Waarom ben je hier?" vroeg ze.

Ben keek haar aan. Ze had eindelijk de vraag gesteld waarop ze allemaal een antwoord wilden, en ze had hem op een snelle, no-nonsense manier gesteld. Waarom was deze man, die ze bijna allemaal niet kenden, op hun zinkende schip gesprongen?

Hij knikte een keer, grijnsde toen, maar zijn gezicht keerde snel terug naar een onleesbare dode uitdrukking. "Ik snap het," zei hij. "Ik snap het echt. Waarom zou ik in hemelsnaam hierheen willen komen? Wat zit er voor mij in?"

De groep knikte.

"Kijk," ging hij verder. "Ik ben al een tijdje op pad en verdien de kost door toeristen en een paar hardcore survivalisten net ver genoeg de jungle in te brengen om ze een ervaring te geven, en om waar voor hun geld te krijgen. Maar ik ben geen reisleider. Ik ben niet geïnteresseerd in halve jungle tochten."

Hij pauzeerde, zuchtte. "Toen mijn vrouw me verliet, stond mijn leven zo'n beetje stil. Zij was de enige persoon die ik kende die me bij kon houden, en op een dag... verloor ze haar interesse. Ze ging ergens in de VS in een stad wonen. Ik begon mijn trainingsprogramma's af te slanken, nam meer zakelijke klanten aan, en kwijnde weg in mijn bunker. Maar dan u -" hij keek naar Paulinho. "Je belde. Je zei me dat je hulp nodig had, en dat iemand achter je vriend aanzat. Noem me gek, maar ik hoefde de details niet te weten; ik wilde er gewoon tussen springen en voor één keer iets *doen*."

Ben staarde, onbeweeglijk, terwijl de man zijn verhaal vertelde.

"Maar toen *hoorde* ik de details, en de nerd in mij schoot omhoog. Ik was gefascineerd door wat je hier denkt te vinden, en ik dacht bij mezelf: 'Verdomme, ze gaan daar sterven. Dan kan ik net zo goed meekomen en wat hulp bieden.

"Dat is geruststellend," zei Paulinho.

Reggie wierp hem een blik toe. "Het is waar, vriend, en je weet het. Dat weten we allemaal. Shit, ik weet het, en ik ben degene die getraind is om hier te *zijn*."

Ben luisterde, probeerde de gaten te vinden in de logica van de man. Hij kon het niet, maar dat betekende niet dat Ben het hele verhaal geloofde. Hij kon niet begrijpen waarom iemand geïnteresseerd zou zijn in dit alles, alleen voor de *opwinding* van dit alles. Ben was zelf niet iemand die zich over veel dingen opwond, en als hij dat deed was het meestal over iets simpels, zoals een perfect gekookte pot chili of een ander lekker hapje. "Je wilde gewoon nog een laatste avontuur? Een zelfmoordmissie?"

"Ik ben een realist, Ben," zei hij. "Ik probeer de wereld te zien voor wat hij is. Dit is een kansloos spel, maar er is hoop. Wij weten waar we heen gaan, zij niet. Zo simpel is het. Zolang we dat ene ding buiten hun bereik houden, komt het wel goed. Ik weet niet hoe, dus ik heb geen plan om het zo te houden, maar ik weet dat het waar is."

Hij keek om beurten naar de rest van de groep, en stopte uiteindelijk weer bij Ben. Ben voelde het gewicht van de blik van de man, en kon bijna zijn gedachten horen branden in zijn eigen geest. *En ik heb jou gekozen als de de facto leider als er iets met mij gebeurt, Ben.*

Ben dacht hier een ogenblik over na. Het was waar dat Reggie een onwaarschijnlijke affiniteit met hem leek te hebben, en hij vroeg zich af wat de man in hem zag. Misschien was hij gewoon de beste optie van de rest van de groep, de enige die echt veel tijd in een natuurlijke omgeving had doorgebracht.

"Kom op," zei Reggie, "laten we uit de open lucht gaan en terug in de veiligheid van de bomen. We moeten..."

Hij stopte, midden in een zin.

Ben voelde zijn bloed koud worden toen hij zich omdraaide om te zien waar Reggie naar zat te staren.

HOOFDSTUK 38

LANGS DE ANDERE KANT VAN DE SMEULENDE RESTEN VAN HET ZIEKENHUIS, zag Ben de bomen bewegen. Hij dacht eerst dat het de rook was, totdat meer bomen zachtjes begonnen te schudden en te wiebelen. Een grote lommerrijke struik, met scherpe, stekelige bladeren van een felgroene kleur, werd opzij gedrukt en een man stapte in het zicht en vervolgens op de open, met mos bedekte vloer van het atrium.

Hij was naakt op een strook leer na die om zijn middel en tussen zijn benen gewikkeld was, en zijn huid leek bij het leer te passen. Ruw en taai, gebronsd en haarloos, behalve een bos diepzwart haar op zijn hoofd en dikke wenkbrauwen. Hij was bedekt met sieraden, waaronder armbanden aan elke pols, kralen enkelbanden, en piercings in zowat elk stukje kraakbeen dat hij tot zijn beschikking had. Het gerimpelde en door de zon verweerde gezicht van de Indiaan was zwart geverfd, met een rode streep die zich uitstrekte van oor tot oor, dwars over zijn ogen.

Ben staarde naar de oude man die langzaam naar hen toe kroop, maar het waren niet de details van de kleding en sieraden van de inboorling waarop hij zich concentreerde. De man hield een lange speer vast, die zich voor en achter hem uitstrekte, en die hij droeg zonder de punt te laten vallen. De speer wees recht op de groep af, onwrikbaar terwijl hij voorwaarts kroop in de greep van zijn eigenaar.

"Ben," fluisterde Julie. Ze sloop achter Ben aan en sloeg haar arm om de zijne. Hij knikte, terwijl hij stilletjes erkende dat hij hetzelfde zag als zij, maar niet hardop wilde antwoorden of zijn hoofd wilde afwenden van de naderende vreemdeling.

Reggie stond maar een paar meter voor hen, en Ben zag dat hij naar beneden reikte om het kapmes te pakken dat aan zijn riem hing. Hij wist niet zeker of het een goed of een slecht idee was, maar hij probeerde hem niet tegen te houden. Reggie's hand viel om het handvat van het kapmes, en Ben zag hoe hij het langzaam recht omhoog tilde, zijn bovenlichaam nog steeds gedeeltelijk blokkerend voor de aankomende man's gezichtsveld.

"Ik tel tot drie," zei Reggie, terwijl hij zachtjes sprak, maar hard genoeg zodat de groep hem duidelijk kon horen. "Dan gaan we rennen. Niet uit elkaar gaan, maar probeer een paar meter van elkaar weg te lopen."

Julie verstevigde haar greep op Ben's hand.

"Maak je geen zorgen over achterom kijken," zei hij. "Hij gaat dat ding gooien, en het gaat zijn doel raken. Als je je omdraait, kun je maar beter geloven *dat jij* zijn doelwit bent."

Ben slikte.

Reggie telde. "Een."

De man kroop naar voren, zonder zijn snelheid te verhogen of te verlagen. Zijn ogen leken op die van Ben gericht te zijn. Zijn gezicht was onleesbaar, onverschillig voor de buitenwereld. Hij was geconcentreerd op dit ene moment in de tijd, deze plek alleen.

Gericht op de jacht.

"Twee."

De man ging door, nu nog maar een meter of twintig van hem vandaan. Slechts centimeters, leek het. Ben keek naar de ogen van de man, om te zien of hij zijn blik van de groep zou afwenden, maar dat deed hij niet. Zijn ogen gaven geen enkele indicatie dat hij nog in leven was, laat staan dat hij naar hen toe bewoog.

"Drie!" Reggie schreeuwde het laatste nummer, en Ben en Julie draaiden tegelijkertijd rondjes.

En Ben staarde naar het uiteinde van een lang, geslepen speerblad.

Julie gilde, maar Ben kon het bijna niet horen. Zijn lichaam was in opperste staat van paraatheid, alarmen rinkelden in zijn hoofd, zijn aandacht werd getrokken naar het voorwerp dat zich drie centimeter van zijn gezicht bevond.

Hij kon het ruwe, maar zorgvuldige werk van het lemmet zien. De ambachtsman had het uit een steen gemaakt, de zijkanten gladgestreken en de punt tot een perfecte punt geslepen. De doffe tinnen kleur van de steen weerkaatste geen licht, maar Ben kon door de dunne, vlijmscherpe strook heen kijken die langs de uiterste rand van het lemmet liep.

Hij wierp zijn blik op Julie en besefte nu pas dat er voor elk van de andere groepsleden bijpassende speerpunten lagen. Archie, Paulinho, Carlo en Amanda waren nu voor Ben, dichter bij de rand van het bos, en elk van hen was op het nippertje tegengehouden door meer speer-handelende inboorlingen.

Ben draaide zijn hoofd weer om en keek nog eens achter zich, in de hoop dat ze in ieder geval een kans zouden maken door om de eerste inboorling heen te komen. Maar de man had nu gezelschap gekregen van nog meer stamleden, enkele jongere adolescente mannen en oudere, zeer capabel uitziende mannen. Elk van de jagers droeg dezelfde schmink als hun stamleider, maar alleen de eerste man die ze hadden gezien, de oudste van de groep, was versierd met sieraden.

De oude man verbrak zijn onwrikbare blik, en blafte enkele woorden in hun richting. Ben keek om zich heen, maar Reggie en de anderen leken even verward.

De man keek naar Ben en herhaalde toen de zin. Ben haalde zijn schouders op, niet wetend wat hij anders moest doen.

"We - we zijn hier niet om je pijn te doen," zei hij uiteindelijk.

Diep in zijn achterhoofd, lachte zijn innerlijke criticus. *We zijn hier niet om je pijn te doen?*

De man liep dichter naar Ben toe, die nu op een paar meter afstand stond. De speer leunde naar achteren, en Ben sloot zijn ogen.

Hij wachtte.

Hij had het gevoel dat de hele groep eenstemmig ademde. Hij kon de adem in en uit horen gaan. *Ben ik dat?* Dacht hij.

Een moment ging voorbij, en hij opende zijn ogen weer. De oude man staarde hem aan, leunend op zijn speersteel, centimeters van Bens gezicht.

Bens polsslag versnelde. Hij was bang dat zijn hart uit zijn borst zou slaan, maar hij dwong zichzelf stil te blijven liggen.

De oude man maakte een gniffelend geluid, en liep toen weg, naar Reggie. Hij herhaalde het proces en ging op zijn tenen staan om in Reggie's ogen te kijken. Een minuut later bewoog hij weer, deze keer tot stilstand gekomen voor Paulinho.

Toen hij hetzelfde geluid maakte na zijn inspectie van Paulinho, wendde hij zich tot de groep Indianen die hen omsingelden, en sprak toen tot zijn volk. De jagers drongen zich naar binnen, stapten dichterbij om de kleine beverige stem van hun leider te horen. Ben's groep draaide zich langzaam om, allen kijkend en luisterend hoe de oudere man tot zijn volk sprak in een taal die geen van hen verstond.

Ben keek naar de reacties van de mannen. Ze schreeuwden sporadisch enkele klinkers, sommigen klapten en stampten zelfs. De stem van de stamleider nam toe in volume en intensiteit, en het geschreeuw en het stampen stegen tegelijkertijd.

Toen de toespraak van de man ten einde leek, greep de leider Paulinho's hand en hield die omhoog, terwijl hij zo hard als hij kon een laatste bevel schreeuwde. Ben keek ontzet toe, hoe de jagers voor hem allen hun speren schouderhoog optilden en terugbrachten.

Ben ving de ogen van een jongeman, niet ouder dan twaalf of dertien jaar, en de jongen ontblootte zijn tanden naar hem. Zijn speer was korter dan die van de anderen, maar zelfs van deze afstand kon hij zien dat hij even scherp was.

En het was direct op hem gericht.

Julie's hand was bezweet, maar Ben hield hem vast en kneep zo hard hij kon.

Dit is het, dacht hij. Hij wilde haar aankijken, haar zeggen dat alles goed zou komen, maar hij kon zijn ogen niet afhouden van het kind dat op het punt stond hem te vermoorden.

Hij wilde zich verontschuldigen, haar zeggen dat het hem speet hoe hij haar behandelde, en dat...

...en dat hij van haar hield.

In plaats daarvan, sloot hij zijn ogen.

De oude man schreeuwde een laatste keer en Ben opende zijn ogen weer, niet in staat om weg te kijken toen de aanval begon.

Elk van de jagers liet zijn speer op de grond vallen.

Hij was bijna aan het hyperventileren, niet in staat om zijn ademhaling onder controle te houden. Hij wierp een blik op de oude man en fronste zijn wenkbrauwen.

De leider hield Paulinho's arm nog steeds vast, maar hij staarde er nu aandachtig naar. Hij bracht Paulinho's pols dichter bij zijn gezicht en bestudeerde hem. Ben kon het kleine ontwerp, omlijnd in zwart, van hieruit zien.

De tatoeage.

De man begon te neuriën en voegde langzaam echte woorden toe aan de melodie. De rest van de jagers keken rustig toe, ook niet zeker van wat er gebeurde.

De man duwde Paulinho's hand weg, en Paulinho struikelde achteruit, verbaasd over de snelle beweging van de ouder wordende jager. Amanda en Carlo pakten hem bij zijn schouders en hielden hem in bedwang.

Eindelijk sprak de oude man. Een enkel, medeklinker-geladen woord. Een stilte viel over de groep, een nog diepere stilte dan voorheen viel in. De inboorlingen leken gelijktijdig adem te halen, verbijsterd door het woord.

Ben zag de professor in hun groep, over de schouder van de oude man. Archie's ogen verwijdden zich.

"Ik ken dat woord," fluisterde hij. "Het is een Yanomami-woord."

Ben trok zijn wenkbrauwen op toen de inboorling het woord herhaalde voor zijn groep jagers.

"Vervloekt."

HOOFDSTUK 39

JULIE WIST NIET ZEKER WANNEER ZE HAAR ADEM WAS GAAN INHOUDEN, maar ze hapte naar de hete, vochtige lucht van de jungle. Ze liet Ben's hand los en veegde haar natte handpalm af aan de zijkant van haar broek. De inheemse jagers stapten achteruit, schijnbaar geschokt en, op de een of andere manier, doodsbang. Een paar wezen met hun vingers naar Paulinho en de rest, maar iedereen keek verward.

De leider van de groep jagers stapte achteruit van Paulinho vandaan, alsof hij alert bleef en zich klaarmaakte voor een aanval. Paulinho stond natuurlijk stil, zijn neusgaten wapperden in en uit terwijl hij ook probeerde te kalmeren. Zijn ogen stonden wijd open, en zijn enorme grijns van toen ze hem voor het eerst ontmoette, was allang verdwenen.

De groep jagers baande zich voorzichtig een weg om Julie en de anderen heen, tot ze verzameld waren in een samengeperste groep inboorlingen. Ze staarden Paulinho recht aan, maar geen van hen probeerde een aanval uit te voeren.

"Wat is er net gebeurd?" vroeg ze, haar stem trillerig en nog steeds nauwelijks een fluistering.

"Ik denk dat Paulinho's tatoeage ons net gered heeft," zei Reggie. Voor één keer, merkte Julie, leek Reggie net zo bang als de rest.

"Wat is dat voor tattoo?" Vroeg Amanda.

"Ik - ik weet het niet zeker," zei Paulinho. "Het zat aan een ketting die mijn grootvader van moeders kant droeg, zoals ik al eerder zei. Gewoon een mooi ontwerp, dacht ik."

"Misschien is dat zo," zei Archie. "Maar ik vrees dat het ook veel meer is dan dat."

Iedereen draaide zich om naar de professor te kijken.

"Ben je *bang*?" vroeg Reggie. "Dat ding voorkwam net dat we inheemse shish kabobs werden."

"Niet zo hard", zei Amanda. "Ze zijn er nog steeds, en ze zien er niet blij uit."

Ben zag dat de vrouw gelijk had. De jagers, aangevoerd door de kortere oudere man, zaten nog steeds bij elkaar in het midden van de open plek, net voorbij de fundering van het ziekenhuisgebouw. Er dreef nog steeds rook in de lucht van het eerdere vuur, maar dat was niet de situatie waar Ben zich op dit moment zorgen over maakte.

"Wat moeten we doen? Heeft iemand een idee?" vroeg Amanda.

"Ga," zei Carlo. De gezette man stond aan de zijkant van hun groep, duidelijk verontrust en klaar om de jagers achter te laten.

"Ja, ik ben het met hem eens," zei Reggie.

"Zullen ze ons volgen?" vroeg Julie.

"Wie weet? Misschien moeten we Paulinho achterin hebben, om zijn tat een of twee keer te laten zien als ze dichtbij komen."

Julie vond het plan niet veel soeps, maar ze moest toegeven dat alles beter was dan te blijven wachten tot de jagers hun angst zouden overwinnen.

"Goed," zei ze, zich tot Ben wendend. "We krijgen natuurlijk niets uit dit ziekenhuis. En Paulinho's doet het beter toch. Hoe sneller we weer op de rails zijn, hoe sneller we -"

Haar stem werd onderbroken door de scherpe *knal* van een geweerschot.

"Ga liggen!" hoorde ze Reggie schreeuwen.

Julie was al aan het vallen, ze raakte de grond abrupt en was bijna buiten adem. Ze stak haar hoofd omhoog en keek in de richting van de groep stamleden om de bron van het schot te vinden.

Er klonk nog een schot, en ze sprong op.

De leider van de jagers viel voorover, zijn ogen vlamden in de hare toen zijn knieën de grond raakten. Hij wankelde even en sputterde een beetje bloed uit zijn mond.

Julie wist niet goed wat ze moest denken, maar ze had geen tijd om een samenhangende gedachte te formuleren. De oude man viel op zijn gezicht op de grond, zijn sieraden tinkelden op de harde bosgrond. Een armband schoof van zijn pols en rolde in haar richting.

Nog twee schoten sloegen boven haar hoofd, en de rest van de krijgers begonnen strijdkreten te slaken en hun speerpunten naar het verduisterde woud te richten. Geen van hen had enig idee waar de geweerschoten vandaan kwamen, maar ze stonden toch, klaar om te vechten.

Er klonken nog drie schoten uit drie verschillende richtingen, en toen pas besefte ze dat ze omsingeld waren.

"Het zijn de huurlingen!" schreeuwde ze.

Ben antwoordde, nog steeds aan haar zijde. "Ze zijn in de jungle, en blijven verborgen! We moeten uit het midden van het atrium zien te komen."

Julie knikte, maar bewoog niet. Ze was niet van plan haar leven nog meer op het spel te zetten en de aandacht op zich te vestigen. Ze hoopte dat Ben zich zou bedenken en dat ze hier konden blijven liggen tot het voorbij was.

Hij heeft gelijk, dacht ze. *Je moet verhuizen.*

Ze voelde een ruk aan haar arm, en ze keek op om Ben boven haar te zien staan.

"Julie," schreeuwde hij. "Kom op!"

Met tegenzin duwde ze zich van de met mos bedekte bosgrond af en zette het op een lopen. De anderen deden hetzelfde, Reggie naderde de rand van de bomen met Archie en Amanda vlak achter hem. Carlo en Paulinho waren al in de bomen verdwenen, en ze kon de planten voor zich zien bewegen en verschuiven, hun locatie zien markeren terwijl ze erdoorheen strompelden, vechtend tegen de dikke bundels takken en bladeren.

Er werden speren gegooid, en twee ervan landden vlak bij Julie toen ze zich naar de relatieve bescherming van de jungle haastte. Ze hoopte dat ze op de huurlingen waren gericht in plaats van op hun groep, maar ze was niet van plan te stoppen om dat uit te zoeken. Haar hart klopte bijna uit haar borstkas, de spieren in haar benen en dijen maakten overuren om haar vooruit te dragen en uit de aanval te komen.

Het geschreeuw van de krijgers, hetzij als voorbereiding op een aanval of als reactie daarop, overstemde bijna het volume van het regenwoud, maar ze kon nog steeds de gierende geluiden horen van apen, hoog boven hen, die de uitwisseling tussen de drie verschillende groepen mensen gadesloegen en hun oproep riepen. Vanuit alle richtingen klonken geweerschoten, en Julie vroeg zich af hoeveel huurlingen zich in het bos schuilhielden, en belangrijker nog, of ze rechtstreeks op een van hen afliepen.

Vlak voordat Reggie in de dekking van het kreupelhout stapte, schudde het opnieuw, en Julie verwachtte Carlo of Paulinho erachter vandaan te zien komen. In plaats daarvan verscheen een man, gekleed in hetzelfde gewaad als de rest van de groep inboorlingen.

Nog een stamlid. Hij sloop achter ons aan.

De man hief een knotsachtig stuk hout en zwaaide het uit en over Reggie's gezicht.

Julie hijgde toen Reggie neerging.

Ze had geen tijd om te gapen, want ze voelde Ben aan haar mouw trekken. Hij trok haar mee naar links en ontweek het tafereel dat zich voor haar afspeelde. Terwijl ze over een omgevallen boom sprongen die aan de rand van de open plek uitstak en het oerwoud ingingen, probeerde Julie naar rechts te kijken om te zien of de man die Reggie had geslagen hen had gezien.

Er stond nu iemand anders voor hen.

Rhett.

Ben stormde naar voren en Julie zag hoe hij al zijn kracht op de aanval richtte. Rhett scheen nauwelijks de twee mensen te zien die op hem af kwamen rennen voordat Ben hem raakte. De twee vielen om en rolden over de jungle vloer. Ze kwamen tot stilstand met Rhett's rug tegen een grote rots, en Ben's knieën duwden in zijn borst.

"Ben," schreeuwde Julie. "Wat ga je..."

Ben begon de jongere man te slaan. Ze had hem nog nooit zo gewelddadig zien reageren, maar ze stond erbij en zag het gebeuren. Hij wisselde zijn handen af, elke klap landde ergens op Rhett's gezicht. Julie kon Ben's gegrom en zware ademhaling horen, evenals de kleine kreunende geluiden van het kind onder hem.

"Ik zal je laten boeten voor alles wat je hebt gedaan," zei Ben tussen twee ademhalingen door. Hij gunde zichzelf niet langer dan een moment rust en hervatte snel zijn aanval op het hoofd van de jongeman.

Rhett, die probeerde te ademen door een met bloed gevulde mond, kon niet reageren.

HOOFDSTUK 40

"JE HEBT ONS BEDROGEN," zei Ben. "Je liet ons geloven dat je..." Ben stopte, niet in staat om door te gaan zonder adem te halen. Hij wilde de jongen vermoorden, een kogel door zijn hoofd jagen en een eind aan zijn leven maken. Het was moeilijker om van die daad af te zien dan om hem uit te voeren, maar Ben was ongewapend.

Hij wilde ook antwoorden.

De geluiden van de strijd tussen de inboorlingen en de huurlingen negerend, trok hij Rhett omhoog en naar zich toe en sprak opnieuw, zijn stem trillend van achter een strak opeengeklemde kaak. "Waarom? Wat zit er voor jou in?"

Rhett's opgetrokken lip en opengesperde neusgaten vertelden Ben dat hij niet snel een antwoord zou krijgen.

"Je gaat praten, jij kleine zak van -"

"Je weet het antwoord al." Rhett's stem was gespannen, gorgelend van een mond vol bloed en speeksel. Hij spuugde opzij en kromp ineen.

Ben hield zijn hoofd zijdelings schuin. "Wat? Waar heb je het over?"

"Ik zei het je net," zei Rhett. "Je wilt toch weten wie er achter je aan zit?"

Ben hield nog steeds Rhett's kraag vast, maar hij verslapte zijn greep een beetje.

"Ik herkende je in de hut. Ze zeiden dat ik daar op je moest wachten, om zeker te weten dat jij het was."

Terug bij de hut. Hij wachtte op ons. Op mij. Ben wilde hem weer slaan, harder, tot hij te uitgeput was om zich te bewegen, maar hij moest ook horen wat de jongen te zeggen had. "Hoe heb je me herkend? Waarom ken je me?"

"Het bedrijf," zei Rhett. Hij spuugde opnieuw, dit keer kreeg hij het mengsel maar gedeeltelijk uit zijn mond. "Ze stuurden de foto van jou en Julie. Jij bent degene die ze geëlimineerd willen hebben, nadat ze de doktersvrouw te pakken hebben." Hij pauzeerde. "Ze hebben niets aan de anderen, maar omdat ze bij jou zijn...

Ben wist niet wat hij moest zeggen. Er was geen kans dat Rhett loog, maar Ben begreep nog steeds niet wie hij was. Hij had veel vragen voor de jongen, maar hij wist dat hij de kans niet zou krijgen om ze te stellen.

"Je hebt het voor hen verpest in Yellowstone. Het was maar bijzaak, dus het deed er niet echt toe. Maar ze zijn niet zo blij met mensen die hun plannen willen laten ontsporen."

"Ja?" Zei Ben. "En wat zijn die plannen?"

Rhett probeerde te lachen, maar het kwam eruit als een gespannen kuch. "Juist. Als je denkt dat ik het je zou vertellen, zelfs als ik het wist..."

"Wat zit er dan voor jou in?"

"Wat zit er voor *jou* in?" Rhett spuwde terug.

Ben gooide Rhett's hoofd naar achteren en smakte het tegen de rots waar hij nog steeds boven zweefde, en de snelle klap verlamde de jongeman. Hij knipperde een paar keer met zijn ogen, spuugde opnieuw en keek weer op naar Ben.

"Je gaat niet winnen," zei hij. "Je hebt uithoudingsvermogen, dat moet ik je nageven. Maar je gaat niet winnen."

Ben probeerde een nieuwe tactiek. "Wat proberen we te winnen?"

"Nogmaals, als ik het wist, zou ik het je niet vertellen. Dat moet je weten, toch?"

Ben zocht naar een houvast en vond het in een vuistgrote steen. Hij griste het van de grond en droeg het terug naar waar Rhett bloedend op de met mos bedekte vloer lag. Hij hief hem boven zijn hoofd en mikte op de brug van Rhett's neus.

"Ga je mijn hoofd inslaan met een steen?" vroeg Rhett.

"Heb jij een beter idee?" Zei Ben. "Geef me een reden om het niet te doen."

Rhett gniffelde weer naar Ben.

"Dat is wat ik dacht. Ik ga dit niet veel pijn laten doen - ik ben niet in voor die onzin. Maar het zal definitief zijn. Heb je me iets te vertellen voordat -"

Ben voelde iemand aan zijn pols trekken, en hij draaide zich om, terwijl hij zijn vrije hand omhoog stak om zichzelf te beschermen.

"Ben, Ben!" Zei Archie. "Stop - ik ben het."

Ben ontspande zich lichtjes, maar rukte zijn pols uit Archie's greep.

"Sorry," zei Archie. "Ik wilde je niet laten schrikken." Hij bewoog achter Ben naar Rhett. "We hebben hem nodig. Levend."

Ben trok een wenkbrauw op. "Voor wat?"

Archie wierp zijn ogen naar links en toen naar rechts. Paulinho was plotseling in beeld, vlak achter een andere boom. Hij hield Reggie vast, die nu pas bijkwam, worstelend met het gewicht van de soldaat en zijn eigen wond. Carlo stond achter Archie, enigszins gecamoufleerd in de schaduwen van de jungle. Ben besefte dat hij zich de afgelopen minuten totaal niet bewust was geweest van zijn omgeving. De gevechten en het geweervuur waren opgehouden en vervangen door de geluiden van de jungle.

Toen hij om zich heen keek naar zijn haveloze en verslagen groep, brak er paniek uit.

"Waar zijn de meisjes?"

HOOFDSTUK 41

REGGIE OPENDE ZIJN OGEN, en alle pijn kwam terug.

In al zijn jaren, had Reggie zich nog nooit zo buiten zijn element gevoeld. Hij had honderden survivalaars, amateur-onderzoekers en bedrijfsleiders meegenomen op expedities door de wildernis, en hij had ze stuk voor stuk veilig thuisgebracht. Voordat zijn leven een eindeloze stroom hippe avonturiers ging dienen, had hij zijn carrière doorgebracht in het leger, waar hij naam maakte als scherpschutter. Op missies werd hij omringd en gesteund door goed getrainde soldaten, zoals hijzelf, en op de meeste missies had hij niets anders te vrezen dan dat hij niet op tijd op de basis terug zou zijn voor een warme maaltijd.

Maar hier, deze ene keer, waren de dingen anders. Reggie leidde een groepje mensen die iets probeerden te vinden dat misschien niet eens bestond. Hij had ze overgehaald, en daar voelde hij zich deels verantwoordelijk voor. Maar het was hun keuze om hier te komen, om zich bij deze missie aan te sluiten en het aan te gaan.

Zij werden achtervolgd door een groep getrainde moordenaars die Amanda Meron wilden meenemen en de rest van zijn groep wilden uitroeien, en nu werden zij ook nog aangevallen door een groep stammenkrijgers.

Reggie wreef over zijn hoofd en probeerde zijn zicht weer

helder te krijgen. Hij stond, maar niet op zijn eigen voeten - althans hij kon ze op dit moment niet voelen. Hij knipperde nog een paar keer, en de herinnering aan wat er gebeurd was kwam weer boven.

Hij was neergegaan nadat hij was geraakt door een knuppel, van een inboorling die zich achter een struik had verstopt. Hij was toch bijna gestruikeld over een dichte wirwar van droge lianen, en had niet goed opgelet waar de man zich bevond toen hij in een hinderlaag liep.

Hij wreef over de plek waar de knuppel terecht was gekomen, net boven de slaap aan de linkerkant van zijn hoofd. Het *had veel erger kunnen zijn*. Zonder bloed te voelen, beoordeelde hij snel het gebied rond de blauwe plek en stelde vast dat het kantje boord was.

Na de eerste ontmoeting ging Reggie ervan uit dat ze veilig waren weggekomen, omdat ze de groep hadden afgeschrikt met Paulinho's vreemde tatoeage. Maar toen begonnen de geweren te vuren, en begon het gevecht. Hij zag de leider van de groep, een jongere man van bijna Bens leeftijd met donkere, diepliggende ogen, naar hem staren vanuit de dekking van een boom aan de andere kant van de open plek, en ze hadden hun ogen een ogenblik op elkaar gericht. Die ogen kwamen hem bekend voor - de ogen van iemand die getraind was om te doden. Ze waren stabiel en onbeweeglijk, maar ze waren niet gewoon *kwaadaardig*. Ze hadden een sinistere duisternis, maar ze werden omlijst door een licht fronsende uitdrukking, een die Reggie onmiddellijk herkende als de uitdrukking van een man die de kansen berekende, een actieplan koos en zijn doel probeerde te bereiken met het kleinste verlies voor zijn team.

Reggie zag de man maar heel even, maar het was genoeg. Hij had zelfs zijn pistool geheven en gemikt, maar hij kon niet goed genoeg mikken. Hij wilde geen van de inboorlingen raken, want hij wist niet zeker of ze in de gaten werden gehouden door anderen die misschien in de buurt spioneerden. Zelfs als er een andere stam was - een stam die in conflict was met de stam die ze waren tegengekomen - zouden de stammen waarschijnlijk communiceren over wat ze hier hadden gevonden.

En het woord reisde verrassend snel in de jungle. Voor de buitenstaander werden de inboorlingen over het algemeen als tamelijk primitief beschouwd, maar Reggie wist dat er een fijne machtsbalans bestond tussen de jungle zelf en haar bewoners, en veel van de oudste stammen verspreid over het immense landgebied waren zeer goed afgestemd op de fluisteringen ervan. Samenlevingen die al duizenden jaren bestonden, waren technologisch misschien niet veel veranderd, maar het was onverstandig om aan te nemen dat zij ook primitief waren als het op communicatie aankwam.

Reggie had gelezen over een stam die twee lopers uitzond wanneer ze berichten moesten bezorgen bij hun kiezers, voor het geval de een of de ander werd opgehouden. Ze reisden tegengestelde routes, eindigden meestal op hetzelfde tijdstip op de plaats van bestemming, brachten dan het nieuws en keerden terug.

Als zijn groep op de een of andere manier de inheemse stam die op het punt stond hen te doden een ongemakkelijk gevoel had gegeven, wilde hij die indruk zo lang mogelijk vasthouden, om te voorkomen dat andere stammen of zwervende jagersgroepen zich met hun plannen zouden bemoeien. Hij wilde geen oorlog beginnen met de inheemse volken van het Amazonegebied, net zo min als hij de huurlingen wilde bestrijden.

Dus koos hij de andere optie - vluchten. Hij draaide zich om en rende recht in de knots van een inheemse krijger, en viel flauw. Waarschijnlijk om de man af te schrikken, was de inboorling niet lang genoeg gebleven om hem te doden, en daar was hij dankbaar voor.

Hij duwde zijn voeten naar beneden, blij te merken dat ze goed werkten en hij nu op eigen benen kon staan. Hij klopte op Paulinho's schouder, die ongetwijfeld zelf ook nog een beetje pijn had, en keek naar Ben en Archie.

"Wat is er gebeurd?" Hij zag het bebloede gezicht van de jongen, Rhett, en herkende hem bijna niet.

"Vond hem in het bos," zei Ben.

"Nou, het is duidelijk dat je hem hebt ondervraagd," zei Reggie. "Hopelijk heb je iets ontdekt?" Hij liep dichter naar Ben toe. "Christus, Ben, je ziet eruit alsof je ook betere dagen hebt gehad."

Bens kaak klemde en ontklemde zich, en Reggie hoefde niet naar beneden te kijken om te zien dat Bens vuisten dezelfde beweging maakten. Archie keek naar de grond.

"Wat is er aan de hand?"

"De meisjes," zei Ben. "Ze hebben ze meegenomen."

HOOFDSTUK 42

"KUNNEN WE ZONDER HEN VERDER?" Vroeg Archie.

Ben voelde weer woede opkomen, maar hij hield zich in.

"Het spijt me," zei Archie, terwijl hij het vuur in Ben's ogen opmerkte. "Zo bedoelde ik het niet, ik dacht alleen dat we met minder mensen misschien aan het eind van onze lijn konden komen, dan -"

"We gaan niet verder zonder hen," zei Ben.

"Daar ben ik het mee eens," voegde Paulinho eraan toe.

Archie keek van Ben en Paulinho naar Reggie. Reggie leunde tegen een dunne tak van een boom die uit de grond stak, schijnbaar helemaal niet aan een stam vastzittend. Hij kronkelde een paar keer rond, als een slang, en viel toen terug op de grond, zo'n drie meter verderop, waar hij eindigde in een warboel van bladeren en lianen. De overgebleven leden van de groep gaven een fles water door, ieder nam een slokje voordat ze het doorgaven.

"Ze hebben gelijk," zei Reggie. "Het heeft geen zin eerder te zijn als ze Amanda en Julie nog hebben. Dat is nu het doel - hen terughalen."

Ben knikte naar Reggie.

"Maar," vervolgde Reggie, "ze weten dat we naar hen op zoek zullen gaan, en ze weten dat hoe langer we hier rondjes lopen, hoe groter de kans is dat we een natuurlijke dood sterven."

"Wat bedoel je?" Ben wist niet zeker waar Reggie heen wilde met deze redenering.

"Ik zeg dat onze eerste prioriteit *natuurlijk* is om de meisjes te krijgen, maar dat het nog steeds in ons belang kan zijn om te vinden wat we zoeken."

"Hoe kom je daar bij?" Vroeg Archie.

Ben keek naar Reggie om het uit te leggen. Reggie knikte, haalde adem en nam een slok water, en stapte naar het midden van de groep mannen. "Rustig," zei hij. "Ze hebben Amanda - en Julie - nu hoeven ze alleen nog maar de ultieme prijs te vinden waar ze achteraan zitten, en dan ons vermoorden. Ze zullen dezelfde lijn volgen die wij gevolgd hebben, want ze hebben nu de algemene richting uitgevogeld door ons te volgen. Amanda en Julie zullen hen niet willen helpen, maar uiteindelijk zullen ze dat wel als ze gedwongen worden."

Ben balde zijn vuisten. "Dat is precies waarom we ze moeten vinden *voordat* ze 'gedwongen' worden.

Reggie schudde zijn hoofd. "Nee. Als we eerst aan het eind van de lijn zijn, kunnen we onderhandelen."

"Iets wat zij willen voor iets wat wij willen," zei Archie.

"Juist. En Ben, je bent hier niet om te verkennen en naar artefacten te graven. Je wilt het bedrijf vinden dat achter dit alles zit."

Ben knikte, langzaam. *Hij heeft gelijk, maar ik haat het.* Hij wilde *iets doen*, niet doorgaan en hopen dat ze uiteindelijk de andere groep zouden tegenkomen. *Maar het is het meest logische.*

"Ben," zei Reggie. Ben keek op en zag dat Reggie en de anderen hem allemaal aanstaarden. Reggie had het begin van een grijns op zijn gezicht, maar er was een zachtheid achter, in zijn ogen. "We zullen ze vinden, Ben, maar we moeten doorzetten."

Ben ademde diep de hete, vochtige jungle lucht in. Hij kon de smaak van het regenwoud proeven, en hij begon er al snel een hekel aan te krijgen. "Ik weet het."

"Goede deal," zei Reggie. Hij richtte zich tot de anderen. "We moeten snel zijn. Amanda was de enige van ons die ze nodig hadden, omdat zij degene is met de informatie om de punten te verbinden tussen wat zij weet en waar wij allemaal naar op zoek waren. Ze zullen grotendeels dezelfde informatie hebben als wij, dus het is slechts een kwestie van tijd voordat ze het voor zichzelf op een rijtje zetten. Onze beste kans is om daar eerst te komen, en dan het volgende stukje van de puzzel te vinden."

Reggie glimlachte, zijn karakteristieke grijns kwam terug, en hij stapte op Rhett af en trok de jongeman overeind. Hij greep naar een van de rugzakken en haalde er een stuk touw uit en begon de handen van de jongen achter zijn rug te binden. "Ik hoop dat je zin hebt in een wandeling, jongen."

Ben was niet in staat om de schijnbaar lusteloze houding van de man naar buiten toe te evenaren, maar hij begreep nu dat de uitdrukking niet werd gedragen als een weerspiegeling van wat er in hem omging, maar als een tegenstrijdigheid. Het was een geforceerde verschijning, om zijn team op hun gemak te stellen, en om ervoor te zorgen dat hij koel en beheerst bleef in het licht van de toenemende kansen tegen hen.

Ben was de man gaan waarderen, respecteren en zelfs tegen hem op gaan kijken. Reggie was als niemand anders die hij ooit had ontmoet, met uitzondering van zijn eigen vader. Bens vader was altijd goedaardig, hartelijk en toch altijd klaar voor actie, gespannen van verwachting. Hij was de sterkste man die Ben ooit had gekend, en de plotselinge herinnering aan hem bracht een gevoel teweeg dat Ben in lange tijd niet had ervaren.

DEEL III

"...en, als zijn kracht
Hij heeft het lang laten afweten,
Hij ontmoette een pelgrim schaduw...
"Schaduw," zei hij,
Waar kan het zijn...
Dit land van Eldorado?"..."

EDGAR ALLEN POE

DE TOUWEN DIE JULIES POLSEN BONDEN, begonnen in haar te snijden. Ze had er een uur lang tegen geworsteld tijdens het lopen, maar de dikke koorden van het klimtouw gaven niet mee. Amanda liep naast haar, haar handen ook gebonden. Ze zag er verfomfaaid uit, haar paardenstaart was allang uit elkaar en haar korte, blonde lokken met zweet doordrenkt haar plakten op haar voorhoofd en rond haar oren. Ze snikte zachtjes, alleen haar lichte gesnuif verraadde haar.

Julie wilde haar arm om haar heen slaan, maar ze wist dat ze geen troost zou kunnen bieden. Ze voelde zich net zo slecht als Amanda, en alleen uit pure angst kon ze zich ervan weerhouden om ook in tranen uit te barsten.

De huurlingen hadden Amanda eerst gepakt, op de open plek tijdens het gevecht. Julie was Ben gevolgd in de jungle en wachtte geschokt toen Ben zijn woede op Rhett afreageerde. De jongen was een sluwe verrader geweest, maar Julie was nog steeds verbaasd over Ben's reactie. Ze wilde hem tegenhouden, naar hem toe lopen en zijn uitgestoken hand pakken voordat hij weer kon toeslaan, maar de huurling greep haar vast en drukte zijn grote, zweterige hand over haar mond.

Ze kon niet schreeuwen. Ze kon de man zelfs niet bijten. Hij had zijn andere arm achter haar ellebogen gelegd en haar zo voor hem op haar plaats gehouden, terwijl hij rustig achteruit stapte, het dichtere deel van de jungle in. Binnen enkele seconden waren ze volledig aan het zicht onttrokken.

Julie herinnerde zich het gevoel nog goed - het was een gevoel van uiterste wanhoop, een gevoel dat ze nog nooit in haar leven zo sterk had gevoeld. Ze keek toe hoe Ben verdween, nog steeds Rhett aan het slaan. Ze kon nauwelijks ademhalen, hetzij door de hand van de man die haar mond en neus blokkeerde of door haar eigen hyperventileren.

Toen de huurling tevreden was met hun afstand tot Ben, tilde hij haar helemaal van de grond, zwaaide haar rond, zette haar toen neer en duwde haar door het overgebleven struikgewas naar buiten, het open atrium in. De ruïnes van het kleine ziekenhuiscomplex roken nog steeds aan haar linkerhand, maar daar stopten ze niet. De man achter haar duwde haar helemaal door de open plek en tilde haar nog een keer van de grond terwijl hij zich naar de andere kant van het atrium haastte. Toen ze de bomen bereikten duwde hij haar nog tien stappen verder, naar een kleinere open plek.

Zij bevond zich in het midden van een groep mannen, allen gekleed in gelijke zwarte hemden en broeken, en allen gewapend met aanvalsgeweren.

Ze bonden haar polsen vast, zeiden niets tegen haar, en blokkeerden haar mond met een dikke, vochtige bandana. Ze kokhalsde, probeerde door de stof te ademen, maar gaf het op en besloot in plaats daarvan door haar neus te ademen. Nadat ze met haar klaar waren, werd een ander touw rond haar polsen gewikkeld en aan een karabijnhaak vastgemaakt, die de man die haar had meegenomen aan zijn riem had vastgemaakt.

Ik ben aangelijnd, dacht ze.

Pas toen zag ze Amanda, die haar met grote, angstige ogen aanstaarde, ook vastgebonden en gekneveld. Ze was vastgebonden aan een andere soldaat, en zonder een woord te zeggen tegen een van hen begonnen de soldaten te lopen.

Zij hadden meer dan een uur gelopen, het daglicht van de

ochtend sijpelde door het bladerdak van de jungle, toen zij eindelijk stopten.

Julie was uitgeput, maar ze ging niet zitten. De man aan het hoofd van de rij soldaten draaide zich om en sprak tot de twee mannen direct achter hen, en zij braken af in een sukkeldrafje en renden vooruit. De rest van de mannen verspreidde zich rond de meisjes en vormden een muur van huurlingen rond Julie en Amanda. Julie telde tien man, de leider en de twee die weggelopen waren niet meegerekend.

Dertien in totaal, dacht ze. *Ze zijn* veel talrijker *dan onze groep.*

Ergens onderweg had Julie de realiteit geaccepteerd dat Ben zou proberen haar te komen redden.

Ze wist dat hij van haar hield, en ze wist dat hij bijna alles voor haar zou doen, maar ze wist ook dat hij deze mannen niet zou laten gaan zonder verantwoording af te leggen voor hun misdaden. Ben zou voor niets stoppen om haar terug te krijgen, maar hij zou het ook uit principe doen.

Daarom hield ze van hem, en daarom dacht ze dat het hem op een dag zou doden.

In Yellowstone, enkele maanden geleden, had Ben een onwaarschijnlijke vastberadenheid getoond die haar met stomheid had geslagen en sprakeloos had gemaakt. Toen het voorbij was, wist ze niet zeker of ze zijn moed moest prijzen of zijn domheid moest veroordelen. Hij had het van zich afgeschud, en ze spraken er nooit meer over. Reporters en journalisten verloren hun interesse toen ze beseften dat ze in Ben niet de volgende reality tv-ster zouden vinden.

De man vooraan in de rij, hun leider, kwam en ging voor Amanda staan.

"Het is geweldig om je eindelijk te ontmoeten," zei hij. Zijn stem was kalm, laag en had geen uiterlijke emotie. Julie luisterde en probeerde elk aspect van zijn toespraak te onthouden. Het kwam haar vreemd genoeg bekend voor, hoewel ze wist dat ze de man nooit eerder had ontmoet.

Amanda was zichtbaar aan het trillen, en haar ogen waren weer aan het trillen.

"Het is in orde, Dr. Meron," zei de man. Hij glimlachte, zijn scherpe gelaatstrekken werden zachter. Julie geloofde hem bijna.

Hij reikte voorzichtig achter Amanda's hoofd en maakte de prop uit haar mond los. "Als je het gevoel hebt dat je moet schreeuwen, is dat prima. We zijn ver genoeg weg dat je groep je niet zal kunnen horen."

Hij wachtte, alsof hij haar testte. Amanda schudde, en liet toen haar hoofd hangen. Ze antwoordde niet.

"Dat is perfect. Die houding zal u in leven houden, Dr. Meron."

De man gooide de bandana op de grond en liep toen naar Julie toe. Ze klemde haar kaken op elkaar, slikte de angst weg die haar keel was binnengeslopen, maar staarde de man recht in de ogen. Hij was jong, misschien even oud als zij, en hij leek zich helemaal op zijn gemak te voelen in de jungle. Zijn haar leek te zweven, gekamd en perfect rustend op zijn hoofd, en hij was glad geschoren.

Qua uiterlijk kwam hij niet overeen met de soldaten. Degene die haar van achter Bens rug had gerukt, was bebaard, zat onder het vuil en de zweetvlekken, en had een wilde blik in zijn ogen. De andere mannen hadden dezelfde kenmerken, maar ze kon zien dat er een Aziatische man was, drie zwarte mannen, en anderen die ze niet precies kon plaatsen. De man voor haar bestudeerde haar.

"Jij en je vriend hebben mijn team veel verdriet gedaan," zei de man. Julie bleef uit haar neus ademen, wachtend tot de man haar mondknevel zou verwijderen. "Mijn naam is Joshua Jefferson. Ik ben hier op bevel van mijn vader en zijn bedrijf om Dr. Meron terug te halen, te verwerven wat jullie ook zoeken, en alle *vreemde variabelen te* neutraliseren."

Hij wachtte, alsof hij een reactie van haar verwachtte, maar ze was nog steeds gekneveld. Eindelijk, na bijna een minuut van zijn onderzoek, reikte hij achter haar hoofd en maakte de bandana los.

Julie spuugde het uit en keek weer naar hem op. Zijn hand rustte vlak boven haar nek, en ze probeerde weg te duwen.

In plaats daarvan trok hij haar dichter naar zich toe. Ze kon zijn adem voelen, op de een of andere manier koeler dan de omringende regenwoudlucht. "Juliette," zei hij, bijna fluisterend, "dat betekent dat ik je vrienden zal moeten doden. Dat weet je, dus het heeft geen zin om om het onderwerp heen te draaien."

Ze voelde zijn greep verstrakken, zijn hand kneep in haar net onder haar oren. Ze wilde schreeuwen, maar de lucht wilde niet uit haar longen ontsnappen.

"Ik ben een heel redelijk man," vervolgde hij. "Maar ik ben *grondig*. Ik heb een verplichting aan mijn mannen, die rusteloos worden. We kunnen dit projectje versnellen als u en dr. Meron meewerken."

Ze wilde reageren, schreeuwen en in zijn gezicht spugen, maar ze voelde zich zwak. Hij was betoverend, ontnam haar op een of andere manier alle vermogen om te bewegen of te reageren.

"Juliette, waar is de locatie van de stad?"

Ze ademde, en hapte naar lucht.

"De stad El Dorado. Waar ligt die?"

Hij verstevigde zijn greep in haar nek. "Ik - weet het niet," zei ze. "Eerlijk gezegd. We -"

"We weten dat je *het* niet precies weet," zei hij. "Zoveel is overduidelijk. Laat me het verduidelijken: wat is uw bestemming? Het eindpunt dat u probeert te bereiken?"

Julie was stil.

"Juliette," zei hij. "Je begrijpt wat er gaat gebeuren als je mijn vraag niet beantwoordt, nietwaar?"

Hij wachtte op haar antwoord. Ze knikte.

"Goed. Dr. Meron schijnt zeer geïnteresseerd te zijn in samenwerking met mij en mijn team." Hij wierp een blik op Amanda, en Julie kon zien dat Amanda's hoofd nog steeds gebogen was, onbeweeglijk. "Doe jezelf een plezier en wees degene die besluit mee te werken aan deze missie. Jij en ik weten allebei dat we Dr. Meron nodig hebben, dus is ze voorlopig veilig."

Julie kon het niet helpen na te denken over wat hij had gezegd. *Waarom leef ik nog?* vroeg ze zich af. *Waar gaat hij me voor gebruiken?* Hij zou Amanda nodig hebben om te helpen verklaren wat ze in de stad gaan vinden, als ze het vinden. Maar haar? Wat voor goeds kan Julie doen?

"Juliette," zei de man. Ze besefte dat ze in de verte keek, en haar ogen dwaalden terug naar Joshua. "Ik heb nog een vraag voor je; misschien kun je deze eerst beantwoorden."

Ze wachtte, en voelde de vingers van de man met de haren in haar nek spelen. Het deed haar huiveren.

"Je vriendje - Harvey? Waar is *hij* naar op zoek?"

Julie fronste haar wenkbrauwen, zag toen dat Amanda haar hoofd omdraaide en naar hen beiden staarde.

Joshua Jefferson lachte. "Je denkt toch niet dat ik geloof dat hij hier, midden in het regenwoud, op zoek is naar een oude stad van goud, of wel?"

Julie wierp haar ogen heen en weer, niet zeker waar hij met zijn vragen heen wilde. Ze aarzelde, wachtend tot hij weer zou spreken.

"Het is een simpele vraag, Juliette," zei hij. "Waar is hij naar op zoek?"

Julie probeerde een uitweg te vinden, een manier om de vraag te ontwijken. Maar ze voelde zich gebonden, net als haar polsen. Vastgebonden met deze man in het midden van de jungle, gedwongen om hem te geven wat hij wilde.

Plotseling realiseerde ze zich het antwoord op het vorige raadsel. *Waarom leef ik nog? Waarom heeft het huurlingenteam me niet gewoon in het atrium gedood?* Terwijl ze in haar gedachten rommelde om een goed antwoord te vinden op de laatste vraag van de man, viel het antwoord op haar vorige vragen uit een onderbewuste ruimte diep in haar.

Hij wil Ben. Ik ben zijn onderhandelingstroef.

Ze wist meteen dat deze man haar niet zou doden. Tenminste niet voordat hij Ben had.

"Drache Global," zei ze, haar stem een beetje aarzelend. De

woorden kwamen er al uit voordat ze besefte dat ze het hem ging vertellen. Maar haar moment van helderheid gaf haar een ander antwoord: deze man wist al wat Ben in de jungle zocht, en hij wist dat het geen verloren stad was. Ben was niet meer geïnteresseerd in oude mythen en mysteries dan deze mannen. Ze wilden allemaal iets anders, iets meer. Joshua's team probeerde datgene veilig te stellen waar Amanda's onderzoek hen naartoe leidde; het feit dat het misschien bestond in een oude, lang verloren stad, was slechts een bonus.

Het kon Ben niet schelen wat er in de stad was, of waar die lag, of wat ze zouden aantreffen als ze er aankwamen. Hij was alleen geïnteresseerd omdat Julie geïnteresseerd was, maar de stad was een eenvoudige stopplaats op zijn grotere reis: hij wilde het bedrijf vinden.

Joshua grijnsde. "Zo heb ik het al een hele tijd niet meer horen noemen," zei hij.

Julie fronste haar wenkbrauwen.

"Ja, dat is een van de namen," zei Joshua. "Drache Global is een farmaceutisch bedrijf, en opereert als de belangrijkste onderzoeks- en ontwikkelingstak voor de rest van de organisatie."

"Dragonstone? Of Drage Medisinsk?"

Joshua deed een stap achteruit. Hij keek op naar Julie, en ze kon zien dat hij haar bestudeerde. Haar analyseren. "Nogmaals, dat zijn takken van de hoofdstam van de organisatie. Maar ik kan zien dat je je onderzoek hebt gedaan. Hoe heb je die namen gehoord?"

Julie wist dat ze de man niet moest onderschatten, maar ze wilde hem zo lang mogelijk aan de praat houden, om tijd voor zichzelf te winnen. "Ben heeft ze gehoord, een paar maanden geleden, toen jouw organisatie probeerde het hele land te vergiftigen."

Joshua hield zijn hoofd een beetje schuin, maar Julie kon niet zien of hij fronste of haar nog steeds bestudeerde. Hij reageerde eerst niet, en ze vroeg zich af of hij haar wel gehoord had.

"Waarom hebben ze het gedaan, Joshua? Waarom al die moeite doen? Om ons allemaal een lesje te leren?"

Tenslotte schudde Joshua zijn hoofd. "Ik heb ze dat afgeraden," zei hij. "Maar ze bleven zeggen dat het niet om het virus ging, en ook niet om de bommen. Iedereen is altijd zo gefocust op wat er recht voor hen is, dat ze niet zien wat er achter hen is. Of wat er vlak naast hen staat."

"Waar heb je het over?"

"Ik heb het over misleiding, Juliette. Als de ene hand iets vasthoudt dat de aandacht van de hele natie trekt, doet de andere hand iets achter zijn rug."

"Ik heb dat excuus eerder gehoord," zei Julie. "Zelfs als het logisch was, het is niet de waarheid. Wat is de waarheid?"

Iets in de manier waarop Julie de woorden zei, maakte Joshua kwaad. Hij haastte zich naar voren, zijn gezicht weer centimeters van het hare. Ze dacht dat ze het zachte verdwijnen van het rood net onder zijn huid kon zien. De woede die hij op dat moment had gevoeld was een seconde later verdwenen.

"De waarheid is precies wat ik probeer te begrijpen," zei Joshua. "Ze hebben ook dingen voor mij verborgen gehouden. Mijn eigen vader heeft dingen voor mij verborgen gehouden. Het is hoe ze werken; hoe ze altijd zaken hebben gedaan. Betaal wat je nodig hebt aan de mensen die je nodig hebt, maar geef ze alleen genoeg informatie om de klus te klaren. Ik heb zoveel van mijn eigen mensen weggegooid zien worden door de Company."

Hij keek weg, en Julie realiseerde zich plotseling dat hij meer had verteld dan hij van plan was. Zijn emoties moesten hem parten hebben gespeeld, en hij had meer informatie losgelaten dan hij had gewild. Hij schraapte zijn keel en leek zich toen zichtbaar los te maken, zijn spieren en gespannen houding uit te schudden en te vervangen door iets dat leek op een nerveuze bodybuilder die probeerde ontspannen over te komen.

Julie keek om naar de rest van de mannen die bij de bomen stonden, om haar en Amanda heen. Ze stonden stokstijf rechtop, elk van hen volledig afgestemd op het bos en zijn geluiden, wachtend op enig teken van een dreigende aanval, van mens of dier. Ze waren allemaal op dezelfde manier gekleed als Joshua, maar hij was de jongste van de groep en de enige die tot nu toe met haar had gesproken. Ze begreep hun hiërarchie niet, of hoe Joshua het bevel over dit contingent had gekregen, maar dat deed er niet toe. Hij was degene met wie ze moest praten; hij was degene die ze moest overtuigen.

"Joshua, wat wil je van mij en Amanda?"

Hij dacht er even over na en antwoordde toen. "Je weet al wat ik van je wil. Het is wat het bedrijf wil dat ik met je doe. Vind wat je zoekt, verzeker je van Dr. Meron's medewerking, en verwijder alle mogelijkheden dat iemand zou kunnen praten."

Julie verzamelde alle moed die ze nog kon vinden, en staarde de man die voor haar stond aan. "Waar wacht je dan nog op?"

Joshua's stem zakte naar een fluistering, en ze moest moeite doen om het te horen. "Ik moest het zelf weten, maar ik denk dat wat ik vermoedde waar is." Hij pauzeerde, keek om zich heen om er zeker van te zijn dat zijn mannen nog op hun post waren, niet gefocust op zijn gesprek. Hij praatte nu zo zachtjes dat niemand van hen - of Amanda - het kon horen. "Juliette, Ben en ik zijn op zoek naar hetzelfde."

HOOFDSTUK 44

"IK GA HET JE NOG ÉÉN KEER VRAGEN," zei Reggie. "Wat doe je hier? Waarom dood je ons niet gewoon toen je de kans had?"

Reggie liep achter Rhett en duwde hem voort als de jongen achterop raakte of van koers veranderde. De jongen had nog geen woord gesproken sinds Reggie terug was, maar Reggie wist dat hij het langer kon uithouden dan hij. Rhett's handen werden op zijn rug gebonden, het touw werd rond zijn middel gespannen en vormde een soort riem die zijn handen verder vastbond. Ben liep voorop met Archie en Paulinho, en de kleine Braziliaanse boothand, Carlo, volgde direct achter Reggie. Ze reisden in de richting die Reggie hen had gewezen, geholpen door een met de hand getekende kaart. Nadat ze de kaarten in de rivier waren kwijtgeraakt, hadden Archie Quinones en Reggie een paar minuten de tijd genomen om de kaarten en de kruisende lijnen die ze hadden ontdekt, zo goed mogelijk na te tekenen op een paar stukjes papier. Met Archie's kennis van het gebied en zijn eigen vaardigheid in navigatie, dacht Reggie dat ze hun bestemming konden blijven vinden.

Hoopte hij.

Hij had zich nog nooit zo ver in het Amazonegebied gewaagd, en niet veel buitenstaanders hadden dat gedaan. Degenen die dat wel hadden gedaan waren meestal op een verkenningsmissie, meestal gefinancierd door een grote organisatie of regering, en die hadden de middelen om hen te ondersteunen. Toch worden er elk jaar grote groepen mensen vermist in het Amazonebekken, door overstromingen, roofdieren of vijandige inboorlingen. Anderen verdwaalden gewoon.

Reggie wilde er zeker van zijn dat hij en zijn groep veilig uit de jungle zouden komen, maar zelfs met zijn vaardigheden wist hij dat het een hele opgave was. Ze zouden spoedig niet alleen menselijke en dierlijke roofdieren moeten bevechten, maar ook de elementen. Zonder een constante aanvoer van vers, zuiver drinkwater zou uitdroging sneller kunnen toeslaan, en voedsel zou steeds moeilijker te verkrijgen blijken naarmate de rantsoenen van MRE's en cocabladeren die ze in hun rugzak meedroegen uitgeput raakten.

Bovendien waren Julie en Amanda verdwenen, meegenomen door de huurlingen. Hij had willen schreeuwen toen hij erachter kwam, maar hij dwong zichzelf de emotie terug te dringen en de logische kant van zijn persoon het weer over te laten nemen. Hij had besloten dat ze verder moesten gaan om hun missie te volbrengen, zodat de huurlingen hen later konden ontmoeten. Het was een moeilijke beslissing, aangezien hij nu geen controle meer had over Amanda's en Julie's overleving.

Hij was onder de indruk van Bens vermogen om ook zijn standpunt in te zien. Ben, in tegenstelling tot Reggie, had een aandeel in dit spel. Hij en Julie waren hier samen aangekomen, en Ben zou alles doen wat in zijn macht lag om ervoor te zorgen dat ze zo zouden vertrekken. Het met Reggie eens zijn dat het beste was om door te gaan en te proberen de verloren stad te vinden, zou geen gemakkelijke beslissing zijn geweest.

Hij stapte dichter naar Rhett toe en drukte zijn vuist tussen zijn schouderbladen. "Negeer je me nu?"

"Wat wil je weten?" Rhett draaide zich om en keek Reggie aan. Hij stopte kort. "Je probeert me alleen aan het praten te krijgen, je hebt niet echt informatie van me nodig."

Reggie grijnsde. "Prima. Je hebt gelijk. Maar ik denk dat na het boot incident, je ons op zijn minst een verschuldigd bent. "

"Schiet."

"Hetzelfde wat ik een minuut geleden vroeg," zei Reggie. "Waarom heb je ons niet gewoon allemaal vermoord toen je de kans had? In de hut, of op de boot? Verdomme, waarom niet gewoon het vliegtuig laten neerstorten? Zeker geen overlevenden op die manier."

"Dat was niet mijn missie," zei Rhett.

Reggie liet een eenlettergrepige lach horen. "Jouw *missie*? Hoe oud ben je, jongen? 25?"

Rhett's gezicht werd rood, maar het siert hem dat hij zich niet meer dan dat liet beïnvloeden door zijn woede. "Ik ben 27, net van de rechten school af. En ja, dit is mijn *missie*. Het bedrijf heeft me hierheen gestuurd, om ervoor te zorgen dat de anderen de klus klaren. Je hebt me al drie keer onderschat op deze reis; waarom denk je precies dat ik ongeschikt ben?"

Reggie kauwde op een denkbeeldig stukje tabak terwijl hij de jongeman op en neer bekeek. Toen, met een vloeiende beweging, zwaaide hij zijn rechtervoet achter Rhett's linkerknie. Hij voerde de beweging uit en tilde Rhett voor een seconde volledig van de grond toen zijn benen onder hem vandaan vielen. Rhett kwam hard op zijn rug op de grond terecht, waarbij zijn handen en achterwerk de klap te verduren kregen. Hij gilde van de pijn en rolde zijwaarts, anticiperend op een verdere aanval.

Reggie zette zijn rechtervoet weer op de grond en ging door met nepkauwen. Hij lachte, liep toen naar Rhett, greep hem bij de kraag van zijn shirt en trok hem overeind. Er zat een dikke laag vuil op de zijkant van Rhett's gezicht en de jongeman droeg een grijns die Reggie bijna deed stilstaan.

"*Daarom* denk ik dat je ongeschikt bent. Voor wat voor bedrijf werk je eigenlijk? Hebben zij *je* gestuurd?"

Rhett ademde zware slokken lucht in terwijl hij zichzelf probeerde te kalmeren. De grijns verliet nooit zijn gezicht.

Reggie hield zijn hoofd opzij, en hij zag Ben en Archie, Paulinho vlak daarachter, naar hem toe lopen om te luisteren.

"Hun leider heet Joshua," zei Rhett. "En hij is niet van plan te stoppen. Het maakt allemaal niets meer uit. Ze laten niemand van ons gaan, ook mij niet. Zelfs als - op een of andere manier - dit niet werkt, zullen ze een andere groep sturen. En nog een. Ze *zullen niet* stoppen. Je zou me nu gewoon moeten doden."

"Je bent veerkrachtig, jongen," zei Reggie. Hij knikte naar Ben. "Het verbaast me eigenlijk dat Ben dat niet al gedaan heeft. Trouwens, wat is daar nou leuk aan?"

Ben liep naar Rhett toe en trok hem ruw om zodat ze oog in oog stonden. "Je hebt geluk dat ik je nu niet vermoord."

Reggie hield een hand op. "Rustig, Ben. Laten we eerst zeker zijn dat hij de waarheid vertelt."

"Waarom zou ik daarover tegen je liegen? Begrijp je niet wat er aan de hand is? Er is hier *niets meer* voor jou. Ze hebben het meisje, ze weten waar ze heen moeten, ze zullen niet stoppen tot het voorbij is."

"Waarom stuurde hij jou dan?" vroeg Ben.

"Ze zijn grondig, het bedrijf. Ze stoppen niet voordat de klus geklaard is, en wanneer het het meest zinvol is, kiezen ze voor redundantie boven het besparen van middelen."

"En hun leider? Joshua?" vroeg Reggie. "Is hij net zo... *gekwalificeerd* als jij?"

Rhett glimlachte alleen, zijn ogen bleven koud en gericht op Ben.

Reggie duwde Rhett weg, waardoor hij struikelde voordat hij zijn evenwicht hervond en naar voren liep, de bomen in. Paulinho en Archie liepen nog steeds voorop, maar Ben hield zich op naast Reggie. Carlo, altijd de waakzame schildwacht, begon stilletjes achteraan de rij te lopen toen de groep verder ging.

Met een lage stem richtte Reggie zich tot Ben. "Waar denk je aan?"

"Ik had hem moeten doden toen ik de kans had," zei Ben.

Reggie schudde zijn hoofd. "Schuif dat voor nu opzij, Ben. Er staat hier meer op het spel. Dit 'bedrijf', wie ze ook zijn en wat ze ook willen, is duidelijk bereid veel geld uit te geven om hun doel te bereiken. En het lijkt erop dat er een soort van wantrouwen is in de organisatie. Waarom zouden ze anders twee teams sturen?"

"Dit is geen *team*, Reggie," zei Ben. "Dit is een *kind*."

"En deze jongen heeft ons al een paar keer beetgenomen. Ik wil niet dat het weer gebeurt, en ik weet dat jij dat ook niet wilt. Dat is waarom we dit moeten uitzoeken. Waarom sturen we ze allebei?

Reggie wachtte op een antwoord, maar Ben zweeg.

"Als deze jongens echt voor hetzelfde bedrijf werken," vervolgde Reggie, "zou het me niet verbazen als hij de waarheid spreekt - deze organisatie stuurt er misschien meer. Dat betekent dat logistiek moeilijker is, communicatie is moeilijker..."

"Kunnen we dat in ons voordeel gebruiken?"

"Ik hou echt van de manier waarop je denkt, Ben," zei Reggie. "Maar nee, niet echt. Niet hier, tenminste. We moeten naar het einde van de lijn, de stad vinden, of wat het ook is dat daar is, en de meisjes terug krijgen. Dan pakken we het probleem aan van wie er achter dit alles zit."

Ben knikte. "Klinkt als een plan."

Ze liepen in stilte voor een minuut of twee, geen van beide mannen sprak terwijl ze direct achter Rhett liepen. Ze staken een paar kleine beekjes over en sjokten door wat laaggelegen moerasland, uiteindelijk bereikten ze een hoger gelegen plateau van bomen en struiken.

Reggie vroeg zich af of Ben nog steeds dacht aan de woordenwisseling die ze een paar minuten geleden met Rhett hadden gehad, maar het was Ben die als eerste de stilte verbrak.

"En Reggie?" Vroeg Ben.

Reggie keek afwachtend naar Ben.

"Je zegt het maar. Laat me weten wanneer ik dit kleine onderdeurtje kan doden."

Reggie glimlachte oprecht, knikte een keer en ging toen verder door het regenwoud, op weg naar wat voor haar lag.

"WAT BEDOEL JE, HIJ IS JE BROER?" vroeg Julie. Ze had Joshua Jefferson net verteld over Rhett en zijn vermeende sabotage.

"Praat niet zo hard," zei Joshua. "Dat is geen informatie waarvan ik wil dat mijn mannen het horen."

Julie zuchtte. "Je hebt ons vastgebonden, geweren op ons gericht, midden in het Amazone regenwoud. Het minste wat je kunt doen is uitleggen wat er aan de hand is."

Joshua wierp een blik in het rond, om zich er voor de honderdste keer van te vergewissen dat geen van de mannen die rond en voor hen liepen hen kon afluisteren. "Ik heb het je al gezegd," zei hij. "Het bedrijf heeft tegen me gelogen. Er is iets aan de hand, en het gaat om mijn vader. Hij zou mijn broer nooit hierheen sturen, en zeker niet voor bedrijfszaken."

"Maar u? Zou hij jou sturen?"

"Kijk om je heen, Julie," zei Joshua, zijn fluisterstem verheven tot een opgewonden niveau. "Ik ben hiervoor *opgeleid*. Ik heb mensen naar de donkerste uithoeken van de aarde geleid, en zowat ieder van hen levend teruggebracht. Dit is wat ik doe."

"Onschuldige vrouwen stelen en ze vastbinden om later als onderhandelingstroef te gebruiken?"

Joshua keek weg, toen naar de grond terwijl ze liepen. "Julie, kom op. Ik heb je de waarheid verteld. Ik dacht dat dit... iets anders was."

"Je nam aan dat we moordenaars waren en de enige manier om je bedrijf te beschermen was om ons te doden?"

"Stop. Wees even redelijk. Ik weet dat het moeilijk is om te vragen, maar vertrouw me. Ik heb orders gekregen, net als altijd. Ik volg altijd de orders op, en dan krijg ik betaald. Ik ben goed in wat ik doe, en ik stel geen vragen."

Julie staarde hem alleen maar aan.

"Ik begin vragen te stellen, Julie." Hij keek naar Amanda. Julie volgde zijn blik, en haar hart zakte meteen. Niemand had haar aangeraakt sinds ze haar polsen hadden vastgebonden, maar ze zag er verslagen uit. Niemand had een woord tegen haar gesproken, maar ze zag er radeloos uit. Julie wilde roepen, iets tegen haar zeggen dat haar moed zou geven, maar het was hopeloos. Er was niets dat ze kon zeggen of doen om Amanda zich anders te laten voelen over de situatie. Ze wilde Joshua bijna vragen om wat harder te praten, zodat Amanda hun gesprek kon afluisteren, voor wat het ook zou helpen.

In plaats daarvan wachtte ze tot Joshua verder zou gaan.

"Mijn vader heeft voor dit bedrijf gewerkt zolang ik me kan herinneren. Nadat ik mijn baan bij een particuliere beveiligingsdienst had opgezegd, heeft het bedrijf mij gerekruteerd. Er was niet veel voor nodig - ik was altijd al geïntrigeerd door wat mijn vader deed, ook al sprak hij er thuis zelden over.

"Ik werd opgeleid, kreeg een kort overzicht van de verwachtingen en onderging toen een spervuur van psychologische onderzoeken. Daarna begon ik missies voor hen te leiden. Sindsdien leid ik een groep mannen, allemaal gekozen door de compagnie, en nooit dezelfde groep."

Julie was lichtelijk verrast door deze verklaring. Het leek eerlijk, oprecht. Tegelijkertijd leek het niet op een militaire structuur waar ze ooit van gehoord had.

"Ze zijn geheimzinnig, allemaal. Ik ben door drie of vier leden van de organisatie gecontacteerd sinds ik er werk, inclusief mijn eigen vader. Maar ik heb zijn stem al maanden niet meer gehoord."

"Waarom vertel je me dit allemaal," vroeg Julie?

Opnieuw keek Joshua om zich heen. "Ze zijn met iets bezig, en mijn vader maakt er deel van uit. Maar ik ben een pion, iemand die ze kunnen sturen om hun vuile werk voor hen op te knappen. En dat 'vuile werk' is de laatste tijd een stuk vuiler geworden."

"Het lijkt me tijd om je ontslagbrief in te dienen," zei Julie.

Joshua spotte. "Was het maar zo gemakkelijk," zei hij. "Dit is niet het soort bedrijf dat je zomaar *verlaat*. Als je eenmaal binnen bent..."

"Oké, dus wat heb je van me nodig?"

Joshua keek haar vreemd aan. "Nodig? Wat bedoel je?"

"Er is een reden waarom je me dit allemaal vertelt," zei Julie. "En ik denk dat het iets te maken heeft met het feit dat je je werkgever niet vertrouwt, en dat ik hier ben omdat ik je werkgever wil *vinden*."

Joshua sprak nog steeds niet.

"Dus hoe kan ik helpen?"

"Dat is het nu juist," zei Joshua. "Als je vraagt hoe je mijn werkgever kunt vinden, het spijt me. Ik denk niet dat er iets is wat je kunt doen om ze te vinden; ze zijn goed in het onder de radar blijven. Maar als je vraagt hoe je me kan helpen weg te komen van deze jongens en terug naar je groep..."

Julie pauzeerde. Ze dacht na over wat hij had gezegd. Joshua terugbrengen naar hun groep kon rampzalig zijn. Ze wilde de spanning niet opvoeren door de leider van hun vijanden direct in de handen van Ben en Reggie te brengen. Aan de andere kant, zou het betekenen dat zij en Amanda een betere kans hadden om te overleven.

"Hoe weet ik dat dit geen valstrik is? Hoe weet ik dat je me niet gebruikt om bij mijn groep terug te komen?"

"Julie, luister naar jezelf. Jij en ik weten allebei dat je niets meer bent dan een onderhandelingstroef. Amanda is de reden dat we hier zijn, en eens mijn team datgene heeft wat we zoeken, hebben we jou niet meer nodig, en haar misschien ook niet. Ik bied je een kans aan."

De groep huurlingen, die Joshua, Amanda en Julie nog steeds omringden, liepen door een deel van het bekken dat lager lag dan waar zij vandaan kwamen. De grond begon papperig te worden, en al snel stapte Julie in stukken bosgrond die plaats maakten voor water. Binnen een paar minuten waadde ze door een moeras. Haar schoenen, dezelfde platte schoenen die ze al aanhad sinds ze uit het vliegtuig stapten, begonnen te verslijten. Reggie had een paar laarzen alleen aan mannen aangeboden, omdat hij geen damesmaten had. Ze wist dat het slechts een kwestie van uren was voordat ze beter af zou zijn op blote voeten.

Ze was hier niet op voorbereid - geen van hen was dat. Ze wierp een lange, strenge blik op de mannen om haar heen. Joshua was meestal op zijn gemak, afgezien van een verharde blik in zijn ogen die boekdelen sprak over zijn ervaringen. De rest van zijn mannen zwaaiden afwisselend naar insecten en richtten hun geweren naar buiten terwijl ze door het moeras van het regenwoud marcheerden. Dit waren mannen die gevechten hadden meegemaakt, maar het waren geen mannen die volledig voorbereid waren op een expeditie naar een van de meest afmattende klimaten ter wereld.

Ze vroeg zich af hoe haar eigen groep zich hield. Amanda had het duidelijk moeilijk. Julie was geen dokter, maar ze wist dat het goed zou komen met Amanda, zolang ze de kracht had om door te gaan. Paulinho leek goed te herstellen van zijn verwonding, en afgezien van eventuele nieuwe verwondingen of een infectie, zou hij goed genezen. De professor, Archie, was sterker dan hij eruit zag, en had waarschijnlijk meer uren in het regenwoud doorgebracht dan een van hen. Ze had geen idee of Carlo zich het prettigst voelde op een boot, terug naar huis - waar dat ook was - of in de jungle.

Het waren Reggie en Ben waar ze zich de meeste zorgen over maakte. Reggie leek de belichaming van een leider; iemand die ze allemaal konden vertrouwen met de uitdaging die voor hen lag.

Hij kon hen zowat overal doorheen slepen, dacht ze, dankzij de manier waarop hij zich gedroeg en zijn onaangename grijns. Maar elke leider kan breken; na een bepaalde hoeveelheid druk die op hen wordt uitgeoefend, en verschillende scenario's die op hen worden geworpen, is elke leider in staat om te vallen.

Ze heeft Ben nooit als een leider beschouwd tot dit moment. Hij was, absoluut, een sterke man. In staat tot dingen die ze nooit voor mogelijk had gehouden voor een gewone sterveling, maar ze gaf toe aan zichzelf een klein vooroordeel over hem te hebben. Toch had hij bewezen dat hij haar genegenheid waard was, en dat was niet niets waard. Ze wist dat hij niet zou stoppen tot hij ofwel dood was ofwel zijn doel had bereikt.

"Oké," zei ze plotseling, Joshua tot stilstand brengend. "Waar denk je aan?"

HOOFDSTUK 46

HET WAS LANG GELEDEN DAT JOSHUA ZICH ZO VERWARD HAD GEVOELD. Gewoonlijk waren zijn bevelen duidelijk. Bereik dit doel, volbreng deze taak, verover dit doelwit.

Het bedrijf was nooit willekeurig, nooit vaag, en zelden onduidelijk. De gevallen waarin hij dat laatste had ervaren, waren zijn eigen schuld geweest, en snel verholpen met een paar verduidelijkende e-mails.

Joshua was pas in de dertig en bescheiden genoeg om te weten dat hij nog veel moest leren. Zijn vader had hem en zijn jongere broer de kracht bijgebracht van een goede werkethiek en de nodige vaardigheden om te slagen in sociale kringen. Joshua was jong, maar hij toonde al de tekenen van groot leiderschap. Alle missies die hem waren toegewezen waren succesvol verlopen, met weinig slachtoffers. Zijn mannen, gewend aan een groot verloop en snelle vervanging van hun leiders, waren aangenaam verrast over Joshua's lange levensduur, zelfs voor zijn leeftijd. Geen van hen had naar buiten toe uiting gegeven aan enige onenigheid met de vader-zoon relatie die in de compagnie bestond, als ze daar al van op de hoogte waren. Zij respecteerden Joshua, en hij respecteerde hen terug, zolang zij hun doelstellingen bereikten en een waardevolle aanwinst voor het team bleken te zijn.

Hij adoreerde - en verafgoodde zelfs - zijn vader, een wilskrachtige, altruïstische man. Hij was officier bij de marine, was met pensioen gegaan en bij het bedrijf gaan werken toen Joshua nog maar een paar jaar oud was. Rhett, zijn enige broer en zus, werd kort daarna geboren. Toen hij opgroeide, werden hij en Rhett door hun vader als gelijken beschouwd - een man die het beste voor zijn enige zonen nastreefde. Joshua, ongetwijfeld door zijn leeftijd, blonk eerder uit dan Rhett in zowat alles. Rhett was opvliegend en was voortdurend boos dat zijn oudere broer de meeste lof van hun vader leek te krijgen. Naarmate ze opgroeiden, begon Rhett zich af te scheiden van zowel zijn broer als zijn vader, uiteindelijk koos hij rechten in plaats van militairen als carrière.

Het was een verwoestende klap voor het gezin, een één-vader gezin zonder directe familie. Joshua en zijn vader waren hechter dan ooit toen hij volwassen was, en Rhett werd al snel het "andere kind." Geen van beiden behandelde hem opzettelijk zo, maar het was duidelijk bij familiediners en bijeenkomsten dat Rhett de zwarte zwaan van de groep was. Hij raakte steeds verder verwijderd van zijn familie en was al snel bijna niet meer in beeld.

Kort nadat het bedrijf Joshua had aangenomen, vroegen ze naar zijn broer. Was hij geschikt voor de compagnie? Had hij, net als Joshua, het potentieel om mannen in de strijd te leiden en enigszins dubbelzinnige doelen te bereiken?

Joshua herinnerde zich zijn antwoord goed. *'Nee, hij is niet zoals ik. Ik denk dat hij een goede jongen is, maar hij is nog steeds een kind. Hij is een hobbyist - iemand die de ene dag wil leren vliegen, en de volgende dag wil leren hoe hij de emoties van de jury in een rechtszaal kan manipuleren. Hij is een uitslover; hij is niet het type man dat iets eerst onder de knie wil krijgen voordat hij naar het volgende gaat.*

Joshua wist dat zijn inschatting nog steeds waar was, ook al had hij al meer dan een jaar niets meer van zijn broer gehoord. Rhett had hem ongeveer anderhalf jaar geleden verteld dat hij geïnteresseerd was in het halen van zijn vliegbrevet, maar kon niet precies duidelijk maken wat hij daarmee hoopte te bereiken.

Joshua had hem onder druk gezet, maar Rhett werd koud, vluchtig en afstandelijk.

Het was geen goede herinnering, en Joshua wenste dat het anders was geweest. Maar familie was niet iets wat je kon veranderen - waar je mee geboren was, daar zat je mee opgescheept. Hij had zelfs geprobeerd contact te zoeken met hun vader, maar hoorde niets terug. Hij schreef het gesprek af als jeugd; Rhett was een jonge knul die probeerde te voldoen aan de verwachtingen van zijn broer en zijn vader. Maar diep van binnen wist Joshua Jefferson de waarheid.

Rhett Jefferson was een ongeleid projectiel. Hij was onbetrouwbaar, ongeschikt voor militaire dienst en niet iemand met wie Joshua zich beroepsmatig wilde inlaten. Het was een moeilijke beslissing, maar hij vertelde de compagnie dat Rhett het type man was dat hen tot veel meer problemen dan oplossingen zou leiden, en alleen in verzachtende omstandigheden zou moeten worden ingezet - als ze nog zouden besluiten hem in dienst te nemen.

Dus toen Julie hem vroeg hoe ze kon helpen, en wat hun volgende stap zou moeten zijn, antwoordde hij haar op de enige manier die hij wist.

"We moeten de situatie onder controle krijgen," zei hij.

Ze liepen al een uur naast elkaar, en hij wist niet zeker of ze zich herinnerde dat ze hem die vraag had gesteld.

"En hoe stel je voor dat we dat doen?"

"Twee van mijn mannen zijn loyaal aan mij, en de rest is loyaal aan het bedrijf of doet het alleen voor het geld," zei Joshua. Hij wees naar twee mannen die aan hun linkerkant liepen. "Riggs en Alan zijn goed, maar voor de anderen kan ik nog niet instaan. We zullen snel moeten zijn, dus ik wil dat jullie Amanda halen en proberen ons voor te zijn. Ik zal met die twee praten en kijken of ik een afleiding kan regelen."

Joshua keek naar Julie om haar reactie te peilen. Ze staarde recht voor zich uit terwijl ze door het bos marcheerden, haar uitdrukking staalhard en vastberaden.

Goed, dacht hij. Het komt wel *goed met haar.*

"Ik heb je ook nodig om me te slaan.

Julie hief haar hoofd op en keek Joshua aan. "Ik denk dat ik dat wel aankan."

Joshua glimlachte, vertraagde toen een beetje en liep een ogenblik achter Julie. Hij gleed met de rand van zijn mes tegen de touwen die Julie's handen bonden, en het koude staal sneed er gemakkelijk doorheen. Julie hield haar handen achter haar rug, zelfs toen de touwen losser werden en vielen. Joshua liep verder, deze keer in gelijke tred met de twee mannen die hij eerder had geïdentificeerd.

"Verandering van plannen," zei hij, zijn stem nauwelijks hoorbaar. De twee mannen knikten een keer, snel. "Ik wil dat jullie twee ons wat tijd geven. Laat de anderen ons niet volgen tot we veilig buiten bereik zijn, begrepen?"

Nogmaals, knikken.

Met Riggs en Alan uit de weg, wendde Joshua zich weer tot Julie en ving haar blik. Hij mompelde het woord *"Klaar?"* en wachtte op haar antwoord. Ze wierp een blik op Amanda, en gaf toen haar goedkeuring.

Tevreden keerde Joshua terug naar haar zijde en legde de rest van het plan uit. Toen hij klaar was, liepen ze nog een paar minuten in stilte door elkaar. Net toen Joshua wilde vragen of Julie het eens was met hun plan, sloeg ze toe.

De kracht van de klap was harder dan Joshua had verwacht. Hij kwam perfect aan, haar vuist verbrijzelde de zijkant van zijn hoofd en sloeg hem bijna bewusteloos. Hij had weinig meer om te veinzen, want hij struikelde zijwaarts en viel op zijn knieën. Ze viel opnieuw aan, deze keer met haar knie tegen de onderkant van zijn kin.

Hij kreunde en viel op zijn gezicht. Joshua hoorde twee van de mannen achteraan schreeuwen en naar voren rennen.

"Ga," fluisterde hij, nauwelijks in staat om te spreken.

De wereld om hem heen tolde, maar hij kon zien hoe Julie Amanda's arm greep en haar meesleepte, de twee verdwijnend in het bos terwijl de rest van zijn mannen probeerden de aanval te begrijpen.

Alan en Riggs stonden aan zijn zijde. Ze tilden hem op en wachtten tot hij zijn evenwicht had hervonden. Drie van de anderen waren er al vandoor gegaan om achter de meisjes aan te gaan, en Joshua gaf Alan het bevel hen terug te roepen. Alan rende weg om de taak te volbrengen, en Riggs keek afwachtend naar Joshua. Zijn gigantische lichaam zwaaide lichtjes voor zijn baas.

"Verzamel ze," zei Joshua. "Hergroeperen, en laat ze vooruit gaan. Ons doel is om de stad te vinden. Laat de vrouwen gaan."

Riggs antwoordde niet, maar zijn ogen vernauwden zich een beetje.

"Riggs, hoor je me?"

"Baas, onze missie -"

"*Ik* bepaal onze missie, Riggs. Is dat duidelijk?"

Riggs staarde, en antwoordde toen, zijn stem laag en dreigend. "Ja, sir."

Zonder nog een woord, draaide Riggs zich om en rende de jungle in.

HOOFDSTUK 47

BEN ZAG HET HEK TUSSEN DE BOMEN NET TOEN ARCHIE EN PAULINHO HET BEREIKTEN. Beide mannen stopten en bleven in het licht staan, wachtend tot de anderen hen zouden inhalen.

De poort, niet meer dan twee enorme bomen die in elkaar waren gedraaid en met elkaar waren verbonden, was als het einde van een tunnel waarvan ze zich niet hadden gerealiseerd dat ze erdoor liepen. De felle zon, normaal gedempt door het dikke bladerdak hoog boven hun hoofden, had nu een ingang gevonden in de dichtheid van het woud. Het stroomde naar binnen en hulde alles voor Ben in licht.

De silhouetten van Paulinho en Archie waren als bakens, en Ben haastte zich om hun locatie te bereiken. Het was al warm, vermenigvuldigd met de vochtigheid van de jungle. Hij had over-vloedig gezweet sinds ze voet in het regenwoud hadden gezet, maar het directe zonlicht voelde nog steeds warm en leven-gevend toen Ben met Archie en Paulinho het platform op stapte. Carlo en Reggie, die Rhett voor zich uit duwden, voegden zich snel daarna bij hen en de zes mannen stonden een moment zwijgend naar beneden te staren, de vallei in.

Ben wist uit Archie's beschrijvingen van het gebied dat het

Amazonebekken per definitie grotendeels vlak was. Afvloeiingen en bergrivieren in de Andes kwamen samen in een groot aantal zijrivieren die samen de Amazonerivier vormen. Gedurende millennia van overstromingen, erosie en de natuurlijke cyclus van het geologische leven, was het hele stroomgebied afgeplat en naar beneden gedrukt.

Behalve het land recht voor hen. Een enorm, opdoemend plateau strekte zich uit vanaf de grond, hoog de lucht in en deed de bomen eromheen in de schaduw staan. Wat misschien maar een paar honderd meter verticaal hoog was, leek enorm vergeleken met de hoogte van de rest van het bos. De kliffen waren massieve rotswanden, bedekt met weelderige groene dekens van mossen, kleine bomen en oerwoudstruiken. Een langzaam stromende, brede zijrivier baande zich een weg rond het plateau en vormde de bodem - en de basis - van de vallei waarin zij terecht waren gekomen. Het water zag er diepbruin uit, met blauwe en groene flarden die fonkelden als het licht erop viel. Rotsen en andere landvormen staken er bovenuit, waardoor het leek alsof het een relatief ondiep waterlichaam was.

Archie legde uit dat dit soort "onbekende" rivieren heel gewoon waren in het bekken. Het hele gebied stond de helft van het jaar onder water tijdens en onmiddellijk na het regenseizoen. De meeste grote zijrivieren, waaronder de Amazonerivier zelf, zwollen op en bedekten een veel groter gebied, maar vaak waren er laaggelegen stukken oerwoud die gedurende een paar maanden per jaar in een rivier veranderden.

Het was moeilijk uit te maken of de rivier waar Ben nu voor stond onbekend was omdat hij een deel van het jaar niet bestond of omdat hij zo afgelegen lag. Er was een grote kans dat het een permanent onderdeel van de Amazone was, alleen niet een die bekend was bij de buitenwereld. Zij hadden een gebied van de wereld bereikt dat grotendeels onontdekt en ongedocumenteerd was, een volkomen afgelegen deel van de aardbol.

"Ik wist niet dat er bergen in de jungle waren," zei Paulinho.

"Het is technisch gezien geen berg," antwoordde Archie. "Het is rots, maar het is niet meer dan een grote formatie. Een plateautop, zo lijkt het, althans vanuit deze hoek."

Ben ging dichter bij het gesprek staan om af te luisteren.

"Omdat het land rond de kliffen lager ligt dan de rest van het Bekken, zouden satellietbeelden van de regio de vorm van het verhoogde gebied hier niet nauwkeurig kunnen weergeven. Het is waarschijnlijk dat deze kleine heuvel de afgelopen paar duizend jaar onopgemerkt is gebleven.

"Als we geluk hebben," zei Ben, "is dat waar." Hij huiverde bij de gedachte nog meer inboorlingen tegen te komen.

Reggie onderbrak de aardrijkskundeles. "Laten we in ieder geval naar de vallei gaan. We kunnen beslissen of we de rivier hier oversteken of stroomopwaarts gaan, maar we moeten er eerst dichter bij komen."

"De rivier oversteken?" vroeg Paulinho. Ben merkte dat de man zijn zij vasthield. Hij had geen woord van klacht gesproken sinds ze de boot hadden verlaten, maar het was pas een paar dagen geleden dat hij gewond was geraakt. Ben hoopte dat hij zich echt beter voelde en niet alleen maar moedig deed.

"Ja," zei Reggie. "De lijnen kruisen elkaar minder dan een mijl hier vandaan, volgens de afdrukken en de kaart die ik heb samengesteld." Hij had de kaart al in zijn handen, en de anderen leunden voorover om hem zelf te bekijken. Ben zag dat Reggie onderweg aantekeningen had gemaakt, in een poging hun voortgang bij te houden terwijl ze verder trokken. "Ervan uitgaande dat de kaart klopt, en we ijverig genoeg zijn geweest om in de buurt te zijn," vervolgde hij, "is de eindbestemming van de stad eigenlijk recht vooruit."

Ben fronste zijn wenkbrauwen en keek van de kaart in Reggie's handen naar de hoge kliffen aan de andere kant van de rivier. Hij zag dat er voor de kliffen stukken water waren, afgescheiden van de grotere rivier, die zich rond de voet van bomen en rotsen verzamelden. De planten schoten uit de troebele diepten, hun wortels staken soms ook uit het oppervlak.

Een moeras.

Ze moeten niet alleen een rivier oversteken, maar ook een moeras.

Hij vertelde het de anderen.

"Daar lijkt het wel op," zei Reggie. "Maar als we aan de overkant zijn, kunnen we uitzoeken hoe we op het plateau komen."

Ben wist niet zeker wat hij van Reggie's verklaring moest denken. "Wacht, *op naar* het plateau?"

Reggie en de anderen keken Ben aan alsof hij waanideeën had. "Ben," zei Archie, zijn stem kalm, alsof hij de situatie aan een kleuter uitlegde. "We *moeten* naar de top van het plateau. Dat begrijp je toch wel?

Ben keek elke man aan, wachtend tot een van hen in lachen zou uitbarsten. *Dit is een grap,* dacht hij. "Dat kun je niet menen," zei hij. "We kunnen de kliffen niet beklimmen. Er moet een omweg zijn, en -"

"Ben," zei Paulinho. "We halen het wel. Dat weet ik zeker."

"Er is geen andere manier, Ben," zei Reggie. "De bestemming is op de top van dat plateau, en de enige manier om daar te komen..."

Ben keek naar Carlo. Hij had geen woord tegen de man gesproken, zelfs niet toen ze op de boot waren. Hij was bij hun gezelschap gebleven nadat de kapitein was opgegeten, en hij was de groep behulpzaam geweest wanneer dat nodig was. Zo stil als de man was, hoopte Ben dat hij nog steeds een redelijke mening zou hebben over de vraag of ze kliffen van tweehonderd meter moesten beklimmen.

Carlo haalde zijn schouders op.

Ben zuchtte. *Misschien is dat Braziliaans voor 'je hebt gelijk, Ben, en het is een slecht idee'.*

"Het lijkt erop dat het vonnis is geveld," zei Reggie. "Naar de rivier, die oversteken en dan het moeras, en dan uitzoeken hoe we de kliffen opkomen."

Ben schudde zijn hoofd. *Dit begon onmogelijk. Ik kan niet geloven dat het elke minuut onmogelijker wordt.* Hij greep in zijn zak, pakte het tweede cocablad dat hij van Reggie had gepakt en stopte het in zijn mond. *Laten we hopen dat deze dingen helpen tegen meer dan honger en vermoeidheid.*

HOOFDSTUK 48

BEN WAS MOE EN UITGEPUT VAN DE KLIM NAAR BENEDEN, en hij was ook gefrustreerd. Ze waren afgedaald van het platform met uitzicht over de uitgestrekte vallei en het plateau, en nu stond de groep bij de brede, ondiepe rivier. Hij was niet enthousiast over het oversteken van nog een watermassa, maar zoals Reggie en de anderen hadden uitgelegd, was er geen andere keus.

Hij had het gevoel dat zijn schoenen en sokken nog maar net droog waren van hun eerste uitstapje op de rivier. De vochtigheid van de jungle lucht was verstikkend, en het maakte het afdrogen van drijfnat een zeldzame prestatie. Hij overwoog zijn schoenen uit te trekken en ze boven zijn hoofd te houden, om op de oever aan de overkant iets droogs te hebben om aan te trekken, maar zag daar al snel vanaf. Droge schoenen waren een luxe die hij zich niet kon veroorloven ten koste van het blootstellen van zijn voeten aan wat voor kwellingen dan ook op de bodem van de rivier.

Hij huiverde toen hij zijn opties overwoog. *Is er een kans dat ik hier kan wachten?* vroeg hij zich af. De meisjes zouden bij de huurlingen zijn, en als Reggie gelijk had, zouden zij ook in de vallei gedumpt worden, kort achter zijn groep. Hij kan misschien verborgen blijven en de verrassing gebruiken om aan te vallen...

Met wat? Hij had alleen Reggie's Sig Sauer pistool, en dat was geen partij voor de aanvalsgeweren die hij eerder had gezien. Hij kon misschien een paar schoten lossen voor de vijand hem zag, maar hij was geen scherpschutter. Het was een gok - letterlijk.

Misschien konden ze allemaal achterblijven, behalve een of twee van hen. Carlo leek zich op zijn gemak te voelen in de jungle, en hij zou de reis niet erg vinden. Archie, die duidelijk een neus had voor de geschiedenis van de stammen in de regio, zou ook een goede aanwinst zijn om vooruit te sturen.

Ben schudde zijn hoofd, de absurde gedachten verwerpend. Ze moesten bij elkaar blijven - geen van de anderen zou instemmen met een plan dat hun groep nog verder zou opsplitsen. Ze waren al in de minderheid, en met de meisjes die ook nog vermist waren, was het opsplitsen in twee kleinere groepen een recept voor een ramp.

De rivier, breed en een diepe smaragdgroene kleur, doemde voor hem op. Hij zuchtte. Reggie, die Rhett nog steeds meetrok, en Paulinho stapten samen in, beide mannen leken niet ontmoedigd door de taak die hen wachtte. Hun benen verdwenen in het troebele water, maar slechts tot aan hun knieën. Ben keek toe, wachtend tot een van hen van een plank in dieper water zou vallen.

De twee mannen in de rivier gingen verder, onaangedaan voortstrompelend, hun knieën nauwelijks bedekt. De stroming, als die er al was, was zwak en ongericht, en geen van beide mannen had moeite om door rotsen of puin onder water te navigeren.

Carlo ging als volgende het water in, en Archie volgde op de voet. Ben zag zijn kansen om zich terug te trekken met de seconde slinken, en nam eindelijk een beslissing.

Hij stapte uit en in het water. Hij staarde naar zijn voeten toen de eerste, en daarna de tweede stap, wegzakte in de modder. Het water voelde eerst koel aan, maar toen zijn lichaam aan de temperatuur gewend was, beoordeelde hij het opnieuw en stelde vast dat de rivier hier ongeveer hetzelfde aanvoelde als een oud, muf bad.

Hij kromp ineen. *Ik loop door een deel van de Amazonerivier, voor de tweede keer in dagen. Wat is er mis met mij?*

Hij dacht aan Julie en wenste dat zij aan zijn zijde stond in plaats van Carlo en Archibald Quinones. Het waren goede mannen, en hij waardeerde hen beiden, zowel om hun positieve, optimistische houding, als om hun capaciteiten en ervaring. Hij kon hun enthousiasme voor de reis niet delen, maar Ben wist ook dat het zijn eigen koppigheid was geweest die hen in de eerste plaats naar Brazilië had gebracht.

Met die herinnering kwam de herinnering van waarvoor hij hier was. De hitte van een woede die hij allang in zich had teruggedrongen kwam weer naar boven, en Ben klemde zijn tanden op elkaar toen hij het zich herinnerde.

Al de mensen die ze gedood hebben. Al het afval. De vernietiging.

Hij dacht aan de mensen die hij in Yellowstone had achtergelaten, zijn vrienden en collega's. Julie had alles opgegeven om hem te volgen en hem de loop van hun leven te laten bepalen, terwijl ze de laatste maanden steeds hechter met elkaar verstrengeld raakten.

Zij bracht het beste in hem naar boven, en daarom hield hij van haar, maar dat veranderde niets aan het feit dat ze nu samen waren omdat ze ooit een gemeenschappelijke vijand hadden gedeeld. Die vijand was de reden dat hun levens met elkaar verstrengeld waren geraakt, en die reden achtervolgde hem nu door de meest afgelegen jungle op aarde.

Hij ging snel vooruit, haalde Archie in en Carlo slechts enkele passen voor hem. Een heetgebakerd elan dreef hem voort, en hij was verbaasd over de snelle verandering van hart die hij plotseling voelde. Hij voelde zich energiek; alsof hij de afgelopen dagen luxueus was uitgerust en verwend, in plaats van een trektocht door het regenwoud te maken. Hij liep in de richting van de overkant van de rivier, verlangde naar droog land bijna net zo veel als hij verlangde naar wraak. Hij zou de moordenaars vinden, het bedrijf achter dit alles, en hij zou beginnen met de huurlingen achter hen.

Ben had zichzelf zijn opdracht een paar keer in stilte herhaald, en de overkant was nu dichterbij dan de oever vanwaar ze waren vertrokken, toen hij de beet voelde.

Het was snel, klein, en zakte net zo snel weer weg als het gekomen was. Hij schudde zijn been, in de veronderstelling dat zijn enkel verstrikt was geraakt door een scherpe boomtak of stok.

De tweede beet stopte hem in het midden van de rivier. Hij keek omlaag naar de rivier, met zijn benen een halve meter onder het wateroppervlak. Het kabbelen vlakbij was onnatuurlijk, niet repeterend of ritmisch genoeg om veroorzaakt te worden door de stroming die over een permanente hindernis vloeide.

Het rimpelen werd intenser, en hij keek op om Archie en Carlo te zien, beiden met grote ogen en snel ademhalend. Hij fronste zijn wenkbrauwen en probeerde de commotie te begrijpen. Paulinho en Reggie, Rhett achter zich aan slepend, naderden de oever al, maar Ben was gestopt en wachtte op iemand die hem uitleg kon geven -

"Piranha!" riep Archie. "Kom uit het water!"

Ben voelde een golf van pure terreur die hem naar voren lanceerde met een kracht die zelfs zijn woede van daarnet niet kon evenaren. Hij zwom half, kroop half in de richting van Reggie, Rhett en Paulinho, terwijl hij in stilte bad dat hij vooruitgang boekte, maar het voelde alsof hij op zijn plaats liep. Hij voelde zich vastzitten op de zachte modderige bodem van de rivier, in afgrijzen wachtend op de onvermijdelijke aanval van de vlees-etende vis. Het was als een droom die hij als kind had, waarin hij zo hard mogelijk probeerde vooruit te rennen, maar tot de ontdekking kwam dat zijn benen en lichaam niet reageerden en hij op zijn plaats spartelde tot hij zelf wakker werd.

Deze keer werd hij niet wakker om te ontdekken dat het maar een nare droom was. Deze nachtmerrie was echt, en hij was heel erg levend en wakker. Hij voelde geen beten meer, maar hij hoorde Carlo schreeuwen van ergens achter hem en rechts van hem. Hij wilde verder gaan, naar de rand van de rivier en ontsnappen aan de mensenetende vissen, maar iets in hem deed hem omkeren.

Instinctief stak hij zijn hand uit naar Carlo, maar Carlo lette niet op.

Carlo keek zelfs niet in zijn richting. De man was tot zijn middel gevallen, en de donkere kleur van het water om hem heen was nu nog dieper karmozijnrood gekleurd. Carlo sloeg met zijn handpalmen tegen het wateroppervlak in een poging de aanvallende roofdieren weg te jagen, maar het was tevergeefs. Zijn mond was opengesperd in een stille schreeuw, en voordat Ben kon reageren, sprong hij voorover en verdween met zijn gezicht naar voren in het water, uit het zicht.

Het witte water schuimde en kolkte door de duizend kleine spatten. De vissen hielden niet op, zelfs toen Carlo's lichaam wegzonk. De vissen gingen door met hun aanval en duwden Carlo's lichaam nog dieper in de modder. Ben had bijna hetzelfde pad bewandeld als Carlo, dus hij wist dat het water waar Carlo lag even diep was - niet diep genoeg om volledig onder water te zijn.

Ben wist wat het betekende. De enige manier om een lichaam in ondiep water te laten zinken, was het lichaam kleiner te maken, en dat was precies wat hij zojuist had gezien. In minder dan een minuut waren de vissen uiteengedreven en was Carlo volledig verdwenen, de vlek van een olievlek op het oppervlak was het enige bewijs van de brutale aanval.

HOOFDSTUK 49

JOSHUA HAD EEN PLAN NODIG, en snel. Amanda en Julie waren weggelopen zoals hij had gehoopt, maar hij moest hen vinden voor zijn mannen dat deden. Hij wist dat er een muiterij aan de gang was, maar hij was niet zeker of al zijn mannen erbij betrokken waren of slechts enkelen.

Riggs was een goede soldaat, iemand op wie Joshua kon rekenen om de klus te klaren, koste wat het kost. Hij had aangenomen dat deze integriteit een teken van loyaliteit was, maar hij had het mis. Riggs was duidelijk van plan Joshua uit zijn positie als leider van deze mannen te verdrijven. Of hij die rol zou overnemen of niet was van geen belang voor Joshua. Als Riggs zijn zin kreeg, zou Joshua tegen die tijd dood zijn.

Hij rende nu achter Riggs aan. De man was vertrokken in de richting waarin ze de vrouwen hadden zien rennen, in de hoop hen te onderscheppen, hen te onderwerpen en hen waarschijnlijk te laten boeten voor hun insubordinatie. Joshua hoopte dat Julie Riggs lang genoeg zou kunnen voorblijven.

Joshua was geen spoorzoeker, maar Riggs - en de meisjes voor hem - hadden fantastisch werk verricht door een spoor achter hen te laten. Hij zag de gebroken stokken, verpletterde bladeren en grassen, en voetafdrukken in de grond onder zijn voeten terwijl hij zich voorwaarts bewoog. Terwijl hij rende probeerde hij te luisteren naar enig teken van een schermutseling, maar de jungle om hem heen was koortsachtig opgewonden over de indringers die elkaar er doorheen joegen. Hij hoorde het getoeter en gehuil van apen, het onophoudelijke gezoem van miljoenen insecten, en duizend andere ondefinieerbare geluiden die het achtergrondgedruis van het regenwoud vormden.

Hij sloeg linksaf en struikelde bijna over Riggs. Er was een rivier, breed en traag bewegend, vlak voor hem. Riggs stond op de oever aan de rand ervan, klaar om over te steken.

"Riggs," zei Joshua.

Riggs draaide zich om, en op dat moment kende Joshua de waarheid. *Een van ons zal hier vandaag sterven.*

"Riggs, waar zijn de meisjes? Zijn ze al overgestoken?"

"Ik zat bijna op ze. De andere kant van de rivier loopt omhoog, dus ze zullen langzamer gaan. Nu je hier toch bent, denk ik dat we onze andere zaken kunnen regelen."

"Het hoeft niet zo te zijn, Riggs. Het bedrijf...

"De *compagnie* heeft je alles gegeven. Ze hebben je aan ons gegeven omdat je vader dat zei. Je hebt dit niet verdiend. Je bent gewoon een rijkeluiskind dat praat en..."

Joshua dook naar voren en sloeg Riggs. Hij sloeg zuiver door en sloeg Riggs' hoofd opzij. Voordat Riggs zich kon herstellen, pakte Joshua hem in en duwde hem terug in het water. Het was dieper dan Joshua had verwacht, en beide mannen verdwenen voor een moment onder het wateroppervlak.

Toen ze boven kwamen, had Riggs de overhand. Joshua voelde de handen van de man rond zijn nek, in een poging hem onder water te houden. De rivier was echter ondiep genoeg om in te staan, en toen Joshua zijn voeten op de bodem vasthield, stootte hij naar boven. Riggs' greep gleed weg en Joshua probeerde het machtsevenwicht in zijn voordeel om te buigen. Hij worstelde even met Riggs' armen, probeerde hem in bedwang te houden, maar Riggs was een veel grotere en sterkere man.

Riggs kreeg een elleboog vrij en sloeg die tegen Joshua's gezicht. De pijn explodeerde onder Joshua's huid, maar hij negeerde het voor het moment. Hij vond een opening en probeerde Riggs een knietje te geven, maar ze waren nog steeds in het water en de actie was vertraagd genoeg om teniet gedaan te worden.

Joshua bukte zijn hoofd net toen Riggs op hem afkwam met een linkse hoek, en hij duwde Riggs achterwaarts terug naar de kustlijn. Riggs' lichaam smakte tegen de zachte, modderige grond en zakte net genoeg weg om hem voor een moment op zijn plaats te houden. Joshua maakte gebruik van de kleine kans en gaf de man een een-twee stoot.

De stoten waren zuiver, hard en krachtig, maar Riggs scheen het nauwelijks op te merken. Hij gromde en spuugde een mondvol bloed uit, terwijl hij ondertussen zijn voet en been om die van Joshua bracht. De trap deed Joshua struikelen, maar hij kon vallen met zijn knie naar beneden, Riggs in de lies vallend.

Deze aanval wekte een reactie op bij Riggs, en zijn ogen rolden even naar achteren terwijl hij wachtte tot de pijn weg was. Joshua probeerde zich los te wurmen, maar Riggs had hem in een houdgreep genomen en hem boven op zichzelf vastgezet.

Voor een moment lagen beide mannen stil. Joshua's spieren deden pijn van inspanning, rotsvast als ze vochten tegen de tegenkracht die Riggs leverde. Joshua wist dat Riggs zowat elk gevecht van man tot man zou winnen, maar hij kon niets als wapen gebruiken. Hij probeerde zich zijn training te herinneren, tevergeefs zoekend naar iets om tegen zijn tweede-in-bevel te gebruiken.

Hij rolde op zijn schouder, probeerde al zijn gewicht en kracht in één richting te richten. De beweging werkte, en hij maakte een salto over Riggs heen en buiten het bereik van de greep van de man. Joshua stond op en draaide zich om.

Riggs stond al op en zwaaide met een groot mes in zijn rechterhand. Riggs spuugde opnieuw, glimlachte dan. "Dit eindigt hier, *baas*." Hij siste het laatste woord, zijn haat voor Joshua uitsprekend met een enkele lettergreep.

"Waarom, Riggs? Wat zit er voor jou in?"

"Het is niet zo moeilijk om erachter te komen, Jefferson. Er is veel geld mee gemoeid, zoals altijd. Het bedrijf is niet loyaal aan jou, of aan mij, of aan wie dan ook. Ze willen alleen resultaten."

"We zouden resultaten boeken. Je weet dat ik niet zou stoppen totdat we..."

"Die vrouw, de dokter, *is* het resultaat. Wat ze ook denken dat we hier zullen vinden, het kan alleen door haar ontsloten worden."

Joshua wist dat Riggs gelijk had. Hij had dezelfde orders gekregen. *Vind Dr. Meron, vind de verloren stad, en breng alles mee wat hun onderzoek kan helpen.* Iets dat de compagnie had gevonden in Amanda's onderzoek hield verband met dit gebied van het Amazone regenwoud, en ze zouden alles doen wat nodig was om het te vinden.

Riggs had ook gelijk over hun loyaliteiten. Het bedrijf zou iedereen die ze in dienst hadden bedriegen om te krijgen wat ze wilden. Het was een verwrongen, complexe organisatie, bereid om alles te doen en tot het uiterste te gaan om hun doelen te bereiken. Joshua werd achterdochtig over zijn eigen missie toen hij met Julie begon te praten. Toen ze zei dat zijn eigen broer bij hen was geweest - iemand die ze anders niet kon kennen - probeerde hij alle gebeurtenissen te analyseren die tot zijn missie hier hadden geleid.

De meeste contacten die hij had met het bedrijf verliepen, zoals altijd, via zijn vader, Jeremiah Jefferson. De man stond hoger in de organisatie, hoewel Joshua geen idee had hoe wijd het web van hiërarchie was uitgespreid. Gewoonlijk had Joshua regelmatig telefoongesprekken met zijn vader over komende missies en uitzendingen. De compagnie koos ervoor om met Joshua te communiceren via Jeremiah, waardoor beide mannen enigszins autonoom beslissingen konden nemen als het ging om de details van elke missie.

Ook dat was vreemd aan deze missie. Joshua had al maanden niet meer met zijn vader gesproken. Zijn communicatie verliep de laatste tijd via e-mail. De e-mails, nu hij erover nadacht, waren kort en geschreven op een toon die niet helemaal overeenkwam met die van zijn vader.

Hij vermoedde nu dat de e-mail van zijn vader gehackt was, ofwel door iemand binnen het bedrijf die als een schurk opereerde, ofwel door het bedrijf zelf, in een van de eindeloze wendingen die de machtsstructuur van de organisatie bepaalde.

Het duidelijkste teken dat hij bespeeld werd, was echter het feit dat zijn broer, Rhett Jefferson, hier ook was. Hun vader zou Rhett nooit sturen, en uit de gesprekken die ze maanden eerder en daarvoor hadden gevoerd, was Joshua ervan overtuigd dat hun vader minder over zijn jongere zoon dacht dan zelfs Joshua had verwacht.

Hij herinnerde zich een van de laatste gesprekken die hij met zijn vader had gehad. Het onderwerp van Joshua's broertje kwam ter sprake, en Jeremiah Jefferson werd koud, zijn dikke zuidelijke accent vertraagde om zijn punt duidelijk te maken. "Rhett is gevaarlijk, niet vanwege zijn ervaring en training maar ondanks dat. Hij weet niet waar zijn loyaliteiten moeten liggen, en zijn enige autoriteit is geld en macht."

Zonder het openlijk te zeggen, had Jeremiah Jefferson zijn oudste zoon gevraagd om op zijn hoede te zijn voor zijn jongere broer.

"Wat gaat het worden, Jefferson?" vroeg Riggs, Joshua terug-kerend naar het heden. "Wil je dit uitvechten tot het onvermijde-lijke einde, of kunnen we het op de makkelijke manier doen?"

Joshua nam aan dat de 'makkelijke weg' zou eindigen in zijn dood, omdat Riggs ongetwijfeld niet zou willen toestaan dat Joshua zich weer bij hun groep zou voegen. De compagnie zou het afschrijven als een onverwachte uitgave, maar meer ook niet.

Joshua zuchtte. Hij wierp een blik op een grote stapel stokken en takken die in een hoek van de rivier waren gedreven. In de loop van de tijd had de rommel zich samengeperst tot een bijna ondoordringbare muur die boven het wateroppervlak uittorende. Terwijl hij naar de stapel gebroken stokken staarde, kreeg hij een idee.

Riggs ging dit niet gemakkelijk maken, ongeacht Joshua's keuze. Hij twijfelde er niet aan dat hij zou verliezen in een één-op-één gevecht, hoe hard hij ook zou vechten. Hij kon geen afleiding gebruiken, en Riggs zou niet in een trucje trappen. Hij was een geharde soldaat, iemand die meer gevechten had gezien dan wie dan ook in hun team, een levenslange soldaat die meer mensen had gedood dan sommige van zijn mannen ooit hadden gekend.

Joshua maakte een zijwaartse beweging en kwam dichter bij het water. Riggs volgde zijn bewegingen en stapte ook naar rechts om Joshua recht voor zich te houden. Al snel stonden beide mannen aan de rand van het water in centimeters diepe modder, elkaar aankijkend in afwachting van het laatste gevecht.

Joshua wachtte tot de grotere man tegenover hem stond, vlak voor de hoop puin.

Het nest.

Hij herinnerde zich gelezen te hebben over enkele van de meer bekende roofdieren die ze in de jungle konden verwachten. De lijst van dingen die hen hier konden doden was bijna eindeloos, maar er waren er een paar die bovenaan de lijst stonden in Joshua's gedachten die hij *'verschrikkelijke manieren om in het regenwoud te sterven'* noemde.

Hij herinnerde zich een van deze roofdieren in het bijzonder, en hun typische habitat. Zij gaven de voorkeur aan langzaam stromende rivieren, bijna moerasachtig, troebeler water waardoor zij hun prooi konden besluipen, en nestelden zich in de grote hopen stokken en puin die veel voorkwamen langs zijrivieren en rivieren van de Amazone.

Het was een gok, maar het was alles wat Joshua had. Hij sprong naar voren, hopend dat Riggs in het aas zou happen.

Hij deed het, stapte achteruit en op de heuvel. Het was een bijna onwillekeurige reactie, een antwoord op de plotselinge frontale aanval.

Joshua stopte en wachtte. Riggs stond op de heuvel, zijn tegenstander argwanend in de gaten houdend.

Toen gebeurde het. Riggs was te zwaar voor de heuvel van

stokken, en een van zijn voeten brak door het plafond van de koepel. De binnenkant van de heuvel was hol, en Joshua zag en hoorde het plonzen van het water toen Riggs voet het oppervlak van de rivier raakte.

Riggs was verbaasd maar onaangedaan. Hij vloekte en probeerde zijn voet los te wurmen.

Kom op, dacht Joshua. *Er kan maar beter iemand thuis zijn.*

Riggs duwde met zijn vrije voet naar beneden en trok zijn been uit het gat. Net toen de zool van zijn laars loskwam van de top van de koepel, stortte de heuvel in. Stokken, modder, water en Riggs klotsten in de rivier terwijl Joshua toekeek.

Riggs wilde net opstaan toen iets hem terugtrok. Zijn bovenlichaam viel naar voren terwijl zijn onderlichaam naar achteren werd getrokken in het ondiepe water. Hij fronste toen hij zijn hoofd weer boven water hief, en Joshua zag hoe hij moeite deed om zich op te trekken en weer naar voren te komen.

Zijn beweging werd weer verraden toen de onzichtbare kracht onder het oppervlak aan de man trok.

Riggs ogen verwijdden zich toen hij zich realiseerde waartegen hij nu vocht. Joshua staarde, kalm kijkend naar het gebroken nest en de man die tegen zijn lot vocht.

De anaconda was duidelijk van streek dat zijn thuis was vernield, en het maakte de grote slang niet uit dat het om een menselijke indringer ging.

Riggs trok zich naar de oever, graafde zijn vingers in de modder en dwong zijn bovenlichaam op de oever. Pas toen kreeg Joshua een goede kijk op de slang die zich rond Riggs been en onderlichaam had gewikkeld. Het reptiel was absoluut massief, meer dan een voet breed op zijn dikste punt.

De groenbruine slang reageerde op elke beweging van Riggs met een tegengestelde beweging, en gebruikte elke grammetje kracht van de man tegen hem. Telkens als Riggs uitademde, kronkelde de slang langs zijn lichaam en verstevigde zijn greep op zijn prooi.

Joshua had gelezen dat de anaconda een lid was van de boa

constrictor familie, toepasselijk genoemd naar zijn vermogen om zijn prooi te "vernauwen" door zich rond zijn voedsel te wikkelen om het te verstikken. Soms wel 500 pond zwaar, vielen ze meestal alleen kleine tot middelgrote zoogdieren aan, en zelden volgroeide mensen.

Joshua had gehoopt dat deze slang een uitzondering zou maken, en dat deed hij. Zelfs als de slang niet van plan was Riggs op te eten, zou de man in minder dan een minuut verpletterd worden onder het gewicht van het monster.

Riggs worstelde nog een paar seconden en keek toen naar Joshua. Zijn ogen waren bloeddoorlopen, zijn mond wijd open, maar griezelig stil. Hij leek Joshua te roepen, schreeuwend om hulp. Joshua negeerde hem en staarde verder naar het afschuwelijke tafereel dat zich voor hem ontvouwde. Een klein deel van hem voelde wroeging, maar hij was in staat om voorbij die gevoelens te kijken en zichzelf aan de waarheid te herinneren.

Terwijl de slang het karwei afmaakte, hoorde Joshua links van hem het knakken van een tak en het ritselen van bladeren. Een van de mannen van zijn groep verscheen in de jungle. De man keek naar Joshua en toen naar de in een slang gewikkelde Riggs. Toen zijn ogen weer op die van Joshua gericht waren, richtte Joshua zijn geweer rechtstreeks op hem.

Hij vuurde snel twee schoten af, maar de man bewoog al. Hij bukte en viel op de grond, de aanval perfect ontwijkend.

Joshua wachtte niet langer. Hij was niet van plan om te blijven en te vechten tegen de rest van zijn mannen, die zich nu tegen hem keerden. Hij dook voorover in de rivier, er even aan denkend dat de reuzenslang misschien vrienden had die op de loer lagen. Hij zwom in vrije slag door het water en naar de overkant, niet vertragend totdat hij zichzelf uit de rivier en in de bomen had getrokken. Joshua rende de helling op in dezelfde richting als Riggs had gezegd waar de meisjes heen gingen.

Het zou niet lang duren voor de groep samenkwam, uitlegde wat er gebeurd was, en besefte dat Joshua niet langer aan hun kant stond. Van dan af zou hij niet alleen de vijand van Dr. Meron's en Julie's groep zijn, maar ook van zijn eigen groep.

Een half uur later vond hij Julie en Amanda. Ze liepen voor hem uit, traag, Julie half dragend terwijl ze Amanda voortdreven door de jungle. Hij had een plan nodig, en snel. De meisjes probeerden hun groep te ontmoeten, en Joshua moest hen daarbij helpen, zonder daarbij zelf gedood te worden.

"Juliette," riep hij, terwijl hij naar voren rende om ze te onderscheppen.

HOOFDSTUK 50

HIJ HAD NIET DOOR DAT ZIJN MOND OPEN HING TOT REGGIE HEM RIEP. "BEN, ALLES GOED MET JE?"

Ben kon zijn blik niet van het water afwenden, maar hij knikte. "Ik ben oké. Carlo..."

"We zagen het, Ben. Niets wat we kunnen doen."

Ben wilde schreeuwen. Hij wilde vloeken, ruzie maken met Reggie. *We hadden het kunnen stoppen.*

Maar hij kende de gruwelijke waarheid. Er was *niets dat* ze hadden kunnen doen. De aanval was snel en heimelijk, en er was geen enkele manier om hem te voorkomen. Zelfs toen het gebeurde, zou het alleen maar meer levens in gevaar hebben gebracht als ze het hadden proberen te stoppen.

Paulinho en Rhett keken de andere kant op, naar het dichte oerwoud dat nu de enige barrière was tussen hen en de rotswand. Hij voelde een hand op zijn schouder, die hem zachtjes wegtrok van de rand van de rivier. Hij draaide zich om en zag Archie naast zich, en Reggie die naar hem toe liep. "Het spijt me, Ben." Ben wist niet zeker waarom de man spijt moest hebben. Carlo was zijn werknemer niet, of vriend, of zelfs een kennis. Ben kende hem niet beter dan wie dan ook op de reis, en hij had het gevoel onbekommerd van zich af moeten kunnen schudden.

Maar iets knaagde aan hem. De hele reis had Ben aan iets

herinnerd, iets wat hij niet helemaal kon plaatsen. Hij had niet geprobeerd het gevoel te begrijpen, en had het zelfs actief geweigerd, maar hij wist dat het er was. Het rukte aan hem, bracht hem terug naar een tijd en een plaats die hij allang had geprobeerd te vergeten.

Zijn vader was er, en zijn broer. Een jachttrip. Een berenjong was hun kamp binnengedwaald, en Bens broer was tussen het jong en zijn moeder gekomen. Ben's vader stierf terwijl hij hem redde. Zijn moeder is nooit echt hersteld.

Dat was bijna veertien jaar geleden, en hij was kort daarna parkwachter geworden. Hij wilde een eenzame baan, weg van de mensen en de drukte. Toen hij in het park aankwam en begon te werken, besefte hij meteen dat hij het om de verkeerde redenen had gedaan.

Hij hield van de baan in het park, en wijdde er de volgende tien jaar aan, maar het was Juliette Richardson die hem uiteindelijk de waarheid liet inzien. Hij haatte mensen niet, hij haatte alleen de pijn die ze veroorzaakten. Hij wilde helpen en was hardnekkig toegewijd aan de mensen van wie hij hield en met wie hij werkte, en hij zou alles doen om hen te beschermen. Hij was teruggetrokken omdat hij bang was, niet omdat hij boos was. Zij had hem dat laten inzien.

Reggie voegde zich snel bij Archie. "Ben, hij kende de risico's. Dat weten we allemaal."

"Hij had niets te maken met -"

"Niemand van ons doet dat, Ben. Het is niemands gevecht, en dat is precies waarom jij en ik het vechten."

Ben keek Reggie wantrouwig aan.

"Ik heb je door, Bennett," zei Reggie. "Julie heeft me een beetje op de hoogte gebracht, maar de rest heb ik vrij snel door."

"Waar heb je het over?" vroeg Ben.

"Jij en ik zijn op deze manier hetzelfde, Ben. We geven om mensen op een manier die ons soms dom maakt."

Ben fronste zijn wenkbrauwen.

"Het is niet altijd een slechte zaak, man. Je bent hier, en dat is goed. Niemand anders op de planeet zou zich hier vrijwillig in storten. Je *bent hierheen gevlogen. Met een vliegtuig. Twee* vliegtuigen, eigenlijk." Reggie grijnsde.

"Heeft ze je dat verteld?"

"Ja, sorry." Reggie klopte hem op de rug. "Iedereen heeft wel iets, weet je?"

Ben lachte.

"Er zijn niet veel jongens die ik heb ontmoet zoals jij. Je bent koppig als de pest, maar je gebruikt het slim. Onder druk."

Ben begon weg te lopen, probeerde afstand te nemen van de rivier en niet te denken aan het feit dat als dit alles voorbij was, als ze eindelijk hadden gevonden wat ze zochten en op de een of andere manier in leven waren gebleven, ze de rivier nog een keer zouden moeten oversteken.

"Carlo was een goede man, daar ben ik zeker van,' zei Reggie. "We zullen er voor zorgen dat we zijn familie vinden. Maar op dit moment hebben we jullie nodig. Jullie allemaal. Begrepen?"

Ben knikte.

"Goed. Julie is daar ergens, en ze heeft jou nodig om haar terug te halen."

Ben verkrampte bij het noemen van haar naam, maar hij wist dat Reggie gelijk had. De man was hem niet aan het pesten of zijn emoties aan het manipuleren. Hij sprak in waarheden, en legde de feiten uit. Dat was een van de dingen die hij leuk vond aan Reggie.

Archie had zich weer bij Paulinho gevoegd en beide mannen controleerden de blauwe plekken die op Paulinho's torso waren achtergebleven. Het was een vreselijke blauwzwarte kleur, maar Paulinho leek het goed te maken. Het met blauwe plekken bedekte gebied werd ook al kleiner, zo leek het. Archie prikte en prikte er op een paar plaatsen in, en beide mannen achtten het al gauw gezond genoeg om verder te gaan.

"Ben je klaar?" vroeg Reggie.

Ben dacht even na, terwijl zijn onderbewustzijn nog steeds scenario's bedacht die hem in staat zouden stellen om niet vrij over een rotswand te hoeven klimmen. Omdat hij geen geschikt scenario vond, knikte hij. "Zo klaar als ik maar kan zijn."

Reggie grijnsde. "Je hebt dit."

Reggie liep een paar passen naar Archie, Rhett en Paulinho en stelde dezelfde vraag, maar voordat Ben naar hun antwoorden kon luisteren, hoorde hij het onmiskenbare geluid van geweerschoten door de lucht scheuren. Hij tuurde met zijn ogen en probeerde aan de overkant van de rivier te zien waar de commotie vandaan kwam.

Het geweervuur ging door, gestage schoten echoden over het wateroppervlak van de rivier en bereikten Ben, en kaatsten toen van de rotswand achter hem en weer terug over het water. Het creëerde een blikeffect, dat nog meer verwarring en dreigende chaos toevoegde aan de mix van emoties die Ben voelde.

Julie strompelde plotseling naar buiten op dezelfde richel waar ze minder dan een uur eerder waren afgedaald, terwijl de geweerschoten door de jungle bleven scheuren.

HOOFDSTUK 51

"JULIE!" riep hij. Hij zwaaide met zijn armen boven zijn hoofd, in de hoop haar aandacht te trekken.

Julie zwaaide niet terug. In plaats daarvan sprong ze naar voren en van het rotsplateau af, haar voeten vonden uiteindelijk de onstabiele junglebodem die onder de richel omhoog liep. Ze gleed de rest van de weg naar de grond en stopte nauwelijks om op adem te komen.

Dezelfde wandeling die Ben's groep ongeveer een kwartier had gekost, had Julie nu in minder dan een half uur gedaan.

Ben wist ook wat dat betekende. *Zij is degene op wie ze schieten. Zij vlucht voor* hen.

Zijn vreugde over haar verschijning werd al snel vervangen door angst, woede en het trage, smeulende gevoel van wraak. Hij riep opnieuw naar haar, maar zij was geconcentreerd op de overkant van de rivier.

"Julie! Wacht ! Er zijn..."

Hij wist dat ze hem kon horen, maar toen hij probeerde haar te waarschuwen voor de dodelijke roofdieren die vlak onder het wateroppervlak op de loer lagen, voelde hij Reggie aan zijn schouder rukken.

"Ben, stop. Kijk."

Reggie wees naar de richel, en Bens ogen volgden hem daarheen. De richel, besefte hij nu, was waarschijnlijk de enige toegang tot de vallei waar ze zich bevonden. De natuurlijke vorm van het landschap, in combinatie met de dichtheid van de jungle waarin ze zich bevonden, liet geen andere toegang toe tot deze plek dan door dezelfde boompilaren die ze hadden gevonden. De deuropening naar hun kleine vallei.

En die deuropening was niet leeg.

Ben zag de jongere huurling - degene die hij herkende van de video bij NARATech - naar beneden in de vallei kijken. Zijn geweer hing over zijn schouder, maar in zijn rechterhand hield hij een pistool. Ben kon zijn ogen bijna op hem gericht voelen, starend. Ben klemde zijn kaken op elkaar en begon naar voren te lopen.

Weer hield Reggie hem tegen.

"Die schoten kwamen van aanvalsgeweren," zei Reggie. "En hij gebruikt er geen."

Ben luisterde even en hoorde in de verte nog steeds de knallen van het geweervuur. De bomen dempten het geluid een beetje, maar het geluid was knisperend genoeg om gemakkelijk de vallei in te gaan.

"Wat zeg je nu?" Vroeg Ben.

"Hij is niet degene die op Julie schiet, en ik denk niet dat hij haar probeert te pakken. Ik denk dat ze *allemaal* op de vlucht zijn voor de huurlingen."

Ben fronste zijn wenkbrauwen toen Reggie het over 'allemaal' had, maar hij bleef naar het platform kijken en begreep wat Reggie bedoelde. Achter de man die op de richel stond, zag hij een lok blond haar. *Amanda*.

"Dr. Meron is daar bij hem," zei Reggie.

De man wachtte niet tot Amanda weer op adem was gekomen. Hij sprong naar voren, net als Julie, en gleed van de helling van verwrongen, rottende oerwoudflora naar buiten, de brede rivieroever op. Amanda volgde. Ze verprutste de landing, maar de man bukte zich en hielp haar overeind.

"Hij helpt haar," zei Ben. Hij voelde zich dwaas omdat hij

vanaf hun plaats niets kon doen en alleen van ver commentaar kon geven.

Toen Amanda zich hersteld had, stapte de man in de rivier en begon aan de overkant. Ben tilde zijn pistool op, controleerde het en hield het toen voor zich uit. Hij richtte op de man, maar wist dat het nog minstens een minuut zou duren voordat hij binnen bereik was.

Julie naderde het midden van de rivier, en Ben liet het geweer vallen. Hij wilde haar zeggen om te keren, om aan de andere kant van de rivier te wachten. Maar de man volgde haar, slechts een paar passen achter haar, en er was nog steeds iemand die op hen schoot aan de andere kant van de rivier.

Hij dwong zichzelf de wetenschap te negeren van wat er in de rivier zou kunnen liggen, wachtend op een volgend slachtoffer, en hij hief het pistool weer op. Hij draaide zich om, verwachtend Reggie te zien die zijn actie spiegelde. In plaats daarvan staarde Reggie kalm in de richting van de rivier, alsof er niets aan de hand was.

"Wat ben je aan het doen?" Vroeg Ben.

"Iets klopt er niet," zei hij. "Ik wacht."

"Voor wat?"

Eerst antwoordde Reggie niet, maar toen bewoog hij met een snelle zwaai van zijn nek nogmaals naar de richel. Ben keek weer op om het te zien. Hij had de geweerschoten al een minuut niet meer gehoord, en de reden waarom stond in de deuropening naar de vallei.

De huurlingen.

Hij kon alleen de twee mannen die naast elkaar stonden vooraan goed zien, maar hij kon de gedaanten van nog minstens zes mannen zien die in rijen achter hen stonden. De twee mannen vooraan staarden naar de vallei, net zoals Julie en de andere man hadden gedaan, hun opties overziend.

Ben probeerde zich hun gedachten voor te stellen.

Ze vanaf hier neerschieten, of naar de rivier gaan?

Hij liep naar voren en naderde de rand van het water. *Kom naar beneden*, dacht hij. *Laten we er een eerlijk gevecht van maken.*

Julie was aan de overkant van de rivier, en Ben was zo gefocust op de huurlingen dat hij bijna niet doorhad dat ze naar hem riep.

"Ben!" schreeuwde ze opnieuw. Hij draaide zich verbaasd om en viel bijna achterover toen ze in zijn armen sprong en hem omhelsde.

Ze huilde, maar glimlachte. Hij trok haar dicht tegen zich aan en legde haar hoofd op zijn schouder terwijl hij kneep. "Ben je oké?"

"Ja, jij?"

"Ik leef, maar ik ben klaar om uit deze jungle te zijn. Die cruise klinkt op dit moment erg goed."

Julie lachte, maar Reggie was er om hun rendez-vous te onderbreken. "Tijd om te gaan, tortelduifjes. We hebben bezoek."

Ben keek om en zag dat de man achter Julie inderdaad de rivier was overgestoken. Amanda zat vlak achter hem, en Archie en Paulinho maakten zich al klaar om haar te helpen. Reggie en Ben hieven hun pistolen en richtten op de man.

"Niet schieten, Ben," zei Julie. "Hij is hier om te helpen."

Ben was zichtbaar overrompeld, maar hij liet het wapen niet zakken.

"Het is in orde," zei de man. "Julie heeft gelijk.

Reggie deed een paar stappen naar voren, nog steeds mikkend op de borst van de man. Het siert hem dat de man in de rivier zijn armen in de lucht had, zijn geweer nog steeds over zijn schouder en zijn pistool in een heupholster. Ben realiseerde zich toen wat de strategie van de man was. Door door de rivier te waden met Julie voor hem, zou Ben's groep niet op hem schieten. Met Amanda achter hem, zouden de huurlingen dat ook niet doen. Zolang het zo bleef, kon geen van beide vuurpelotons de man iets doen.

Het leek erop dat de huurlingen hadden besloten de veiliger weg naar beneden te nemen, want ze waren van het platform verdwenen, terug het bos in. Ben wist dat ze nog maar een paar minuten verwijderd waren van de overkant van de rivier, en tegen die tijd zouden ze binnen schootsafstand zijn. Hij keek met zijn ogen dicht in het zonlicht naar de drie lichamen aan de overkant van de rivier.

De leider van de huurlingen stond op het punt hun kamp binnen te lopen, en Ben wist niet zeker wat ze zouden doen als hij dat deed.

HOOFDSTUK 52

DE MANNEN VAN JULIE'S EN AMANDA'S GROEP WACHTTEN OP HEM AAN DE ANDERE KANT VAN DE RIVIER. Julie was al bij Bennett, en Joshua zag hoe ze elkaar even omhelsden op de oever. Hij voelde een vlaag van spijt, een gevoel waar hij zich niet helemaal prettig bij voelde, terwijl hij toekeek. Langzaam hief hij zijn armen in de lucht om zijn overgave te tonen.

"Ze liegt niet," zei Joshua opnieuw. "Maar we hebben niet veel tijd. Ze komen hierheen, en ze gaan niet -"

"Jij *hebt* ze hierheen *geleid*," zei Ben.

"Misschien, maar ze zouden je toch gevonden hebben. Ik ben geen spoorzoeker, maar je laat een duidelijk spoor achter."

Joshua was bijna aan de rand van de rivier en hij voelde nu dat de grond onder hem omhoog liep. De helling liep door tot voorbij de waterlijn en in het dichte oerwoud daarachter, naar de bodem van een scherpe klif net daarachter. Hij bekeek het unieke kenmerk. Een klif hoorde hier niet thuis, in een over het algemeen vlak stroomgebied als de Amazone. Er waren geen bergen, geen rotspartijen, en zeker geen kliffen.

In het algemeen.

Net als op veel andere plaatsen in de wereld loerden er overal verrassingen. Hij had kunnen verwachten dat hij zoiets hier in het meest afgelegen deel van de planeet zou vinden. De klif was ook niet erg hoog, waardoor het bijna gerechtvaardigd leek - het zou niet gemakkelijk opgemerkt worden door satellietverkenners, en de hele klifstructuur lag verzonken in een grotere, komvormige vallei waar ze nu allemaal in stonden.

De groep staarde hem aan terwijl hij de laatste meters van de natuurlijke oever opging. Twee van de andere mannen van de groep waren naar buiten gewandeld om Dr. Meron op te halen, die nauwelijks in staat was om op eigen benen te staan. Zij haastten zich terug met Amanda en alle drie verlieten nu de rivier een meter of tien stroomopwaarts van hem. Hij keek van de een naar de ander en kwam uiteindelijk terecht bij degene die een paar passen achter de anderen stond, met zijn hoofd omlaag.

Rhett.

Joshua voelde alle woede die hij ooit had gevoeld tegen de achterbakse, liegende man die hij beschamend kende als zijn jongere broer. Hij richtte de gevoelens in zijn ogen, wachtend tot hij opkeek. Toen hij dat niet deed, ging Joshua er vandoor.

"Jij leugenachtig stuk -"

Een andere man verscheen plotseling voor hem en versperde hem de weg. Joshua herkende de man die zich bij de groep in het hotel had gevoegd, degene met de permanente grijns op zijn gezicht.

"Aangenaam," zei de man, zich niets aantrekkend van Joshua's woedende houding. "Mijn naam is Reggie, en dit -"

"Later, Reggie," zei Joshua, terwijl hij zich een weg langs de man probeerde te banen.

Reggie gaf geen krimp. "Luister. We hebben wat vragen voor je, voordat je..."

"Hij is mijn broer."

Alle ogen, ook die van Rhett, dwaalden af naar Joshua. Reggie deed een stap terug, duidelijk verward. Ben fronste zijn wenkbrauwen. Joshua wachtte, probeerde de spanning van de situatie een beetje te laten verdwijnen, maar de wetenschap van de soldaten, *zijn* soldaten, ergens direct achter hen gaf hem een gevoel van urgentie.

"We hebben geen tijd, zoals ik al zei. We moeten gaan, naar de stad."

"Waarom ben je hier?" vroeg Reggie.

Joshua knikte. "Juist, ik verontschuldig me. Ik was - uiteraard - bij de andere groep. We volgden jullie, probeerden Dr. Meron en haar onderzoek te lokaliseren en te verwerven. Alles wat ons naar de stad El Dorado zou kunnen leiden."

Reggie staarde voor zich uit, zijn gezicht uitdrukkingsloos, terwijl Joshua verder ging.

"Ik werk voor een bedrijf dat geïnteresseerd is in het verwerven van wat er ook in de stad verborgen is." Hij wierp een blik op Harvey Bennett, om er zeker van te zijn dat hij oplette. "Ze denken dat Dr. Meron's onderzoek en de stad met elkaar in verband staan, gezien de snelheid en geheimzinnigheid waarmee jullie vertrokken.

Ben stapte dichter naar Joshua toe. "Wat kun je ons vertellen over dit bedrijf? En waarom ben je van gedachten veranderd en wil je ons plotseling helpen?"

Joshua ving het sarcasme in de vraag van de man, maar hij negeerde het. "Ik vertel je de waarheid, Ben. Het bedrijf waar ik voor werk zal *alles* doen om hun doelen te bereiken, inclusief het doden van iedereen - *iedereen* - die hen in de weg staat."

"Daar zijn we achter gekomen."

"Juist. Nou ik denk dat ik een van die mensen ben geworden."

Reggie's gezicht was niet veranderd, maar hij sprak eindelijk. "En dit kind hier is je broer?"

Joshua knikte. "Mijn vader werkt voor het bedrijf, en hij heeft me blijkbaar hierheen gestuurd om jullie allemaal te vinden. Ik volgde gewoon zijn orders op, maar nu begin ik te twijfelen of ze wel van hem kwamen."

"Waarom is dat?"

"Omdat hij *hem hier* nooit zou hebben toegelaten. Hij is ongetraind, ongetest, en je kunt hem niet vertrouwen -"

Rhett, zijn handen nog steeds vastgebonden, rende plotseling naar voren en dook voorover op Reggie. Reggie struikelde maar viel niet, maar toen hij zich omdraaide om de aanvaller van zich af te slaan, duwde Rhett hem van zich af en terug naar hoger gelegen grond.

Joshua greep naar zijn eigen wapen, maar Ben kwam naar hem toe. Hij overwoog zijn opties, maar zijn jongere broer was al in beweging.

Rhett zag eruit alsof hij ernstige fysieke pijn had - en te oordelen naar de blauwe plekken en snijwonden op zijn gezicht, nam Joshua aan dat dat waar was. Hij had zijn armen uitgestrekt, zijn handen het enige deel van zijn lichaam dat niet trilde.

Een van zijn vuisten strekte zich uit naar Reggie's pistool, dat rechtstreeks op Reggie's hoofd was gericht, op slechts een meter van hem vandaan.

"Oké," zei Rhett. "Het is tijd om terug te gaan naar de anderen."

Joshua was woedend, maar hij kon zich niet bewegen. Hij wist dat Rhett zonder twijfel de man die hij bedreigde zou neerschieten. Elke verkeerde beweging of woord zou hem doen ontploffen.

"Rhett..." Joshua sprak kalm, in de hoop de woede van zijn broer te verlichten en hem aan het praten te krijgen.

"Laat maar," zei Rhett, bloed en speeksel vlogen uit zijn mond. "Je hebt gehoord wat ik zei. En nu wegwezen!"

Ben stond nu naast Joshua, hun schouders raakten elkaar bijna. Joshua hield zijn gezicht recht vooruit, maar bewoog zijn ogen om de man die naast hem stond beter te kunnen zien. Hij merkte dat Ben zijn wapen niet omhoog had.

Het zou maar een halve seconde zijn, maar het zou genoeg kunnen zijn...

"Ik vraag het nog maar één keer," zei Rhett, "en dan zal je vriend -"

Joshua trok met een vloeiende beweging zijn eigen pistool omhoog in de richting van Rhett. Hij moest zijn arm nog hoger dragen dan normaal, omdat Rhett op een stuk grond stond dat een paar meter hoger was dan de rest van hen, letterlijk de hogere grond nemend als een voordeel.

Hij voelde, meer dan zag, dat Ben zijn wapen optilde in reactie op zijn beweging, maar het was te laat.

Hij vuurde twee keer, mikkend op Rhett's borst.

HOOFDSTUK 53

ZE BEGON TE RENNEN ZODRA ZE JOSHUA'S PISTOOL OMHOOG ZAG GAAN. Terwijl ze op Amanda mikte, besefte ze dat haar baan zou kruisen met een andere - die van de kogels die Joshua nu begon af te vuren.

Nadat de eerste twee schoten hadden geklonken, rende ze naar Ben toe. Hij stond veilig uit de vuurlinie, maar ook hij had zijn geweer geheven, klaar om te schieten.

"Ben! Nee!" schreeuwde ze, terwijl ze hem bijna tackelde toen ze tegen hem aan botste bij de waterlijn.

Ben draaide zich om toen hij opzij werd geduwd, met een verbaasde blik op zijn gezicht. "Julie?"

"Schiet hem niet neer," zei ze weer, buiten adem. "Hij staat aan onze kant."

Ben keek van Joshua, naar Julie, dan naar Rhett. "H - hoe weet je dat?"

Rhett gromde, bloed stapelde zich al op zijn borst zelfs toen hij trillend op de hogere grond boven hen allen stond. Hij probeerde een stap achteruit te zetten maar zijn voet landde niet goed. Hij viel zijwaarts en kukelde op de grond. Hij hoestte twee keer, bloed spatte uit zijn mond en bevuilde de witte, platte stenen die vlakbij lagen.

Julie staarde naar de bloeddruppels, haar ogen verstijfd. *Wat is er aan de hand?* Ze voelde zich buiten controle, terwijl ze probeerde Ben in toom te houden en hem en de anderen te overtuigen van Joshua's onschuld, maar toen - om een of andere reden - had hij zijn eigen broer neergeschoten.

"Julie?"

Ze keek op. Ben staarde naar haar, maar hij was niet alleen. De hele groep, behalve de stervende Rhett, keken naar haar. *Wachtend.* Ben en Reggie richtten allebei hun pistool op Joshua's hoofd. Joshua had zijn eigen wapens, waaronder zijn geweer, op het strand laten vallen en stond nu met zijn armen hoog boven zijn hoofd. Hij zag er volkomen kalm uit, zelfs opgelucht, alsof zijn eigen missie eindelijk voorbij was.

"Nee - ik..." ze wist niet zeker wat ze moest zeggen. "Dood hem niet. Ik geloof hem."

Niemand sprak. Joshua's ogen vielen op Julie, en hij gaf haar een licht knikje.

"Julie, wat heeft hij je verteld?" vroeg Reggie.

"Hij heeft het al uitgelegd. Zijn mannen zijn loyaler aan het bedrijf waar ze voor werken dan aan hem. Ze zijn hier voor het salaris, maar hij denkt dat het bedrijf hem bedrogen heeft."

"Welk bedrijf?" vroeg Ben.

"Het bedrijf waar u naar op zoek was," zei ze. "Drache Global. Of Dragonstone, of Drage Medisinsk. Ze zijn allemaal hetzelfde."

"Of Draconis Industries," zei Joshua. Ze keken hem allemaal aan. "Het is de *eigenlijke* naam van het bedrijf waar ik voor werk. Alle andere zijn dochterondernemingen. Verwant, maar niet noodzakelijkerwijs hetzelfde. Sommige zijn farmaceutisch, sommige zijn onderzoek, sommige zijn computers en elektronica. Maar mijn bedrijf heeft een belang in ze allemaal, genoeg om ze volledig te hebben uitgekocht."

"Het zijn allemaal verschillende talen voor 'draak,'" zei Archie.

Joshua knikte. "Het is een 'verborgen in het volle zicht' ding," zei hij. "Ze denken dat niemand hen zal verdenken, aangezien het grootste deel van hun zaken volledig legitieme R&D is."

"Maar ze zijn een terroristische organisatie."

"Nee, verre van dat," zei hij. "Ze zijn gewoon niet bang om alles te vernietigen wat hen in de weg staat. Ze hebben ongelooflijk veel macht, en zo ongeveer een onbeperkte poel van middelen. Wat hen buiten de controle houdt, is dat ze dingen in de ene hand verborgen houden voor de andere. En veel van de landen waar ze opereren, eten toch al uit een van die handen."

"Wat zit er voor jou in?" vroeg Reggie. "Waarom vertel je ons dit allemaal? Een dag geleden schoten jullie nog op ons."

Joshua keek naar Amanda. Ze leunde op Paulinho, die zijn hand op zijn hoofd had en zijn slapen masseerde. "Mijn team kreeg de opdracht Dr. Meron terug te brengen, nadat ze de verloren stad El Dorado hadden gevonden en de rest van jullie hadden geëlimineerd. Maar ik begon te vermoeden dat mijn vader - degene van wie ik dacht communicatie te ontvangen - niet langer in beeld was, en dat de compagnie mij had gebruikt. Hij zou mijn broer nooit hierheen gestuurd hebben."

Julie schudde haar hoofd. "Maar dat is wat ik niet begrijp," zei ze. "Waarom hem vermoorden? Hij is je *broer*."

Joshua klemde zijn tanden op elkaar. "Het moest gebeuren. Er was geen andere manier, en het was slechts een kwestie van tijd. Hij is ons al jaren een doorn in het oog, en het lijdt geen twijfel dat hij de voornaamste reden was dat het bedrijf ons informatie kon geven over jullie locatie."

"Wacht, wat?" vroeg Ben. Hij hield het pistool nog steeds in zijn hand, maar zijn greep haperde een beetje. Julie zag het pistool lichtjes inzakken. "Hoe wisten ze waar we waren? En voor hoelang?"

Joshua stapte naar voren, en Ben bracht het geweer naar boven en greep het nog steviger vast. "Hoe komt hij aan die wond?" vroeg Joshua. Hij wees naar de zij van zijn broer.

"De meswond?" Zei Archie. "Hij zei dat jij dat hebt gedaan. Jouw team, tenminste. We vonden hem in een huis, en toen vloog hij ons naar Manaus."

Joshua fronste zijn wenkbrauwen. "Nee, we hadden geen idee

dat hij hier was, totdat Julie het zei. Ik kon contact opnemen met de compagnie tot we de jungle buiten Manaus ingingen, en ze hebben me alleen verteld waar jullie waren."

"Dan hoe -"

"Geef me een momentje," zei Joshua, onderbrekend. Hij bukte zich naar zijn dode jongere broer, scheurde zijn hemd open en keek naar de meswond. Het was begonnen te genezen, maar er was nog steeds een paars-zwart gebied rond de wond zelf.

Joshua greep naar zijn eigen gevechtsmes en trok het uit de schede aan zijn been. Hij hield het boven de wond, en Julie keek afwerend weg. Ze probeerde het geluid van gesneden vlees te negeren.

"Hier," zei hij, en Julie keek weer naar beneden. Joshua's hand zat onder het bloed, maar in zijn vingers hield hij een klein cilindervormig apparaatje omhoog.

"Is dat een opsporingsapparaat?" vroeg Ben.

Joshua knikte.

"Ziek," zei Reggie. "Masochist."

"Je weet er de helft nog niet van," zei Joshua. "Het goede nieuws is dat we nu van het net af zijn." Hij gebruikte het lemmet van zijn mes om het apparaat open te scheuren, trok het elektronische binnenwerk eruit, gooide het hele ding op de grond en stampte erop met de hak van zijn laars. "De compagnie kan ons hier niet vinden," zei hij.

"Misschien niet," zei Archie, "maar *ze* kunnen het wel." Julie draaide zich om om te zien waar hij naar wees.

De huurlingen stonden aan de overkant van de rivier, klaar om over te steken. Ze vroeg zich af waarom ze niet hadden geschoten, en realiseerde zich toen waar ze stonden.

Ze hebben ons vastgepind. We hoeven geen munitie te verspillen. Ze kunnen dichterbij komen, Dr. Meron grijpen en ons dan één voor één pakken.

"Jongens, we moeten opschieten," zei ze. "We staan voor een klif. We kunnen er niet overheen voordat zij er zijn."

Maar Julie voelde een gevoel van angst over zich heen spoelen

toen ze zich realiseerde hoe verkeerd ze was geweest. De huurlingen openden het vuur, de eerste kogels raakten het water op
enkele meters van hen. *Ze zijn niet bang om munitie te verspillen,*
dacht ze. *Ze willen ons allemaal dood hebben.*

Zo snel mogelijk.

HOOFDSTUK 54

"RENNEN!" schreeuwde Reggie, maar het bevel was aan dovemansoren gericht. Alle anderen, inclusief Amanda, doken al in de bomen aan de rand van de rivier.

Ze waren nog geen honderd meter van de rotswand verwijderd, en Reggie wist dat als ze die eenmaal hadden bereikt, er maar drie mogelijkheden waren om verder te komen: naar links, langs de rotswand die door de vallei terugliep, naar rechts, ook langs de rotswand, of recht omhoog.

Volgens hun kaarten moesten ze de klif beklimmen en in dezelfde richting verder gaan als ze al gereisd hadden. Maar Reggie wist dat ze op geen enkele manier - zonder uitrusting natuurlijk - rechtstreeks de klif en de top op konden klimmen zonder dat de groep soldaten achter hen hen inhaalde en hen meenam terwijl ze opklommen.

Dan bleven er twee opties over: links of rechts. Geen van beide bracht hen dichter bij hun doel, maar beide waren even slechte keuzes. In Reggie's gedachten, betekende dat, dat ze allebei even goede keuzes waren. *Zolang we maar bij elkaar blijven*, dacht hij.

De huurlingen waren nog steeds op hen aan het vuren, ook al was zijn groep al ver in de dekking van de bomen en in het moerassige stuk land dat hen omringde. Hij veronderstelde dat hun munitievoorraad veel groter was dan hij aanvankelijk had gedacht en dat ze hoopten op een paar geluksschoten die door het bos schoten en een van hen raakten.

Joshua liep recht voor Reggie, waardoor Reggie een zichtbare herinnering kreeg aan het andere onderwerp waar hij nog steeds over nadacht. Joshua had zijn eigen broer neergeschoten, op bijna korte afstand, zonder met de ogen te knipperen. Het was een heldhaftig gebaar, als Reggie bedacht dat Joshua het misschien had gedaan om de rest van hen te redden, maar Reggie wist dat elk verhaal altijd ten minste twee kanten had. In dit verhaal leek Joshua altijd al iets tegen zijn broer te hebben gehad, en hij wist dat Joshua de waarheid sprak als het ging om zijn wantrouwen jegens zijn jongere broer. Toch aarzelde Joshua niet eens toen Rhett in de aanval ging. Hij hief zijn pistool en schoot - twee keer - in de borst van zijn eigen familielid.

Reggie bedacht dat als Joshua iemand anders was geweest, hij de actie zou hebben gerechtvaardigd door aan te nemen dat de reactie onvrijwillig was, gewoon een natuurlijk verlangen om zichzelf te beschermen en te overleven. Joshua leek echter even goed getraind als Reggie zelf, wat betekent dat zijn vermogen om snel te denken en in een fractie van een seconde beslissingen te nemen een van de eigenschappen was die hem in zijn werk tot nu toe in leven hadden gehouden.

Voor de rest kon Reggie geen plausibele verklaring bedenken voor Joshua om zich bij hun groep aan te sluiten onder het mom van "hen te willen helpen". Zijn soldaten waren sterker, beter getraind en hadden veel meer ervaring dan Reggie's eigen groep, gemiddeld genomen. Reggie was de enige van hen met militaire ervaring, en zeker de enige met echte slagveldtraining. Joshua zou dom zijn te denken dat hij hen ervan moest overtuigen dat hij beter af was aan hun kant te vechten dan aan zijn eigen.

Er bleef nog een laatste verklaring over voor Joshua's acties bij de rivier. Reggie kauwde hierop, overwoog de verschillende kanten en motieven, en kwam uiteindelijk op de waarheid uit. Hij overwoog Occam's Razor, een principe dat hij gebruikte om een situatie te definiëren aan de hand van het aantal veronderstellingen die erover gemaakt konden worden. De eenvoudigste oplossing - met andere woorden, de oplossing met de minste aannames - was waarschijnlijk de juiste.

De oplossing, volgens dit principe, was dat Joshua de waarheid sprak. Hij was door de jungle gestrompeld met Amanda en Julie omdat hij hen had helpen bevrijden nadat hij had besloten dat zijn eigen bedrijf niet langer strookte met zijn belangen. Hij had de hulp van Reggie's groep nodig, en wist dat zijn eigen overlevingskans groter was als hij vocht tegen de mannen die hij hierheen had geleid.

Het was ook geen altruïstische zet. Reggie wist dat de man het meest geïnteresseerd was in zijn eigen overleven - net als iedereen in de wereld. Het toeval wilde dat hij een gemeenschappelijke vijand had met Reggie's groep en een gemeenschappelijk doel: erachter komen wie er werkelijk aan de touwtjes trok in zijn organisatie. Om dat te doen, zou hij Reggie en de anderen moeten helpen de oplossing voor hun probleem te vinden en levend uit het regenwoud te komen.

Reggie besefte dat ze de klif hadden bereikt toen hij bijna tegen Joshua opbotste. Paulinho, Archie en Amanda liepen iets achter op de rest, maar Ben en Julie stonden al te wachten voor een grote, met mos bedekte rots. Direct daarachter rees de klif voorbij het bladerdak de hemel in.

"Wat nu?" Vroeg Ben.

Reggie wachtte tot Paulinho, Archie en Amanda op adem waren gekomen. "Ik weet het niet, om je de waarheid te zeggen," zei hij. "Het is onmogelijk dat we zonder uitrusting die klif beklimmen, en zeker niet voordat de rest van je jongens arriveert." Hij richtte de laatste zin op Joshua, in de hoop dat de man misschien een suggestie had. Hij grijnsde, trok een wenkbrauw op en wachtte af.

Joshua schudde zijn hoofd. "Helaas, ik denk dat ik tot dezelfde conclusie ben gekomen."

Het geweervuur was even gezakt, maar Reggie berekende dat

ze maar een minuut hadden, misschien twee, voor het weer begon. En tenzij ze wisten hoe ze konden verdwijnen, zou het een bloedbad worden.

"Heeft iemand een slim idee? In principe: links of rechts?"

Reggie keek rond naar zijn gehavende, gebroken groep. Paulinho hield nog steeds zijn hoofd vast, alsof hij een zware migraine probeerde te verdrijven. Amanda hield haar zij vast en hapte naar lucht. Archie deed het, gezien zijn leeftijd, opmerkelijk goed, maar had het nog steeds moeilijk. Ben en Julie hielden elkaars hand vast, maar hij kon de spanning tussen hen bijna voelen. Het was een spanning die hij ook voelde; het was een spanning die hij maar al te goed kende.

Zijn geest flitste terug naar een andere tijd, een andere plaats. Hij rende door de woestijn, op zoek naar het doelwit dat hij moest binnenbrengen. Zijn team was verspreid over de duinen aan weerszijden van hem, allemaal vooruit rennend. De spanning die hij toen voelde kwam bijna overeen met de hitte van de dag, die op hen allen neerviel en hun lichaam en uitrusting deed verschroeien. Ze liepen wat wel een hele dag leek, maar hij wist door de weigering van de zon om ook maar een centimeter vooruit te komen dat ze niet langer dan een paar minuten onderweg waren geweest. Hij vroeg zich af waarom zijn team geen specifieke instructies had gekregen buiten de paar missie parameters die ze hadden. *Zoek doel, verover doel, keer terug naar de basis.*

Ze zijn nooit teruggekeerd naar de basis. Reggie keerde terug, alleen, drie dagen later.

"Reggie, alles goed?" Reggie hief zijn hoofd op en zag dat de anderen naar hem staarden. Ben stapte naar voren en pakte zijn schouder vast. "We gaan naar links, tenzij -"

Reggie grijnsde. "Links klinkt goed. Waar wachten we nog op?"

Ben glimlachte en keerde terug naar Julie's zijde.

Reggie draaide zich de andere kant op en zag dat Paulinho zijn hoofd nog steeds vasthield, alleen nu met beide handen.

"Ik - het spijt me, ik kan niet veel langer doorgaan." Paulinho's woorden stotterden, geforceerd door snelle teugen lucht.

"Wat is er aan de hand?" vroeg Reggie.

"Mijn hoofd," zei Paulinho. "Ik weet niet wat het is, maar het is erger dan ik me ooit gevoeld heb."

"Hoofdpijn?" Vroeg Amanda. Ze legde haar hand op zijn slaap en masseerde die langzaam. Paulinho scheen het gebaar op prijs te stellen en liet een van zijn handen in zijn zij vallen, maar hij kreunde van de pijn.

Hij knikte. "Ja, erger dan elke andere migraine. Het begon op de boot, maar ik dacht dat het met mijn verwonding te maken had." Zijn ogen waren gesloten, strak dichtgeknepen van de pijn. "Ik wilde niets zeggen, maar -"

"Onzin," zei Amanda. "Er kunnen inwendige bloedingen zijn. Iets dat je beslopen is; misschien ben je harder geraakt dan je -"

"Nee," zei Paulinho, terwijl hij zijn hoofd schudde. "Dat is het niet. Het is geen fysieke pijn. Ik weet niet zeker hoe ik het moet omschrijven, anders dan dat."

Reggie liep erheen en onderzocht Paulinho snel. "Er is niet veel wat we hier kunnen doen, vriend. Maar we moeten verder."

"Nee, dat is - ik begrijp het," zei Paulinho. "Ik wilde het alleen even zeggen, zodat je weet waarom ik moet stoppen..."

"Het komt wel goed," zei Reggie. Hij hield niet van sentimentele uitspraken, en zeker niet die hij niet kon onderbouwen. Hij haatte het om mensen valse hoop te geven, maar er was geen andere optie. Hij weigerde iemand achter te laten. "Kun je lopen?"

Paulinho knikte langzaam. "Ik zal blijven leven. Ik laat het je weten als het erger wordt."

Reggie wist dat ze geen tijd meer hadden. Zonder nog een woord te zeggen begon hij naar de voorkant van de groep te lopen en ging verder het bos in, de klif rechts van hem houdend.

"Ze zijn de rivier nu al overgestoken," zei hij tegen Joshua en Ben, wetende dat beide mannen zich vlak achter hem bevonden. "Het zal niet lang meer duren voordat ze..."

"Bukken!" schreeuwde Ben van ergens achter hem. Zonder te stoppen om de situatie zelf in te schatten, viel Reggie op zijn buik in buikligging. Onmiddellijk werd het schieten hervat, veel dichterbij dan hij zich had voorgesteld.

Elk schot werd verdubbeld, het geluid weerkaatste tegen de rotswand en kwam een tweede keer terug in zijn oren. Hij hoorde ook geschreeuw, niet van zijn eigen groep maar van de mannen die hen door de jungle volgden. Ze seinden naar elkaar over de verblijfplaats van hun prooi, wat alleen maar betekende dat ze de locatie van Reggie's groep hadden gevonden.

Hij voelde zich veilig op de grond, ging liggen en hield zich gedeisd, maar hij wist dat het maar een relatieve veiligheid was. Het was tijdelijk. Ze moesten vooruit, zelfs met het risico dat een van de schoten van de huurlingen zou landen. Ze hadden slechts enkele seconden voordat de huurlingen hen volledig omsingelden. Slechts enkele seconden voordat de huurlingen op echte doelen konden mikken en niet alleen op stemmen die van de klif af kaatsten.

Hoe moeilijk het ook was, hij duwde zich van de harde junglegrond en ging staan, in de hoop dat de anderen zijn voorbeeld zouden volgen. Hij ging verder en controleerde of zijn pistool nog een vol magazijn had door in de grote zak van zijn cargo-broek te reiken. Onbewust zag hij dat er nog maar één magazijn over was, en hij vroeg zich af of hij niet meer had meegenomen in de twee bug-out tassen die ze nog bij zich hadden.

Voordat hij kon bepalen of ze genoeg munitie hadden voor nog een vuurgevecht, herinnerde Reggie zich dat ze - hoe dan ook - volkomen kansloos en overklast waren. Ze hadden twee pistolen om te delen tussen hem en Ben, en Joshua's geweer en pistool, en misschien genoeg munitie voor een paar minuten aanhoudend vuur. En dat alles tegen een tiental aanvalsgeweren, gehanteerd door professionals die goed getraind waren in dat specifieke wapen.

De kansen waren groot, en het werd al bijna donker. Hij doorliep de plausibele scenario's in zijn hoofd en probeerde er een te vinden die niet op hun dood uitliep.

Ontevreden met het resultaat ging Reggie voorwaarts door de jungle nadat hij zich ervan verzekerd had dat Ben, Joshua en de anderen achter hem aanliepen.

HOOFDSTUK 55

REGGIE LIEP MAAR EEN PAAR METER VOOR HEM, met een snelheid die hij voor de langzamere leden van de groep - Archie, Paulinho, en Amanda - redelijk genoeg achtte. Joshua liep naast Ben, en Julie liep vlak achter hem en hield gelijke tred.

Ben vroeg zich af waar de huurlingen op schoten, want tot nu toe was niemand van zijn groep getroffen door een verdwaalde kogel. Ze gingen door met hun salvo's van drie patronen, en duwden Ben en zijn groep met elke haal van de trekker vooruit. Of ze hadden een onbeperkte voorraad munitie die ze gebruikten om hun prooi af te schrikken, of ze schoten op schaduwen.

Plotseling bedacht Ben dat er misschien een derde optie was. *Misschien schieten ze wel op mensen*, dacht hij. *Alleen niet op ons.*

Zodra hij de opluchting voelde die het besef met zich meebracht, sloeg de angst weer toe. *Als ze op andere mensen schieten, wie dan?*

Het antwoord vond hij een paar stappen verder. Bens rechterschoen raakte de bosgrond met een gedempte *plof* terwijl het mos en de begroeide rotsen het geluid opslokten. Voordat zijn linkerlaars de grond raakte, werd zijn lichaam zijwaarts getrokken - hard - *tegen* de klif.

Hij zette zich schrap, wachtend om tegen de harde rotswand van de klif te knallen. Het moment kwam niet, en in plaats daarvan werd hij door een kronkelige reeks dikke lianen getrokken, waarvan de bladoksels de opening volledig aan het zicht onttrokken.

Het was een gat in de klif, als een grot, gewoon een spleet die van de grond naar boven liep. Breed genoeg voor een man om er doorheen te passen, maar volledig gemaskeerd door het gebladerte dat naar beneden hing. Hij viel bijna toen hij zijwaarts struikelde, maar de sterke handen die zijn arm en schouder vasthielden, hielden hem recht toen hij zijn evenwicht hervond. De hele beweging ging te snel voor hem om het uit te kunnen schreeuwen, maar hij greep naar zijn pistool.

Een andere hand was plotseling aanwezig, drukte zijn eigen hand tegen zijn zij en verhinderde hem zijn wapen te pakken. Hij wilde schreeuwen, achteruit getrokken in de duisternis. Hij voelde de vochtigheid van de grot, op de een of andere manier nog steeds groter dan die van het bos buiten, en de zweterige handen van zijn aanvallers die met de seconde in aantal toenamen. Weldra werd er een hand over zijn mond en ogen gelegd, en voelde hij hoe zijn benen de lucht in werden getild. De enige verbinding met de buitenwereld die hij had - de grond die deze plek met haar deelde - werd hem weldra ook ontnomen toen hij voelde hoe zijn lichaam in de lucht zweefde, gesteund door ontelbare handen die hem meevoerden.

Julie. Het enkele woord deed hem kronkelen en bokken in ontkenning, maar het had geen zin. Hij was nu volledig overgeleverd aan de grillen van de duizendhandige aanval die hem dieper en dieper de grot in sleepte.

Dieper.

De grot leek eindeloos. Ben bleef wachten om de handen te voelen die hem vernauwden, een menselijke anaconda die hem langzaam uit het leven perste, maar het kwam nooit. Ze droegen hem gewoon, gestaag, heimelijk, naar de donkere uithoeken van de grot. Zijn geest dreef weg, niet in staat om te vechten tegen het rustgevende gevoel van ontspanning van zoveel handen en vingers die druk uitoefenden op zijn lichaam terwijl ze hem op zijn plaats hielden. Hij dacht weer aan Julie.

Er verscheen een licht, dat zich manifesteerde in een flikkering van schaduwen boven zijn hoofd. Hij lag op zijn rug, de handen meestal onder hem en op zijn zij, en de schaduwen dansten en speelden rond de randen van zijn gezichtsveld, sommige van de langere strekten zich uit tot boven zijn hoofd. Hij riep naar Julie, maar kreeg geen antwoord. De hele beproeving was griezelig stil, en de verschijning van de schaduwen boven en rondom hem waren de enige aanwijzing dat hij niet droomde.

Het licht werd een wirwar van grijstinten op de rotsen, daarna schakeringen van schemerige kleuren. De handen waren nu echt, hij kon ze zien, elk een deel van een paar dat toebehoorde aan de mensen die hem droegen.

Mensen. Hij voelde hun aanwezigheid nu, nu hun silhouetten in het licht baadden. Ze hadden niet gesproken, en hij had geen van hen ook maar het geringste geluid horen maken, maar nu waren ze echt voor hem. Ben kon hun ogen zien, donker en hol, zoals ze werden gewassen in het verre licht van ergens achter hem. Ze liepen in dit licht, en met elke stap werden ze meer en meer menselijk.

Het waren inheemse Amazones, qua gestalte vergelijkbaar met de groep krijgers die ze in het atrium hadden gezien, maar hij wist dat het een heel andere stam was. De mannen die hem droegen waren bedekt met een grijze laag as, elk van hen leek uit de wanden van de grot te zijn gegroeid, levende geesten van de klif. Zij droegen hoofdbanden, gemaakt van een geweven touw, dun en eenmaal om hun voorhoofd gewikkeld en aan de achterkant vastgebonden. Aan de staart van deze hoofdbanden waren gekleurde kralen en stenen samengebonden, die op verschillende lengtes aan het hoofd van elke man hingen. Veel van de mannen waren korter dan Ben, maar allen hadden het pezige spierstelsel van fitte, magere krijgers. Geen van hen droeg een overhemd, maar hij merkte dat een paar van hen een korte of lange broek droegen.

Een van de mannen die zich het dichtst bij Ben's hoofd

bevond, leunde dicht tegen hem aan en sprak iets tegen hem. Hij kon de woorden niet onderscheiden, en de stem zelf leek vreemd. Grindachtig, met een diepe, volwassen toon, was de zin niet vijandig of vriendelijk, maar lag er ergens tussenin. Hij keek op naar de inboorling, in de hoop dat hem geen vraag werd gesteld.

De man herhaalde de woorden.

Ben probeerde zijn schouders op te halen, maar hij werd nog steeds op zijn plaats gehouden door de handen van de mannen. Ze droegen hem nog een paar stappen en hij was uit de grot en terug in het felle zonlicht.

Hij knipperde met zijn ogen en voelde hoe hij zachtjes op het gras werd neergezet. Ze namen zijn wapens en rugzak mee, de handen droegen ze ergens uit het zicht. Ben draaide zijn hoofd terwijl hij daar lag, onzeker over wat ze van hem verwachtten maar toch zijn nieuwe omgeving in ogenschouw nemend.

Het zonlicht was onbelemmerd, het bladerdak van de bomen waaraan hij gewend was geraakt was al lang verdwenen. Niets van het dichte gebladerte van de rest van het bos had zijn weg hierheen gevonden, en Ben was geschokt te ontdekken dat "hier" een cirkel-vormig, open gebied was, aan alle kanten omgeven door de klif. Er was geen "top" van het plateau dat ze hadden gezien - slechts een natuurlijke muur die een prachtige, weelderige vallei omsloot. Ben zag dat er zelfs een beekje door het midden van de vallei kron-kelde, gevoed door een hoge, dunne waterval aan het uiteinde van de cirkel. Het stroompje verdween in een meertje en stroomde vervolgens langs Ben heen door een verborgen spleet onder een van de wanden van de klif.

Rondom het meer, op de zacht glooiende heuvel waar het hele gebied op lag, stonden gebouwen gemaakt van struiken en bomen. Sommige hadden hele boomstammen of rotsen in hun geraamte of muren verwerkt, maar ze leken allemaal van natuur-lijke materialen te zijn gemaakt. Een paar grotere bouwsels verhieven zich en deden de kleinere gebouwen in de schaduw staan, de grootste het dichtst bij het meer. Mensen wandelden in en uit deze gebouwen, die elk een eigen doel en bestemming leken te hebben. Sommigen waren aan het werk, bouwden nog meer bouwsels of kookten rond grote, rokerige vuren, en weer anderen zaten in groepjes op de grond te praten.

Toen viel hem een bijzonder interessant kenmerk van het landschap op, terwijl hij het onderzocht. Er waren maar een handvol bomen in het hele gebied, en allemaal waren ze van dezelfde soort. Hij herkende ze niet, maar dat was geen verrassing voor Ben, die zich niet in zijn element had gevoeld sinds ze in de jungle waren aangekomen. Aan elke boom bloeiden grote gele vruchten en de takken bogen, sommige van de grotere kwamen bijna tot aan de grond. Kinderen renden tussen de takken en de bomen door, sloegen de vruchten van hun plaats, raapten ze op en leverden ze aan vrouwen die ze in manden wegsleepten.

Ze waren de planten aan het oogsten, maar iets anders vond Ben vreemd toen hij toekeek hoe de vrouwen hun manden op hun bestemming afleverden.

De mannen om hem heen deden een stap achteruit en lieten hem rechtop zitten en daarna opstaan. Hij stond op, met tegenzin, volledig overweldigd door het tafereel om hem heen. Hij probeerde hun gezichten af te zoeken naar antwoorden, maar kreeg van elk van hen een blik van verwarring te zien die overeenkwam met zijn eigen gevoelens.

Hij keek bijna een minuut lang toe hoe de rij fruitplukkers en -bezorgers hun werk voor hem voortzetten. De vrouwen met de manden gooiden hun fruit rechtstreeks in het meer, op een provisorische houten steiger die aan de oever was vastgemaakt. De manden werden omgedraaid, leeggegooid, weer op het hoofd van de vrouw geplaatst en het proces ging verder. De vruchten zelf zonken volledig in het kleine meer.

"Ben?"

Hij draaide zich om, op zoek naar de bron van de stem. Zijn hart ging tekeer toen hij zich realiseerde van wie de stem was.

Julie.

DEEL IV

"... 'Over de bergen
Van de maan,
Door de Vallei van de Schaduw,
Rijd, rijd moedig, '
De schaduw antwoordde, -
"Als je Eldorado zoekt!"..."

EDGAR ALLEN POE

HIJ ZAG HAAR STAAN, aan de andere kant van de beek, op slechts twintig meter afstand. Naast haar stonden Reggie en Archie, en uit een andere soortgelijke grot rechts van hen kwam Paulinho, daarna Amanda Meron, die elk op hun eigen schotel handen werden gedragen en afgeleverd op een plek, omringd door nog meer inboorlingen.

"Ben je in orde?" vroeg ze.

Hij wist niet zeker wat die vraag betekende in deze context, maar hij knikte toch. *Ben ik in orde? Is dit wel echt?*

Hij begon naar hen toe te lopen en was verbaasd dat de stamleden niet probeerden hem tegen te houden. Toen hij dichtbij was, stapte Archie naar voren en legde uit.

"Ik denk dat ze ons goed in de gaten houden, maar niet bang zijn dat we terugvechten." Hij knikte in de richting van het centrum van het kleine dorp, en Ben zag meteen waar Archie op gericht was. Hij had ze de eerste keer dat hij het dorp had gescand gemist, maar een van de groepen was bezig stokken te slijpen.

Wapens.

"Ze maken zich waarschijnlijk geen zorgen om ons, want de enige weg naar binnen en buiten is door deze kleine grottunnels."

"En ik denk dat ze goed kunnen schieten met een van die

speren," zei Reggie. Hij stapte dichter naar de twee mannen toe. "Wat is dit allemaal?"

"Het is een dorp," antwoordde Archie. Maar ik heb er nog nooit van gehoord of zoiets gezien. Hun huizen en gebouwen zijn van een heel andere technologie. Oud, zelfs. Hun kleding komt overeen met de rest van de gecontacteerde stammen van het Bekken - fragmentarische outfits van kledingstukken die ze hebben kunnen kopen, stelen, of ruilen."

"Maar je denkt niet dat ze een 'gecontacteerde' stam zijn?" vroeg Julie.

"Ik kan me niet voorstellen hoe ze zouden zijn geweest. We zijn zo ver van het gebaande pad, en een plek als deze is niet iets wat ik ooit had gedacht te zien in het midden van de Amazone."

"Bedoel je dit dorp?"

"Nee," zei Archie. "Deze geologische structuur. Een verhoogd plateau - zelfs een zo laag als deze - is vreemd genoeg. Maar dit is duidelijk geen plateau. Het heet een *tepui*, en het is een landmassa die typisch ver ten noorden van hier wordt gevonden. Zoiets als een verhoogd plateau, maar in plaats van een vlakke top, omringen de kliffen gewoon een verzonken vallei in het midden."

"Nou, het bestaat, en we staan er in," zei Reggie. "Helaas zal dat ons niet veel helpen. Enig idee wie ze zijn?"

"Alweer, nee," zei Archie. "Hun dialect lijkt in niets op de andere talen die ik ken."

"Dus ze hebben ook met jou gesproken?" vroeg Ben.

Archie knikte. "Ik kon er geen woord van ontcijferen."

Achter hem, viel Paulinho neer. Hij viel hard op de grond, en Julie en Amanda snelden toe om te helpen. Hun groep werd erdoor verrast, en pas toen herinnerde Ben zich dat de man nog niet zo lang geleden had geklaagd over hoofdpijn.

Hij keek om zich heen naar de mannen die hen hierheen hadden gedragen, in een poging oogcontact met een van hen te maken en hen op de een of andere manier om hulp te vragen. Twee van de mannen, waarvan hij er een herkende als de man die in de grot met hem had gesproken, waren nog steeds met elkaar in gesprek bij de rotswand. Ze waren weggelopen van hun stamgenoten om te praten kort nadat Ben was aangekomen, en nu pas merkte Ben hoe levendig hun ruzie was geworden.

Voordat hij hun aandacht kon trekken, stormde een van de mannen terug naar hun groep en begon met de anderen te praten, zijn stem meer geanimeerd en opgewonden dan die van de eerste man.

Binnen enkele seconden voelde Ben hoe de stamleden op hen afkwamen en hoe zijn handen achter zijn rug werden gerukt en vastgebonden. Hij werd op de grond geduwd, een speer stak plotseling door zijn hemd en werd stevig tegen zijn bovenrug gedrukt. Hij kon alleen zijn hoofd opheffen, en toen hij dat deed zag hij Julie weer. Zij kreeg een soortgelijke behandeling, haar handen al stevig voor zich gebonden. Een andere man drukte met zijn blote voet tussen haar schouderbladen en hield haar op haar zij op de grond.

"Ben," fluisterde ze, haar ogen glinsterden. Haar stem trilde, zelfs met de enkele lettergreep die ze had uitgesproken, en Ben voelde de kwetsbaarheid van volledige hulpeloosheid toen hij toekeek hoe de mannen haar ruw van de grond tilden en wegdroegen.

Voordat hij iets kon zeggen, trokken de handen die hem hier hadden gebracht hem weer omhoog.

HOOFDSTUK 57

REGGIE VOCHT TEGEN DE SPANNING VAN DE HANDEN DIE HEM WEER DROEGEN. Deze keer waren de handen ruwer, meer bezorgd om hem te brengen waar ze hem wilden hebben dan om zijn comfort. Hij worstelde, wetend dat een enkele slip van de handen van een van de stamleden alles zou zijn wat hij nodig zou hebben om zich los te worstelen.

Vanaf daar, wist hij het niet. Hij zou vechten, zeker, maar met welk doel? Ze waren in de minderheid, en zelfs als hij Joshua kon bevrijden - ook een getrainde soldaat - hoeveel van deze mannen konden ze aan? Er waren ongeveer 200 leden van deze afgelegen stam, althans in het dorp, maar er konden er nog veel meer zijn buiten de rotswanden die hun kleine vallei omringden.

Toch gaf hij niet snel zijn nederlaag toe. Terwijl de mannen zijn groep droegen, elk lid hoog in de lucht geheven als een offer aan een oude god, deed hij zijn best om zijn omgeving te bestuderen, zijn hoofd zo ver als de handen toelieten te bewegen om een glimp op te vangen van de voorsprong die hij zou kunnen hebben om los te komen.

Hij zag een speer op de rug van een man, die over zijn schouder naar voren stak toen hij naast Reggie liep en zijn linkerzij vasthield. *Als ik gewoon mijn handen vrij kan krijgen...*

Hij zette al zijn kracht in zijn rechterhand en richtte zich op bevrijding uit hun greep. Ze naderden het centrum van het dorp en het kleine meer dat het landschap domineerde. Sommige kinderen stopten met hun fruitoogst en keken toe hoe hun vaders en broers de vreemdelingen naar voren droegen, maar de meeste dorpelingen toonden geen belangstelling voor de lichtgekleurde indringers.

Reggie wachtte tot hij voelde dat hij iets naar beneden werd gericht, de mannen verplaatsten het gewicht van hun voeten om te compenseren voor het licht glooiende land dat naar het laaggelegen meer leidde. Hij draaide zich zijwaarts en rukte tegelijkertijd zijn arm omhoog, in de hoop dat de plotselinge beweging hun greep zou bevrijden.

Dat gebeurde niet. De inboorlingen verstevigden hun greep op zijn arm, en Reggie was verbijsterd over de kracht van hun greep. Hij had gefaald, en hij had de kans verloren om hen te verrassen.

Hij vroeg zich af of Joshua of Ben iets dergelijks hadden geprobeerd, en was er bijna zeker van dat ze dat hadden gedaan. Ze zouden er geen genoegen mee nemen om naar het centrum van een stamdorp te worden gedragen, zeker niet in de veronderstelling dat de Amazonestam vijandig was.

Er moest een andere manier zijn...

Hij pijnigde zijn hersenen om een oplossing te bedenken, maar hij was hier niet voor opgeleid. Een meter boven de grond gedragen worden, handen tegen zijn zij gedrukt, wapens buiten bereik en zich totaal niet bewust van de motieven van zijn gevangenen, was geen situatie waarin hij ooit had verwacht zich te bevinden. Reggie was letterlijk en figuurlijk uit zijn element, en hij kon alleen maar hopen dat de anderen meer geluk zouden hebben.

Dat deden ze niet.

De inheemse stamleden droegen de groep de laatste honderd meter naar het meer. Daar werd hij op de grond gegooid en landde met een harde plof. Voordat hij zich kon loswurmen, hielden de mannen zijn voeten bij elkaar terwijl twee van hen ze aan elkaar bonden met een dik, gedraaid touw van gras, en trokken hem toen weer omhoog. Ze sleepten hem een paar meter terug en drukten hem tegen een hoge paal die in de zachte modderige oever van het meer was geduwd, waarna ze zijn handen daarachter vastbonden.

Hij keek toe hoe de andere leden van zijn groep aan hun eigen palen werden vastgebonden, en wachtte tot het werk af was. De knopen die zijn polsen en enkels bonden waren stevig, en hij wist niet zeker hoe lang het zou duren om ze los te maken en los te komen. Hij wist dat het uiteindelijk mogelijk zou zijn om de grastouwen voldoende uit te rekken om los te komen, maar het zou uren kunnen duren voordat dat zou gebeuren.

Hij was bezorgd over wat er voor die tijd zou kunnen gebeuren.

Hij wierp een blik op Ben. De grotere man staarde hem recht aan, en leek met zijn ogen te smeken of Reggie hem het plan wilde vertellen.

Hij haalde zijn schouders op. *Sorry, vriend.*

Ben knikte. Reggie voelde op dat moment nog meer respect voor hem. Vastgeketend aan een paal midden in de Amazone, honderden kilometers verwijderd van enige echte beschaving, en Ben had de non-respons van hem zonder meer geaccepteerd.

Hij draaide zijn hoofd de andere kant op en zag dat Amanda met Paulinho probeerde te praten. Reggie kon zien dat Paulinho's hoofd zijwaarts hing. Zijn ogen waren gesloten, maar Reggie kon hem horen kreunen, de zachte klanken van pijnlijk gekreun dreven door de lucht.

"Paulinho, alles goed met je?" vroeg Reggie.

Paulinho antwoordde niet.

"Het is hoofdpijn," zei Amanda. "Het gaat niet goed met hem." Haar eigen handen en voeten waren al vastgebonden, maar haar stem leek een sfeer van hopeloosheid te dragen. Er was geen wanhoop, geen strijd. Reggie hoorde alleen verslagenheid.

De mannen waren klaar met het vastbinden van de groep aan hun individuele palen en verlieten onmiddellijk het gebied.

Reggie stond op het punt om de anderen te roepen, om te proberen een soort toespraak te houden, toen ze terugkwamen. Ze droegen meer palen, twee mannen per paal. Elke groep mannen begon de zware palen in de grond te duwen, deinend terwijl ze de geslepen uiteinden van de stammen diep in de modder duwden. Reggie keek toe hoe ze de palen in een gebogen lijn verdeelden, beginnend bij Paulinho's paal en bijna halverwege rond het meer werkend.

"Wat zijn ze aan het doen?" Vroeg Amanda.

"Ze maken zich klaar om meer gasten te ontvangen," zei Reggie.

"Wat doe je -"

Voordat zij kon uitpraten, hoorde Reggie van ergens achter zich een gezang van meer van de mannen. Het gezang werd luider, en hij wachtte tot ze dicht genoeg bij het meer waren en keek om. Er waren nog minstens tien groepen krijgers, elke groep hield een ander persoon boven hun hoofd terwijl ze stap voor stap naar het meer marcheerden.

Hij kende hun bestemming en werd bevestigd toen de groepen elk halt hielden voor een van de palen die vers in de modder vastzaten, de mannen op de grond werden gelegd, en zij vervolgens aan hun eigen boomstam werden vastgebonden.

Hij schrok echter toen hij zag wie de mannen waren.

"Het zijn de huurlingen," fluisterde hij, niet van plan de woorden verder te laten dragen dan een paar meter voor hem.

"Ze moeten de strijd met de stam verloren hebben," zei Amanda.

Reggie keek naar Amanda, vastgebonden aan de boomstam rechts van hem, maar zij keek naar de huurlingen. Ze keek aandachtig toe, de bezorgde blik op haar gezicht verminderde Reggie's angsten niet.

Het gezang ging door, en werd zelfs luider. Er is *hier iets anders aan de hand,* dacht hij. *Ze wachten op iets.*

Hordes stamleden daalden neer op de oever van het meer, en hielpen allen de huurlingen aan hun boomstammen vast te maken. Het gezang steeg tot een koor van diep, sinister gegrom en onverstaanbare woorden, en Reggie dwong zijn geest te richten op de stoet, niet op het dreunende geluid.

Binnen enkele minuten was de klus geklaard, en beide groepen - de huurlingen en Reggie's eigen mensen - waren allen vastgemaakt aan hun eigen palen rond een kant van het meer. De hele stam was om hen heen aanwezig, vrouwen en kinderen inbegrepen.

Het gezang stopte.

Alle inboorlingen draaiden hun hoofd om en keken achter Reggie. Hij kon zich niet genoeg draaien om te zien waar ze op reageerden, dus wachtte hij tot wat ze ook bekeken in zicht kwam.

Toen hij het zag, hijgde hij bijna.

HOOFDSTUK 58

HET IS DE GOUDEN MAN UIT DE DROOM, dacht hij. Hij keek naar links en zag Paulinho, zijn hoofd wiebelde terwijl hij kreunde. Toen zijn nek draaide en Paulinho's gezicht in de richting van Reggie viel, zag hij dat de ogen van de man wit waren, opgerold in zijn hoofd.

"Paulinho, ben je in orde? Kun je me horen?"

Paulinho reageerde niet op Reggie's stem, maar hij zag zijn gezicht langzaam draaien. *Hij kijkt naar de gouden man.* Paulinho kon duidelijk niets zien, maar zijn gezicht was op de een of andere manier vergrendeld op de gestaag bewegende man die het meer naderde.

De man was naakt, maar van top tot teen bedekt met een gouden poeder. Het glinsterde toen het de laatste zonnestralen opving, maar Reggie kon niet zien of het het poeder zelf was dat reflecteerde of een laagje zweet op de huid van de man. Het poeder leek dik, bijna stroperig, en het bedekte elke centimeter van de huid. Toen de man met zijn ogen knipperde, vervingen gouden oogleden de witte ogen. Twee vrouwen en een jonger meisje volgden de gouden man, elk met de helft van een van de vruchten die Reggie eerder had gezien. Ze volgden hun leider en wreven hem met het vlezige deel van de vrucht toen hij het meer naderde. Als een van de vrouwen een plek zag die niet voldoende bedekt was, staken ze hun hand uit en smeerden de vrucht op zijn huid.

Reggie was stomverbaasd. Het exacte beeld dat Amanda had beschreven in de dromen van haar onderdanen, liep recht op hen af. In plaats van echt goud gebruikten ze het sap en vruchtvlees van een gouden *vrucht*, maar het beeld was onmiskenbaar. De man slenterde alsof hij het landschap van een park in zich opnam, zich totaal niet bewust van de gevangenen die een paar meter verderop aan boomstammen waren vastgebonden. Hij was zwaargebouwd maar zag er gespierd uit, en hij droeg zichzelf met een air van autoriteit.

Hij is de chef, dacht Reggie. Er was iets visceraals in hem, een gevoel dat de man had opgeroepen toen hij Reggie aankeek. Hij wist, zonder twijfel, dat deze man de leiding had.

"Dat is hem," fluisterde Amanda.

Reggie kon zien dat haar handen, die aan de polsen gebonden waren, trilden. Hij knikte, en besefte toen dat Amanda niet van de gouden man had weggekeken.

"Ik weet het," zei hij. "En ik heb het gevoel dat we op het punt staan deel uit te maken van hun speciale ceremonie.

"Het is de Muisca traditie," zei Archie. Archie was twee palen verder bevestigd, tussen Amanda en Julie. Joshua stond aan de andere kant van Julie, en Ben was vastgebonden aan de paal aan het andere eind. Reggie keek naar Archie, wachtend tot hij het zou uitleggen. Hij grijnsde bijna toen Archie uit gewoonte zijn keel schraapte, naar de anderen keek alsof hij een lezing voorbereidde, en verder ging.

"Vergeet niet dat men denkt dat de Muisca de oorsprong zijn van ten minste één van de mythes over El Dorado," zei hij. "Niemand weet precies waarom, maar tijdens hun inwijdingsritueel zou hun opperhoofd zich met goudstof bedekken en in het meer springen. De Spanjaarden, en vele anderen na hen, hebben het meer - het Guatavita-meer - in de buurt van de woonplaats van het Muisca-volk drooggelegd, maar de legenden zijn nooit bevestigd.

Trouwens, dit is niet eens in de buurt van waar ze verondersteld werden te hebben geleefd."

"Maar je zei ons een paar dagen geleden dat als El Dorado geen echte stad was, maar een *volk*, dat ze overal heen konden gaan om uit de weg te blijven."

Archie knikte, zijn hoofd neigend. "Het is waar," zei hij. "Maar het is nog steeds moeilijk te geloven. Ik wilde er al in geloven sinds ik de mythe hoorde, maar dit zien - deze processie zien - het is nog steeds ongelooflijk."

Reggie keek naar Amanda. "En je weet zeker dat dit de man uit de dromen is?"

Ze knikte. "Zonder twijfel." Haar stem trilde een beetje, maar haar ogen leken onvermurwbaar.

"Oké," zei Reggie. "Archie, wat gebeurt er, in deze 'legende', *nadat* het opperhoofd in het meer springt? Specifiek, vermeldt de legende iets over de mensen die vastgebonden zijn aan palen rond het meer?"

"Nee," zei Archie. "Maar dat was slechts een legende. Er is hier ook geen boot. In de verhalen drijft het opperhoofd naar het midden van het meer op een met goud bedekte boot."

Het opperhoofd hield zijn handen in de lucht, wachtend tot alle ogen op hem gericht waren. Het enige geluid was het gekabbel van de waterval, die aan de andere kant van het meer in de vallei stortte. Tevreden liet hij zijn handen zakken en stapte het meer in.

Zijn voet viel onder het wateroppervlak, maar stopte na slechts een paar centimeter. Hij liep zelfverzekerd naar voren, zijn andere voet landde weer centimeters onder de waterlijn.

"Er moet een platform zijn of zoiets," zei Ben.

"Keien," zei Archie. "Je kunt ze nauwelijks zien, maar alleen als het licht ze goed vangt."

Reggie zag en bevestigde dit feit voor zichzelf. De langzaam groter wordende concentrische cirkels, achtergelaten door de stappen van het opperhoofd, onthulden een rij enorme rotsen, perfect geplaatst, die vanaf de oever naar buiten leiden en zich verheffen tot net onder de waterspiegel.

De leider van de stam ging door, zonder aarzelen, tot hij het midden van het meer bereikte. Hij stond tot zijn enkels en begon te spreken met een langzame, diepe stem. De woorden waren onverstaanbaar voor Reggie, maar ze leken een kalmerend effect te hebben op de verzamelde stamleden. Ze zuchtten, en hij hoorde sommigen dezelfde lettergrepen tegen het opperhoofd zeggen, hun stemmen verlaagd tot een bijna fluisteren.

Ze waren getuige van een oud ritueel. De armen van het opperhoofd gingen langzaam weer omhoog, dit keer tot ze recht boven zijn hoofd uitgestrekt waren. Zijn woorden, de zich herhalende bezwering, namen in volume en intensiteit evenredig toe met zijn armen, en toen hij zijn handpalmen recht boven zijn hoofd opende, schreeuwde hij het bijna uit.

De dorpelingen deden zijn enthousiasme na, en hij zag honderden handen tegelijk met die van het stamhoofd omhoog gaan. Hij zag hoe enkele stamleden links van hem, bij de laatste paal aan de oever, naar de vastgebonden huurling liepen en de knopen begonnen los te maken waarmee de man aan zijn polsen en enkels was vastgebonden. Ze werkten methodisch, ieder lid van de stam deed zijn plicht met ritualistische precisie. Sommigen maakten hem los, terwijl anderen hem vasthielden. Weer anderen verwijderden zijn kleren, laag voor laag, tot hij bijna naakt was en alleen nog in zijn onderbroek stond.

"Nu weten we waar ze hun kleren halen," zei Reggie tegen niemand in het bijzonder.

In minder dan een minuut stond de man, een van de mannen die Reggie niet herkende van de aanval in het atrium, met zijn armen langs zijn zij vastgehouden door een handvol inheemsen. Ze drukten zich tegen hem aan, verhinderden hem terug te vechten of uit te halen, en langzaam grepen ze delen van zijn lichaam vast tot ze hem helemaal van de grond hadden getild.

Ze droegen de naakte man half voor zich uit, half rond de rand van het meer en in de richting van de verborgen rij onder water liggende rotsblokken. Hun traject bracht de hele groep recht voor Reggie, en hij probeerde de gedachten van de man te lezen.

Zijn ogen waren donker, diep in zijn hoofd geplaatst, en hij droeg een diepe frons. Verder was hij volkomen roerloos, en liet zich door de stamleden meetrekken tot hij voor Joshua stond.

Hij draaide snel zijn hoofd, staarde zijn voormalige leider aan en spuugde. Het speeksel bereikte Joshua's voeten en landde op de zijkant van zijn laars. Joshua klemde een paar keer zijn tanden op elkaar, maar staarde verder recht voor zich uit, de duidelijke belediging negerend.

Reggie grijnsde - hij kon het niet helpen - maar de actie van de huurling werd snel beantwoord. Twee van de krijgers die hem droegen, lieten hun greep op hem even los. In de seconde dat ze hem hadden laten vallen, haalden ze uit met de wapens die ze vasthielden. Een van de mannen greep naar een knots die in een riem aan zijn middel hing en zwaaide die omhoog naar de achterkant van het hoofd van de huurling, wat een woedende brul van de man opleverde. De tweede stamlid haalde een verkorte speer tevoorschijn die hij over zijn schouder had gehangen en stak die in zijn heup. Deze aanval veroorzaakte een veel grotere reactie, de huurling viel slap neer, schreeuwend van de pijn.

De groep inheemse mannen aarzelde echter niet. Ze trokken de man overeind en op de eerste rots. Twee van de inboorlingen prikten met speren in zijn rug en dwongen hem voorwaarts naar het volgende rotsblok.

De huurling deed wat hij moest doen, hield zijn heup vast en probeerde langzaam zijn evenwicht te bewaren.

Het was een ondraaglijk lange beproeving, maar Reggie merkte dat de chef zijn positie op de rots in het midden van het meer niet had verlegd. Met opgeheven armen wachtte hij de tien minuten tot de huurling bij hem kwam.

Toen hij dat deed, verspilde de chef geen tijd. Hij haalde uit met beide handen, elk met een kleine dolk die Reggie nog niet eerder had gezien, en stak ze in de nek van de man. Reggie zag de huurling omhoog reiken om zijn doorgesneden slagader te grijpen, maar de twee inboorlingen achter hem staken onmiddellijk hun speren naar voren en stuurden de uiteinden door de rug van de man.

Amanda schreeuwde.

Reggie kon niet anders dan wegkijken. Het hele misselijkmakende schouwspel had maar een paar seconden geduurd, maar het bloedbad was het gruwelijkste dat hij ooit had gezien. Toen hij terugkeek naar het midden van het meer, viel de huurling al zijwaarts in het water. De twee krijgers hielden hem een ogenblik stil, rukten toen hun speren uit het vlees van de man en lieten hem in het meer zinken.

"Oh mijn God," fluisterde Amanda. "Oh, mijn God..." Ze trilde oncontroleerbaar en herhaalde de drie woorden met een jammerende, verslagen stem.

De twee krijgers met speren baanden zich een weg terug naar de oever, maar de koning begon alweer met zijn gezang. Toen Reggie omkeek naar de plek waar de huurling was vastgebonden, zag hij een andere groep krijgers de tweede man in de rij losmaken.

Dus dit is wat er gebeurt met de mensen die vastgebonden zijn aan de palen, dacht hij. *Maar we hoeven niet eens te wachten op de chef om in het meer te springen.*

Reggie wenste even dat de legende van El Dorado niet door de eeuwen heen was doorgegeven met alleen de goede delen van het verhaal intact.

HOOFDSTUK 59

TEGEN DE TIJD DAT DE DERDE HUURLING WAS AFGESLACHT EN AAN HET MEER GEOFFERD, was de zon helemaal verdwenen en was er niets dan een kraakheldere streep maanlicht die het dorp verlichtte.

Ben had gehoopt dat de stam hun ceremonie zou onderbreken en in de ochtend zou voortzetten, maar vanaf nu leek het alsof ze alle intentie hadden om het af te maken. Hij begon de controle te verliezen, een gevoel waar hij een sterke hekel aan had.

Hij was boos, niet alleen op de stam en het dorp, maar op iedereen met wie hij hier was gekomen. Hij wilde hen de schuld geven, het hun schuld laten zijn dat hij hier was. Maar hij wist dat het dom was; hij was de enige die hij de schuld kon geven. Hij had Julie ook hierheen gesleept, en nu moest hij toekijken hoe ze vermoord werd door een meedogenloze Amazonestam.

Zijn enige redding was dat hij waarschijnlijk niet lang genoeg zou leven om het gewicht van haar dood op hem te hebben.

Ben worstelde tegen de boeien, maar zijn polsen deden alleen maar meer pijn met elke draai van zijn handen, de touwen werden nooit losser. Hij keek naar Reggie en hoopte dat de man al een uitweg gevonden zou hebben.

Niets. Reggie staarde recht voor zich uit, recht naar het opperhoofd dat midden op het meer stond met zijn handen boven zijn hoofd.

Wat moet dit eigenlijk voorstellen? Dacht hij. *Dit is niet hoe offerplechtigheden horen te gaan.*

Hij had geen idee of het waar was of niet, maar hij had zich voorgesteld dat er meer fanfare zou zijn, meer opwinding. *Een doel.*

Voor hem had dit alles geen zin. Het opperhoofd leek nauwelijks betrokken bij de ceremonie, en zelfs sommige van de jongere kinderen hadden hun interesse verloren.

"Ben."

Ben draaide zich naar links en zag Joshua naar hem kijken.

"Die aan het eind," zei hij, terwijl hij met zijn hoofd bewoog.

"Paulinho?" vroeg Ben.

"Ja, hij. Wat is er met hem?"

Ben fronste zijn wenkbrauwen. "Wat bedoel je?"

"Terug in het atrium, weet je nog? Je was omringd door een andere stam. Een andere stam. Maar ze trokken zich terug. Waarom?"

Ben was hun eerdere ontmoeting bijna vergeten, maar zijn gedachten werden plotseling terug getrokken naar het moment. Hij herinnerde zich dat hij Rhett had verslagen en Julie en Amanda had verloren, maar hij herinnerde zich ook de ontmoeting.

"Ik - ik denk dat het zijn tatoeage was."

"Een tatoeage?"

"Ja, op zijn arm. Hun leider pakte zijn arm en keek ernaar, en werd bang."

"Wat was de tatoeage?"

"Geen idee. Hij weet het ook niet. Gewoon een ontwerp op iets dat zijn opa hem gaf."

Joshua knikte, nadenkend, en Ben probeerde op de gedachten van de man te anticiperen.

"Waarom?" Vroeg Ben. "Denk je dat het ons hier kan helpen?"

"Ik weet het niet, maar het is het enige wat ik kan bedenken naast wachten in de rij om te sterven."

De anderen begonnen te luisteren, en Reggie nam het woord. "Ik stem tegen wachten in de rij."

"Wat als het ons niet helpt?" vroeg Amanda. Ze fluisterde nog steeds, bang om onnodige aandacht op zich te vestigen.

"Wat als het wel zo is?" vroeg Julie.

Ben kromp ineen bij haar toon en probeerde de vijandigheid te temperen. "Amanda, het is onze enige hoop. Kijk naar hem - hij heeft hoe dan ook hulp nodig."

"En daarom moeten we uitzoeken hoe we hier wegkomen. Niet vragen of ze ons sneller willen doden."

"Dat begrijp ik, Dr. Meron," zei Reggie. "Maar overweeg de opties. We zitten vast aan palen, en zonder een *manier* om *los* te komen helpen we niemand."

Amanda probeerde een traan uit haar oog te vegen door haar hoofd tegen haar schouder te drukken, maar ze kon er niet bij. Hij rolde langzaam over haar gezicht en viel voor haar op de grond. "Probeer hem tenminste wakker te maken," zei ze uiteindelijk.

Ben keek toe hoe Reggie probeerde de man links van hem wakker te krijgen. Paulinho reageerde op de stem, maar zijn ogen waren nog steeds dichtgeknepen, zodat er slechts bloeddoorlopen witte bolletjes te zien waren.

"Paulinho," probeerde Reggie opnieuw. Paulinho's ogen waren nog steeds dood voor de wereld, zijn gezicht leeg en uitdrukkingsloos. "Kom op, man, wakker worden."

De vierde huurling werd, naakt, naar de rotsbrug gesleept waar de chef wachtte.

"Hé!" schreeuwde Ben. Hij wist niet zeker wat zijn plan was, maar het plan dat ze hadden - het plan waarbij ze gewoon op hun beurt wachtten om naakt naar hun dood gemarcheerd te worden - stond hem niet echt aan. Hij wilde op zijn minst hun aandacht trekken.

Hij schreeuwde opnieuw en deze keer keek een klein deel van de dorpelingen zijn kant op.

"Ja," schreeuwde hij. "Hierzo! Precies hier. Ik praat tegen je!"

Nog meer gezichten keken zijn kant op.

"Ben," zei Julie, "wat denk je dat je aan het doen bent?"

Hij negeerde haar en begon met zijn hoofd rondjes te draaien. Hij kon momenteel niet bij zijn handen en voeten, dus was zijn hoofd het enige wat hij kon bewegen. *Hopelijk was het genoeg.*

Een paar van de stamleden begonnen naar hem toe te lopen. Hij zag dat een paar krijgers naar hem keken, dus ging hij door met schreeuwen. Reggie en Joshua deden mee, en tenslotte Archie en Amanda. Julie was de laatste om mee te doen met het plan, maar uiteindelijk gaf ze toe en begon te schreeuwen naar de mensen om hen heen.

Twee van de krijgers verschenen voor Ben, en hij schreeuwde zo hard hij kon, recht in hun gezicht. Het siert hen dat ze immuun leken voor zijn chaotische waanzin, en meer bezorgd dat hij hun heilige handelingen onderbrak.

"Niet ik, idioten," schreeuwde hij. "Ga daarheen -" hij bewoog in de richting van Paulinho. "Hij is degene die je moet zien."

Nog meer krijgers verschenen voor hen, en zelfs enkele van de oudere mannen van de stam zwermden rond de palen waaraan Bens groep was vastgebonden.

De vierde huurling werd vanaf de oever van het meer naar buiten geleid, de rots op, samen met het wachtende opperhoofd. Voor een ogenschijnlijk ceremoniële gebeurtenis stak het opperhoofd de met bloed doordrenkte dolken op tamelijk ongemanierde wijze in de nek van de man, en de twee begeleiders van de man volgden met hun eigen steekpartijen.

Ben kon het geschreeuw van de man nauwelijks horen toen hij stierf, terwijl hij naar adem hapte terwijl zijn longen en keel doorboord werden. Hij was verstrikt in zijn eigen geschreeuw, schreeuwend om aandacht. *Ik wil alleen dat één van jullie me begrijpt,* dacht hij. *Is dat zo veel gevraagd?*

"Ben, kijk." Julie's stem bereikte op de een of andere manier zijn oren boven de kakofonie uit, en hij volgde haar instructies op en keek om naar Paulinho. Drie krijgers hadden zich voor de man verzameld, en nog meer kwamen op hem af.

"Ik denk dat het werkt," zei Archie. "Ik denk dat ze..."

Zes krijgers omringden Paulinho en begonnen zijn handen en voeten los te binden.

"Nee, nee, *nee*," zei Reggie. "Dat is niet wat we..."

Paulinho verzette zich nog steeds niet toen zijn shirt van hem werd gerukt. Een van de krijgers was met zijn broek bezig toen de anderen hem in de richting van het meer begonnen te sleuren.

"Dit is niet goed," zei Reggie. "Alles wat we deden was hen boos maken. Ze richten hun aandacht nu op onze groep."

"Nee," zei Amanda. "Alsjeblieft, we moeten het hen laten begrijpen."

Paulinho was inmiddels tot op zijn ondergoed uitgekleed, en hij stond aan de rand van het meer. De twee mannen met speren duwden hem vooruit, op de eerste van de rotsen. Hij deed een onzekere stap voorwaarts, en toen nog een.

Welke drug ook op hem inwerkte, hij veranderde hem in een rustig, kalm individu. Hij vocht niet, hij vocht niet terug. Hij liep gewoon voorwaarts, zijn eigen dood tegemoet.

Weet hij wel wat er nu gebeurt? Ben dacht na.

Ben begon zijn zelfbeheersing te verliezen. Hij dwong zijn bovenlichaam zo laag mogelijk te hurken en zijn ellebogen te buigen tot de druk op zijn schouders door zijn gebonden handen schreeuwde van de pijn. Hij trok de paal tegen zijn rug, drukte hem stevig tegen zijn torso, en lanceerde zichzelf toen omhoog. Hij duwde met zijn voeten, voelde ze wegzakken in de modder. De paal gaf nauwelijks een krimp, maar hij wist dat hij bewoog.

Hij herhaalde het proces, opnieuw en opnieuw. Hij werkte in stilte, terwijl hij naar Paulinho en het opperhoofd op de rots in het midden van het meer keek. Hij wilde de aandacht niet op zich vestigen, maar smeekte de anderen stilletjes om hem op te merken, zodat zij ook konden beginnen zich te bevrijden.

Bij elke opwaartse stoot kwam de paal los, maar het duurde hem veel te lang om hem uit het gat te tillen waar hij in zat. *Wat nu?* vroeg Ben zich af. Hij was net bezig de stam los te maken, maar hij zat er nog steeds aan vast. Zelfs als hij hem los genoeg kon maken om hem uit het gat te tillen, zaten zijn voeten er nog aan vast.

Toch gaf het hem iets om op te focussen, iets anders dan zijn vriend te zien sterven door toedoen van een religieuze gek.

De armen van het opperhoofd waren boven zijn hoofd geheven, ter voorbereiding van de offermoord. Ben kon de ongerustheid van de dorpelingen bijna voelen terwijl ze het gebeuren gadesloegen. De twee krijgers achter Paulinho stonden op de rots met hun speren in de aanslag, wachtend op de volgende zet van hun leider.

Paulinho was in een roes, en staarde recht voor zich uit. Hij was mager, zijn gebrek aan kleding accentueerde zijn magere lichaamsbouw.

Ben onderbrak zijn pogingen om de paal los te maken uit het vuil. Hij keek naar de achterkant van Paulinho's hoofd terwijl het levenloos rondrolde. *Wakker worden,* dacht hij. *Alsjeblieft, voor de liefde van God, wakker worden.*

Paulinho is niet wakker geworden.

De armen van de chef spanden zich in afwachting, en Ben zag zijn handen naar beneden vallen.

Ben wilde zijn ogen sluiten, maar hij kon het niet. De handen van de chef begonnen aan de neerwaartse halve cirkels die zouden eindigen aan weerszijden van Paulinho's nek, en Ben keek toe in stille afschuw.

HOOFDSTUK 60

PAULINHO SPRAK, zijn stem galmde duidelijk over het water. Ben kon het woord niet verstaan, maar het was een keelklank, zwaar van medeklinkers.

Het opperhoofd pauzeerde, zijn armen nu langs zijn zij, ellebogen gebogen.

Paulinho herhaalde het woord. De chef hield zijn hoofd schuin, maar bewoog zijn armen niet. De hele scène leek te bevriezen, zwaar van verwachting. Paulinho herhaalde het woord een derde keer. Ben begreep het niet, maar hij draaide zich om en keek naar Archie.

"Ik - ik weet niet zeker wat het betekent," zei Archie.

"Heb je het eerder gehoord?" vroeg Julie.

"Ja, ik geloof het wel. Ik nam altijd aan dat het gewoon een vloek was, iets gezegd uit frustratie tegen een ander persoon."

"Welke taal is het?"

"Dat is het nou net," zei Archie. "Ik dacht niet dat het echt iets betekende in *welke* taal *dan ook*. Verschillende stammen hebben het gebruikt, dus ik nam aan dat het gewoon een gedeelde volkstaal van de streek was."

Het opperhoofd liet langzaam zijn handen zakken en fluisterde een paar woorden tegen de mannen die achter Paulinho stonden. Zij legden hun speren weer over hun schouder en grepen Paulinho's armen vast.

De chef stapte dichter naar Paulinho toe en staarde hem aan. Hij was kleiner, dus trok hij Paulinho's hoofd omlaag om in zijn ogen te kijken. De twee krijgers begonnen Paulinho met hun vingers te porren en in zijn huid te knijpen terwijl ze hem onderzochten.

Een van de krijgers stopte en liet Paulinho's arm vallen. Hij fluisterde iets, een enkel woord. Ben kon vanaf de oever niet horen wat het was, maar het opperhoofd reageerde snel.

Hij schreeuwde, een lange stroom van medeklinker-geladen woorden die meer op grommen leken dan op conversatie. De rest van de krijgers kwam in actie, en zelfs een paar vrouwen en kinderen. Het hele dorp kwam tot leven, een vreemde tegenstelling tussen Bens groep, de rest van de huurlingen, en Paulinho en het stamhoofd die stil bleven staan.

Een van de vrouwen stapte na een minuut of twee naar voren en bood twee van de gele vruchten aan een van de krijgers aan die naar de oever was teruggekeerd. De inheemse krijger liep weer naar het midden van het meer en overhandigde de vruchten aan het opperhoofd. Het opperhoofd tilde een van de vruchten naar zijn mond en beet een stuk van het vruchtvlees. Hij hield de andere vrucht in de richting van Paulinho's mond en wachtte.

Er stonden een paar mensen, maar het grootste deel van het dorp was verdwenen om een onbekende taak uit te voeren. Ben keek gespannen toe om te zien wat Paulinho zou doen.

Het duurde ongeveer tien seconden, maar Paulinho liet langzaam zijn mond zakken en beet een stuk van de vrucht af. Ben zag dat hij aan het kauwen was en zag Paulinho's nek verkrampen toen hij slikte. Hij en de chef staarden elkaar nog steeds aan.

Ze begonnen te schommelen, eerst langzaam, toen sneller toen het fruit zijn effect op hen kreeg. Ben fronste, meer verbaasd en verward dan boos. *Wat in hemelsnaam?* Hij keek toe hoe Paulinho steeds meer uit balans raakte en uiteindelijk in een hoopje op de grote kei in het midden van het meer terecht kwam. Het opperhoofd reageerde op zijn beurt, het duurde langer, maar uiteindelijk voegde hij zich bij Paulinho op het rotsblok, de ruggen van beide mannen rustend op de rots onder het wateroppervlak.

Het water klotste tegen Paulinho's gezicht, maar hij bewoog niet.

"Ze hebben hem vermoord," zei Joshua.

Niemand sprak. Ben en de anderen keken een paar minuten zwijgend toe, maar geen van beide mannen vertoonde tekenen van leven.

Ben hoorde Julie fluisteren. "Wat is er aan de hand? Zijn ze dood?"

"Beter van niet," zei Reggie van Ben's linkerzijde. "Ik heb een paar woorden die ik moet uitwisselen met die chef."

Weer ging een minuut voorbij, terwijl Bens groep aandachtig naar het midden van het meer keek. Tenslotte dacht Ben dat hij Paulinho's arm zag trillen. Hij wachtte om er zeker van te zijn dat hij niet gek werd. Het bewoog weer, en hij zag de leider vlak achter Paulinho bewegen.

Het opperhoofd hapte naar adem, zijn ogen vlogen open in verbijsterde verbazing. Paulinho's nek trok zijn hoofd omhoog, terwijl zijn handen trilden en op het wateroppervlak sloegen. Beide mannen stuiptrokken een paar keer, alsof ze de naschok van een aanval beleefden. De chef stond op, knipperde een paar keer met zijn ogen, en viel achterover in het water.

Ben was gespannen, verwachtte niet dat het opperhoofd zo plotseling zou verdwijnen, maar herinnerde zich toen de legende.

Het met goud bedekte opperhoofd springt in het meer om zich af te spoelen en het einde van de ceremonie te markeren.

Eindelijk ging Paulinho rechtop zitten.

"Paulinho!" riep Reggie. "Waar ging dat in godsnaam over? Gaat het?"

Paulinho negeerde hem en schudde langzaam zijn hoofd. Zijn handen gingen naar zijn voorhoofd, en hij begon op zijn schedel te duwen.

"Wat is hij aan het doen?"

"Hij klaagde eerder over hoofdpijn," zei Amanda. "Ik kan me voorstellen dat wat we net gezien hebben niet geholpen heeft."

Het opperhoofd zat al weer op de rots, druipnat en niet meer bedekt met goud, op Paulinho te wachten. Hij gaf geen hand, maar toen Paulinho begon op te staan, stapte het opperhoofd dicht naar hem toe. Nogmaals trok hij Paulinho's gezicht naar zich toe en sprak.

Toen hij klaar was, liet het opperhoofd zijn hoofd zakken en stapte terug naar het midden van de rots. Paulinho draaide zich om en liep van de rand van de rots naar de volgende. Hij stapte doelgericht, niet naar beneden kijkend om er zeker van te zijn dat zijn voet boven het vaste oppervlak zweefde. Zijn hoofd rolde niet meer, zijn ogen waren niet meer wit.

Paulinho bereikte de kustlijn en wendde zich toen tot de groep. Ben was geïntrigeerd, maar nog steeds gespannen. Hij voelde de paal tegen zich aandrukken, met zijn volle gewicht niet langer vastgehouden door de dikke modder en het vuil. Hij leunde ertegen, om zich te stabiliseren. Paulinho marcheerde naar de rand van het meer en draaide zich om naar de groep.

Hij schraapte zijn keel, en begon toen.

HOOFDSTUK 61

"IK HEB GEEN IDEE WAT ER NET GEBEURD IS," zei Paulinho. Julie zag eruit alsof ze in shock was, terwijl ze toekeek hoe een man met wie ze een nauwe band had opgebouwd, op het randje van de dood belandde en weer helemaal terug was. Hij was springlevend, en toch wist hij dat hij een heel ander mens was.

Paulinho ging verder. "Het fruit deed iets met me - met ons," zei hij. "Ik voel me... verbonden. Ik kan begrijpen wat ze nu proberen te doen, op een algemeen niveau."

Hij realiseerde zich toen pas dat de stamleden begonnen waren hun bindingen los te snijden. Hij zag hoe Julies handen werden bevrijd, en daarna haar voeten. De twee krijgers die Paulinho eerder met een speerpunt naar het midden van het meer hadden geleid, boden hem nu zijn kleren aan. Zijn hemd was onherstelbaar gescheurd, dus kreeg hij een lang, loszittend hemd van een kind dat naar hem toe was gerend terwijl hij sprak.

"Waarom laten ze ons gaan?" vroeg Julie.

"Ze weten dat we veilig zijn. Ze begrijpen dat we hier niet zijn om hun manier van leven te verstoren."

"Ja?" Vroeg Reggie. "Wat vinden ze van *die* kerels?" Hij bewoog naar de overgebleven huurlingen, nog steeds vastgebonden aan hun boomstammen. Hij maakte de beweging met een zwaai van zijn hoofd, want hij was nog steeds vastgebonden aan zijn eigen paal.

Paulinho richtte zich tot Reggie. "Ze weten niet van hen af," zei hij eenvoudig. "Ik ben degene die tot hen werd aangetrokken, en jullie zijn degenen die me hielpen terugkeren."

"Paulinho," zei Julie. "Waar heb je het over? Weet je zeker dat je in orde bent?"

"Ik voel me volkomen normaal," zei Paulinho. "Er is gewoon iets... iets *diepers* dat ik ook voel. Deze stam deelt mijn bloed. Mijn familie stamt van hen af."

Julie liep naar hem toe en ging naast Paulinho staan. Langzaam, toen ze werden losgemaakt en bevrijd, voegden de anderen zich bij hem. De maan was opgekomen boven de rand van de tepui, waardoor het meer en de rivier oplichtten met een witte gloed. In het licht van alles wat er gebeurde, werd hij getroffen door de schoonheid van de plek. Hij draaide een volledige cirkel, de essentie van het prachtige landschap vastleggend - het meeste had hij tot nu toe niet opgemerkt. De hoge, ijle waterval viel van de top van de klif, ver weg in de verte, met alleen het geluid van zacht kloppend stromend water om hem eraan te herinneren dat hij niet naar een ansichtkaart zat te kijken.

"Hoe weet je dat?" vroeg Julie. "Weet je zeker dat je niet gewoon hallucineert?"

Paulinho schudde zijn hoofd. "Nee, ik weet het zeker. Mijn grootvader droeg dit symbool vroeger aan een halsketting," zei hij terwijl hij de tatoeage op zijn pols onthulde en er op neer staarde. "We hebben nooit de naam geweten van de stam waar we oorspronkelijk vandaan kwamen, want het was generaties geleden dat we het regenwoud verlieten en ons in de stad vestigden."

Amanda was Paulinho's hoofd al aan het controleren op wonden of blauwe plekken. Hij ging verder met uitleggen. "Toen ik bewusteloos was, droomde ik weer. Maar deze keer was het echt; het was levendiger dan ooit tevoren. Ik kon gezichten zien - de gezichten van diezelfde mensen - maar dan van lang geleden. Ik ken hun verhaal nu, en waarom ze hier zijn. Ze hebben altijd onder deze bomen geleefd, maar ze vereerden ze ook als goden. Het fruit geeft hen leven en verbindt hen op een of andere manier. Het opent een kanaal naar elk van hen, en ze gebruiken het om te communiceren."

"Werkelijk?" vroeg Reggie. "ESP?" Hij kon de scepsis in zijn stem horen. Hij voelde het zelf.

"Nee, niet op die manier,' zei Paulinho. "Zoals gedeelde herinneringen, maar sterker. Ik weet niet echt hoe ik het moet uitleggen."

"Ik denk het wel," zei Amanda. De anderen keken haar aan, wachtend tot ze het zou uitleggen. "Het is een chemische relatie tussen neuronen, die voor communicatie en die voor geheugenopslag. We zijn nog maar net begonnen met het ontrafelen van de mysteries van de hersenen, maar er wordt al lang aangenomen dat de mens sommige delen van onze hersenen heeft onderdrukt, verborgen in onze evolutie, inclusief iets dat lijkt op telepathie."

"'Lijkt op telepathie?'" vroeg Joshua ongelovig. "Dat is nogal veel gevraagd."

"Maar - als het waar was - zou het niet iets zijn wat uw bedrijf bijna zou doen om te ontdekken?" vroeg Ben. "Als ze zelfs maar dachten dat zoiets *zou kunnen* bestaan..." Julie keek naar hem op toen hij de vraag stelde. Op een bepaald moment, besefte Paulinho, had Ben Julie dicht tegen zich aan getrokken, met zijn arm over haar schouder.

"Ja," zei Joshua. "Ja, dat zou het. Het potentieel..."

"Het lijkt alsof ik ze nu begrijp," zei Paulinho. "Ik weet niet hoe, maar ik weet waar elk van hen is, in het algemeen, en ik kan met hen *meevoelen*. Ik voel dat ze pijn voelen, of vreugde, of angst."

"Het klinkt als een korfgeest," zei Reggie.

"Ja, zo dicht mogelijk bij één als we kunnen komen," zei Amanda. "Dit is absoluut fascinerend. Ons onderzoek leidde naar dit punt, geloof ik. De 'gouden man', het opperhoofd van de stam van El Dorado - het is een gedeelde herinnering, generaties lang versterkt in hun geest, en het leeft diep in het onderbewuste geheugen van hun nakomelingen. Zoals we in het lab zagen, wisten de meeste proefpersonen niet eens dat ze deze herinnering hadden. Dat is een van de redenen waarom ik al zo lang in dit soort onderzoek geïnteresseerd ben. Wat voor soort herinneringen hebben we verborgen? Wat voor dingen zitten er in onze hersenen opgesloten waar we zelf niet bij kunnen? En het fruit - het "goud" van El Dorado, denk ik - moet een chemische stof bevatten die met de hersenen reageert en de oude evolutionaire eigenschappen laat ontsluiten."

"Maar waarom?" vroeg Paulinho. "Waarom sturen ze een boodschap?"

"Ik denk dat we het antwoord op die vraag al weten," zei Julie. "Daarom hebben we ze kunnen vinden.

"Het is een baken," zei Joshua.

"Juist," antwoordde Julie. "Dus hun stam - hun volk - zal altijd de weg naar huis weten."

"De wetenschap klopt niet," zei Amanda. "Gedeelde herinneringen, misschien. Maar de mogelijkheid om een *bericht* te sturen via diezelfde kanalen? De mogelijkheid om een locatie uit te zenden naar iedereen met hetzelfde bloed? Ik weet het niet. Het idee van het baken..."

"Maar we weten dat het werkt," zei Julie. "Paulinho is daar het bewijs van."

Amanda knikte. "Natuurlijk, ik weet het. Ik bedoel, het is niet logisch, maar dat is alleen maar omdat we de mechanismen die werken niet begrijpen. Het is in ieder geval niet uitgesloten: tenminste de delen die we al kennen. Hoe sterker de neuronverbindingen in de hersenen, hoe levendiger de herinnering. Jouw voorouders zijn van deze stam, Paulinho, en toen je fysiek dichter bij hen kwam, kon je vage 'herinneringen' van hen oproepen. Toen je het fruit at, bracht dat het proces op gang. Ik denk dat het snel verdwijnt, maar wat kun je ons tot die tijd nog meer vertellen?"

Voordat Paulinho kon antwoorden, klonken er drie geweerschoten, snel achter elkaar.

"We zullen moeten wachten, vriend," zei Reggie, terwijl hij instinctief op de grond hurkte. "Het klinkt alsof het feest nog niet voorbij is."

De rest van de groep viel ook op de grond, Reggie's voorbeeld volgend. Joshua bleef gehurkt zitten, starend naar de rij huurlingen die aan palen waren vastgebonden.

"Laat me raden," zei Ben, zijn woorden op Joshua richtend. "Heeft Paulinho's stam niet al je vrienden gevangen genomen?"

HOOFDSTUK 62

HET WAS EEN BEWOGEN DAG GEWEEST, zelfs voor Joshua. Hij had dingen gezien die niemand ooit zou moeten meemaken, en hij was in veel vreemde situaties geweest. Toch was de Amazone nieuw voor hem, en een situatie als deze was iets waarvan hij nooit had gedacht - in zijn stoutste dromen - dat hij er deel van zou uitmaken.

Paulinho - de man die geen woord had gesproken sinds hij hem had ontmoet, afgezien van zijn geklaag over hoofdpijn - beweerde nu dat hij deel uitmaakte van een soort korfgeest. Hij dacht dat hij zich kon 'afstemmen' op de frequenties van de stam en hun emotionele toestand als geheel kon begrijpen.

Het was kwakwetenschap, maar er was een reden waarom hij elk woord geloofde.

Het bedrijf geloofde het.

Draconis Industries, het bedrijf waar zijn vader een groot deel van had uitgemaakt, geloofde erin.

Er was geen andere plausibele verklaring waarom ze een ongelofelijke hoeveelheid geld zouden uitgeven om deze bestemming te bereiken. Ze hadden genoeg middelen, maar ze waren niet verkwistend. Zelfs hun dubbelhartigheid en overbodigheden dienden een doel voor hen, en Joshua begreep hun beweegredenen daarvoor.

Toch was hij verbaasd over zijn vaders achteloze houding om Rhett te sturen om hem te volgen en te onderscheppen, en hij was verbaasd over de schijnbaar willekeurige missie parameters.

Nu, echter, was het logisch.

Het bedrijf handelde, zoals altijd, in zijn eigen belang. Het had iets met zijn vader gedaan, zich voorgedaan *als* zijn vader toen ze de missie hadden opgezet, en zijn broer gevraagd om hem in de gaten te houden. Ze wilden iets, en het was zo belangrijk, zo *machtig*, dat ze bereid waren een van hun eigen mensen te riskeren om het te krijgen.

Zijn vader had de prijs betaald voor hun hebzucht, en zijn broer had zijn leven verloren als hun pion. Joshua voelde geen wroeging over het doden van zijn eigen broer, maar hij wenste toch dat hij tijd had gehad om met hem te praten; hij wilde zijn broer uitleggen dat hij aan de verkeerde kant had gevochten.

Het deed er nu niet toe. Het enige dat telde was Dr. Meron en de anderen veilig terug te brengen, zonder dat zijn mannen hen konden onderscheppen en *hun* missie afmaken. Ze deden het voor hun loon, en ze zouden dat loon niet krijgen zonder de prijs. Joshua wist dat ze met hand en tand zouden vechten om hun doel te bereiken, en ze zouden iedereen doden die hen in de weg stond.

Hij was ooit een van die mannen geweest.

Het was meestal gemakkelijk om het goede te zien in hun plichten als huursoldaat, en als er geen uiterlijke goede eigenschappen aan hun missie waren, verzon Joshua er wel iets op. Hij vocht voor het goede, en als hij dat goede moest creëren, dan moest dat maar. Maar nu was er geen 'goed' in waar zijn mannen voor vochten. Hij zag het voor wat het was: ze vochten voor een organisatie die niets anders wilde dan macht voor zichzelf. Daar zat geen verlossing in.

Toen hij zich eindelijk realiseerde dat er twee mannen ontbraken in de groep was het te laat. Alan - een van de mannen van wie hij dacht dat hij loyaal was - en een andere, oudere soldaat genaamd Hallord behoorden niet tot de huurlingen die de inboorlingen naar hun dorp hadden gebracht.

Ze moeten ons hierheen gevolgd zijn, dacht hij. De schoten waren van boven gekomen, maar het was nog onduidelijk in welke richting.

"Bukken!" schreeuwde hij. Hij rende naar het dichtstbijzijnde 'gebouw', niet meer dan een verzameling takken en stokken die rond een holle rechthoek waren opgestapeld. Het was niet veel als dekking, maar het was beter dan niets.

Nog drie schoten, deze keer luider en schijnbaar vanuit een andere hoek - floten door de lucht en in de zijkant van het gebouw. De stokken en bladeren explodeerden bij de inslag, de kogel suisde door de muur alsof hij van papier was gemaakt.

Misschien is deze dekking toch niet *beter dan niets.* Hij bukte instinctief, maar dwong zijn hoofd weer omhoog om te zien of hij de aanvaller in het vizier kon krijgen.

Hij zag de man niet, maar hij zag de glinstering van iets metaals op het vest van de man. *Daar.* Net onder de top van de kliffen, direct aan de overkant van het meer waar Joshua zich verborg.

Het waren Alan en Hallord. *Dat moest wel.* En als het niet donker was, dacht Joshua dat ze misschien al een paar van hen hadden neergehaald.

De groep omsingelde Paulinho nog steeds aan de rand van het meer. Reggie en Ben leken te proberen ze allemaal in het nauw te drijven en ze naar de kleine gebouwtjes te laten rennen, dus maakte Joshua de balans op van de grotere situatie. Het dorpshoofd was weg, verdwenen op een bepaald moment nadat Paulinho was teruggekeerd naar de wal en de groep. De rest van de dorpelingen, inclusief de krijgers, leken zich te concentreren op de verdediging van hun huis. Vanuit elke hoek van de vallei klonk geroep en geschreeuw, en Joshua zag dat veel mannen - en sommige vrouwen - de wapens verzamelden die ze konden vinden.

Zelfs met een beperkte voorraad munitie en slechts twee schutters, wist Joshua dat het dorp geen schijn van kans had. Hij was niet iemand die een gevecht uit de weg ging, vooral omdat hij er een persoonlijk belang bij had, maar de kansen waren niet in zijn voordeel. Hij en de rest van zijn nieuwe groep waren ongewapend, en dat was het eerste probleem dat hij moest oplossen.

Reggie stond aan zijn zijde. "Wat is de oproep? Denk je dat we ze kunnen tegenhouden?"

Joshua keek naar de chaos die zich ontvouwde en toen weer naar Reggie. Ben en de anderen waren vlak achter hem, wachtend op hem.

"Nee," zei Joshua. "Dat weet ik niet. Ze gaan de huurlingen bevrijden, daarna gaan ze op zoek naar de wapens. De stam weet waarschijnlijk niet wat het zijn, anders zouden ze ze al gebruiken, maar ze zouden ze niet zomaar hebben weggegooid. Ze hebben ze ergens mee naar toe genomen."

"Oké," zei Ben. "Dus we gaan eerst naar de wapens."

Joshua knikte, maar hield zijn aandacht op de kliffen gericht, om te proberen beweging te ontdekken. "Ja, dat is goed. Maar als we niet eerst bij hen kunnen komen..."

Hij hoefde de verklaring niet af te maken. De rest van de groep kende het risico. Hij keek naar Paulinho. "Is er iets dat je kunt toevoegen? Iets dat ons een voorsprong kan geven?"

Paulinho's gezicht betrok een beetje, diep in gedachten. "Ik denk het niet, helaas. Ik voel hun angst, en hun verwarring, maar ik zie niet wat zij zien."

"Oké, prima. We zullen het doen. Jij en jij - " hij keek naar Archie en Paulinho. "Jullie twee kennen de stam beter dan wie ook van ons, dus steek je koppen bij elkaar en bedenk hoe dit gaat uitpakken."

"Je wilt dat we hier blijven en .... Denken?"

"Nee. Ik wil dat je hier blijft en *haar in leven houdt*," deze keer gebaarde hij naar Dr. Amanda Meron. "En *ook* nadenken. Hou je ogen open, en roep als er iets is wat we moeten weten."

Hij wendde zich tot Reggie en Ben, in afwachting van hun reactie.

Reggie grijnsde. "Dat is zo'n beetje het plan dat ik had," zei hij. Ben knikte.

"Geweldig. Laten we bij elkaar blijven, maar kijk uit. En als je kunt, hou dan het meer in de gaten. We moeten direct weten wanneer ze de rest losmaken."

HOOFDSTUK 63

JOSHUA WAS NOG NIET EENS KLAAR MET DE INSTRUCTIES OF DE SCHOTEN KLONKEN WEER. Waar ze op mikten, wist Ben niet. Deze drie schoten landden ergens anders in de vallei, maar hij hoorde het geschreeuw van doodsbange dorpelingen weerklinken. *Ze schieten nu op de dorpelingen.*

Ben klemde zijn tanden op elkaar en haastte zich naar de volgende hut in de rij. Joshua en Reggie waren al twee andere hutten aan het controleren, en tot nu toe hadden ze allemaal niets gevonden. Hij hurkte neer en wierp een blik in de hut waar hij voor stond en zag een gezin - een vrouw en haar drie kinderen - ineengedoken tegen de achtermuur. Ze verstijfden toen ze hem zagen, maar hij hield zijn handen omhoog en stapte achteruit.

Kom op, dacht hij. *Ze moeten hier ergens zijn.* Hij probeerde zich te herinneren wat de krijgers hadden gedaan nadat ze hem van zijn wapens en rugzak hadden ontdaan. Hij pijnigde zijn hersenen, maar kon niets nuttigs bedenken.

We waren aan de rand van de vallei net binnen de kliffen toen ze ons vastbonden. We zouden gezien hebben -

Hij stopte. Hij wierp een snelle blik in de volgende hut die hij tegenkwam en die leeg bleek te zijn, en hij realiseerde zich iets. Ze waren de gebouwen in het centrum van het dorp aan het controleren, in de veronderstelling dat de dorpelingen wisten hoe moderne wapens eruit zagen. Volgens die logica zouden ze proberen ze veilig op te bergen, ergens waar ze beschermd zouden zijn.

Maar als ze geen idee hadden wat ze waren...

"Joshua! Reggie!"

Beide mannen trokken zich terug uit de gebouwen die ze controleerden en keken naar Ben.

"Terug waar we binnenkwamen," zei hij. "Waarom zouden ze die niet ergens bij de ingang verstopt hebben?"

Joshua dacht hier een seconde over na. Meer geweervuur - deze keer van beide kanten van hen - barstte los van een grotere hoogte en verder weg. Alle drie de mannen doken weg, maar Ben realiseerde zich dat ze nog steeds op de inheemse stamleden richtten. Hij wierp een blik op de huurlingen en zag tot zijn tevredenheid dat ze allemaal aan hun stokken vastgebonden waren.

"Goed punt. Waarom gaan jij en Reggie daar niet heen, dan kijk ik in de laatste twee gebouwen hier."

Ben en Reggie knikten en begonnen onmiddellijk in de richting van de kliffen te rennen. Zodra ze de relatieve beschutting van de groep lemen en stokjes hutten verlieten, voelde Ben zich kwetsbaar. De vallei was helemaal open, op een paar bomen met gouden vruchten na, die veel verder uit elkaar stonden dan hij had gewild. Als de huurlingen op de kliffen besloten het vuur op hen te openen, waren ze een makkelijk doelwit. Hij hoopte dat ze snel genoeg konden rennen of dat hun aanvallers nog te ver weg waren om een goed schot te kunnen lossen.

Toch verspilde hij geen tijd met zich zorgen te maken over zijn hachelijke lot. In plaats daarvan probeerde hij zich te concentreren op het geweervuur om te zien waar het vandaan kwam. Hij hoorde nog steeds maar twee verschillende jagers, één aan elke kant van de vallei. Een van hen leek echter vanaf een veel lagere hoogte op de stamleden te vuren dan de ander.

Hij zwaaide zijn hoofd naar links en probeerde de aanvaller te volgen terwijl hij rende. Reggie bereikte een van de bomen en pauzeerde even bij de brede stam. Ben haalde hem in en stopte ook om op adem te komen.

"Het lijkt erop dat er een aan elke kant van ons is," zei Ben.

Reggie knikte alleen maar, zijn handen op zijn knieën terwijl hij een paar keer diep ademhaalde. "Ja, daar lijkt het wel op. Het lijkt er ook op dat we geluk hebben dat ze zich op andere doelen richten."

"Heb je al een spoor van een van hen?"

"Nope, sorry. Ik heb gewoon geprobeerd om niet neergeschoten te worden."

Ben glimlachte. "Wat je ook aan het doen bent, het werkt. Laten we doorgaan, en kijk uit naar de man links van ons - ik denk dat hij nu op de grond ligt. Die andere kerel kan hem dekking geven."

"Heb het."

Reggie was veel sneller weg dan Ben had verwacht. Ben zat midden in een diepe inademing, en begon met tegenzin achter de veel snellere, veel fittere man aan te rennen. Ze renden nog een minuut door totdat ze de rand van het dal en de rotswand bereikten. Toen ze weer stopten, draaide Reggie zich dit keer om en keek Ben aan.

"Uw plan, baas," zei Reggie. "Waarheen nu?"

Ben hapte naar lucht en hij stak een vinger op naar Reggie om hem een moment te geven. Reggie grijnsde, nonchalant. Ben had geen idee hoe de man zijn koele, beheerste houding op dit soort momenten kon volhouden.

"Sorry," zei Ben. "Hoe dan ook, ik zat te denken -"

Door het suizen van de kogels die langs zijn hoofd suisden, liet Ben zich op de grond vallen, waardoor de lucht weer uit hem verdween. Ze dreunden tegen de rotswand naast hen, en een andere uitbarsting vloog uit dezelfde richting, deze spreidde zich wijd uit.

"Heb je geslagen?" Hij hoorde Reggie schreeuwen.

"Nee," fluisterde Ben met een hijgende, luchtledige stem. "Maar het had misschien beter gevoeld als ik het wel was geweest."

"Ik kan je beloven dat dat niet waar is," zei Reggie. "Hoe dan ook, ik denk dat ik hem zag. Rond 2 uur, net ten noordwesten van waar we nu zijn."

"Heb je bijgehouden welke kant we opkijken?" vroeg Ben.

"Oude gewoonten zijn moeilijk af te leren."

"Doe me een lol," antwoordde Ben, die nog steeds in buikligging op de grond lag. Hij draaide zijn hoofd om te zien waar Reggie was en zag tot zijn verbazing dat de man gehurkt zat, gedeeltelijk verborgen achter een groot rotsblok. "Serieus? Je hebt dekking en je hebt me niets aangeboden?"

Reggie staarde door de vallei, in de richting waar de schoten vandaan kwamen. "Hij schiet niet meer. Hij begon te rennen en daarna ben ik hem uit het oog verloren." Hij verlegde zijn aandacht en ontmoette Bens blik, stak toen een hand uit.

Ben pakte Reggie's hand en stond hem toe hem overeind te helpen. Terwijl hij achter het rotsblok dook, merkte Ben dat het rotsblok deel uitmaakte van een verzameling rotsblokken van vergelijkbare grootte in de omgeving. Voor het eerst sinds ze daar gestopt waren, nam hij de omgeving nauwkeuriger in zich op. De rotspunt was een van de twee formaties aan weerszijden van de plek waar ze de vallei waren binnengekomen. Of de rotsen op deze manier van de kliffen waren gevallen of niet was onzeker, want hij besefte dat ze door de stam op hun plaats gerold konden zijn.

Toen hij deze optie begon te overwegen, had hij een openbaring.

"Reggie, denk je dat deze keien verdedigingsposten zijn?"

"Zoals een bunker?"

Ben knikte.

Reggie fronste zijn wenkbrauwen en keek naar het rotsblok waarachter ze zich verscholen, de rest van de rotsblokken aan de kant van de ingang, en de vergelijkbare opstelling van rotsen aan de andere kant.

"Zou kunnen," zei hij. "Lijkt me logisch."

"In dat geval, laten we naar de andere gaan. Er is hier niets, maar..."

Bens laatste woorden werden onderbroken door de gewelddadige uitbarsting van een granaatontploffing tegen de rotswand. Hij voelde hoe zijn lichaam als een lappenpop door de lucht werd geslingerd, slechts bij bewustzijn voor de tijd die hij in de lucht doorbracht.

Toen hij de grond raakte, viel hij flauw.

HOOFDSTUK 64

TOEN HIJ BIJKWAM, had Ben plotseling de neiging om in de vredige slaap van bewusteloosheid te blijven. Er woedde een oorlog om hem heen, en hij was midden in die oorlog wakker geworden. Zijn zicht was wazig, maar hij zag een donkere gedaante over zijn hoofd leunen.

"Ben! Ben, ben je in orde?"

De woorden klonken hem gedempt in de oren, alsof hij onder water was. Heel even dacht hij eraan dat als hij een week geleden andere beslissingen had genomen, hij misschien wel onder water had gezeten. Hij en Julie hadden op dit moment op een cruise kunnen zitten, ver weg van het Amazone regenwoud. Julie zou een of ander fruitig drankje in haar hand hebben terwijl Ben een biertje met een limoentje dronk.

"Ben, kom terug naar de Aarde! Word wakker!"

De woorden werden scherp, net als zijn zicht, en hij zag dat zowel de waas als de stem van Reggie waren. Reggie sloeg zachtjes op zijn wang.

Ben trok zijn hoofd opzij. "Werkt die techniek echt?" vroeg Ben, groggy.

"Ik hou van je gevoel voor humor," zei Reggie. "Maar dit is *echt* geen goed moment."

Toen Bens zintuigen tot hem terugkeerden en de wereld weer

in beeld kwam, besefte hij dat Reggie gelijk had. Hij dacht dat hij nu vanuit alle richtingen schoten hoorde, wetende dat het meeste effect kwam doordat ze vlak naast het harde oppervlak van de klif zaten. Het geschreeuw was heviger geworden, hoewel het nog ver weg in de verte was.

"Oké, grote jongen," zei Reggie, terwijl hij Bens arm over zijn schouder gooide. "Doe het rustig aan, maar haast je. We waren een beetje laat op het feest."

Ben keek naar de tegenoverliggende rotsblokken, ongeveer een voetbalveld verderop. In eerste instantie zag hij niets ongewoons. De rotsen staarden hem wezenloos aan.

Na een paar seconden zag hij echter een hoofd vanachter een van de keien tevoorschijn komen. Terwijl Ben probeerde zijn zicht aan te passen om zich te concentreren op het nieuwe element in de scène, werd het hoofd vergezeld door de loop van een geweer.

"Ga liggen!" schreeuwde Reggie, en duwde Ben terug op de grond.

Het geweervuur was veel luider dan het eerder was geweest, versterkt door de natuurlijke galmkamer waar ze in zaten. Ze zaten vastgepind, en Ben begreep plotseling Reggie's frustratie.

"Hoe?" Dat ene woord was alles wat Ben over zijn lippen kon krijgen.

Reggie begreep de vraag heel goed. "Een van hen moet al bij de huurlingen zijn geweest, en hen hebben losgemaakt. Geen idee hoe ze de wapens zo snel vonden, maar een uitkijkpunt boven al het andere zal wel geen kwaad hebben gedaan."

Natuurlijk, dacht Ben. *Ze kunnen de hele vallei overzien, en als de wapens niet in een gebouw verborgen waren, hadden ze ze overal vandaan kunnen zien.*

"En wat nu?" vroeg Ben, ook al wist hij het antwoord al.

"Ik heb geen idee," zei Reggie. "Ik hoopte dat je een manier had om een luchtaanval of zoiets te organiseren."

Beide mannen wachtten een ogenblik toen het geweervuur dat op hen gericht was, uitdoofde. Het was de meest schrijnende situatie waarin Ben zich ooit had bevonden - volledig ingesloten door vijanden die hem op twee fronten probeerden neer te schieten, volledig ongewapend en hulpeloos. Zijn geest raasde, probeerde opties en oplossingen te bedenken, maar elke kwam tekort. Zijn lichaam leek onrustig, alsof het elk moment tegen zijn eigen gezag in actie kon komen en zich uit de voeten kon maken. Hij dwong zichzelf te kalmeren, zoals hij in het verleden al zo vaak had gedaan.

Zijn geheugen reisde terug naar een tijd vele jaren geleden. Hij zag een levendige voorstelling van zijn vader, die zijn jongere broer probeerde te redden van de moederbeer die het niet eens was met zijn nabijheid tot haar jong. Ben herinnerde zich de gevoelens die toen door zijn lichaam gierden, maar hij herinnerde zich ook de gevoelens waarmee hij ze had vervangen. Door wilskracht en vastberadenheid, en vele jaren van oefening, was Ben in staat geweest om de smeulende hitte van pijn te doven en te vervangen door de brandende sintels van de kracht. Zijn vermogen om zich op één doel te concentreren - soms ten koste van mensen die om hem gaven - was tot op zekere hoogte aangescherpt. De kwetsbaarheid en totale hulpeloosheid die hij zich herinnerde van toen, waren bijna volledig vervangen door een gevoelloze, holle herinnering.

Bijna.

Vandaag, op dit moment, midden in het Amazone regenwoud, ver weg van iedereen die hem zou kunnen helpen, had Ben dezelfde gevoelens als zijn jongere ik. Hij wilde weglopen van dit alles, zich verstoppen, zoals hij ooit had gedaan door parkwachter te worden, en ontsnappen aan de 'echte wereld'. Hij wilde het negeren, Reggie laten vechten tegen de demonen die in zijn beschermende omhulsel probeerden in te breken.

Hij wilde wel, maar hij wilde niet.

Als er iets was dat Ben had geleerd in iets meer dan drie decennia van leven, dan was het dat hij niet het type persoon was om gevaar uit de weg te gaan. Het sloeg nergens op, en de logische kant van zijn brein schreeuwde tegen de woedende waanzin van zijn koppigheid, maar hij wist dat hij op dit moment zou vechten.

Hij keek naar Reggie en probeerde te ontcijferen wat zijn

nieuwe vriend dacht. Reggie had iets over zich, een bepaald aspect van zijn karakter dat consequent zijn ware gevoelens logenstrafte, maar Ben dacht dat hij het wist. In zijn ogen kijkend, dacht Ben dat hij de onrust begreep die in hem omging. *Het was hetzelfde.* Reggie had een verhaal, net zoals hij een verhaal had, en hij wilde het weten. Hij *verdiende het* om het te weten, maar nog belangrijker, Reggie *verdiende het* om het te vertellen.

Dat zou moeten wachten, maar Ben voelde een golf van zekerheid over zich heen komen toen hij zijn keuze maakte.

Hij zou vechten om dat verhaal te horen, net zoals hij zou vechten voor Julie. Ze was ergens in het dorp, wachtend op zijn terugkeer. Reggie had hem nodig. *Zij* had hem nodig.

Er moet iets veranderd zijn in zijn gezicht, want er veranderde iets in dat van Reggie.

"Dus je bent klaar, denk ik?"

Ben keek naar Reggie en knikte, één keer. Hij knarste met zijn tanden en sprak uit de dunne lijn tussen hen. "Zo klaar als ik ooit zal zijn."

HOOFDSTUK 65

REGGIE WIST DAT DE VOLGENDE TWEE MINUTEN BELANGRIJKER ZOUDEN ZIJN DAN DE VORIGE TWEE DAGEN. Als ze niet bij hun wapens konden komen, was er weinig hoop dat ze zouden overleven. En op dit moment leek het er niet op dat ze bij de wapens konden komen.

Hij had tenminste een geestverwant in Ben. Als hij zou gaan vechten, wist hij dat Ben aan zijn zijde zou staan als het erop aankwam. Hij dacht aan Joshua, en hoe de man echt aan hem was gegroeid. Hij vertrouwde hem nog steeds niet helemaal, maar hij had geen keus. Hij hoopte alleen dat Joshua zijn woord zou houden en hen zou helpen dit te overleven.

"Reggie!" schreeuwde Ben van zijn kant. "Opzij!"

Reggie dook naar voren, op weg naar de rotswand. Hij wist niet zeker wat Ben van plan was, maar hij was niet van plan te wachten tot de mannen achter de rotsen tegenover hen weer begonnen te schieten. De kliffen waren maar een paar meter van hem vandaan, maar het was een specifiek deel van de ondoor-dringbare muur waar hij op mikte.

Het was namelijk het deel van de klif dat *niet* ondoordring-baar was. Ze waren - zij het niet uit eigen beweging - minder dan een dag eerder binnengekomen via een verborgen doorgang ergens langs deze muur. Als hij het zich goed herinnerde, leek het er zelfs op dat er meerdere doorgangen door de steen waren, want hij wist dat Ben door een andere ingang was gedragen.

Maar het was onmogelijk om precies te zeggen waar deze openingen zich bevonden door alleen maar naar de muur te kijken. Wijnranken en dichte begroeiing bedekten de hele muur en vormden een tapijtachtige laag op het stenen oppervlak. Hij wist dat er een gat was, hij kon het alleen niet zien.

En Reggie moest het vinden, snel.

Ben zat vlak achter hem en bereikte de muur slechts een seconde later. Reggie rende naar voren langs de klif en strekte zijn linkerarm uit naar de kronkelende lianen. Hij drukte zich tegen het tapijt en liet zijn lichaam half in de metersdikke muur van planten verdwijnen tot zijn hand de koele steen bereikte. Het ging langzaam, en de lianen waren zwaar tegen zijn vooruitgang, maar hij ging door tot de muur het begaf.

Het gebeurde bijna precies halverwege tussen de rotsen waarachter zij zich verscholen en de tegenoverliggende uitloper die de vijand op dat moment bezette. Hij viel bijna zijwaarts toen de klif hem opslokte, maar hij herstelde zijn evenwicht en liep verder de tunnel in. Binnen enkele seconden verdween het resterende licht van de maan volledig, en werd hij in volslagen duisternis gedompeld.

"Reggie?"

"Hier," antwoordde hij, zijn stem galmde nu dieper in de klif. "Ik dacht dat dit misschien een goede plek was om te hergroeperen."

"Dit is een tunnel, weet je nog? Wat als er meer krijgers terugkomen, en niet weten dat wij de goeden zijn? Ze zullen zo binnenkomen. En trouwens, denk je niet dat de huurlingen hetzelfde denken?"

"Heel misschien," zei Reggie. "Maar ik weet niet of we beter -"

Hij voelde de koude punt van geslepen steen in zijn nek, en toen voelde hij het knagende gevoel dat hij bekeken werd.

"Nou," fluisterde hij, "het zijn in ieder geval niet de huurlingen."

Ben reageerde niet. De speerpunt in Reggie's nek werd gevolgd door een andere, toen nog een op zijn borst.

Iemand uit het diepzwarte niets gromde een paar woorden, die werden beantwoord door de stem van een andere man, nog dieper in de tunnel. Uit een hoek kwam de oranje vlam te voorschijn, die feller werd toen de drager zich omdraaide en dichterbij kwam. Reggie zag voor het eerst de silhouetten van vijf stammenkrijgers, van wie er drie speren naar zijn lichaam gericht hielden.

Beide groepen staarden elkaar een ogenblik aan, geen van beiden sprak. Reggie dwong zichzelf te ademen, voorzichtig om niet meer te bewegen dan absoluut noodzakelijk was. De mannen met de speren hielden hun punten op hem gericht, drukten net genoeg om hem alert te houden maar niet hard genoeg om hem pijn te doen.

De inheemse krijger met de brandende fakkel liep naar hen toe. Zijn gezicht was een verwrongen, schuddende luchtspiegeling in de dansende schaduwen van het vuurlicht. Reggie hield stand. Op de achtergrond kon Reggie het gedreun van geweervuur horen, diep gedempt door de dikke koorden van lianen en begroeiing die de ingang van de tunnel bedekten. Hij dacht aan de anderen en hoopte dat Joshua zijn woord zou houden en de rest van de groep zou helpen beschermen.

Zelfs als Joshua zijn woord hield, zouden ze alle geluk nodig hebben die ze konden krijgen. Joshua's oude team, de huurlingen, had de wapenopslagplaats al bereikt en het was slechts een kwestie van tijd voordat ze de rest van hun bemanning losmaakten en bevrijdden.

De stamlid sprak, weer met een grommend geluid, en Reggie trok zijn wenkbrauwen op. *Geen idee waar je het over hebt, man.* De man herhaalde de geluiden.

Een van de andere krijgers sprak, draaide zich toen om en grijnsde naar Reggie. Reggie haalde zijn schouders op.

Hij hoorde de vreemde woorden voor de derde keer uitgesproken worden. De man voor Reggie hief zijn handen op en duwde de speren omhoog en uit de weg. Reggie wachtte, onzeker over wat de bedoelingen van de man waren. *Is dit weer een offerritueel?* Hij was niet van plan de man te dwingen, maar Reggie was nooit het type persoon om te wachten tot iemand anders iets deed.

Reggie deed een langzame, kleine stap achteruit. De stamleden verstijfden, maar hun leider gaf geen krimp.

"Wat ben je aan het doen?" fluisterde Ben. Hij zag Ben vanuit zijn ooghoek, bevroren op zijn plaats tegenover hem in de tunnel. Hij had alleen zijn mond bewogen, duidelijk even doodsbang als Reggie.

"We moeten het ze laten begrijpen..." mompelde Reggie. "De geweren."

Ben knikte. De leider van de inheemse krijgers stapte naar voren en sloot opnieuw de afstand tussen hem en Reggie. Reggie dacht na over wat hij zou gaan zeggen. *Wat zeg je tegen een groep mensen die geen idee hebben hoe ze je moeten begrijpen?*

Hij besloot niets te zeggen.

Reggie hief zijn handen op, de een voor de ander, in de vorm van het vasthouden van een onzichtbaar aanvalsgeweer. Hij krulde de wijsvinger van zijn rechterhand om een niet-bestaande trekker, en hield zijn linkerhand in een naar boven gerichte handpalm. Hij richtte het naar de zijkant, in de richting van de grotwand. *Ik wil niet dat die vent het verkeerde idee krijgt.*

De man fronste en bracht toen de zaklamp omlaag om Reggie's handen beter te kunnen zien. Reggie schudde zachtjes met zijn handen en deed alsof hij vuurde. Hij maakte de klappende geluiden van geweerschoten met zijn mond, en hield het stil genoeg om - hopelijk - de krijgers niet van streek te maken.

Hij herhaalde het proces een paar keer, waarbij hij de posities van zijn handen verplaatste om het "geweer" in verschillende richtingen te richten, terwijl hij doorging met het maken van geluiden. De krijger staarde nog steeds fronsend voor zich uit, bracht toen zijn hoofd weer omhoog en richtte zich op.

Zijn ogen verwijdden zich en hij wendde zich tot de anderen in zijn groep. Hij wees naar Reggie, die opgewonden babbelde met de twee mannen die het dichtst bij hem stonden. Ze discussieerden een paar seconden, en Reggie was opgelucht toen hij zag dat de speerdragers de kolf van hun wapens op de grond legden en op hun gemak gingen staan.

De voorste krijger sprak weer tegen Reggie, maar zijn stem was veranderd. Waar eerst een lichte norsheid was, gebruikte de man nu een andere reeks medeklinkers, bijna een zong-achtige stem, en Reggie interpreteerde het als een vraag.

"Kijk," zei hij onder zijn adem, "dat is het nou. Ik kan niet begrijpen wat je zegt." Hij articuleerde de woorden uit frustratie over de taalbarrière. Reggie wees achter zich, naar de begroeiing van lianen bij de ingang van de tunnel, en deed de pistool-vasthoud-actie nog eens.

De krijger sprak opnieuw, deze keer tot zijn team, en drie van hen verwijderden zich van de groep van vijf. Ze liepen naar de voorkant van de tunnel en duwden de lianen opzij, waardoor de tunnel werd blootgesteld aan een verrassende hoeveelheid maanlicht. Het geweervuur werd luider, en Reggie merkte dat er niet zoveel geschreeuw uit de achterliggende vallei leek te komen.

We hebben bijna geen tijd meer.

De leider van de krijgers duwde Reggie vooruit. Reggie hoorde Ben ook naast hem bewegen. De twee mannen werden naar de ingang van de tunnel geleid door de twee krijgers. Toen ze de opening bereikten, zetten de drie krijgers vooraan het plotseling op een lopen, in de richting van de groep rotsblokken aan de linkerkant.

Ze gaan voor de wapens, besefte Reggie. *Of ze gaan ons helpen, of ik heb ze geleerd hoe ze de wapens tegen ons kunnen gebruiken.*

Het maakte niet uit welke het was - Reggie had geen keus. Hij werd uit de grot geduwd door de leider en in de kwetsbare openheid. Hij rende, hopend dat Ben achter hem was.

Een hoofd stak op vanachter een van de keien, net zoals het eerder had gedaan. Ze waren nog maar een paar minuten in de grot, dus de mannen achter de cirkel van rotsblokken bewaakten nog steeds de wapens die daar nog verborgen waren.

"Reggie, bukken!" hoorde hij Ben schreeuwen.

Voor hij dat kon, voelde hij een koele luchtstroom vlak naast zijn hoofd, en zag toen hoe het hoofd achter de kei met geweld achteruit lansde. Pas toen zag hij de omtrek van een speer, die boven het hoofd van de soldaat in de lucht stak, vastgemaakt aan zijn schedel. De man gaf geen kik toen hij achterover viel.

Reggie was verbaasd. *Wat een schot,* dacht hij. De krijger die de speer had gegooid versnelde zijn pas en bereikte het rotsblok op hetzelfde moment als de eerste drie mannen uit de grot. Reggie, Ben en de leider van de kleine bende strijders zaten vlak achter hen.

In tegenstelling tot de andere cirkel van rotsen waar Reggie en Ben zich achter hadden verstopt, was deze groep rotsen duidelijk in een bepaalde formatie geplaatst - een cirkel. In het midden van de cirkel lag een stapel wapens - de vier aanvalsgeweren, wapens en messen van de vier huurlingen die aan het meer waren geofferd, en ook Reggie's eigen wapens en de twee overgebleven rugzakken die ze hadden meegenomen. Ben zag de tas die Joshua bij zich had niet, de kleinere rugzak die de stam van zijn rug had gehaald toen ze aankwamen.

Hoewel hij opgelucht was dat daar een kleine stapel wapens lag opgestapeld, betekende het ook dat de *rest* van de huurlingen ofwel hun wapens al terug hadden of op het punt stonden dat te doen. Hij wierp een blik op het meer, maar het was onmogelijk om van deze afstand te zeggen of de soldaten nog aan hun posten vastgebonden waren. Opnieuw dacht hij aan Joshua, Archie, Paulinho en de meisjes, en hoopte dat ze veilig waren of op de een of andere manier waren ontsnapt.

Er was ook nog *een ander* probleem. De geweren waren niet de enige dingen die wachtten in de cirkel van rotsblokken. Twee huurlingen, degene die al door de speer was gedood niet meegerekend, stonden binnen de cirkel, elk een andere kant op kijkend, de wacht te houden. *Ik denk dat ze niet meer vastgebonden zijn.* Een van de mannen draaide zich al om, om te zien wat de commotie achter hem was geweest. Hij zag eerst zijn dode kameraad, de speer stak uit het gezicht van de man, achterover leunend in een steile hoek. Toen zag hij de inheemse krijgers, kruipend over en rond de muur van rotsblokken. Hij tilde het geweer op en vuurde.

Reggie kromp ineen en dook weg, terwijl de eerste krijger neerging. De tweede kon een speer lanceren, maar tegen die tijd had de tweede huurling zich omgedraaid om te helpen. Reggie trok zich terug en greep Ben voordat hij de ring in ging.

"We gaan er omheen," zei hij. Ben knikte, maar brak zich los uit Reggie's greep. "Wat doen jullie?"

"Dan ga ik de *andere kant op*," zei Ben. Voordat hij iets kon zeggen, was Ben al weg.

Reggie rende om de rest van de rotsen heen en richtte zich op de opening tussen twee van de kleinere rotsblokken. Hier had een van de soldaten zich geposteerd, en hij kreeg meer vaart toen hij de ring binnenging. Hij had geen wapens, maar hij hoopte dat hij in ieder geval het element van verrassing had. Er klonken nog twee schoten, en Reggie hoopte dat ze niet op het doel afgingen.

Hij doorbrak de rij keien en zag dat Ben op hetzelfde moment zijn ingang had bereikt. Beide mannen renden naar het midden van de cirkel en mikten op de soldaten die ze hadden uitgekozen en die vlak naast de stapel wapens stonden. In zijn perifere gezichtsveld zag hij twee van de inboorlingen, bloedend op de grond binnen de ring. De leider van de groep en de laatste krijger waren nergens te bekennen.

In de laatste fractie van een seconde voor de inslag richtte hij zich weer op zijn doelwit - de soldaten stonden met hun rug naar hem en Ben toe en hielden hun wapens gereed voor een frontale aanval. Reggie dook naar voren, mikkend op het laagste deel van de rug van de man. Hij hoopte de man niet alleen stevig aan te pakken, maar hem daarbij zoveel mogelijk pijn te bezorgen als menselijk mogelijk was. De verbinding was abrupt, en Reggie's zicht lichtte op in een flits van wit.

De pijn nam snel af en hij had een kort moment van gewicht-loosheid toen hij zich door de lucht voelde zweven met zijn gevangene onder zich. Hij sloeg zijn armen om de man heen, en beiden tuimelden hard op de grond.

Hij had de lucht uit de soldaat geslagen, maar de man herstelde zich snel en begon al opzij te rollen om de aanval af te schudden. Reggie reageerde sneller, met het voordeel dat hij niet op de bodem van de stapel lag, en hij greep naar het wapen dat vlakbij lag.

Een pistool. *Goed genoeg.*

De man spartelde nu onder hem, maar Reggie tilde het pistool op en drukte het tegen de slaap van de man. "Dit eindigt *nu*, vriend."

De soldaat bevroor, zijn nederlaag herkennend. Reggie voelde hem lichtjes ontspannen, maar hij bleef naar de handen van de man kijken. De stapel wapens was even binnen handbereik van de soldaat. "Denk er maar niet aan," zei Reggie. "Ben, alles goed?"

Reggie draaide zich niet om, durfde de man waar hij op zat hem niet te laten verrassen. Hij had nog steeds het pistool tegen zijn hoofd, maar Reggie nam geen risico's.

"Ben, ben je daar?"

Reggie sprong op bij het geluid van een pistool dat vlak achter hem werd afgevuurd. Geschrokken liet hij even het pistool van de man zijn hoofd vallen.

De man maakte van de gelegenheid gebruik om zich een paar centimeter naar voren te bewegen en het mes te pakken dat voor hem op de grond lag. In een enkele, snelle beweging draaide hij zijn bovenlichaam rond en sloeg het mes met een backhand naar Reggie.

Reggie was in beweging, maar het was te traag. Hij zag de punt van het mes steeds dichter bij zijn gezicht komen, alsof hij naar een vertraagde herhaling vanuit een ander camerastandpunt keek. Hij dwong zijn lichaam om sneller te bewegen, maar hij zou het niet halen.

Het mes vloog door de lucht tot het een centimeter van zijn oog was, en stopte toen. Pas toen registreerde Reggie's geest een nieuw geweerschot. De soldaat onder hem zakte onmiddellijk in elkaar, zijn arm viel terug op de grond en liet het mes los. Reggie zag het open gat aan de zijkant van de man zijn hoofd, de kleine cirkel van bloed markeerde de ingangswond.

"Wat in godsnaam, Ben?" schreeuwde Reggie. "Hij gaf zich over. We hadden hem kunnen gebruiken..."

"Nou, we kunnen niet meer. Hij is dood," zei Ben. Reggie kon hem nauwelijks horen. "En praat niet zo hard. Je schreeuwt."

"*Je* hebt een wapen naast mijn *oor* afgevuurd," schreeuwde Reggie. "Het is niet grappig."

"Dat zei ik ook niet," zei Ben schouderophalend. "Kom op. Stop met zeuren, je wordt verondersteld hiervoor opgeleid te zijn."

HOOFDSTUK 66

"WE MOETEN TERUG NAAR HET MEER EN DE ANDEREN ZOEKEN," zei Ben. Reggie opende en sloot zijn kaak, proberend zijn gehoor terug te krijgen.

"Ga jij maar," zei Reggie, nog steeds veel te luid pratend. "Ik blijf hier en dek je."

"Weet je het zeker?" vroeg Ben. Hij had niet verwacht dat de man zou weigeren.

"Ik was vroeger een sluipschutter, dus ik ben hier toch beter af. Trouwens, iemand moet ervoor zorgen dat de huursoldaten niet in de tunnels komen.

Ben had daar niet aan gedacht, maar hij wist dat Reggie gelijk had. Wat zijn beslissing ook was, Ben zou teruggaan naar Julie. "Oké, prima. Geef mij daar maar wat van."

Reggie overhandigde Ben al de aanvalsgeweren. Hij negeerde de messen, maar hield zijn twee pistolen voor zichzelf.

"Hoeveel van hen zijn er nog over?" vroeg Ben.

"Slechteriken? We hebben er hier drie uitgeschakeld, de inboorlingen hebben er al vier gehad, en ik denk dat ze met tien of elf zijn begonnen, toch?"

"Dus nog een paar meer."

"Ja, maar een paar meer *goed getrainde* soldaten, jagen op ons. En zonder wapens, zijn we een vis in een ton."

Ben knikte, en draaide zich toen om om te vertrekken.

"Ik dek je."

De vier aanvalsgeweren waren zwaar. Er was geen enkele manier om ze te dragen in een positie waarin hij ze daadwerkelijk kon afvuren, en hij werd er weer eens aan herinnerd dat hij volledig afhankelijk was van Reggie's vermogen om 'hem te pakken'. Ben kon ook geen extra munitie meenemen, dus wat er nog in het magazijn van elk geweer zat, was alles wat ze zouden krijgen.

Hij hoopte dat het genoeg zou zijn.

Hij verhoogde zijn pas, vocht tegen het onhandige gewicht van de geweren, maar ploeterde zonder moeite voort. Het meer was ongeveer 100 meter weg, maar het voelde als een mijl. Zijn benen waren gespannen, hij was drijfnat van het zweet, en de lucht was zwaar van het vocht. Hij had moeite met ademhalen, alsof hij in een sauna was. Elke inademing ging gepaard met pijnscheuten, omdat de inspanning, de stress, de vermoeidheid en de hitte tegen hem werkten.

Het meer werd met de seconde groter en groter, en plotseling was hij daar. Hij bereikte het gebouw dat het dichtst bij het meertje stond en gebruikte alle kracht die hij nog had om over de drempel te stappen en het interieur te bekijken.

"Julie?" riep hij.

Geen antwoord.

Hij vond ze in het tweede gebouw, ineengedoken. Archie, Julie, Amanda, en Paulinho, die een wat verdwaasde blik in zijn ogen had, maar verder gezond was. Ben nam aan dat ze zich verstopten, maar toen Julie niet op hem af kwam toen ze zag wie er binnen was gekomen, keek hij nog eens goed.

Joshua lag op de grond in het midden van de hut. Archie en Amanda waren hard aan het werk, een vreselijk bloederige wond op zijn buik aan het behandelen.

"Het ziet er erger uit dan het is," zei Archie terwijl hij zijn blik op Ben richtte.

"Nou, het ziet er slecht uit. Wat is er gebeurd?"

"Neergeschoten, door zijn eigen man."

"Het was Alan," zei Joshua, zijn nek opspannend om Ben aan te kunnen kijken. "Ik dacht dat hij loyaal was, maar ze werkten me allemaal tegen."

Amanda duwde zijn hoofd zachtjes weer naar beneden en probeerde de man tot rust te dwingen, maar Joshua ging door.

"Ik denk dat de compagnie dit al een tijdje van plan is," zei hij. "Ze hebben zich op een of andere manier van mijn vader ontdaan, en nu moeten ze zich alleen nog van mij en mijn broer ontdoen om de losse eindjes aan elkaar te knopen. Ik heb precies in hun plan gespeeld."

"Je bent te streng voor jezelf," zei Julie.

"Maakt niet uit - het is nu te laat," antwoordde hij. "Ze gaan al die dorpelingen vermoorden en dan deze gebouwen aanvallen. We zijn er geweest."

"Nee," zei Ben. "Dat doen we niet."

Tenslotte draaide iedereen zich om en keek naar wat Ben op de grond had gedumpt, vlak voor de deur van de hut. Zonder een woord te zeggen, liepen Paulinho en Julie erheen en pakten een wapen.

"Je hebt de voorraad gevonden," zei Julie. Ze glimlachte, en begon zich toen weer naar de anderen te keren. Ben greep haar arm voor ze zich van hem kon verwijderen, draaide haar rond en kuste haar.

Hij voelde haar gespannen lichaam ontspannen nadat haar verbazing was weggeëbd, waarna ze zich weer rechtop zette en zich dichter tegen hem aandrukte. Hij trok haar onderrug dichter naar zich toe, nog steeds zoenend.

"Oké jongens, daar is het nu niet het juiste moment voor..." zei Amanda. Ze grijnsde, maar Ben voelde zijn gezicht blozen van lichte verlegenheid.

Julie ging op haar tenen staan en kuste hem opnieuw, snel, trok toen eindelijk haar hand van de zijne en keek naar hem op. Hij wist dat ze zich op zijn zachtst gezegd ongemakkelijk voelde, haar kleren bezweet, haar verfomfaaid en met een aanvalsgeweer in haar hand, maar hij vond dat ze er nog nooit zo goed had uitgezien.

"Dank je, Ben," fluisterde ze. De twee woorden spraken boekdelen, en geen van beiden voelde de behoefte om de plotselinge stilte met nog meer te vullen.

"Geluksvogel," zei Joshua, grimassend van de pijn van zijn schotwond. Ben keerde terug naar de echte wereld en voelde zijn kortstondige opleving van zelfvertrouwen weer wegvloeien toen hij zich hun hachelijke situatie herinnerde.

"Dus waar is Reggie?" vroeg Paulinho.

"Hij bewaakt de uitgangen," antwoordde Ben. "Maar ze zijn met gemak in de meerderheid als ze besluiten te hergroeperen en die kant op te gaan. We moeten daarheen en hem wat hulp geven.

"Maar Joshua -"

"Ik ben in orde," zei Joshua met zijn ogen dicht. Het woord 'prima' werd eruit geperst door opeengeklemde tanden.

"Je moet rusten," zei Archie. "Ik geloof dat het maar een vleeswond is, maar we hebben een dokter nodig om er naar te kijken."

Joshua negeerde Archie. "In mijn rugzak... heb ik een manier om een helikopter hier te krijgen. Het is het nood extractie protocol."

"En werkt het vanaf hier?" vroeg Paulinho.

Joshua knikte. "Het zou moeten. Net genoeg om een signaal uit te zenden, ervan uitgaande dat we vanaf hier kunnen trianguleren. Er zijn geen bomen, dus dat zou moeten helpen."

Ben overwoog dit plan. "Maar hoe zit het met de piloot? Zullen zij niet werken voor..."

"Ik zal het met de piloot bespreken," zei Joshua met een air van finaliteit. Hij was niet van plan om het plan met iemand te bespreken, en als Ben goed tussen de regels door las, zou Joshua eigenlijk niet veel 'bespreken'.

"Ik kan helpen met de *discussies,* dan," zei Ben. "Waar is die roedel van jou?"

Joshua schudde zijn hoofd. "Geen idee. Alan heeft nu de

leiding, de hiërarchie. Hij is nog steeds daarbuiten, maar ze hebben al een paar minuten niet meer op iets geschoten."

Dat merkte Ben ook. Het geweervuur, op een paar uitbarstingen om de dertig seconden of zo na, was grotendeels opgehouden. *Waarschijnlijk geen goed teken.*

"We zijn hier waarschijnlijk schietschijven," zei Amanda, en verwoordde de zorg waar Ben net over struikelde. "Moeten we niet..."

Haar stem werd abrupt onderbroken door een andere, die van net buiten de hut kwam.

"Opstaan, jullie allemaal. Naar buiten, nu."

HOOFDSTUK 67

ER WAS NIETS DAT HIJ KON DOEN DAN TOEGEVEN. Zonder te kijken, wist Ben dat de stem vergezeld zou gaan van een man die een pistool op zijn achterhoofd richtte.

Ben stapte langzaam achteruit, in het maanlicht. De omgeving leek nu helderder, alsof de maan eerder bang was geweest om volledig op te komen. Hij draaide zich niet om, maar liep verder achteruit tot hij de verhitte cirkel van de geweerloop tegen zich aan voelde drukken.

"De rest van jullie," schreeuwde de stem. "Naar buiten!"

Ben zag Julie, dan Paulinho, Amanda, en Archie uit de deuropening komen. Joshua verscheen niet. Ben keek naar elk van de leden van het team dat hij hierheen had helpen leiden, ontmoette elk van hen in de ogen, en probeerde de boodschap van 'het spijt me' over te brengen met niet meer dan een diepe blik. Elk van de groep droeg een koppigheid op hun gezicht, zijn verontschuldiging en overgave zwijgend afwijzend. Paulinho's ogen waren niet eens open toen hij Ben voorbijliep.

De man greep Bens schouder en rukte hem naar achteren, waar hij door nog twee huurlingen werd gegrepen en op zijn plaats gehouden. De man, Alan, liep de hut in. Ben wachtte op het schot.

In plaats daarvan hoorde hij een rukkend geluid toen een van de mannen die hem vasthielden plotseling zijn greep verloor. Hij draaide zich om en zag een breedogige man met een mond vol bloed op de grond vallen. De andere man, verbijsterd door de plotselinge aanval, was even zijn taak vergeten en liet Ben zich uit zijn greep loswrikken. Ben gaf hem een elleboogstoot in zijn neus en draaide zich om naar de laatste van de soldaten. Deze soldaat was klaar, en begon al te richten in de richting van waaruit de speer was geworpen.

Hij opende het vuur, en Ben begon te rennen.

Julie was dichterbij, en ze gaf de man een harde duw. Hij verloor zijn evenwicht, en het pistool viel in zijn zij toen hij struikelde en op zijn knieën viel. Ben was toen bij hem, en hij stond op het punt naar het pistool te grijpen, maar een andere ziekmakende, diepe plof kwam van de man. Ben keek naar beneden en zag een geslepen stuk platte steen uit de rug van de man steken.

Het handvat van een twee meter lange speer stak aan de voorkant van de man uit, en hij liet instinctief het geweer vallen en probeerde de speer eruit te trekken. Ben, die het drama nog steeds van achteren gadesloeg, kon de snakkende adem horen terwijl de man tevergeefs worstelde om het wapen uit zijn borst te halen.

Hij kon ze nu zien, sluipend in de schaduwen. Ze bewogen zich geruisloos, wisten waar ze moesten lopen om het directe licht van de maan te vermijden. Het waren geesten, geesten van een oude beschaving, die wraak namen op indringers die hun manier van leven bedreigden.

Ben voelde zich volkomen hulpeloos, en dat was hij ook. Zijn leven lag nu in hun handen. Hij kon er maar vijf zien, verraden door het wit van hun ogen, maar hij wist dat er meer waren. Vanuit alle richtingen, naar hen kijkend, langzaam vooruit bewegend, waren er meer.

De krijgers, maar ook de dorpelingen. Hij zag een kind, de striemen van opgedroogde tranen kleefden nog op zijn wangen. Hij hield zijn moeder vast, en beiden liepen ze dichterbij.

Ben draaide zich om en herinnerde zich toen pas de derde soldaat, degene die hij in zijn gezicht had geslagen. Zijn bezorgdheid werd echter teniet gedaan toen hij zag dat de man zijn armen boven zijn hoofd had geheven, ineengestrengeld. Hij zat op zijn knieën, wachtend tot de groep over zijn lot zou beslissen.

Achter deze man, wachtend buiten de hut, stond het opperhoofd van de oude stam. De man die een uur geleden nog bedekt was met goud en op een offerbank in het midden van het meer stond, stond nu in de deuropening en keek naar binnen.

Waar wacht hij op? vroeg Ben zich af. Niemand bewoog. Iedereen - Bens groep, de overgebleven huurling en de ontelbare inheemse stamleden die vanuit de duisternis toekeken - wachtten tot het opperhoofd zou ingrijpen. Ben overwoog te helpen, maar hij was ongewapend, en hij had geen idee wat hij sowieso kon doen. De geweren lagen nog steeds op de grond bij de hut.

Wat is Joshua daar aan het doen?

Hij wist dat ze zouden praten, de nieuwe leider zou aan de oude de fouten uitleggen die tot dit moment hadden geleid. De oude leider, Joshua, zou ofwel om zijn leven vragen ofwel om een snelle dood. Ze waren ongeveer een minuut samen binnen geweest, dus Ben wist niet zeker waar in het onderhandelingsproces ze zouden zijn.

De schermutseling begon op dat moment. Hij hoorde Alan iets onverstaanbaars roepen, en Joshua schreeuwde een gepijnigd antwoord, toen gromden beide mannen met het onmiskenbare geluid van de impact van twee lichamen. *Hij heeft geen schijn van kans,* dacht Ben. Joshua's verwonding alleen al zou meer zijn dan de meeste mannen zouden kunnen verdragen, en hij werd nu aangevallen door een getrainde moordenaar.

Ben moest zichzelf dwingen niet naar voren te rennen en de chef uit de weg te duwen. Joshua hoorde niet per se bij 'hun team', maar hij vertrouwde hem. Hij had al bewezen nuttig te zijn voor hun groep, en ze waren allemaal nog in leven, niet in de laatste plaats dankzij Joshua. Toch was het Bens haat voor de *andere* groep mannen die hen door de jungle hadden achtervolgd, die zijn woede aanwakkerde en hem ertoe aanzette Joshua te helpen.

Maar de chef bewoog niet, en het was duidelijk dat hij dat ook niet ging doen. Ben probeerde zijn motieven te begrijpen.

Laat hij het gevecht toe, om uit te vinden welke man sterker was? Is het één persoon minder die hij moet opofferen?

Het einde kwam veel sneller dan Ben had verwacht. Hij hoorde nog een grom, deze keer luider en dieper, en hij zag Alan vaag achteruit strompelen in de richting van de deur. *Hij moet geschopt zijn.* Alan greep naar zijn buik, alsof de lucht uit hem was geslagen, en bewoog zich nog steeds achteruit. Hij bereikte de opening in het kleine gebouw en liep verder naar buiten, eindelijk in staat om zijn evenwicht te vinden.

De man hees zich, duwde zijn knieën van zich af, en stond op. Hij was goed hersteld, en snel. Hij haalde nog een laatste keer adem en tilde zijn voet op om weer voorwaarts te marcheren.

En het opperhoofd stak de twee miniatuur dolken van achteren in Alan's nek. Ben zag, zelfs in het donkere maanlicht, waar ze vandaan kwamen. Het opperhoofd droeg armbanden aan elke pols, en aan elk daarvan waren de twee puntige stroken steen vastgemaakt. Hij had een vaardigheid en beheersing in het gebruik ervan, en als Ben niet vlak achter het opperhoofd had gestaan, had hij het misschien helemaal gemist.

Alan hoestte en stikte toen de dolken in zijn nek ronddraaiden. De chef liet ze daar, leunde toen voorover zodat zijn hoofd bijna op Alan's schouder rustte, en sprak. De woorden waren dezelfde oud klinkende taal die ze allemaal eerder hadden gehoord, maar de woorden waren onherkenbaar voor Ben. Het opperhoofd herhaalde het bevel, luider, en rukte toen met geweld de dolken uit Alan's nek.

Alan zakte op de grond, hard. Er was hier geen water om zijn val op te vangen, en er was geen spietser om de overgang van leven naar dood te bespoedigen. Hij hapte naar lucht, terwijl hij zijn nek vasthield met zijn bloeddoordrenkte handen.

Ben staarde naar beneden naar het gruwelijke tafereel, maar kon niet wegkijken. Hij had deels het gevoel dat hij *moest* kijken, dat hij het *moest afsluiten.* Hij juichte het niet toe, in stilte of anderszins, maar hij keek toe. Het was niet catharsisch of therapeutisch, maar het moest gebeuren, en Ben wist dat. Hij had een deel van de dood van deze man georkestreerd, of hij het wilde geloven of niet, en het minste wat hij kon doen was toekijken tot het bittere einde.

Een ander deel van hem realiseerde zich de waarheid van hun hele missie. Hij had gefaald. Hij was er niet dichter bij gekomen om te begrijpen wie het bedrijf of de organisatie was die achter dit alles had gezeten, en Joshua leek er niet op te vertrouwen dat een van hen iets zou vinden. Hij wilde dat dit allemaal anders was, maar er was geen weg terug.

Hij had dat al eerder geleerd, vele jaren geleden. Hij kon niet 'teruggaan'. Er was geen verstoppen, ontsnappen, of zich terugtrekken uit zijn verleden. Hij had *zichzelf* teruggetrokken, maar hij was nooit met succes ontsnapt aan iets wat hij had meegemaakt, hoe hard hij het ook had geprobeerd. Vandaag was het niet anders, dus keek hij toe.

Alan kirde nog een keer, en stierf toen. Het bloed had niet begrepen dat zijn eigenaar niet meer leefde, dus bleef het uit hem stromen, de grond rond zijn hoofd en romp vullend en bevlekkend.

Joshua stond in de deuropening. "Wil iemand me een handje helpen?" vroeg hij.

Zijn gezicht vertoonde een schok toen het opviel wie er voor de deur op hem wachtte, maar het opperhoofd leek ongeïnteresseerd en wendde zich af, teruglopend naar zijn mensen.

Ben wendde zich tot Paulinho. "Is er iets dat je ons kunt vertellen over *dat alles*?"

Paulinho's ogen stonden wijd open. "Ik *voelde* het," zei hij. "Ik voelde het *allemaal*. Het was vreemd, zoals ik al eerder zei. Ik wist gewoon wat ze voelden, en hoe ze van plan waren te handelen. Ik wist dat ze ons omsingelden, maar ik begreep dat hun motieven niet waren om ons kwaad te doen."

"Hoe zit het met de chef?" Zei Julie. "Dat was raar, toch?"

Paulinho schudde zijn hoofd. "Het was een eerlijk duel, twee mannen, beiden ongewapend." Ben herinnerde zich dat hij zag dat Alan zijn wapen liet vallen net binnen de deur van de hut bij de bestaande stapel. "Het opperhoofd zou Alan sowieso hebben laten offeren of doden, denk ik. Maar hij zag dat de twee mannen al van elkaar af stonden, dus liet hij het eerst afmaken."

"Fascinerend," zei Amanda.

Archie knikte. "Ik zou ze hier *weken* kunnen bestuderen."

"Nou, misschien heb je je kans," zei Joshua.

Iedereen draaide zich naar hem om. Hij hield een verbrijzeld apparaat omhoog uit de rugzak die Alan had gedragen, vergelijkbaar met een oude mobiele telefoon.

"Is dat de weg naar huis?" vroeg Ben.

"Het was," zei hij. "Alan heeft het vernietigd."

"Enige kans dat hij de magische knop indrukte voordat hij het deed?"

"Betwijfel het."

"Oké," vroeg Amanda, haar stem al stijgend. "Wat gaan we doen?"

Ben keek naar Paulinho. "Je moet proberen met ze te communiceren," zei hij. "Het is onze enige kans. Misschien geven ze ons kano's of vlotten of zoiets."

"Ja," zei Archie, "we kunnen stroomafwaarts gaan, en de stroming zal vrij gemakkelijk te overbruggen zijn. Het zal niet lang duren voor we terug zijn in Manaus."

Paulinho schudde zijn hoofd. "Nee, je begrijpt het niet. Ik kan niet met ze praten. Zo is het niet. Het zijn *gevoelens,* in algemene zin."

"Paulinho," zei Amanda. "We hebben geen andere opties."

Krak! Ben viel op de grond toen het schot door de lucht klonk, hij kon zichzelf niet opvangen toen hij met zijn gezicht in het hard aangestampte vuil voor de hut terecht kwam.

HOOFDSTUK 68

REGGIE ZAG BEN SCHRIKKEN BIJ HET SCHURENDE GELUID VAN HET GEWEER DAT VLAK NAAST ZIJN OOR AFGING. Ben stond aan de zijkant van de groep te overleggen met hen allemaal, terwijl Reggie achter hem sloop. Hij had op het juiste moment gewacht en toen het geweer opgetild, zodat het dicht genoeg bij Ben's oor was om hem hevig te laten schrikken zonder al te veel gehoorverlies.

Het was een gemene grap, maar het werkte als een charme.

Reggie gaf Ben een hand en grijnsde. Ben beantwoordde de uitdrukking niet.

"Waar was dat in godsnaam voor?" vroeg Ben. Zijn stem was luider dan nodig was, en Reggie kon zijn lachen niet bedwingen.

"Sorry, ik was je er een verschuldigd."

"Je had me doof kunnen maken!"

"Nauwelijks, Ben. Trouwens, wat wilde je eigenlijk met die vent gaan doen?"

Ben fronste zijn wenkbrauwen en keek toen naar waar Reggie naar wees. De laatste huurling, degene die Ben een elleboog had gegeven, lag op de grond, dood.

"Waarom heb je dat gedaan?"

"Zoals ik al zei," legde Reggie uit, "ik stond bij je in het krijt."

Reggie had al vastgesteld dat er geen kans was dat ze iemand in leven zouden laten, en nadat de rest van de soldaten was wegge-stuurd, hield hij zijn vizier op deze. Ze zouden geen nieuwe infor-matie uit hem krijgen - en alles wat hij wist zou informatie zijn die Joshua al had.

"Waar kom je vandaan?" vroeg Julie.

Reggie draaide zijn hoofd een beetje achterover, alsof dat alles was wat uitleg nodig had. "Terug daar. Ben liep weg en nodigde me niet uit voor het feest."

Hij keek naar Ben om te zien of hij hem kon opwekken, maar Ben was druk bezig het rinkelende geluid uit zijn hoofd te schudden.

"Ik hoorde geen schoten en ik had al tien minuten niemand gezien, dus ik begon erheen te lopen. De dorpelingen kwamen uit het niets, maar ze hielden me niet eens tegen. Ze liepen allemaal hierheen, dus ik volgde ze en stopte een eindje verderop, totdat het dorpshoofd, uh, dat deed." Hij knikte naar de bloederige puin-hoop van Alan op de grond. "Sorry dat ik te laat was."

Reggie stak zijn hand uit en bood die aan Ben aan. Ben aarzelde, maar pakte hem even later aan en kwam dichterbij.

"Bedankt, man." Toen stopte hij de handdruk, pakte Reggie's hand nog steeds vast, en voegde eraan toe, "maar je bent nog steeds een klootzak."

Reggie liet een verbale grinnik horen. "Laat maar zitten." Hij wendde zich tot de rest van de groep, inclusief Joshua bij de deur-opening. "Nu, hoe komen we hier weg?"

HOOFDSTUK 69

JULIE'S HART BONSDE, en ze wist niet zeker of het kwam door Bens kus, hun angstaanjagende ervaring in het Amazonegebied, of de angst die bleef bestaan over hoe ze thuis zouden komen.

Misschien was het een beetje van alles.

Ze hadden de nacht in de hutten doorgebracht, nadat een ronde van stille hand-signalen onderhandelingen tussen de dorpelingen en hun groep had uitgewezen dat dat de bedoeling was. Ze had goed geslapen, een snelle, droomloze slaap, ook al voelde ze op het moment dat ze wakker werd weer een golf van onzekerheid over zich heen komen toen ze zich realiseerde dat ze nog steeds vastzaten in het midden van de meest afgelegen jungle ter wereld.

Ze wendde zich tot Ben, die naast haar lag te snurken, en keek een minuut lang toe hoe hij sliep. Hij bewoog zich, zich er op de een of andere manier van bewust dat hij bekeken werd, en hij zoog een teug lucht en speeksel naar binnen, opende toen zijn ogen.

"Je bent echt schattig als je slaapt," zei ze, grijnzend op hem neer.

Hij keek haar aan, deadpan.

Ze lachte. "Voel je je goed?"

"Ik voel me geweldig, behalve een rug die aanvoelt alsof er een cementmolen overheen is gereden en een hoofdpijn die me doet denken dat ik gelobotomiseerd ben. Om nog maar te zwijgen over mijn schouder." Hij draaide zich om en masseerde zijn schouder, terwijl hij een pijnlijke plek in zijn zij voelde.

"Je bent een baby."

Bens mond viel open van verbazing. "Meen je dat nou? Ik heb mensen *neergeschoten*! Doe me een lol."

Julie lachte opnieuw en rolde bovenop hem voor hij kon reageren.

"Wat ben je -"

"Wat dacht je van een beetje jungle koorts?" vroeg ze.

"Dat is - wat? Dat is niet wat dat betekent," zei Ben. "Je bent dartel vanmorgen," voegde hij eraan toe.

"Sorry, maar... er is veel gebeurd, weet je?"

Ben knikte. "Ik weet het."

"Gaan jullie dat echt hier doen?" zei een stem van dieper in de hut. Reggie klonk groggy, zijn stem veel dieper dan normaal. Hij hoestte een paar keer, rekte zich toen uit en stond op. Ze waren in twee hutten in slaap gevallen - Ben, Julie, en Reggie in de ene, Paulinho, Amanda, Archie, en Joshua in de andere. Ze hadden geen beddengoed, en de vloer van de hut was hetzelfde vuil en gras als in de rest van de vallei, dus hadden ze in hun kleren geslapen. De bomen in de vallei stonden te ver uit elkaar om de Stingray tenten aan op te hangen, dus besloten ze niet buiten te slapen. Reggie en Ben hadden hun rugzakken als kussens gebruikt, maar Julie was te uitgeput om zich daar zorgen over te maken.

Julie stond al toen Reggie naar de voorkant van de hut liep, en ze stak een hand uit naar Ben om hem overeind te helpen. Ze wist dat het vooral een vriendelijk gebaar was, want hij woog 100 pond meer dan zij, maar hij pakte haar hand toch en ging rechtop zitten.

Ze had ook pijn, en ze werkte om die te verzachten. Ze drukte tegen de knopen in haar rug en zij, masseerde ze met haar knokkels en de onderkant van haar polsen. Ben zat nog steeds en speelde met zijn haar. Het was vettig geworden, en hij woelde het door elkaar alsof dat verschil zou maken.

"Het duurt eeuwig voor je opstaat," zei ze.

"Nogmaals, ik *schoot* mensen neer," zei hij.

"Hoe lang ga je dat excuus nog gebruiken?" grapte ze.

"Zo lang als ik kan, en dan nog een beetje meer," antwoordde hij zonder aarzelen.

"Schiet op. We moeten zien hoe Paulinho het deed."

Gisteravond, nadat het opperhoofd de leider van de huurlingen had 'geofferd' en over hun onderkomen was onderhandeld, had Paulinho geprobeerd een audiëntie te verkrijgen bij het opperhoofd en enkele krijgers en dorpelingen om te zien of er vervoer uit de vallei mogelijk was. Het was duidelijk dat de stam geen van hen meer als een bedreiging beschouwde, maar de taalbarrière doorbreken om te vragen naar boten of vlotten bleek een bijna onmogelijke opgave.

Reggie en Archie hadden Paulinho aangespoord om stokfiguren in de modder te tekenen, terwijl Amanda nog steeds dacht dat er misschien een manier was om met de stam te communiceren door alleen maar Paulinho's geest te gebruiken. Julie en Ben dachten dat het hopeloos was, en waren naar bed gegaan.

De zon bereikte de top van de klif aan de andere kant van de vallei, en de nevel van de waterval wierp een lange, dunne regenboog over het hele landschap. Kortom, het was adembenemend mooi. Julie had de geologische kunst die hier bestond nog niet ten volle kunnen waarderen, dus ging ze buiten de hut staan en nam het allemaal in zich op. Haar telefoon lag terug in het hotel in Marabá, samen met hun bagage en huurauto, dus ze had geen mogelijkheid om het moment digitaal vast te leggen.

Ben stond achter haar, en hij sloeg zijn armen om haar middel en trok haar naar zich toe. Ze glimlachte, nog steeds in ontzag voor de schoonheid om haar heen.

Het moment duurde echter niet lang. Zij realiseerde zich plotseling dat er een sluier lag over het schilderachtige landschap - de natuur was prachtig in het ochtendlicht, maar er was iets dat haar ogen hadden verkozen te negeren in het tafereel.

De lichamen.

Overal lagen dorpelingen, dood. In het gezicht, ook vrouwen en kinderen, verspreid door de vallei alsof ze lukraak door een reus waren neergestrooid. Sommige van de nabijgelegen hutten rookten, brandden langzaam en verspreidden een kampvuurachtige geur. Het meer was het enige deel van het gebied dat onaangeroerd leek te zijn, de zachte kabbelende golven sloegen tegen de kustlijn op dezelfde manier als ze dat al duizenden jaren hadden gedaan.

Julie keek om zich heen, probeerde het gevoel van verwondering van daarnet terug te krijgen, maar het was voorbij. Nu zag ze de vallei voor wat ze werkelijk was: de rokende, verkoolde schil van een eens zo fantastische beschaving. Minstens de helft van de mensen die hier enkele uren geleden nog hadden gewoond, lagen levenloos op de grond.

Dorpelingen waren hard aan het werk, sommigen verplaatsten lijken naar grote hopen aan de zijkanten van de vallei. Anderen trokken met dikke lianen de weinige bomen in de omgeving omver, de bomen die de gouden vruchten droegen. Ze moest beter kijken om er zeker van te zijn dat haar ogen de waarheid vertelden, maar het was waar.

"Ben, ze zijn de bomen aan het omzagen."

Hij reageerde niet.

Paulinho kwam aan, met een gepijnigde glimlach op zijn gezicht. Ze had zijn glimlach dagen geleden bewonderd, in Marabá, toen hij de brede, luchthartige aantrekkingskracht had van een man zonder zorgen. Nu was hij bedorven, een glimlach die de vermoeide blik in zijn ogen maar voor een klein deel compenseerde.

"Goedemorgen, Paulinho," zei ze, terwijl ze haar gedachten over de gezichtsuitdrukking van de man negeerde.

"Ik hoop dat je goed geslapen hebt," zei hij. "We hebben boten." Hij draaide zich om en wees naar een pad dat naar het meer aan de andere kant van het dal leidde. Daar lagen vier kano's, klein maar stevig.

Ze fronste haar wenkbrauwen. "Paulinho, dat is fantastisch. Waarom ben je boos?"

Hij pauzeerde even om zijn gedachten te ordenen. "Ik - ik weet het niet zeker," zei hij. Hij liet de glimlach vallen. "Het is dit, geloof ik. Dit allemaal. Dit was ooit *mijn* volk. Maar dat is nu niet relevant, vergeleken met de verwoesting die we hen hebben gebracht."

Ben liet Julie los en stapte op Paulinho af. "Hé, Paulinho," zei hij. "*Wij* hebben dit niet meegebracht. Dat hebben *zij* gedaan. En zij zijn hier niet meer."

Paulinho knikte eens, maar zijn ogen vielen neer. "Toch..."

"We lossen dit wel op," zei Archie, die plotseling uit de hut naast de deur tevoorschijn was gekomen. Hij werd gevolgd door Joshua en Amanda. "We zullen het goed maken, op een of andere manier."

"Ik heb al wat ideeën," voegde Amanda eraan toe. "Het onderzoek dat we nu kunnen doen zal hen helpen hun geest te versterken, waardoor ze hier meer voordeel hebben. We kunnen..."

"Nee," zei Paulinho. "Nee, dat willen ze niet. Ze willen - ze hebben *altijd* gewild - niets van ons. Ze hebben eeuwenlang geprobeerd uit de weg te blijven, hier te leven en hier te sterven, in de jungle."

Joshua keek om zich heen, en Julie keek naar zijn gezicht. Hij probeerde de dorpelingen te begrijpen, terwijl hij hen aan het werk zag. "Waarom halen ze de bomen om?"

Paulinho sprak onmiddellijk, vooruitlopend op de vraag. "Het is hun boom, wat betekent dat hij niet alleen de basis is voor hun stad en hun hele manier van leven, maar dat hij ook van hen is. Voor hen is het een bezit dat ze allemaal delen. Ze hebben zich moeten aanpassen en verhuizen om te overleven, net als elke andere groep, maar hun boom is altijd een uniek voordeel geweest. Daarom mogen ze het fruit of de bladeren, niets ervan, El Dorado niet laten verlaten. Waar zij heengaan, gaat de boom, om ergens anders opnieuw geplant en geteeld te worden, en als ze een plek achterlaten, verwijderen ze elk overblijfsel van de boom en zijn fruit."

"Het is de enige plek op de planeet met deze specimens," zei Archie. "Opmerkelijk."

"En El Dorado is waar *zij ook* zijn," voegde Julie eraan toe. "Dus ze gaan weg?"

Paulinho knikte. "Ja, dat moeten ze. Er is geen ander alternatief."

"Maar we zullen altijd een manier hebben om terug te gaan,' zei Amanda, terwijl ze dichter bij de Braziliaan stapte die de afgelopen dag onverwacht als hun contactpersoon had gefungeerd en zijn schouder aanraakte. "Paulinho, je hebt hun bloed, wat betekent dat je hun herinneringen hebt. We zullen in staat zijn om ze te vinden, wat er ook gebeurt.

Hij knikte en deed toen de laatste stap naar voren tussen hem en Dr. Amanda Meron. Zij was kleiner dan hij, dus haar hoofd viel natuurlijk naar achteren toen ze naar hem opkeek. Hij aarzelde niet. Hij dook naar voren en drukte zijn lippen op de hare. Eerst hief ze haar handen op om zich te verzetten, maar toen liet ze die weer zakken en leunde ze voorover voor de kus.

Julie glimlachte, de confrontatie van het moment met de achtergrond van de zwoegende dorpelingen was niet genoeg om haar ervan te weerhouden te stralen.

"Kom op," zei Reggie. "Er wordt hier *veel te* veel gezoend. Moeten we die boten niet testen?"

Amanda trok zich los van de langere man. "Geef ons een minuutje. We hebben wat in te halen," zei ze.

HOOFDSTUK 70

BENS HAND ZWEETTE, maar hij durfde hem niet te bewegen. Haar vingers waren stevig tussen de zijne gewikkeld, gebald in een dodelijke greep. Hij wist niet zeker of hij hem *kon* bewegen, zelfs als hij dat zou willen. Oorspronkelijk had hij haar hand gepakt toen hun vliegtuig het vliegveld van Manaus verliet, zogezegd omdat hij 'een hekel had aan opstijgen'.

Hij had inderdaad een hekel aan vliegen, maar hij begon te beseffen dat hij er eigenlijk een hekel aan had geen controle te hebben. Ben was een man die niet alleen controle wilde hebben over de situaties waarin hij - opzettelijk of onopzettelijk - terechtkwam, maar ook over die situaties die niet eens te controleren waren.

Liefde was daar een goed voorbeeld van.

Julie's hoofd rolde zijwaarts en kwam terecht in de perfecte hoek tussen Ben's hoofd en schouder, hij schoof achterover in de oncomfortabele vliegtuigstoel en probeerde het beste van de situatie te maken.

Het was niet moeilijk. Behalve dat hij geen enkele controle had over de beslissingen van de piloot en de copiloot ver weg in de cockpit, was de situatie waarin hij zich nu bevond iets wat hij in geen miljoen jaar voor zichzelf had kunnen bedenken. Hij was meer verliefd op de vrouw die op zijn schouder sliep dan hij ooit voor mogelijk had gehouden, en het deed hem geen pijn dat hij zich meer tot haar aangetrokken voelde dan tot wie dan ook die hij ooit had ontmoet.

Alsof dat nog niet genoeg was, was er momenteel niemand die hem probeerde te doden.

Dr. Amanda Meron en haar nieuwe vlam, Paulinho, keerden terug naar Manaus en vervolgens naar Marabá, samen met een paar van de 'gouden vruchten' die ze uit de vallei hadden gesmokkeld, om het onderzoek voort te zetten dat ze was begonnen. Ze had enkele ideeën over het fruit, en hoe het zou kunnen helpen bij het 'ontsluiten' van enkele krachtige mechanismen die volgens haar nog in het menselijk brein verborgen waren. Paulinho had beloofd zijn connecties bij de regering te gebruiken om haar de juridische bescherming te bieden die ze nodig zou hebben om een nieuw bedrijf te beginnen, weg van de waakzame blik van Draconis Industries, of Drache Global, of Drage Medisinsk, of hoe het ook heette.

Reggie, een man die even mysterieus leek als Ben zich altijd had willen voordoen, gaf hem een eenvoudig antwoord toen Ben hem had gevraagd wat de volgende stap was.

Hij haalde zijn schouders op.

Ben lachte en herhaalde toen de vraag.

Reggie gaf hem alleen maar dezelfde maffe grijns, te breed om echt te zijn, maar met genoeg authenticiteit in zijn ogen dat de glimlach niet helemaal kon zijn verzonnen, en draaide zich om om de bus terug naar zijn huis te nemen. Zijn 'bunker' was aangevallen door de Draconis-soldaten, maar zoals hij tijdens de kanotocht terug naar de beschaving had uitgelegd: 'Als het niet bestand is tegen een paar idiote radicalen, wat is dan het nut van het bouwen van een bunker?

Dr. Archibald Quinones was wat terughoudender op de terugreis naar Manaus, en toen Julie hem erop had aangesproken, had hij geen antwoord gegeven. Ben had het door de vingers gezien, maar Dr. Meron had hem uiteindelijk tegen een muur gezet en hem hetzelfde gevraagd. Hij was nog steeds terughoudend, maar hij beloofde Amanda te helpen bij haar onderzoek, en had het zelfs over een erfenis waar hij al een tijdje op zat en die hij goed kon gebruiken om te investeren in wat zij in gedachten had.

Tenslotte dacht hij aan Joshua Jefferson, de zoon van een man die verwikkeld was in de zaken van een organisatie die Ben had gezworen voor het gerecht te brengen. Joshua leek een man van zijn woord te zijn, zij het een die door zijn eigen vader op een dwaalspoor was gebracht, onder het mom van goed doen in de wereld. Joshua vertelde Ben en de anderen dat "er meer zou zijn," en liet Ben zich afvragen wat dat precies betekende. Joshua had Ben zijn woord gegeven dat hij contact met hem zou opnemen - hij moest eerst zijn vader vinden, maar hij vertelde Ben dat hij plannen had om achter het bedrijf aan te gaan dat zijn familie had bedrogen en hen tegen elkaar had opgezet. Als hij er klaar voor was, zei hij, zou Ben van hem horen.

Hun groepje onwaarschijnlijke avonturiers was op de een of andere manier veranderd in een groep ervaren ontdekkingsreizigers, en Ben was er zelfs nog trotser op dat hij een van hen werd genoemd. Hij had een pauze nodig, en hij wilde dolgraag wat tijd met Julie doorbrengen, maar hij wist dat er meer achter het Draconis-verhaal zat dan hij in de jungle had ontdekt. Ze waren met iets bezig, en hij wilde weten wat dat was.

Het weinige dat hij over de organisatie wist, vertelde hem alles wat hij moest weten: zij waren niet geïnteresseerd in altruïstische toepassingen van hun geavanceerd onderzoek. Draconis was sluw, zonder morele verplichting, en geïnteresseerd in het uitgeven van elke hoeveelheid middelen om hun doelen te bereiken. Hij wist niet wat die doelen waren, maar hij wist dat ze niet tot iets goeds zouden leiden. Hij had zijn gelofte om hen ten val te brengen hernieuwd, en hij wist dat Joshua hem op de een of andere manier zou helpen het te volbrengen.

Voorlopig zou hij echter proberen te genieten van het succes dat zij hadden gehad: zij hadden de mythische verloren stad El Dorado gevonden, en hoewel het "goud" niet was wat iemand in de geschiedenis had verwacht, hadden zij eindelijk het geheim ervan ontdekt.

Toen de stewardess langsliep en hem zijn rum en cola bracht, glimlachte hij, sloot zijn ogen terwijl hij van het drankje nipte, en probeerde zijn verstand wijs te maken dat het vliegtuig niet in een vlammenzee zou neerstorten.

EPILOGUE

DIT BOEK MARKEERT NIET ALLEEN HET VIJFDE JAAR DAT IK SCHRIJF, maar ook een verwezenlijking die me na aan het hart ligt: sinds ik een exemplaar van James Rollins' *Amazonia heb opgepikt*, heb ik ernaar verlangd een boek te schrijven dat zich in het Amazonegebied afspeelt. Maar niet elk boek was goed. Het moest de naam "thriller" waardig zijn, en bij uitbreiding de naam van James Rollins: actie, avontuur, meeslepende plots die een breed spectrum van menselijke emoties oproepen... en veel wapens. Ik wilde een boek waar zowel de fauteuil reiziger als de kast historicus zich in konden vinden.

Vroeger noemde ik het soort boeken dat ik schrijf (en wat Rollins schrijft) "luchthavenboeken", omdat het het soort snelle fictie is dat je tijdens een lange vliegreis zou kunnen lezen. De typische definitie van "luchthavenboek" voegt daaraan toe dat deze boeken na afloop vaak worden weggegooid, vergeten en gedoemd om stof te verzamelen in een koffer of een lang leven te leiden op de plank van een tweedehands boekenwinkel.

Maar dit genre in zijn geheel, en zeker het werk van James Rollins, is voor mij altijd meer geweest dan dat. Hij weeft op de een of andere manier draden van wetenschap, samenzwering, mythe en folklore, en militaire onderwerpen samen tot een tapijt van geweldigheid in elk van zijn boeken dat me doet stoppen en denken, en dan nog meer denken lang nadat ik het boek heb neer-gelegd. Hij creëert personages die in mijn gedachten leven, die me hongerig maken naar meer, en bovenal, die me willen evenaren in mijn eigen boeken.

Ik weet niet of ik daar ooit aan toe kom, en ik wil zeker niet het idee naar voren brengen dat *dit* boek - *De Amazonecode* - waardig is om naast Rollins' Amazonia te staan. Maar het is belangrijk om als auteur te weten waar onze inspiratiebronnen vandaan komen, en ik denk niet dat het nog een geheim is dat hij boven aan de lijst staat.

Ik herinner me dat ik James in Denver ontmoette in de *Tattered Cover* boekwinkel, en hem vroeg om een exemplaar van zijn nieuwste boek te signeren. Ik had een exemplaar van mijn eigen nieuwste boek bij me, en bood het hem aan. Hij accepteerde het mijne alleen als ik het tegelijk met zijn boek zou signeren. Voor een jonge, nieuwe auteur was dat moment belangrijker dan welke bestsellerstatus dan ook, en tot op de dag van vandaag is dat waar ik aan denk als ik de nieuwste James Rollins uit het schap van de boekwinkel pak.

Dus, Jim, deze is voor jou!

Nick Thacker
Colorado Springs, Colorado
23 mei 2016

OVER DE AUTEUR

Nick Thacker is een thrillerauteur uit Texas die in Hawaii en Colorado woont. In zijn vrije tijd leest hij graag in een hangmat op het strand, skiet hij, drinkt hij whisky en trekt hij op met zijn mooie vrouw, twee honden en twee dochters.

Voor meer informatie en een lijst van Nick's andere werk, bezoek Nick online: www.nickthacker.com

De Amazone Code: Harvey Bennett Thrillers, Boek #2

Gepubliceerd door Conundrum Publishing

www.conundrumpub.com